U0840960

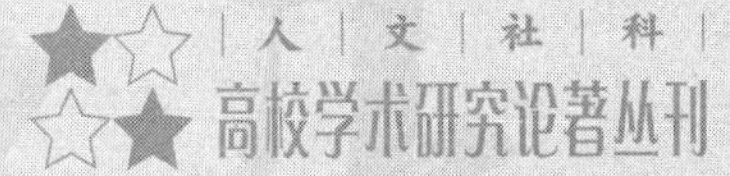

新时期英语翻译理论与实践的多维度研究

主　编　崔立秀　王兴刚　张顺元

副主编　韦铁源　常自为

图书在版编目 (CIP) 数据

新时期英语翻译理论与实践的多维度研究 / 崔立秀，王兴刚，张顺元主编 . -- 北京 : 中国书籍出版社，2020.10

ISBN 978-7-5068-8044-2

Ⅰ . ①新… Ⅱ . ①崔… ②王… ③张… Ⅲ . ①英语－翻译－研究 Ⅳ . ① H315.9

中国版本图书馆 CIP 数据核字（2020）第 206257 号

新时期英语翻译理论与实践的多维度研究

崔立秀　王兴刚　张顺元　主编

丛书策划　谭　鹏　武　斌
责任编辑　毕　磊
责任印制　孙马飞　马　芝
封面设计　东方美迪
出版发行　中国书籍出版社
地　　址　北京市丰台区三路居路 97 号（邮编：100073）
电　　话　（010）52257143（总编室）　（010）52257140（发行部）
电子邮箱　eo@chinabp.com.cn
经　　销　全国新华书店
印　　厂　三河市德贤弘印务有限公司
开　　本　787 毫米 ×1092 毫米　1/16
字　　数　444 千字
印　　张　16.5
版　　次　2021 年 10 月第 1 版
印　　次　2021 年 10 月第 1 次印刷
书　　号　ISBN 978-7-5068-8044-2
定　　价　80.00 元

目 录

第一章　翻译概述

当今时代，在中国文化与文学不断向国外涌出的过程中，翻译有效地使其走向世界。本章就对翻译的相关问题进行讨论，首先阐述什么是翻译，然后讨论翻译的分类与过程，最后介绍翻译对译者的要求。

第一节　翻译的界定

从翻译活动诞生之日起，国内外诸多专家学者就试图为翻译下一个较为完整、准确的定义。然而，一直以来人们对于翻译的定义都见仁见智，各个翻译研究流派分别从不同角度、不同层面提出了自己的见解。下面就来介绍中西方及重要文献对翻译的解释。

一、中国学者对翻译的解释

东汉时期著名的文学家、语言学家许慎在《说文解字》中对“翻”和“译”两个字的解释如下：

翻：飞也。从羽，番声。或从飞。

译：传译四夷之言者。从言，睪声。

现代汉语的解释大致为“‘翻’意为飞，形声字，羽为形符，番为声符；‘译’指翻译，即将一种语言文字翻译成另一种语言文字的人。形声字，言为形符，睪为声符。”

唐代儒家学者、经学家贾公彦在《周礼义疏》中提出：“译即易，谓换易言语使相解也。”现代汉语对这句话的解释为：翻译是将一种语言文字转换成另一种语言文字，但并不改变其所蕴含的意义。

现代著名作家茅盾认为，文学翻译就是用一种语言将原作的艺术意境准确地传达出来，使读者在阅读译文时跟本族语者阅读本族文化一样，能得到很大的启发，并会受到同样的感动与美的享受。

翻译家张培基先生指出，翻译即用一种语言把另一种语言所表达的思维内容，准确且完整地重新复述出来的活动。

张今、张宁（2005）认为，翻译是两个语言社会（language-community）之间的交际过程和交际工具，其目的是要促进本语言社会的政治、经济和文化进步，它的任务是要把原作中包含的现实世界的逻辑映像或艺术映像，完好无损地从一种语言移注到另一种语言中去。简单地说，翻译是一种跨语言、跨社会的特殊文化活动。

二、外国学者对翻译的解释

英国著名语言学家和翻译理论家卡特福德（J. C. Catford，1965）认为，翻译即用一种等值的语言（译语）的文本材料替换另外一种语言的文本材料。他还提出，翻译有两种存在的状态，一种是源语即译出语，另一种是目标语即译入语。

美国翻译理论家劳伦斯·韦努提（Lawrence Venuti，1982）指出，翻译是译者依靠解释所提供的目标语中的能指链替代构成源语文本的能指链的过程。韦努提一反传统的“对等”角度的定义，否定了结构主义所信奉的所指与能指或自荐的对应关系，认为能指和所指是可以分裂的，符号与意义之间是不一致的，所以文本意义存在不确定性。在韦努提看来，翻译只是用一种表层结构代替另一种表层结构。

著名学者杜波斯（Dubois）认为，翻译是指用第二种语言（目标语）传达第一种语言（源语）所涵盖的东西，并能尽量保持它们在语义和语体上的等值。

费道罗夫（Fedorov）指出，翻译即用一种语言将另一种语言在内容与形式不可分割的统一中所业已表达出来的东西准确且完整地再现出来。

巴尔胡达罗夫（C. Barkhudarov）认为，翻译是将一种语言的言语产物，在保证意义不变的情况下，改变为另一种语言产物的过程。

综上所述可知，“翻译就是译者想方设法地将第一种语言所传递的信息用第二种语言表达出来的跨文化交际行为。”简而言之，翻译是以源语为出发点，在译语中的再创造。由此可见，翻译既是一门科学，又是一门艺术。翻译的科学性体现在它有着自己的理论体系和规律，符合一定的标准。同时，翻译也是一门艺术，虽然在翻译过程中受各种因素的影响，但对翻译的创造性并没有影响。另外还应注意的是，翻译学科是一门跨学科的综合性学科，它与语言学、社会语言学、语义学、语用学、文体学、跨文化交际、心理学等有着不可分割的关系，并将在未来的发展过程中更加趋于具体化、全面化。

第二节　翻译的分类与过程

一、翻译的分类

依据不同的标准，翻译有着不同的种类。以下就从不同的标准出发，来分析翻译的具体类型。

（一）按照翻译原作种类划分

根据翻译原作种类，可以将翻译划分为如下三种。

（1）一般语言材料翻译，即日常使用的语言，其包含一般报刊翻译与各类应用文翻译。这类翻译往往包含四个特点。

其一，杂，即内容上包罗万象，不仅有趣味的新闻，还有科普类文章，更有生活常识类文章等。

其二，浅，即语言上比较容易理解，不像文学作品那么深奥，也不像专业翻译那么专业化。

其三，活，即与一般科技类文章相比，行文上比较活泼。

其四，新，即语言上比较现代化，添加了很多新词、新语。

因此，在翻译此类文本时，译者需要对“忠顺”的矛盾加以灵活处理，采用一切方法对译文进行加工与修饰，追求行文的传神与活泼。

（2）文学翻译，其要比一般语言材料的翻译较为困难，这是因为其具有如下几个特点。

其一,长,即跨度时间都比较长,因此要求译者具备扎实的基本功。

其二,突,即翻译时要凸显"忠顺"。

其三,高,即要求译者具有较高的译语基本功,尤其是对世界名著展开翻译时,要求的译语基本功更高。

其四,雅,即要求翻译时要雅,具有文学味道与作品气质。

其五,创,即要求翻译时译者要发挥自身的创造性,这一点要比其他两种翻译要求更多,因为文学翻译对传神达意的要求更高。

因此,在进行文学翻译时,译者需要对"忠顺"的矛盾进行灵活把握,解决二者的矛盾时需要考虑原作的特色、译作的目的以及译作的环境。

(3)专业翻译,即包含科技资料、商务信函、军事著作等在内的各种文本的翻译,这里仅就科技翻译来说明其特点。

其一,专业,即涉及大量的专业词汇与表达。

其二,重大,即具有重大的责任,因为如果其误译的话,可能会造成严重的后果。

其三,枯燥,这是其特殊性,因为其涉及的词汇、表达等有时非常的枯燥无味、晦涩难懂。

(二)按照译文种类划分

根据译文的种类,翻译可以划分为五大类。

(1)全译,即逐词逐句对原作进行翻译,是最常见的翻译种类。

(2)摘译,即从出版部分、编辑人员、读者的要求出发,对原作的一部分进行翻译,其往往在一些报纸杂志中比较适用。

(3)参译,即参考翻译,是一种自由的、特殊的翻译品种,可以是全译,也可以是摘译或者编译。

(4)编译,即一篇原文或者几篇原文的内容进行串联的翻译,是一种特殊的翻译形式,其可以将原作松散的内容进行整合,还可以将多篇原作内容进行串联,对译文进行丰富。

(5)写译,即译者将翻译作为主体的写作,是比编译更为宽松、自由的翻译形式。

(三)按照翻译工作主体划分

根据翻译工作的主体,可以将翻译划分为如下两类。

(1)人工翻译,即传统的以译者作为主体的翻译形式,往往从多人到一人。

(2)机器翻译,即20世纪70年代后出现的将翻译机器作为主体的翻译形式,往往从简单到智能型。

需要指出的是,机器翻译比较快,不怕重复,也不需要休息,但是它也存在着不足之处,即往往比较机械,离不开人,还需要译者进行核对、润色与定稿。因此,要想翻译准确,机器翻译也需要人工翻译的配合。

二、翻译的过程

翻译的过程包括理解、分层、表达、校改四个阶段。下面就对翻译的各个阶段做具体分析。

(一)理解阶段

理解是展开翻译活动的第一步,具体来说,正确且透彻地理解原文,是译文恰当表达原文的先决条件。对原文的理解一般要从以下几个方面入手。

1. 对语言现象的理解

语言现象主要涉及理解词汇含义、句法结构、修辞手段、惯用法等。

（1）词汇含义

英语中存在很多一词多义的现象，同一个词在不同的语言环境下通常具有不同的意义。所以，译者在翻译时不仅要注意词的一般意义，还要注意词在具体语境中的引申含义。例如：

Sometimes you might think the **machine** we worship make all chief appointments, promoting the human beings who seem closest to them.

有时你可能认为，一切重要的**官职**都是由我们所崇拜的当权人物任命的，他们提拔那些似乎与他们最亲近的人。

如果将原文中的 machine 理解为“机器”，译文会令人难懂且不符合逻辑。因为句中的代词 them 指代 machine，这就说明 machine 一词在句中是一个集合名词，而根据句中的动词 make, promoting 引导的分词短语这一具体的语境，说明 machine 一词在这里是有生命和思想的，意为“核心人物”或“当权人物”。

The houses were **built of dry stone** with stone slabs for furniture, all very well preserved.

房子由**干石头建成**，以石板为家具，一切保存完好。

究竟什么是“干石头”？通过查阅词典可以知道，它在建筑领域中是指“用石头干砌而成”，即无浆砌成的石墙。照直翻译成“干石头”，岂不叫人伤透脑筋！

（2）句法结构

英汉两种语言属于不同的语系，汉语属于汉藏语系，英语则属于印欧语系，英汉两个民族在思维方式上也不同，这就导致英汉句子结构存在很大的差异。在表达同一个意思时，英语和汉语有时会采用不同的句法结构。因此，在翻译时，译者需要认真理解原文中的句法结构，并进行仔细分析。例如：

There was no living in the island.

那岛**不能居住**。

要想正确翻译原文，需要准确理解英语句型“there is no... ＋动名词”的意思，这一句型实际上相当于“we cannot ＋动词原形”或“it is impossible to do...”。因此，原文如果译为“那岛上无生物”就是错误的。

I hope he will soon **get over it**.

我希望他很快就会**忘掉这件事**。

I hope he will soon **get it over**.

我希望他很快就会**结束这件事**。

to get over something 指“经过某一不愉快经历后恢复常态”或“克服”。to get it over 中的 over 是个副词，表示“结束、了却一件事”。

（3）修辞手段

修辞是语言美化的重要手段，修辞的运用离不开具体的语境，也离不开语言自身的语音、语法和词汇特点。理解修辞手段也是正确表达的重要前提。例如：

It would be a **fine** thing indeed not knowing what time it was in the morning.

要是早晨不知道时间那才“**妙**”呢。

原文所涉及的故事是一个油漆工担心早晨不能按时起床，上班迟到会被解雇。因此，fine 在这里是使用了反语的修辞手段，实际意义为“糟”，故译文“妙”应加上引号。

2. 对逻辑关系的理解

就某种程度而言，翻译就是一种逻辑思维活动。汉语句子强调意合，句子中各个意群、成分一般是通过内在的联系贯穿起来的。至于内在的主从或并列需由读者自己去体会。从句子的整体上看，意思很清楚。英语句子注重形合，句子中各个意群、成分的结合及其相互关系主要依靠的是连接词和介词等。因此，翻译时，必须首先从逻辑上弄清楚句中各部分在意义上的关系，然后再按照目的语的语法规范和表达方式加以处理。例如：

The materials are excellent for use where the value of work pieces is not so high.

如果零件值不高，最好使用这种材料。

根据逻辑关系，此句中的 where 应该引导的是一个表示“条件”的状语，故转译为表示“条件”的状语。

3. 对文化背景知识的理解

从某种程度上说，翻译还是两种文化之间的转换，这是因为语言本身就是文化的重要组成部分，语言受其所处的文化的影响。因此，译者在翻译过程中不仅要正确地理解原文的语言现象和逻辑关系，而且要充分地理解原文中所涉及的文化背景知识，对两种文化之间的转换进行巧妙的处理，尽量做到译文与原文的“意义等值”。例如：

South African **leopard-spot** policy came under fierce black fire...

南非实行的“豹斑”式的种族隔离政策受到了黑人的猛烈抨击……

原例中的 leopard-spot（豹斑）一词，最早出现在 20 世纪 60 年代中期。当时，越南人民在战区后方建立了很多小块根据地，美国军方为了应对战争，在军事地图上用“豹斑”状标记出来该区域。此后，“豹斑”这一军事术语又成了政治术语，指的是白人种族主义者把黑人强行驱入若干小块地区居住的种族隔离政策。

（二）分层阶段

分层阶段与理解阶段是相辅相成的，这里主要就纽马克（1998）的观点，从文本层次、自然层次、黏着层次和所指层次来说明分层对翻译的重要性。

1. 文本层次

文本层次早在中国古代和希腊时期就有论述，主要是阐述文学文本中言、意、象之间的关系。现象学家英加顿（R. Ingarden）将文学作品的构成要素分为字面层、词和句的意义单元层、客体的图式化观象层、被再现客体层、形而上学性质层五个层次。这五层要素逐层深入，彼此沟通，互为条件，最后成为一个有机的统一体。在我国，以童庆炳的“三分法”最具代表性，其把文学作品的构成概括为：文学话语层、文学形象层、文学意蕴层。这样的划分大大丰富与细化了传统意义上对文学作品“理解”的层次和内涵，为翻译与翻译研究打下了一定的基础。

以上仅仅是对文本内的层次划分。由埃文 - 佐哈（Itamar Even-zohar）的“多元系统”理论可知，翻译现象并非孤立的文本翻译行为，其还会受到其他系统和因素的影响，即文本外因素的影响，如赞助人、意识形态、诗学等。因为在翻译过程中，如果语言层面的考虑与意识形态或诗学层面的考虑相冲突，最后胜利的还是意识形态或诗学，语言的考虑让位于后者。

此外，德国功能语言学家莱斯（Reiss）根据文本的功能，将文本划分为三种类型：信息型、表达型和祈使型。基于此，纽马克（Newmark）从体裁角度出发，对不同文本的归类问题做了阐述。具体来说，自传文学、官方文告、严肃文学作品和私人书信等均属于“表达型文本”；科技、自然科学、工商经济方面的读本、报告、文件、报刊、备忘录、会议记录等属于“信息型文本”；而将通告、说明书、公共宣传、通俗作品等纳入“呼唤型文本”。纽马克还明确地指出，“语义翻译”适用于“表达型文本”，“交际翻译”用于“信息型文本”和“功能型文本”。但在实际的操作中，很少有文本只有一种功能，多数文本都是以一种功能为主，其他功能辅助的。因此，译者需要先确定一种文本的主要功能，或在同一文本不同部分确定每一部分的语言功能，然后有针对性地使用相应的翻译策略和手法，或用“语义翻译”贴近原文，或用“交际翻译”顾及译文读者，注重译文的效果。例如：

In the old days, Beijing was hot on rhetoric but cool toward everything else.

译文 1：在过去的日子里，北京在言辞上是热的，而对其他一切事情却是冷的。

译文 2：过去，北京总是言辞激烈却处事冷静。

译文 1 紧贴了原文的语义结构，结果却词不达意，严重偏离了原文的思想内容。译文 2 摆脱原文字面的束缚，灵活变通，按译文的习惯突出表达了原文的实质内容。

2. *自然层次*

一些初学翻译的人经常会翻译出很别扭的译文，除了与译者自身的文字功底有关外，还可能是因为其太拘泥原文，选词用字照抄词典，忽视上下文是否合适，过于拘泥原文的句子结构，如词序等。这就涉及自然层次的问题，所谓自然层次，是对译文行文的基本标准。通常来讲，所有类型的文本，译文都必须自然流畅，符合译入语的习惯。例如：

It takes five minutes to get there on foot.

原译：需要 5 分钟才能步行到那儿。

改译：步行到那儿需要 5 分钟。

原文中 it 是形式主语，真正的主语是不定式短语；汉语中是没有形式主语的，故完全按照原文的词序翻译，把不定式放在句末是不符合汉语的行文习惯的。

3. *黏着层次*

所谓黏着，即语篇中句子之间的衔接。黏着层次是指在段落、语篇的层面上对原文的忠实。段落、语篇的衔接方式其实反映了本族语说话者独特的思维方式。因此，译者在翻译过程中不可盲目地完全照搬原文的衔接方式，而应该在理解原文的基础上，使用地道的译入语的衔接方式组织译文。在翻译实践过程中，一些句子的译文看似正确、通顺，但若将所有句子整合在一起构成一个段落，其意义却非常不通。因此，译者要想保证译文的通顺，应该在明确两种语言的语篇差别的基础上，做好句子的“衔接”工作，使其从整体上看也是连贯、通顺的。例如：

The English arrived in North America with hopes of duplicating the exploits of the Spanish in South America, where explorers had discovered immense fortunes in gold and silver. Although Spain and England shared a pronounced lust for wealth, differences between the two cultures were profound.

原译：英国人抱着和西班牙人开拓南美洲一样的动机来到北美洲，西班牙的探险者在南美洲发现了大批金银财宝。虽然西班牙和英国都同样明显地贪图财富，但是两国的文化却存在着很大的差异。

改译：当年西班牙探险者在南美洲发现了大批金银财宝。英国人来到北美洲的动机也如出一辙。尽管两国对财富的贪欲同样强烈，但是两国在文化上却存在着巨大的差异。

该段落共包含两个完整的句子。其中，第一个句子还包括一个定语从句，原译将其置于主句后，最终使两个句子衔接得很别扭，使整个段落支离破碎。改译按照汉语的表达习惯，将这个定语从句译为汉语后放在主语之前，最终使整个段落看起来通顺、连贯。

4. 所指层次

所指层次即译者对原文所指意义的把握。翻译不是在真空中发生的文本转换,原文句子结构模糊、语义不清是时有发生的。在具体的翻译过程中,译者应该透过文字的表象,抓住文字的本质,并用译入语将其准确地表达出来。此时,基于英汉语言之间的差异,译入语的文字与原文之间就可能存在一定的距离。例如:

A: You alone here?

B: I'm saving myself for you.

原译:

A: 你一个人?

B: 我在为你救我自己。

改译:

A: 你一个人?

B: 我在等你呀。

该例原文是一部电影中的桥段:舞会上,一位男子一个人坐在那里看别人跳舞,此时过来一个女士问道:"You alone here?"(你怎么没有舞伴?)男子机智地答道:"I' m saving myself for you."由该语境可以推断,save这一动词与"救"毫无关系,因为他没有遇到任何危险。该男子的真正意图其实是"省下来",即"我(把自己省下来)不和别人跳舞是为了和你跳"。当然,由于汉语中没有可以表达这一意思的词,所以只能退而求其次,采用幽默的语气将其想法表达出来。

(三)表达阶段

1. 处理好内容与形式的关系

内容与形式始终都是翻译和翻译研究的重要话题之一,不论我国古代的"文、质"说,近代的"信、达、雅"说到现代的"神似""化境"论,还是西方翻译学家泰特勒的"翻译三原则"到奈达的"功能对等"理论,几乎都是围绕译文中有效地转译出原文的内容与形式来展开论述的。应该说,所有语篇都是内容与形式的统一体。内容的表达需要借助一定的形式,特定的形式往往表达特定的内容。因此,要想忠于原文,译者既要善于移植原文的内容,又要善于保存其原有的形式,力求形神俱备。形式一般包括作品的体裁、结构安排、形象塑造、修辞手法等,译文应尽可能将这些形式表现出来,借助"形似"更充分地表达原文的内容。例如:

Henry Kissinger had slept there before, in July and again in October.

译文1:在此之前,亨利·基辛格曾经两度在这里下榻,一次是七月,另一次是十月。

译文2:这之前,亨利·基辛格在七月和十月两次在这里过夜。

译文3:七月和十月,亨利·基辛格曾经两次在这里睡觉。

该例中的Henry Kissinger指美国前国务卿,原文语体风格比较正式。因此,在翻译时不仅要准确传达语义,同时也要将语体风格表现出来。三种译文实际上都比较好地传达了原文的语义,表达也都通顺自然,但在表达形式方面却存在一定差异。译文1语体风格比较正式,如"两度""下榻";译文2语体风格居于正式与口语之间,如"两次""过夜";译文3则倾向于口语体,如"两次""睡觉"。总体来看,译文1形神兼备,充分表达了原文的内容和形式,语言风格也更加忠实于原文。

2. 处理好直译和意译的关系

直译和意译是翻译中的两种不同方法，以“直译为主”还是“意译为主”也是译界长期争论不休的问题。

（1）直译

直译即在译文语言条件允许的情况下，既保持原文的思想内容，又保持原文的语言形式的翻译方法。原文语言形式包括词序、语序、修辞方法等。但是，直译并非死译或硬译。例如：

A month ago he was a man of men. Today he seemed truly touched by divine spirit, which spiritualized and elevated him.

一个月前，他是个凡夫俗子。今天，他似乎真正得到了圣灵的点化，使他超凡入圣了。

本句中“圣灵的点化”是 touched by divine spirit 的直译，既不失原意，又合乎汉语规范，可以为汉语读者所理解。

Hitler was armed to the teeth when he launched the Second World War, but in a few years, he was completely defeated.

希特勒在发动第二次世界大战时是武装到牙齿的，可是不过几年，就被彻底击败了。

armed to the teeth 是一个习语，用在原文中形象且生动。从中国彻底解放之后，armed to the teeth 就被直译为“武装到牙齿”，已经成了习惯。如果译者将其意译为“全副武装”，其语气会显得很弱，不足以表达原文的思想。

（2）意译

所谓意译，是指根据原文大意来翻译，不进行逐字逐句的翻译。也就是说，意译强调的是“神似”而不注重原作的形式，译文可以不拘泥于原文在词序、语序、语法结构等方面的形式，自然流畅即可。但要注意，意译不是任意乱译，不得随意删改内容，添枝加叶。例如：

A woman without a man is like a fish without a bicycle.

女人用不着男人，就像鱼用不着自行车一样。

采用意译法，改变了 without 短语作定语的形式，但能使原文的含义在译文中一目了然。

（四）校改阶段

再细心的译者也难免出现漏洞，经验再丰富的译者也无法做到一挥而就、一字不易。可见，校改也是翻译过程中不可忽视的一个环节。校改其实是对原文内容的再一次核实，以及对译文语言进一步推敲和完善。因此，校改并非简单地改错，译者必须认真对待这一环节。校改阶段主要要完成两个工作：其一，核对译文是否精确；其二，核对译文是否自然、简练。具体来说，校改时应该注意下面几个细节问题。

（1）校核译文在人名、地名、日期、方位、数字等方面有无错漏，标点符号的使用是否正确。

（2）校核译文的段、句或重要的词有无错漏。

（3）检查成语以及其他固化的表达结构，包括各种修辞手法和修辞习惯等方面有无错漏。

（4）确保译文中没有冷僻罕见的词汇或陈腔滥调。

（5）检查译文的逻辑关系是否清晰。

（6）检查译文的风格是否与原文的风格一致。

通常，译文需要校改两遍以上。第一遍主要校核内容，第二遍重点对译文进行润饰。这里的润饰主要指去掉初稿中的斧凿痕迹。最简单的做法是，先抛开原文，以地道的目的语的标准去检查和衡量译文，并对其加以修改和润饰。如果时间还很充足，可以将已经校核两遍的译文对照着读一遍，做最后一次检查、修改，确保没有遗留任何未解决的问题。此外，如果条件允许，最好请他人来挑错，译者本人会受自身思维定式的影响，往往会忽略一些错误。译者还可以在校改完之后将译文放置几天，之后再拿出来看时或许也会发现一些之前没有发觉的问题。

第三节　翻译对译者的素质要求

一、扎实的语言基础

翻译考查的是译者对两种语言的掌控能力与驾驭能力。因此，译者具备扎实的语言基础非常必要。译者对语言的驾驭能力主要体现在以下两个方面。

（一）译者的理解能力

由于英汉语言之间的差异性，所以有很多因素会干扰译者的理解能力，如词汇量、语法结构以及利用语境确定语义等。翻译不仅仅是对字面意思的传达，还要根据语境把握其真正的意义。例如，在《汉英词典》上可以查出“打”的英文表达是 hit, strike, beat，而下面的“打”字却对应着不同的英文表达。

打字 to typewrite

打的 to take a taxi

打水 to get some water

打铁 to forge iron

打毛衣 to knit

打篮球 to play basketball

打井 to dig a well

同样，如英语中的 black 在字典上的解释为“黑色的”，而在不同的搭配中有不同的汉语表达。

black despair 绝望

black tea 红茶

in a black mood 情绪低落

a black stranger 完全陌生的人

Here the captured comrades were jammed together like sardines.

译文 1：这里被俘的同志像沙丁鱼一样被驱赶在一起。

译文 2：上尉同志在这儿被挤得像个沙丁鱼。

以上两种译文的错误都是因为译者的外语水平不够扎实。译文 1 系译者不认识 jam 所致；译文 2 系译者误将 capture 看作了 captain 所致。

（二）译者的表达能力

翻译并不是要求译者用自己的思想和话语对原文进行再创造，而是要用原作者的思维将其观点移入到译入语中。因此，翻译对译者的表达能力提出了很大的挑战。它要求译者能够熟知源语与译入语之间在语音、词汇、句法、修辞和使用习惯上的差异，力求使译文的表达通顺流畅。例如：

There's no pot so ugly it can't find a lid.

译文 1：没有丑到配不上一个盖子的罐子。

译文 2：罐儿再丑，配个盖子不发愁。（姑娘无论多么丑也能配个汉子。）

译文 1 显得平板滞重；而译文 2 则更加意韵合拍，风趣隽永，简直是妙笔佳句。可见，如果译者没有扎实的语言基础，翻译质量也就得不到保证。

二、熟练运用翻译技巧

要想做好翻译工作，熟练运用各种翻译技巧和策略是非常必要的。要熟练运用翻译技巧，译者需要做如下两个方面的努力。

（一）系统地学习翻译理论知识

掌握系统的理论知识是进行翻译的前提和基础。因此，译者要注重对翻译理论知识的学习，在学习中系统分析和总结相关的翻译技巧与策略。例如，各种文本的翻译策略和技巧：探讨如何翻译科技文本、文学文本、新闻文本、公文文本等具有不同风格和功能的文本；语言层面的翻译技巧：词语、句子、篇章的翻译技巧；文化层面的处理方法：归化、异化的应用。

（二）加强理论联系实际能力

实际上，翻译是对译者理论联系实际能力的考验。其需要译者用正确的理论指导翻译实践，多学习一些翻译名家的范文，经常进行实践，坚持在翻译实践中学习翻译理论，不断总结经验，在翻译实践中不断完善和发展翻译理论。

但是，我们既要反对不要理论指导的盲目实践，也要反对脱离翻译实践的空洞理论。只有将理论学习和翻译实践有机地结合在一起，才能不断提高对翻译的认识水平，才能把握规律，以顺利地完成翻译任务。

三、具有广泛的知识面

译者要掌握一定的专业知识以及丰富的文化知识。只有知识面足够广博，才能深刻地理解原文，也才能确保翻译的质量。同时在平时的工作和生活当中，译者还需要对不同方面的知识进行了解和关注。

（一）具备一定的专业知识

俗话说“隔行如隔山”，特别是专业性很强的文件，如科技文体、法律文件、经济合同等。如果不熟悉所译文章所涉及的专业，就不能正确理解原文的全部意义，翻译也就无从谈起。如果经常涉及某个专业领域的翻译，译者最好能够学习一些该专业的基础知识。例如：

Liabilities or creditor's equity are the obligations or debts the firm must pay in money or service at some time in the future.

负债即债权人权益是企业在将来的某一时间必须用货币或劳务来抵偿的义务或债务。（涉及会计、金融知识）

The documents will be presented to you against your acceptance of the draft in the usual way.

贵方按惯例承兑汇票后,方可获取相关单证。(涉及外贸知识)

(二)掌握相关的文化知识

一位合格的译者应该多了解本国和英语国家的历史、地理、政治、军事、外交、经济、风土人情、文化传统等方面的文化知识。这样才能达到文化沟通的目的,不至于在一些文化内容的翻译上出差错。例如:

After lunching in the basement of the Medical School, Philip went back to his rooms. It was Saturday afternoon, and the landlady was cleaning the stairs.

在医学院地下室吃过饭后,菲利普回到自己的寓所。那是一个星期六的下午,女房东正在打扫楼梯。

在英国,常有人把房屋分间出租供人住宿,出租房屋的人就被称为 landlord 或 landlady。如果不了解有关背景知识,容易把此例中的 landlady 误译为“女地主”。

四、积极认真的工作态度

在翻译中的工作态度指的是译者在译文时所持有的翻译精神。译者在翻译过程中的态度对译文的好坏有着直接的影响,因为译者的任何疏忽和倦怠都会影响译文的质量。

例如,曾经有一家香港某报在报道一则消息时,因为是通讯社所发出的消息,全是用大写字母传送打印出来的,所以译者将其中的 Turkey Dinner 译成了“土耳其大餐”,因为稍微有点常识的人都知道是“火鸡大餐”,这种错误就源于译者的粗心大意。仅因译者的疏忽就会对新闻乃至其公司产生极大的影响。因此,译者在翻译过程中一定要保持积极认真的态度。

第二章　中外翻译主要理论

中西方翻译的传统使世界翻译史上形成了具有鲜明特色的两大翻译体系，这两大体系彼此是独立的，却产生了一些相同或者相近的翻译思想，但是由于两大体系的社会文化不同，因此这些思想也打上了不同的烙印。可以说，无论是中国还是西方，翻译理论的发展历史都是相当久远的。本章就详细介绍一下中西方主要的翻译理论。

第一节　中国翻译主要理论

中国的翻译理论是一个不断发展、深化的过程。我国当代翻译理论的延伸和提高，既需要引进先进的国外理论，也需要继承和发展传统的理论，做到取其精华，去其糟粕。中国的翻译理论深深打上了历史文化的烙印，带有鲜明的民族特色。我们并不能割断这些脉络，而是应该系统梳理从古至今的翻译理论，这对以后的翻译理论研究有极其重要的意义。

一、“文质说”

中国的传统翻译是从佛经开始的，佛经翻译在我国翻译史上占据着重要的地位，不仅体现在中国的语言上，也体现在中国的文学上。著名的革命家瞿秋白在他的《再论翻译》一文中明确提到：“佛经的翻译在中国的文化史上有着相当的功劳。这主要体现在以下两点：首先，佛经的翻译是中国第一次用自己‘最简单的言语’去译其他国家相对复杂的梵文。其次，佛经的翻译实际上是白话运用的开始。”

西汉末年，佛教从印度传入中国，自此佛经翻译活动随之展开。佛经翻译主要是从东汉末年开始到北宋末年结束，这对我国甚至是世界古史来说，是第一个翻译的高潮时期。在这期间有众多的经书译出，并随之产生了许多翻译理论和方法。可以说，佛经翻译时期是翻译理论形成的开端。

起初，中国的翻译理论研究主要是“文丽”和“质朴”两大派的论争。其中前者强调的是对译文要进行修饰来保证文章的通达；后者强调的是对原文不能增减，要紧扣主题。实施上，这两个理论和今天的“意译”与“直译”比较接近。在翻译理论的不同阶段，不同的翻译家围绕这两个问题提出了自己的标准和方法。以下就具体介绍几位杰出的佛经翻译家。

（一）支谦的佛经译论思想

支谦，本是月支人，他受业于本族人支亮，而支亮受业于支娄迦谶，因此将这三人称为“天下博知，不出三支”。支谦是较早的佛经翻译家。东汉末年，洛阳地区动荡不堪，支谦随其族人为了躲避祸患来到东吴，孙权拜他为博士。从公元 222 年到 254 年（即孙权黄武元年到孙亮建兴三年）这 30 多年间，他搜集了各种原本和译本，对没有翻译的进行补充，对已经翻译的进行修正，尤其是对自己的《道行》以及《首楞严》等进行重新翻译。

支谦的译著很丰富，并且精通六国语言。在翻译佛经的过程中，尤其注重总结经验，切磋翻译技巧。尤其是在他的《法句经序》一书中，涉及了翻译的美学问题以及翻译的哲学本质问题，尤其是文与质的关系问题。

在翻译的时候，支谦基本用意译的方式取代音译，并且意译的比较彻底，支谦的翻译作品力图去适应汉人的口味，但是译文的忠实性就受到了一定的影响。他过分追求美巧，因此不免会离开原著，这遭到了后来很多的翻译学家的强烈批评。但不容忽视的一点是，支谦开创的翻译风格占据着重要的地位，因此对普及佛教起到了相当大的作用。

（二）释道安的“五失本三不易”思想

释道安，东晋著名的佛经翻译评论家。他潜心修佛，后期主要以翻译佛经和讲授般若经为主。他对佛教主要有以下几个方面的贡献。

（1）对汉朝以来流行的禅法和般若学这两大体系进行总结。

（2）确立成规。

（3）提出僧人应以释为姓，并被后世遵行。

（4）对新旧译作的经典进行整理，编出目录，其中第一部经典的目录是《综理众经目录》。

在翻译方法上，释道安主张直译，认为如果将复杂的原文进行省略或删除的话，就会丧失原作的味道。对于经文的文、质上来说，翻译大乘经应以“文”为主，翻译戒律应以“质”为主。

释道安并不懂梵文，但是在研究般若经的过程中，逐渐开始研究翻译，并且在《摩诃钵罗若波罗蜜经抄序》一书中提出了著名的“五失本、三不易”理论，意思是说在翻译梵文经书的时候，有五种情况很容易导致译文丧失原意，三种情况很不容易处理。

失去原文本来面目的五种情况分别是：

（1）梵文的词序和汉语正好是相反的，翻译时必须要顺从汉语语法。

（2）梵文相对比较质朴，而汉人比较喜欢华美，因此翻译的时候要进行一定的装饰，这样才能满足读者的需求。

（3）梵文中具有同样意义的词语往往是重复的，因此翻译时需要对其进行删减。

（4）梵文的结尾一般都有小结，实际上是对前文复述，因此翻译时必须将其删去。

（5）梵文中一件事情讲完，将要谈论其他事情的时候，会再次复述前面话，因此翻译时要将其删除。

不容易处理的三种情况分别是：

①翻译的时代和原著的时代不同，因此要让古代习俗适应现代的习俗是很不容易的。

②将古代先贤大义传达给后世的知识浅薄者，是很不容易理解的。

③释迦牟尼死后，其弟子翻译尚比较慎重，但是由平凡人进行翻译也是很不容易的。

其中“五失本”是对佛经翻译的总结，而“三不易”反映了佛经翻译的难易观。

（三）玄奘的“五不翻”原则

玄奘是唐代著名的翻译家。玄奘，俗家姓陈，通称“三藏法师”，出身世家。受其兄影响，15岁的时候出家。公元629年，玄奘私自离开长安去印度求学，大概四年后到达天竺烂陀寺，在那里，他博学广纳，颇有名气。回国后，玄奘带回了657部梵文的经典，并受到唐太宗的赞许。他全身心投入到翻译经典事业中，19年总共翻译经书75部，共1335卷。玄奘主持的译场，在组织上更为健全，阵容更为强大，职司总共有译注、证文、参译、刊定、笔受等11种。

由于玄奘精通梵文和佛理，并且汉语文笔极好，因此在翻译时基本上是出口成章的，只要记录下来就可以了。玄奘的译文贵在能够达意，而最擅长的地方就是能够运用文字来融化原文的义理，简单来说，就是能够用一家之言来贯穿全文，并对之前的旧的、晦涩难懂的译文进行重译。

（1）补充法。为了能够让读者轻易地了解，译者常常加入几个字或者几句话。

（2）省略法。玄奘对原文删节的地方极少，而且仅限于不重要的地方。

（3）变位法。因为梵文与汉文语序存在差异，因此在翻译的时候会改变梵文的次序。

（4）分合法。这主要是应用在翻译梵文复合词的时候。

（5）译名假借法。有时候会使用另一种译名来对专门术语进行改译。

（6）代词还原法。玄奘会把原文的代名词译成代名词所指代的名词，并在前面加“彼”或者“此”等。

通过上述内容，可以看出玄奘翻译的质量很高，并且能够熟练地运用各种翻译技巧，达到内容与形式的统一，被后世所称赞，真正做到了“质文有体，义无所越”。

玄奘对佛经翻译的认真是史无前例的，为了达到翻译方法的整体划一，他创立了著名的“五不翻”原则。所谓“五不翻”，并不是不翻译，而是出于某种考虑，对于一些梵语词语，尽量保持源语语音的汉字写法，而不必按照其意义进行翻译。这种说法和现在熟知的“音译”比较类似。“五不翻”原则主要包含以下五个层面。

（1）秘密故。在经书中，有很多佛学的秘密语，如诸陀罗尼，这些词语比较微妙，翻译时以音译为主。

（2）含多义故。佛经中有些词语是多义词，如薄伽梵这一词语，具有名称、自在、吉祥、端严、尊贵等意义，因此翻译时不可以随意选择其中的一个意义进行翻译。

（3）无此故。经书中如阎浮树等原产于印度，在我国并不存在，因此翻译时多采用原音。

（4）顺古故。在翻译如阿耨多罗三藐三菩提等词语时，由于从汉代开始，各个翻译家都采用音译法，因此予以保留。

（5）生善故。在翻译释迦牟尼、般若等词汇的时候，不要意译为能仁、智慧等，应采用音译。

这种“五不翻”原则在玄奘之前早有提及，但是并不系统和完整。玄奘的这一原则对我国的翻译事业的发展有极其重要的作用，并对之后的翻译实践有积极的指导作用。可见，玄奘是我国古代最为著名的佛学家以及大翻译家，同时也是一名杰出的文化传播使者。

二、严复的“信达雅”

严复是清朝末期最具有影响力的翻译家，谈到严复的翻译，主要有两大贡献：一是他选择原书的精神，他认为西方国家的强盛就在于学术上，这也是中国自强的需要，因此他选择的书都是精心研究过的，并依据时局的需要进行翻译。二是明确界定翻译标准，这体现在他的《天演论译例言》一书中，他这样描述到：

译事三难，信、达、雅。求其信，已大难矣。顾信矣不达，虽译尤不译也，则达尚焉。

……

……此在译者将全文神理，融会于心，则下笔抒词，自然互备。至原文词理本深，难于共喻，则当前后引衬，以显其意。凡此经营，皆以为达，为达即所以为信也。

易曰：“修辞立诚。”子曰：“辞达而已。”又曰：“言之无文，行之不远。”三者乃文章正轨，亦译事楷模，故信、达而外，求其尔雅。……

从这段文字中可以看出，严复提出的信、达、雅三条翻译的标准，对后世的翻译实践起到了极大的推动作用。这三个字之间是不可分割的有机统一体，著名学者王秉钦这样评论道：“三者的关系是以信为本，以雅为表，以达为中间纽带，三位一体。”

首先，“信”是翻译的基础和前提。所谓“信”，是指翻译要忠实于原文。翻译的过程是在理解原文的基础上，用另一种语言再现原文的过程。因此，译者在原文和译文之间充当桥梁的作用。对于原作的忠实，就是其思想、感情、风格、韵味等都要忠实，如果译文的思想、感情、风格、韵味与原文相差甚远，那么就不能称之为“信”了。另外，值得注意的是，任何原文不仅有字面含义，还有隐藏于文本内的深层含义，因此译者也应该将这些信息准确地传达给读者，这是深层意义上的“信”。

其次，“达”是翻译的目的。所谓的“达”，是指译文要传达出原文的思想和内容。从理论上来说，翻译是信息转换和传递的过程，目的是用最自然、最接近的方式在译入语中呈现原文的意义和风格。由于文化背景、风俗习惯的差异，其语言文字也明显的不同。一个好的译作必然是运用本土中最合适的对等语言来传达原作的意思，因此翻译时应该适当调整原作的形式，否则很难避免出现一些晦涩的词语。这种调整是“达”的基础，而“达”的最高层次是在原作的深层含义上，即译者应该深刻领会原作的主旨，然后再用另一种符号表达出来。

最后，关于“雅”的理解，后人有不同的理解。这里笔者将严复的“雅”分成两个层面理解：一是用精美的词句来修饰文章；二是与“信、达”相关联。这里的“雅”不是典雅、美化的意思，而是传达出比词语、句子更高的东西，即原作者的精神风貌和心智特点。

严复的“信、达、雅”理论自提出之日起，就引起了多方面的争论，有人认为他的标准过于陈旧，有人则认为他的标准不够完美，并不能有效用于指导实践。但是仍旧有很多的翻译者根据其标准从事翻译活动，如林语堂、钱锺书等人。可见，严复的理论随着时代的变迁不断发展壮大，其意义和内涵也在不断地延伸和升华。

三、鲁迅的“信顺说”

鲁迅，浙江绍兴人，原名周树人，鲁迅一生的文学活动是从翻译介绍和研究外国文学开始的，他是现代中国翻译理论的奠基人。鲁迅的一生共翻译了14个国家的100多位作家的200多种作品。翻译内容涉及的国家主要有苏联、英国、法国、日本等，其中苏联的作品占到了一半以上。他的翻译活动主要分为三个时期。

（1）在日本留学的时候，鲁迅翻译了法国作家凡尔纳的科幻小说《月界旅行》以及雨果的《随见录》，同时，他还编译了《斯巴达之魂》。1909年，他翻译了俄国作家安特莱夫和迦尔洵的作品，编著了两本《域外小说集》。后人认为《域外小说集》开创了中国翻译史上的新纪元。在这一时期，他的翻译思想是为了战斗。他的心，站在弱者的一边。

（2）这一时期，鲁迅从民主主义思想向共产主义思想转变，受形势和思想武装的影响，他翻译了不少文艺理论的作品，如《苦闷的象征》《文学与革命》等。

（3）这一时期是最辉煌的时期，因为他从一个民主主义者完全彻底的转变成了共产主义者，为了革命的需要，他翻译了大量的战争作品。

从这些翻译的著作中，不难发现鲁迅的翻译为翻译理论的发展做出了重要的贡献。作为翻译理论家，他用大部分的精力借用外国的火来照明中国的黑夜。他发表了大量评述当时翻译思想的文章，同翻译界的错误思想进行论证，最终巩固和发展了中国传统的翻译思想。下面介绍两次著名的论争。

（一）关于直译与意译的论争

这是在白话文运动上遇到的第一个翻译理论的争论问题，围绕的也是三个观点：直译应该采用用白话文翻译,意译应该采用文言文翻译;直译意译都应该采用白话文翻译;直译、意译与采用白话文还是文言文无关。

由于翻译界大量翻译的都是外国文学作品,因此采用直译的比较多,而鲁迅是直译的代表。

（二）关于信与顺的论争

这是一场关于翻译标准的论战,许多著名文人都卷入到了这场长达八年的论战之中,如鲁迅、瞿秋白、林语堂、赵景深等。而论战的起点就是“论鲁迅先生的硬译”一文的发表,文中提出“与其信而不顺,不如顺而不信”。

1931 年 12 月 28 日,鲁迅在与瞿秋白讨论翻译问题时提出了“宁信而不顺”的翻译主张。鲁迅先生认为,在给知识分子观看的翻译著作中,应该提倡“宁信而不顺”的译法,反对“顺”而不“信”。所谓“信”,就是要忠实于原文,译者需要将原文的内容完整地翻译出来;所谓“顺”,是指译文必须在合乎规范的前提下做到通顺易懂。译文必须是明白晓畅,没有佶屈聱牙、文理不通、晦涩难懂等现象,但是要完全做到这点,绝非易事。“信”与“顺”是相辅相成的,“信”而不“顺”会让读者很难看懂,这就失去了翻译的作用;“顺”而不“信”就会脱离原作的风格和内容。如果二者不能两全,那就“宁信而不顺”。

之后,鲁迅在他的《关于翻译的通信》一书中,对这一观点做了进一步的阐述。文中这样论述到:“我是至今主张‘宁信而不顺的’。自然,这所谓‘不顺’,绝不是说‘跪下’要译作‘跪在膝之上’,‘天河’要译作‘牛奶路’的意思,乃是说,不妨不像吃茶淘饭一样几口可以咽完,却必须费牙来嚼一嚼。……这样的译本,不但在输入新的内容,也在输入新的表现法……”

不难发现,鲁迅先生的“不顺”理论在翻译中并不是一个消极的主张,而是处理翻译著作的一个积极的办法,为的是“输入新的表现法”和改进中文的文法、句法,而“其中一部分,将从‘不顺’而成为‘顺’,有一部分则因为到底‘不顺’而被淘汰、被踢开”。同时,他还认为经过一段时间的调整,中国语言才能真正地、自然地丰富起来。也正是由于这个原因,在无法兼顾忠实和通顺的前提下,他选择了“信而不顺”。

事实上,“宁信而不顺”的翻译观展示了鲁迅翻译观的典型特点,对于理解鲁迅的翻译理论有着重要的意义和历史价值。“信”是对原文忠实的传达,鲁迅认为翻译不仅仅是新的情感观念的输入,而且更重要的是新的表现手法的输入,这是因为人的思维方式是体现在语言之中的,只有输入了新的表现手法,才能实现中国思维的现代化进程。而“顺”的翻译是使译文在顺从中国的语言习惯和语法规则归化到中国传统的思维模式中去。可见,由于中西思维方式和价值观念的差异,“信”必然会与“顺”产生冲突,由“信”而“顺”是一个适应和接纳的过程。这是鲁迅对自己翻译实践的理论总结,也体现了其改造国民性的思想。

综上所述,鲁迅先生的译论系统相对是比较完整的,几乎涉及了翻译问题的各个重要方面,而且许多思想都闪烁着辩证发展的光芒。

四、郭沫若的“翻译创作论”

郭沫若,原名郭开贞,四川乐山人,沫若是他的笔名,是中国现代著名的文学家、诗人以及翻译家。从五四前夕,郭沫若就开始引进和介绍外国文学,在 1917 年左右,他开始了对海涅、泰戈尔等人的著名诗歌的翻译。他对日文、德文、英文等多国语言都有所精通,译作也十分丰富,如歌德的《浮士德》、雪莱的《诗选》等。郭沫若不仅在翻译实践上影响颇多,在翻译理论上也有自己的建树,主要体现在以下两个方面。

（一）“风韵译”的美学主张

郭沫若的“风韵译”理论具有创造性的意义，他并不赞成逐字逐句的直译，也不赞成完全移植翻译，而是“以诗译诗”。同时，他强调翻译的过程是两种文化的融合过程，是两种语言及其风格进行再度创造的过程。

1920 年春，郭沫若在为田汉的《歌德诗中所表现的思想》一文写附白时提出：“诗的生命，在于它那种不可把握的风韵，因此翻译的手段除了直译、意译之外，应该有种‘风韵译’之感。”

郭沫若认为，“风韵译”不仅是诗歌翻译的原则，而是整个文学翻译的原则，即任何文学作品都必须以这一原则为准则。事实上，他的“风韵译”原则是建立在直译、意译的基础之上的，是针对翻译文学提出的具有美学价值的翻译理论，极其注重源语的意境以及译语的传神。为翻译文学美学观奠定了基础，是翻译学史上的一大贡献。

（二）“生活体验论”的主体思想

郭沫若对译者的责任心和主体性非常看重，他认为，在翻译中译者应该保持严肃的态度和高度的责任感，要慎重选择翻译作品。

20 世纪二三十年代，我国的翻译学界出现了一些不良风气，如不加选择翻译作品、对原著理解不够透彻、翻译相当粗略等。面对这些问题，郭沫若对其进行了批评并提出了几点改良措施。

（1）对于译者来说，应该唤起他们的责任心。

（2）对于读者来说，应该首抓教育问题，培养学生的知识储备，尤其是培养出可以直接阅读外文书籍的人才。

另外，郭沫若还强调在翻译的过程中，译者应该投入充足的主观情感，并对作家、作品都有深层次的了解，即要有深刻的“生活体验”。

（三）“好的翻译等于创作”主张

郭沫若认为，“好的翻译等于创作，甚至可以超过创作”。翻译工作是非常重要和艰苦的，它不是一件平庸的事情。创作需要具备充足的生活体验，而翻译却能够体验别人所体验不到的生活。翻译工作者在熟悉本国语言的基础上，还要精通外国语言，其难度甚至是可以超过创作的。因此，翻译是一种艺术，是一种创造性的艺术，非一般的工作。而郭沫若本人的译作恰恰证明了这一点，他的译文不仅是原作的精神和风格的体现，还是艺术再创造的产物。

（四）关于重复译问题的观点

和鲁迅的观点有着相似性，郭沫若也赞成对外国优秀的文学作品采用重复译的翻译方法。郭沫若先生认为：“翻译不嫌其重出，译者各有所长，读者尽可以自由选择。”外国文学作品往往内容非常丰富，即使是翻译家也未必能够完全译出原作中的内涵和情韵，况且时代不同，译者对过去的作品也会产生不同的认识和感受，因此对外国文学作品进行重复译是完全有必要的。这样可以使人们对两本译作进行比较，找出其优劣点，从而促进翻译水平的提高。

另外，对于中国的古典作品，郭沫若主张用现代汉语进行翻译。古书所使用的文字和语法与今天所使用的语言相比存在着很大的差异，因此导致广大读者很难读懂。为了继承祖国优秀的文化遗产，利用这些文化遗产去建设我们的新文化，需要让更多的人学习古代文化、认识古代文化，因此古书的翻译也是非常必要的。“指摘一部错译的功劳，比翻译 500 部错译的功劳更大：因为他的贡献虽微，但贡献是真切的”。可见，郭沫若着重强调翻译批评在整个翻译事业中的重要地位，甚至认为翻译批评比单纯的机械翻译的地位更加重要，没有翻译批评，译品的质量就很难保证。这对翻译学科的基础建设具有极其重要的指导意义。

总之，郭沫若对翻译中的许多重要的层面都提出了自己的看法，并且涉及的内容也是非常丰富的。当然，郭沫若专门谈论翻译的著作并不是很多，他也没有形成一套深刻的、系统的理论。但我们还是从他这些仅有的著作中，深切地感受到他译论思想的永恒光辉。

五、林语堂的“翻译美学论”

林语堂，原名和乐，语堂是他的笔名，是中国著名的作家、翻译家、语言学家。他熟知东西方文化，具有很高的文学造诣，并且一生致力于“两脚踏东西文化，一心评宇宙文章”。这是他文学创作和翻译道路的真实写照。

林语堂一生发表过很多的翻译理论著作，对中国的翻译思想做出了杰出的贡献，尤其体现在他的《翻译论》一书中。在这本书中，他认为：翻译是一门艺术，并系统地、全面地阐述了译者的素质以及翻译的标准问题。

（一）译者的素质

既然翻译是一门艺术，那么就要求译者必须具有基本的素质，也必须遵守基本的准则。翻译家并不是天生的，而是依靠后天训练而成。他明确提出，译者需要具备三点。

（1）译者需要精通国文，并且中文表达流畅。

（2）译者需要透彻理解原作的文字及内容。

（3）译者在翻译标准上有自己的见解。

（二）“忠实、通顺、美”的标准

在《论翻译》一书中，林语堂重点阐述了翻译的标准，即忠实的标准、通顺的标准、美的标准。从表面上来说，这三点和严复的“信、达、雅”有着相似之处，但是其有着自身独特的内涵意义。

1. 忠实的标准

林语堂认为，忠实的标准是译者对原作的责任。而这一“忠实”有着三个层面的内涵，即非字译、须传神、非绝对。

（1）非字译。随着语境的变化，字的意义也是不断变化的。有些字词可以有多重含义。因此对于原作，译者须字字理解而无须字字翻译。

（2）须传神。这是要求译者在翻译时不仅传达原作的意义，还需表达出原作的情感色彩。

（3）非绝对。忠实是相对忠实而不是绝对忠实。要达到绝对忠实是不可能的，因为文字有声音之美、情感之美、意义之美、问题之美等，译者是不可能完全展现出的。

2. 通顺的标准

通顺的标准是忠实标准的内在要求，是译者对国内读者的责任。在保证通顺的问题上，林语堂认为可以从两个层面着手。

（1）译者需要准确地体会出原文的全句意义，然后进行吸收，最后依据中文语法在译文中得以体现。

（2）译者需要按照本国的心理行文。

3. 美的标准

“美”的标准是从艺术的层面来说的。林语堂认为：“翻译于用之外，还有美一方面须兼顾的，理想的翻译家应当将其工作作为一种艺术。用爱艺术的心理来爱翻译，用对艺术的谨慎来对翻译，使翻译成为美学的一种。”因此，译者在翻译时，必须要注意文字的运用，不但要达意，更要传神。

总之，译者要保证自己的译文能够得到读者的共鸣，与原文近似，就需要用艺术家的眼光去审视原作，洞察原作者内心的思想，感受与原作者相同的生活体验。

（三）“句译”概念

在讨论翻译的忠实问题时，林语堂提出了“句译”概念，即反对字字对译，提倡整句进行翻译。他认为：“句译家对于字义是当活的看，是认一句为结构有组织的东西，是有集中的句义为全句的命脉；一句中的字义是互相联贯、互相结合而成一新的‘总意义’，此总意义须由活看字义和字的联贯上得来。”林语堂倡导“句译”实际上是要求译者把句子作为翻译的基本单位，在句层上实现原文与译文结构和意义上的对应。这样，可以使译文避免因字字对译而产生的生硬牵强或不知所云，增强译文在读者群中的可接受性和可读性。

另外，他在阐释倡导“句译”的原因时，林语堂从行文心理出发指出：“译文若求通顺亦必以句译为本位。寻常作文之心理程序，必是分析的而非组合的，先有总意义而后分裂为一句之各部，非先有零碎之辞字，由此辞字组成一句之总意义；译文若求达通顺之目的，亦必以句义为先，字义为后。”句子是最小的理解单位和表述单位，是翻译转换的媒介，再加上句子是构建语篇的中枢单位，把它作为翻译的基本单位，可以向下兼顾词汇等更小的翻译单位，向上兼顾语篇等单位，这样才能有效地完成交际。因此，“句译”的概念对翻译实践有着极其重要的指导意义。

此外，林语堂还就“艺术文不可译”“翻译即创作”等翻译问题做过精辟的探讨，在此不多做赘言。从林语堂的翻译理论中不难看出，其中有许多精辟独到的见解，为我国的翻译理论提供了全新的研究视角和现代化的理论基点，值得我们进行深入性的研究。尤其是他的翻译美学思想，在中国翻译译论史上独树一帜，彰显其独特的价值。

六、茅盾的“意境论”

中华人民共和国成立初期，中国对传统的翻译思想比较推崇，形成了著名的“四论”，即茅盾的“意境论”、傅雷的“重神似不重形似论”、焦菊隐的“整体论”、钱锺书的“化境论”。这四论实际上将文艺学与美学融入传统的语言学化翻译理论之中，丰富和发展了传统翻译理论。

茅盾，原名沈德鸿，又名沈雁冰，茅盾是他的笔名，是现代著名的文学革命家、小说家、评论家、文化活动家等。茅盾一生的翻译作品达 240 万字之多，从 1916 年开始，他便走上了文学之路，而 1949 年，他的翻译实践才终止。他曾经明确指出：文学翻译对我国现代的文学发展有着极其重要的意义。中国人民是非常热爱我国悠久的历史以及丰富的文化遗产的，他以精练的语言阐述了中国 2000 多年的翻译史，肯定了我国传统的翻译理论，并奉为典范。

下面就来学习一下茅盾的翻译思想，尤其是探讨一下茅盾对现代文学翻译的批评。

（一）“神韵”与“形貌”文学翻译批评理论

在现代文学翻译的批评活动中，茅盾继承了传统文学翻译论的精华，创设了“神韵”与“形貌”的文学翻译批评理论，这对之后的文学翻译及文学翻译批评产生了深远意义。严复的“信、达、雅”是传统翻译批评的标准模式之一，在晚清时期影响是相当巨大的，但是在整个翻译实践中来说，译者与翻译批评之间仍旧缺少互动，翻译批评也并不能起到指导实践的实际作用。随着新文化运动的开展，文学翻译再度掀起高潮，这也带动了文学翻译批评的新发展。

茅盾认为，文学可以改变人生、改变社会，而文学翻译的目的不仅是为了介绍他国的文学艺术，也是为了介绍他国的思想。在翻译外国文学的过程中，茅盾结合了当时的“直译”与“意译”一边倒的错误批评倾向，从中国的特色实际出发，提出了“神韵”和“形貌”的辩证批评理论。他论述到：有时候译者过多地注意了“神韵”，往往忽视了“形貌”，而多注意了“形貌”，又往往忽视了“神韵”。事实上，从理论上来说，二者是相辅相成的，单字和句调是构成“形貌”的要素，而这二者也构成了原作的“神韵”。

总之，“神韵”和“形貌”是对“直译”一边倒批评理论的补充和完善，他的思想摆脱了传统批评的束缚，为文学翻译批评灌注了新鲜的血液。

（二）文学翻译与文学创作同等重要

中国的近现代社会是一个充满矛盾、纷争的社会，很多人认为翻译就是和临摹是一样的，与创作家是无可比拟的，甚至将翻译比喻为“媒婆”，而创作是“处女”。针对这一纷争，茅盾多次撰文予以批评，并提出了文学翻译与文学创作是同等重要的。他这样写道：

翻译的困难，实在不下于创作，或且难过创作。第一，要翻译一部作品，先须明了作者的思想；还不够，更须真能领会到原作上的美妙；还不够，自己走入原作中，和书中的人物一同哭、一同笑。已经这样彻底咀嚼了原作了，于是第二，尚须译者自己具有表达原作风格的一副笔墨。

大凡从事翻译的人，或许和创作家一样，要经过两个阶段。最初是觉得译事易为，译过了几本书，这才译出滋味来，译事实不易为了。还有，假如原作是一本名著，那么，读第一遍时，每每觉得译起来不难，可是再读一遍，就觉得难了，读过三遍四遍，就不敢下笔翻译。为的是愈精读，愈多领会到原作的好处，自然愈感到译起来不容易。

可见，茅盾先生及时纠正了有些学者对翻译的消极看法，这一理论不仅为文学翻译批评的健康发展铺平了道路，同时也为文学的发展打开了世界之窗。

七、钱锺书的“化境说”

钱锺书，江苏无锡人，是一位著名的文学家、评论家，也是一位精通古今中西的大学者。他的书籍中大量引用了外国的名言名作，但是他都做了精湛的翻译。他虽然没有给后人留下太多的翻译理论著作，但是其著名的“化境说”与严复的“信、达、雅”以及傅雷的“神似说”共同构成了中国传统翻译理论的主体，为中国翻译思想写下了不朽的一笔。

（一）“化境说”的提出

在钱锺书的《七缀集·林纾的翻译》中首次提出了他自己的翻译观：文学翻译的最高理想是“化”。所谓的“化境”，就是指将文本从一国文字转变成另一国文字，既不能因文化的差异而导致文字强硬，又能够保留住原作的风味。他的“化境”强调两个层面的内容。

（1）译文不能“因语文习惯的差异而露出生硬牵强的痕迹”，简单来说就是不能显得生硬牵强。如果译文显得生硬牵强，那么就得“化”它一化了。

（2）“化”不是任意的“化”，虽然“躯壳换了”，但是还得“完全保存原有的风味”，“精神姿致依然故我”。简单理解，就是保留原文的形式、神韵和风格。

“境界”这个概念本来属于中国古典美学的范畴，钱锺书先生将其引用到翻译领域，指出“境界”不仅是美学的特征，而且是各门学科的一个共性，诗心、文心和译学相通。他把文学翻译理论划入到文艺美学的范畴，这在中国文化史上具有划时代的意义。从渊源上讲，“化境说”与中国传统文论一脉相承。“化境”原意是艺术造诣达到精妙的境界，而在翻译中，“化境”是指原作的“投胎转世，脱去凡胎，换成仙体”。同时，钱锺书先生还肯定了译者的创造性。可见，“化”是翻译的最高境界和最高理想，它追求的是一种忘我的审美愉悦境界。

（二）“化境说”的分类

从“化境说”的定义不难看出，翻译时译文对原作应该忠实，这样才能让读者读起来不像译本，而更像原文。因为作品在原文里绝不会读起来像经过翻译似的。这里我们首次见到“最高标准”的提法，而最高境界“化”也浓缩成了“化境”，即是译界所熟知的“化境说”，简单理解就是原文的思想、情感、风格、神韵都原原本本地化到了译文的境界里。根据这段解释我们不难看出，钱锺书先生所谓的“化”其实包含以下几层意思。

（1）转化，即上文所述的“将一国文字转成另一国文字”。

（2）归化，将原文用自然、流畅的本国文字表达出来，“既能不因语文习惯的差异而露出牵强的痕迹，又能保持原有的风味”。

（3）化境，也即是“原作的投胎转世，躯壳换了一个，而精神姿致依然故我”，这与傅雷的“重神似不重形似”有着异曲同工之妙。

钱锺书用一个“化”字，展现出了翻译艺术的极致。事实上，彻底和全部的“化”是不可能实现的思想。从广义上讲，“化”与“不化”，只是一个相对的概念。正如钱锺书所说的那样：不同国家的文字之间必然是存在着某些差距的，译者对原作文字的理解和文风跟原作的内容和形式之间也是存在一定的差距的，而且译者的体会和自己的表达能力之间往往也存在距离。因此，译文总有些许失真甚至走样。

（三）“化境说”的意义

对于“翻译是什么”的问题，翻译界众说纷纭，各抒己见，莫衷一是，至今也没有一个统一并令人满意的答案。有人认为翻译是艺术，有人认为翻译是科学，有人认为翻译是复制……翻译是叛逆，翻译是改写，翻译是解释等，这些翻译观层出不穷，但是都只揭示了翻译的某一视角、某一方面、某一层次的特征，并没有全面反映出翻译本质问题的所在，因此翻译本质问题仍处在遮蔽之中。钱锺书学贯中西，融汇古今，从训诂学视角对翻译本质问题提出了自己的看法，并且观点精辟、独具慧眼，具有很强的说服力。

钱锺书把汉字的一字多义现象分为以下两类。

（1）并行分训，两义不同而亦不背。

（2）背出分训，又称为“歧出分训”，古人所谓“反训”，两义相违而亦相仇。

他提出一字不仅能蕴含多层含义，而且很多意义可以同时使用。钱锺书对汉字所含辩证法的阐释对认识翻译的本质有着极大的启发和引导作用。他从许慎关于翻译的训诂出发，阐发了“译”所包含的“虚涵数译”，也就是一字多义现象。具体说来，“译”同时兼有“化”“诱”“媒”“讹”四个义项，而且这四个义项彼此是一脉通连、相互呼应的。虽然钱锺书对“译”字所含的四个义项之间的辩证关系没有做具体阐述，但从他的其他著作中可以明显看到这一点。其中，“诱”和“媒”这两个义项属于并行分训，说明了翻译所起的作用；“化”和“讹”属于背出分训，这两个义项相反而相成。

总之，单独强调哪一种意义，都不能正确地反映翻译的本质特征。只有把“译”的四个义项统一起来认识，才能比较全面地接近翻译的本质。正如钱锺书先生所说，翻译的“虚涵数意”将翻译的最高境界、能够发挥的作用、不可避免的问题一一显露出来，如果使用的时候只是取其中的一个义项，那么就无所谓“虚涵数意”了。同样，若使用时只选取其中的一个义项，而割裂了其他义项之间的内在联系，很容易对翻译本质产生误解。以前人们对翻译本质的看法，要么是单方面强调翻译的忠实性，要么片面地突出翻译的创造性，这两种都是不可取的。从本质上来说，翻译就是一个矛盾体，它就在“化”“诱”“媒”“讹”的对立统一中求得生存，在意义的相辅相成中体现出翻译的存在。

同时，钱锺书认为，在“化”与“讹”的两极之间的某个地带，存在着“达”，而“达”是在原文与译文之间起着居中的作用。它恰如其分地调节两者之间的辩证关系。这种二元对立、非此即彼的思维模式使人们对翻译本质的认识总处于一种不可调和的矛盾之中，把翻译本质问题遮蔽在混沌之中。钱锺书对“一字多义并同时合用”的论述既是对黑格尔关于汉字偏见的驳斥，又是对中国传统训诂学的创造性发展。这一论述克服了前人对翻译本质的片面解释，把中国的翻译理论推进到一个新的高度。

罗新璋曾对钱锺书先生这样评述道：“不懂钱锺书，是国人的悲哀；同样不识钱氏译艺谈，也是译界的不幸。”的确，作为散文家、小说家、文学研究家，钱锺书的名声可谓享誉海内外，但是作为翻译家，知道钱锺书的人却非常少，甚至当我们对其这样评价时，有人会持有疑惑。事实上，如果严格按照翻译家的评定标准来衡量钱锺书，他极有可能会落选。然而，他的“化境说”却在翻译界如雷贯耳，无人不知，并且在提及中国传统翻译理论时，常常被他人借用。钱锺书作为翻译界所推崇的老一辈，为《中国翻译词典》进行题词，还作为翻译家被收入《中国翻译家词典》中，为推动翻译事业的发展做出了贡献。与严复的“信、达、雅”相比，“化境说”更为严谨，并且意义也更为深远。

第二节　外国翻译主要理论

西方翻译理论的历史源远流长，最早可以追溯到古罗马时期，经历了从同一“母”体系到“子”体系的发展以及演化的过程。其内容也非常繁多，很难用三言两语进行概括。下面就从西方翻译理论的流派来进行分析和探究。

一、哲罗姆和奥古斯丁的古典译论

古典译论时期主要是对《圣经》的翻译，因此也可以称为《圣经》翻译时期。《圣经》分为《圣经・旧约》和《圣经・新约》两部分。

西方古代的第一部重要的翻译著作是用希腊语翻译的《圣经・旧约》，这部书本来是一部犹太教的正式宗教经典，母语本来为希伯来语，但是这些犹太人由于长期的颠沛流离，他们便忘记了祖先语言，操起了希腊语等外族语。在古代时期，亚历山大城是地中海的贸易、文化中心，为了满足这些操希腊语的犹太人的需要，教会决定将《旧约》翻译成希腊语，通过 72 名犹太译者的努力，按照埃及国王的指示，最终合译成了《七十子文本》或者是《七十子希腊文本》。这一文本书籍的翻译主要呈现了以下三种特点。

（1）开创了西方翻译历史上集体合作翻译的先河，并且集体翻译使译文更具有准确性。

（2）由于 72 名译者本来是犹太人，虽然也非常精通希腊语，但是仍旧存在着局限性，这对翻译的质量有所影响。

（3）他们以译文的准确性作为立足点，因此在用词上相对陈旧，而且有很多地方翻译得很直接、死板，有些超出了希腊语的范围。

虽然翻译的质量和语言上存在着问题，但是希腊语《旧约》的翻译在西方翻译史上占据着特殊的地位，以后的很多《圣经》翻译译文并不是以原有的希伯来语作为参照，而是以这本希腊语著作作为蓝本，并且一直影响着后世的译本。

到了古罗马后期，文学创作活动逐渐衰退，而且文学翻译也大不如前，统治者为了收买民心，加强统治，挽救帝国，因此加强对基督教的利用。这样，宗教文献尤其是《圣经》的翻译自然受到了重视。这一阶段，宗教典籍翻译成为翻译史上的第二大高潮。在这一时期出现的比较有名的人物有哲罗姆（St. Jerome）和奥古斯丁（St. Augustine）。

（一）哲罗姆的翻译理论

哲罗姆是早期西方基督教会四大权威的神学家之一，被认为是罗马神父中最有学问的人。从小受到基督教启蒙教育，12 岁到罗马留学，主修了哲学、语法和修辞。在学问上，他是比较严肃的，而且十分钟爱拉丁文学，对希腊语和希伯来语十分精通，这就为他成为出色的翻译家奠定了基础。在他的所有翻译著作中，最有名的就是用拉丁文翻译的《圣经》，即《通俗拉丁文圣经》。

哲罗姆的翻译取得了巨大的成功，他纠正了拉丁文《圣经》翻译中出现的一些混乱的现象，使拉丁文《圣经》更标准化，这一翻译著作成为以后罗马天主教认同的唯一的《圣经》文本，为后世其他语言的译本提供了依据。

在对《圣经》进行翻译中，哲罗姆提出了不少切实可行的翻译原则和翻译方法，主要有以下几点。

（1）翻译要灵活，不能仅仅是逐词翻译，对那些可以适当更改的世俗作品，译者可以增加自己的性格色调，以保持译作的优美。

（2）关于文学翻译与宗教翻译要区别对待。在文学翻译中，译者可以采用容易理解的方式，而在宗教翻译中，主要以直译为主，一般不会采用意译，因为意译容易损害《圣经》的深层含义。

（3）要保证翻译正确必须以理解正确为前提。他认为翻译不能靠“上帝的感召”，而是实实在在的知识。

可见，哲罗姆的翻译原则和方法为后世翻译理论和实践提供了重要的依据。

（二）奥古斯丁的翻译理论

奥古斯丁是罗马帝国末期著名的基督教哲学家、神学家，他并未从事过大量的翻译工作，只是负责拉丁文《圣经》的校对，他的少许的翻译理论主要体现在对《圣经・诗篇》的诠释中。他的翻译理论主要有以下几点。

（1）译者需要具备几项条件，即通晓两种或者两种以上语言，对译作的题材要深层次了解，具有一定的校对能力。

（2）译者必须根据适当情况采用朴素、典雅、庄严的风格。其中给一般基督徒翻译的时候，应该采用朴素的风格，给受过基督教育的读者翻译的时候，应该采用典雅风格，以规劝和指引为目的的翻译时应该采用庄严的风格。

（3）翻译中应该考虑到客观存在的事物、符号的任意性以及译者判断这三者的关系。

（4）翻译应该以词作为基本单位，在《圣经》翻译中，他以词的形式和结构为着眼点。

（5）《圣经》的翻译必须依靠上帝的感召，这与哲罗姆的观点正好是相悖的，因为他认为《圣经》的翻译是为政治和宗教服务的。

二、泰特勒的翻译理论

泰特勒（Tytler）是苏格兰著名的翻译家，其翻译理论主要体现在《论翻译原则》（*Essay on the Principles of Translation*）一书中，并提出了三条翻译的原则。

（1）译文要完全传达出原作的思想。

（2）译文的风格和笔调在性质上应该和原作保持一致。

（3）译文应该具有流畅性。

这三大原则是总述，下面又分成若干的细则。泰特勒在论述上述三大原则之后，又阐述了这三大原则的重要性。他认为，要对原作思想忠实，势必会偏离原作的笔调，但是无论在任何情况下都不能因为切合笔调而偏离思想，也不能因为优雅或者流畅而偏离原作的思想和笔调。因此，从层次上说，第一个原则是最主要的，其次是第二个、第三个。

除此之外，泰特勒还提出了习语的翻译问题。他认为，习语属于语言中一种比较特殊的现象，也是翻译中很难解决的问题。对这一问题的处理，译者应该尽量避免使用与原作语言和时代不符的习语。由于在译语中也很难找到与源语对应的习语，因此一般不能采用直译法，最好是将习语译成简单易懂的语言。

三、巴特的翻译理论

巴特（Batteux）是18世纪最具有影响力的翻译理论人物，他翻译过很多古希腊、古罗马的经典著作。其中对于翻译问题、翻译理论的层面，主要体现在其撰写的《论文学原则》一书中。这本书并不是从文学创作的角度来阐述翻译原则的，而是从一般语言技巧的层面进行的阐述。巴特论述的重点也是翻译的语序问题。对于这一问题的处理，需要遵循以下12项原则。

（1）对于原作所说的事情（无论是推理还是事实）先后次序不能改变。

（2）无论原作句子的长短，应该保持其完整性。

（3）应该保留原作思想的前后顺序。

（4）副词应该出现于动词左右。

（5）应该保留原文中所有的连接词。

（6）关于对称的句子，译文也应该保持其对称性。

（7）应该保留原文中的语言形式与修辞手段。

（8）关于谚语，应该运用自然的语句翻译成谚语。

（9）如果对于某些词句进行解释，就不再是翻译了，而是评论，这一问题的出现与原文或者译文语言有关。

（10）为了满足意义的需要，就必须放弃表达形式，保证语言的通俗易懂。

（11）应该尽可能用相同的篇幅来表达原文中色彩斑斓的思想。

（12）对于原文的思想在本质不改变的情况下，可以选用不同的形式进行表达，可以通过运用表达词语进行组合或者分解。

巴特的这12项原则不仅停留在理论的层面，他还将这一理论付诸实践。在他所译的亚里士多德的《诗学》这本书中，充分体现了12原则，其译文始终保持原作的语序，长短也与原作比较接近，可见他的翻译实现了形式上的对等。虽然巴特注重形式的理论存在某些不足，但是这些语法原则对于法国甚至是欧洲其他国家来说产生了不可磨灭的意义。

四、雅各布逊的“对等论”

雅各布逊（Jakobson）是布拉格学派的创始人之一，也是美国著名的语言学家、翻译家。他写过很多关于语言学的书籍和论文，而对翻译理论的贡献主要体现在1959年发表的《论翻译的语言学问题》这篇论文中。该文章从语言学的角度，论述了翻译与语言的关系、翻译的意义以及翻译中存在的问题。自发表以来，该文受到了西方学界的广泛推崇。

同时，在《论翻译的语言学问题》一文中，雅各布逊还提出了以下几个层面的问题。

（1）应该从符号学角度看待翻译。

（2）从符号学角度出发，可以将翻译分成三类。

（3）确切的翻译取决于原文与译文信息的对等。

（4）所有语言都具有同等的表达能力。

（5）翻译中最复杂的问题就是语法问题。

在这些问题中，前三个是最为主要的理论，下面逐一进行说明。

（一）从符号的角度看待翻译

受语言学家索绪尔的影响，雅各布逊认为语言符号具有任意性，因此应该从语言符号的角度看待翻译。他对罗素的语言观点提出了质疑。罗素认为，人们的认知经验是理解词义的决定因素。但是雅各布逊批评了这一观点，他认为人们理解词义首先取决于对词的意义的理解，而并不是人们的生活经验。例如，要想知道 cheese（奶酪）的含义，并不需要自己亲自去吃，而只要知道 cheese 这个词语被赋予的意义即可。

此外，雅各布逊对索绪尔的能指与所指之间的关系的论述也是表示赞同的。他也认为，意义与所指代的事物或者想象并没有太大的关系，而是与符号有关，没有符号就没有意义。例如，谁也没有见过或者吃过“仙果”，但是我们却知道其意义，这就是因为符号的任意性。

（二）雅各布逊的翻译分类

在符号理论的基础上，雅各布逊将翻译分成了三类：即语内翻译（intralingual translation），语际翻译（interlingual translation）和符际翻译（intersemiotic translation）。

（1）语内翻译。所谓语内翻译，是针对同一语言来说的，是用一些语言符号去解释另一些语言符号，简单来说就是变换说法。

（2）语际翻译。所谓“语际翻译”，是针对两种语言来说的，是用一种语言来解释另外一种语言。这是人们通常理解的翻译。

（3）符际翻译。符际翻译，又称为“跨类翻译”，是用非语言符号来解释语言符号。常见的非语言符号包含手势、图画、音乐、数字等。

雅各布逊的三分法被认为是最有影响力的翻译理论，被很多的国内外学者用来做翻译划分的参考。

（三）确切的翻译取决于信息对等

雅各布逊认为，寻求不同语言的对等不仅是语言的问题，更是语言学的问题。准确的翻译取决于信息的对等，而翻译中所涉及的对等是两种不同语符的对等。

在语内翻译中，翻译就是用一种语符单位去替代另一种语符单位。因此，对于某个词的翻译来说，我们可以采取同义词翻译法或者迂回表示法。但值得注意的一点是，很多时候，同义词并不是完全意义上的对等。

在语际翻译中，符号与符号本身并不是完全对等的关系，但是人们可以用一种语言的语符来代替更大的单位——信息，而不是去代替单个的符号。换句话说，翻译的关注点不仅在符号与符号之间，更在于符号与符号组合之间，这样的对等才能使读者理解整个话语的意义。

可见，翻译是由信息和价值两个部分组成，语言使用者不仅想要获知话语的信息，更重要的是获知话语发出的原因。由于两种语言符号系统之间存在着明显的差异，因此翻译要想达到源语和目的语的对等，就必须保证语符单位之间的动态对等。

总之，对等问题一直是雅各布逊关注的焦点问题，也是西方翻译理论界关注的核心问题。虽然要达到两种语言的绝对对等是一种不可企及的理想，但是雅各布逊一直没有放弃对该理论的研究。

五、卡特福德的“等值转换论”

卡特福德（Catford）是应用语言学派的代表，也是最伟大的翻译理论家。他的《翻译的语言学理论》（*A Linguistics Theory of Translation*）可谓当代西方翻译理论的巅峰作品，对整个世界的翻译界产生了至关重要的影响。该书不仅阐述了普通语言学理论，还探讨了翻译的相关知识，包含定义、分类、等值、转换等。

因此，卡特福德的翻译理论主要是从语言学的角度，尤其是应用语言学的角度进行探讨的。他的翻译理论观点主要体现为以下三点。

（一）翻译的分类

卡特福德（Cafford）从范围、层次以及等级上对翻译理论做了如下概括。

（1）按照翻译的范围来说，翻译理论可以分为研究全文翻译的和研究部分翻译的。其中，全文翻译是将每一部分原文都要用译文替代，而部分翻译是其中有些内容不需要进行翻译，直接进行移植。

（2）按照翻译的层次来说，翻译理论是从语音、语法、词汇、词性等层次上进行分类的，即完全的翻译研究和有限的翻译研究。其中，完全翻译是说原文中的语音、语法、词汇、词性等都要进行等值的替换，而有限翻译是将原文仅仅在某一个层次上进行等值替换。

（3）按照翻译的等级（即词素、词、短语、句子等）进行分类，可以分为直译、意译、逐句翻译。

（二）翻译的等值理论

上面已经论述了雅各布逊的等值理论，卡特福德是在其基础上进行的更为深入的研究。他认为，从等值角度来说，翻译就是将一种语言的原文材料转换成等值的另一种语言的译文材料的过程，它以界定等值的条件和本质作为中心的任务，而寻求等值成分作为翻译实践的中心问题。

和雅各布逊的观点有着相似性，他也认为这种等值关系是建立在动态之上。同时，卡特福德在对翻译等值进行研究的时候，还区分了“文本等值”和“形式对应”两个概念。其中，前者是在特定语境中，某部分或者全部的译语文本成为源语部分或者全部文本的等值成分。例如：

飞流直下三千尺，疑是银河落九天。

The torrential waters rush down to bottomless depth, I wonder if the Milky Way descends from the zenith.

这是李白的著名诗歌《望庐山瀑布》中的句子，在翻译这个句子的时候，译者并没有将“三千尺”和“九天”翻译出来，而是采用部分等值的办法。

后者是指像单位、结构成分、类别等这些译语的范畴应该占据着和原文范畴一样的地位，而众所周知，范畴包含人称、性、数、格、情态、语态等。可见，原文与译文在形式对应上基本是相似的，也是比较容易达到的。

但值得注意的是，翻译等值有以下两个限度。

（1）不同媒介之间的翻译是不可能的，即不能将一文本的书面形式翻译成该文本的口头形式，反之亦然。

（2）音位学与字形学、语法与词汇层次之间进行翻译是不可能的，即语音与语法、字形与词汇之间不能互换。

卡特福德的等值理论在一定程度上反映了确立等值关系是翻译的本质，这对双语转换来说提供了很好的指导作用。译者要想实现跨语言转换，首先可以寻求功能对等，其次寻找上下文语境的对等，最终实现翻译对等。

（三）翻译转换理论

“转换”这一术语是卡特福德独创的，是指翻译时形式对等的偏离现象。一般情况下，转换分成层次转换和范畴转换两种。层次转换是语法和词汇层次上的转换，这可以在其中的一个上面找到对等关系。例如，法语与英语之间的单复数转换，这种转换是自动的，译者别无选择。范畴转换是偏离两种语言形式的对等。它包含以下四种形式，

（1）类别转换：指不同的语法类别上的转换。

（2）结构转换：即不同的语法结构上的转换。

（3）单位转换：指不同等级上的转换。

（4）内部系统转换：虽然源语和译语在系统上是大致相同的，但是也存在个别的项目需要转换，如性别、单复数等。

综上所述，通过借用大量学术语言，卡特福德的等值分析更为透彻。这样做，一方面不仅可以仔细划分词语、句子等语言单位，从而探索在哪一层面上可以实现对等；另一方面也打破了以往的直译、意译翻译方法，为翻译转换提供了充足的依据。

六、尤金·奈达的交际翻译论

尤金·奈达（Eugene A.Nida）是美国结构主义学派的代表，提倡交际翻译理论。这一理论可以总结为以下六个层面。

（1）理论原则。翻译主要是为了方便读者看懂文本，这是其首要的任务。

（2）翻译的性质。根据奈达关于翻译的定义，“所谓翻译，是指从语义到文体在译语中用最切近而又最自然的对等语再现源语的信息”。其中包含三点：一是要自然；二是要贴近原文；三是要对等。

（3）翻译的功能。翻译的主要功能就是服务读者，这是社会语言学及语言交际学的主要观点。

（4）语义分析。这是翻译的重要过程，要求译者对原文的语法意义、所指意义、内涵意义等进行分析。

（5）正确的翻译。这取决于译者对原文的理解程度，理解程度越高，那么正确度也就越高，理解程度越低，那么翻译的正确度也就越低。

（6）翻译的程序。翻译分为分析、传译、重组以及校验四个部分。其中重组是指按照译语的规则来进行组织。

到了20世纪80年代，奈达又提出了几个新的翻译理论观点。

（1）翻译是一门技术。

（2）翻译的才能是天生存在的。

（3）翻译不仅是一种语言交际活动，更是一种社会符号之间的活动。

七、赖斯的功能文本论

20世纪70年代后期，随着经济全球化的迅猛发展，翻译活动愈加频繁，各种文本类型的翻译需求也逐渐增加，而很多西方学者开始了新的翻译理论研究，其中最为著名的就是赖斯（Reiss）的功能文本理论。

在《翻译批评的可能性与局限性》（*Possibilities and Limitation of Translation Criticism*）一书中，赖斯首次提出了功能类别问题，这本书借鉴了雅各布逊、卡特福德等人的对等理论，标志着德国功能翻译学的开始。

赖斯认为，语篇才是翻译的单位，而不是单词或者句子，因此译者应该寻求语篇翻译的对等关系。他认为，“翻译的目标应该是实现源语和目标语文本在思想内容、交际功能、语言表达等方面的对等。”（Reiss，1971）这样的翻译才是“完整的交际行为”。因此，他试图去建立一种源语和目标语文本功能关系的翻译批评模式。

另外，赖斯指出，对翻译进行评估不能仅限于某方面或者某一部分，应该从文本类型的确立开始。因为只有确立了文本类型和翻译方法，才能判断译者在何种程度上达到了翻译的标准。目前，关于文本类型的研究主要从体裁和功能两个层面着手。赖斯将文本类型分成了四类：信息型文本、操作型文本、表达型文本以及视听媒体文本，并总结了各个文本与翻译方法关系，描述如下。

（1）信息型文本。一般情况下这类文本文字简单，主要是为了陈述事实、观点等，且传递信息的语言逻辑性强。因此，内容是信息型文本的焦点和核心。在翻译此类文本时，译者要保证文字的简洁和明确。

（2）操作型文本。这主要是通过阻止、劝说或者要求等方式来引导读者去采取某种行动。在翻译此类文本时，一般会选择编译法或者等效法。

（3）表达型文本。该类文本又称为“创作型文本”，主要是为了展示出文本形式和内容结构的美。一般情况下，此类文本的作者或者信息的传递者有着显著的地位，传递信息的形式也是非常特殊的。因此在翻译时，应该保证形式与审美的等效。

（4）视听媒体文本。这类文本主要依靠的是如电影、广告、电视等非语言的文本。他的功能也是纷繁复杂的，如新闻比较侧重信息；戏剧侧重听觉和美学；广告则侧重气氛感染等。

可见，无论是何种文本类型，其翻译的方法都受到其文本功能的影响。因此，只要确定了文本的类型和功能，就很容易找到合适的翻译方法。

八、萨瓦里的文化翻译论

作为文艺学翻译理论的代表，萨瓦里通过总结前面翻译家的理论，提出了翻译理论的12条原则，主要论述如下。

（1）必须翻译出原文的文字。

（2）必须翻译出原文的意思。

（3）必须读起来像翻译的作品。

（4）必须读起来和原来的作品相像。

（5）必须能够反映出原作品的风格。

（6）必须带有译者的风格。

（7）必须翻译出原文所处时代的作品。

（8）必须翻译成译者所处时代的作品

（9）可以在原文的基础上进行增减或者加工。

（10）不可以在原文的基础上进行增减或者加工。

（11）散文体裁必须翻译成散文体裁。

（12）诗歌体裁必须翻译成诗歌体裁。

通过对萨瓦里这 12 条准则的研究，廖七一对其进行了总结。对于第一、二点，他认为译文是否翻译出原文的文字还是原文的意思，实际上是选择直译还是选择意译的问题；对于第三、四点读起来像原文还是译文，他认为译文要符合译者自身的表达习惯，在保留原作风味的基础上，读起来像译文，这样更能显示出文章的特色；对于第五、六点风格的问题，风格实际上是受到译者个性和所处时代的双重影响，因此他认为译者在选择词汇、短语或者句法的时候应该克制自我，尽量反映出作者的风格；对于第七、八点，在译者所处时代的背景下，廖教授认为尽量保证原文体现作者的时代性，展现双时代的特色；对于第九、十点，译者要根据不同的情况适当进行增减。对于最后两点，实际上指的是诗歌的翻译，应该尽量用诗歌译诗歌，这样才能保留原文的押韵，也不损害原文，但是在必要的时候也可以采用散文的形式进行增减，散文的形式更容易让读者理解。

从上面可以看出，萨瓦里只是明确描写和阐述了这十二条原则，但是并没有明确指出哪个好哪个不好，他更强调的是根据译者的个人偏好来进行选择。

第三章　英语翻译实践的基础

语言、文化是人类社会发展到一定阶段的产物。在语言、文化的产生与发展过程中，思维习惯、价值观念、地理环境、历史宗教等因素都对其产生过重要影响，从而使中西语言、文化的意义与功能都呈现出自身的特点。对中西语言、文化的差异性进行分析，有助于更好地了解中西语言与文化。本章就来探讨中西语言与文化的差异性。

第一节　中西语言差异

一、中西词汇差异

在中西两种语言中，词汇是其重要的构成成分和要素。并且，中西语言的差异性在词汇层面有明显体现。对中西词法差异有一个清晰的了解，有助于译者选择恰当、合适的词汇。中西词法的差异体现的层面非常广泛，这里着重从词形变化、词义关系、文化内涵三个层面加以论述。

（一）词形变化差异

英语具有丰富的语法形态，是一种屈折语言。英语中的名词有可数名词与不可数名词之分，其中可数名词又分为单数名词与复数名词。英语动词有人称、语态、时态、语气、情态及非谓语等形式的变化。综合来说，英语中的名词、动词、形容词、副词等都有词形的变化，并且通过这些词形的变化，英语实现了其在词类、性、数、格、语态、时态的变化，而不需要借助其他虚词。

与英语相比，汉语是“人治”的语言，其词与词的关系需要读者自己解读，是一种非屈折语言。汉语中的语法形态往往是根据上下文语境来实现的。由于汉语属于表意文字，其名词没有可数与不可数之分，也没有单复数之分；动词也没有形态变化，其谓语动词的语态、时态等往往通过词汇手段来实现，也可以不通过其他任何形式来实现。

由于中西语言在词形变化上的不同，在翻译时必须多加注意。例如：

The girl **is being** a good girl the whole day.

这个女孩一整天**都很**乖。

该例中，原句使用现在进行时态表示某段时间正在发生的动作，即说明该女孩“正在”的状态。但是，如果将其翻译成“这女孩一整天正在成为一个好女孩”显然令人困惑。因此，翻译时通过语境分析，增加“都很”一词来表达原文的“一直”“一向这样”的情况，这样的翻译就是根据中西语言的词形变化所做的调整。

（二）词义关系差异

词汇除了具有形态特征之外，还具有约定俗成的词义。对中西两种语言中词义关系的了解，是翻译实践中的重要环节和基础，有助于译者有效地理解原文的词汇，并找出译文的对应词，从而精准地将之翻译出来。一般来说，词义关系分为四种：完全对应、部分对应、交叉对应及不对应。当然，完全对应情况这里就不再多说，重点分析后面三者。

1. 部分对应

在中西两种语言中，有些词在词义关系上呈现部分对应，即这些词的意义有广义和狭义之分。换句话说，英语中词汇范围广泛，而汉语中词义范围狭窄；或者汉语中词汇范围广泛，而英语中词义范围狭窄。例如，英语中的 uncle 一词对应“姑父”“叔叔”“姨夫”“叔父”“舅父”等；汉语中的“借”可以用 lend 与 borrow 两个词表示。再如，以汉语中“吃”为例。

吃苦 bear hardships

吃饭 have the meal

吃回扣 receive rebate

吃官司 be involved in a legal action

可以看出，虽然都包含“吃”这个字，但不同搭配下的词语所对应的英语也是不一样的。

另外，中西语言中有些词汇的指称意义是对应的，但是其蕴含意义却不同，这也是一种部分对应的情况。例如，英语中的 west wind 从自然现象角度来考虑，其与汉语中的“西风”是对应的；但从地理环境的角度而言，由于地域的差异性，英语中的 west wind 与汉语中的东风是对应的，都表达和煦、温暖之意。

2. 交叉对应

中西语言中都存在一词多义现象。但有时候，一个英语词的词义可能与几个汉语词的词义对应：或者一个汉语词的词义可能与几个英语词的词义相对应。这就是中西语言词义的交叉对应。以下图为例进行说明。

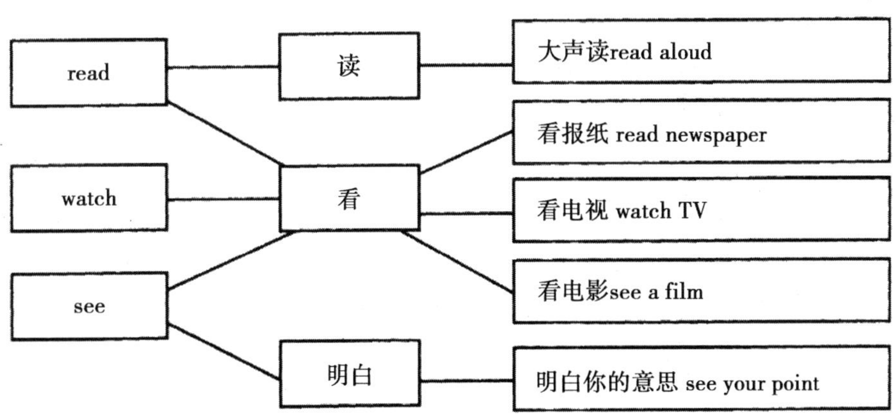

通过上图不难看出，read，watch，see 与“读”“看”“明白”呈现交叉对应的情况。当然，这些词的具体意义往往需要联系上下文语境才能确定。因此，在翻译时应学会根据上下文 语境来判断，选出合适的词汇。

3. 不对应

受文化差异的影响，中西语言中很多词带有浓厚的风土习俗、社会文化色彩，因此在对方语言中很难找到相应的词汇对应，这就是中西词汇的不对应现象，又称为“词汇空缺”。例如：

hamburger 汉堡包
chocolate 巧克力
hippie 嬉皮士
bingo game 宾果游戏
hot dog 热狗
bikini 比基尼
糖葫芦 Tanghulu
风水 Fengshui
气功 Qigong
阴阳 Yinyang
三伏 the three periods of the hot season

（三）文化内涵差异

各个社会都有其独特的文化，文化包罗万象，在社会的各个层面都有所渗透。语言也属于一种特殊的文化，是文化的写照和载体。由于词汇是构成语言的基石，因此各民族文化的特性往往在词汇层面上有所体现。词汇的文化内涵差异主要体现在词义层面，下面就深层次分析其蕴含的文化意义。

1. 情感意义差异

中西两种语言中的词有些字面意义相同，但其情感意义不同，即褒贬存在差异。例如，dog这一动物在英语国家人们眼中是忠实的朋友、可爱的动物，因此与dog相关的词汇都含有褒义色彩，如to work like a dog（忘我地工作），a lucky dog（幸运儿）等。相比之下，汉语中的“狗”一词给中国人带来的情感意义要贬义多于褒义，“走狗”“狗仗人势”等词汇则是最好的诠释，往往都带有侮辱性的文化内涵。

再如，英语中的peasant一词从历史上看带有明显的贬义色彩，代表社会低下、缺乏教养等一类的人；而汉语中的“农民”虽与之字面意义相同，但是其情感意义却大相径庭，汉语中的“农民”指的是那些从事农业生产的劳动者，是最美的人，在情感上富有褒义色彩。因此，在翻译时需要将“农民”翻译成farmer更合适，以替代peasant。

2. 联想意义差异

中西语言中有大量比喻性词汇，如成语、典故、颜色词、植物词等，这些词具有生动、鲜明的联想意义及民族文化特色，在一定程度上是不同民族思维方式和习惯的反映。虽然很多词汇的本体可以对应，但存在明显的文化内涵差异，即具有不同的联想意义或缺少相对应的联想意义。例如：

beard the **lion** **虎**口拔牙
as timid as a **rabbit** 胆小如**鼠**
black **sheep** 害群之**马**
drink like a **fish** **牛**饮

3. 象征意义差异

受中西各自民族文化的影响，中西很多词汇也呈现不同的象征意义，尤其是颜色词、数字词与动植物词等。也就是说，在不同语言中，同一概念可能被赋予了不同的象征意义。例如，red 与“红”虽然都可以象征喜庆、热烈等，但英语中的 red 有时象征脾气暴躁，如 see red，而这在汉语中是不存在的。

再如，数字 six 在英语中往往是忌惮的，因为“666”在《圣经》中有所记载，是魔鬼的、野兽的象征与标记。但是，汉语中的“6”则与“顺”同意，代表顺利、吉祥。可见，二者的象征意义不同。

（四）构词方式差异

词是语言的基本单位，但不是最小的单位，其可以划分成一些更小的成分。对构词方式进行研究主要侧重于词的内部结构，从而找出组成词的各个元素的关系。在构词方式上，中西语言存在着一些差异之处。

1. 复合法差异

所谓复合法，是指将两个或者两个以上的字（词）按一定次序排列构词的方法。英语中复合法词序的排列一般会受词的形态变化影响，会使用后面一个词来体现整个复合词的词性。例如，由复合法构成的英语词语较多，可以由两个分离的词构成，也可以由两个或多个自由词素构成。常见的书写形式可以是连写，如 silkworm（蚕）等，可以是分写，如 tear gas（催泪弹）等，也可以用连字符连接的形式，如 honey-bee（蜜蜂）等。与汉语复合词相比，英语复合词更强调词的形态，即复合词中的每个构词成分都必须是自由的，可以独立成词。例如，stay-at-home（留守者）可拆成三个独立的成分：stay, at, home。

另外，英语复合词的构词格式要多于汉语。以名词为例，目前所搜集到的英语复合名词的构词格式有 19 种，而汉语有 12 种。

一般来说，英语复合词的内部形式也包含主谓结构、动宾结构、偏正结构、并列结构等，但是这些结构中所包含的形式却比汉语复合词复杂。

主谓结构：

n. + *v.*: toothache（牙疼）, heartbeat（心跳）

v. + *n.*: telltale（告密者）, glowworm（萤火虫）

v.-ing + *n.*: wading bird（涉水鸟）, washing machine（洗衣机）

动宾结构：

v. + *n.*: knitwear（针织品）, pushbutton（按钮）

n. + *v.*: handshake（握手）, bookreview（书评）

n. + *v.*-ing: story-telling（讲故事）, sightseeing（观光）

v.-ing + *n.*: chewing-gum（口香糖）, drinking-water（饮水）

偏正结构：

n. + *v.*: gunfight（炮战）, telephone call（电话）

n. + *n.*: water snake（水蛇）, goldfish（金鱼）

v. + *v.*: helpmeet（伴侣）, make-believe（假装）

a. + *a.*: darkgreen（深绿色的）

a. + *n.*: open-air（户外的）

并列结构：

n. + *n.*: girlfriend（女朋友）

a. + *a.*: bittersweet（苦甜相间的东西）

v. + *v.*: hearsay（道听途说）

n.-and-*n.*：milk-and-water（无味的）

v.-and-*v.*：hit-and-run（肇事逃逸的）

同样，复合法在汉语词语构成中占有很大的比重，如“子孙”“石板”等。相比之下，汉语复合词的构成主要是受逻辑因果关系和句法结构关系的制约，主要存在“主语＋谓语”“限定词＋被限定词”“修饰语＋被修饰语”“动词＋补语”“动词＋宾语”等几种形式。例如：

因果关系：冲淡、打倒

时间顺序：早晚、古今、开关

主谓结构：头痛、事变、私营、笔误、国有

动宾结构：唱歌、将军、跳舞、通信、施政

偏正结构：滚烫、奖状、手表、敬意、雪白

并列结构：笔墨、大小、得失、尺寸、医药

2. 缩略法差异

所谓缩略法，顾名思义就是对字（词）进行缩略和简化。英语词语中的缩略法较为复杂。英语中的缩略词按照构词方式一般可分为四种类型，分别是节略式、字母缩合式、混合式与数字概括式。

（1）节略式。所谓节略式，就是截取全词中的一部分，省略另一部分的形式。节略式缩略词有四种。

去头取尾：

aerodrome → drome（航空站）

helicopter → copter（直升机）

取头去尾：

executive → exec（执行官）

September → Sept（九月）

去头尾取中间：

refrigerator → fridge（冰箱）

prescription → scrip（处方）

取头尾去中间：

employed → empd（被雇佣的）

department → Dept（部门）

（2）字母缩合式。字母缩合式是提取一个短语或名称中的首字母或其中的某些字母进行缩合而形成的节略词。根据不同的发音特点，字母缩合式节略词也可以分为字母词、拼缀词与嫁接词三类。其中，字母词是按照字母的读音；拼缀词按照常规发音。有时为了读音的方便，在选取短语或名称中主要成分的首字母而忽略非主要成分。也有一些词在缩合时，为了顺应发音，从个别成分中提取两个字母；嫁接词的读音是字母加拼读，这种形式是将短语或名称的第一个成分的首字母与第二个成分的全部缩合而成的。

字母词：

Voice of America → VOA（美国之声）

very important person → VIP（贵宾）

tuberculosis → TB（肺结核）

拼缀词：

teaching English as a foreign language → TEFL 英语外语教学）

radio detecting and ranging → radar（雷达）

sound navigation and ranging → sonar（声呐）

嫁接词：

Defense Notice → D-Notice（防务公告）

Victory Day → V-Day（二战胜利日）

government man → G-man（联邦政府警察）

（3）混合式。英语中的混合式缩略词有两种形式：一种是选取短语或名称的两个成分 A、B 的部分缩合成新词，另一种是成分 A 或 B 的部分加上另一种成分 A 或 B 的全部缩合而成。混合式缩略词按普通词拼读。

A 头＋ B 尾：

fruit ＋ juice → fruice（果汁）

cremate ＋ remains → cremains（骨灰）

automobile ＋ suicide → autocide（撞车自杀）

A 头＋ B 头：

Situation ＋ comedy → sitcom（情景喜剧）

communications ＋ satellite → comsat（通信卫星）

teleprinter ＋ exchange → telex（电传）

A ＋ B 尾：

work ＋ welfare → workfare（劳动福利）

tour ＋ automobile → tourmobile（游览车）

lunar ＋ astronaut → lunarnaut（登月宇航员）

A 头＋ B：

telephone ＋ quiz → telequiz（电话测试）

Europe ＋ Asia → Eurasia（欧亚地区）

automobile ＋ camp → autocamp（汽车野营）

（4）数字概括式。英语中数字概括式的缩略词与汉语中相似，也可以分为两种类型。

其一，提取并列成分中相同的首字母或对应字母，并用一个数字进行概括，置于词前。例如：

copper, cotton, corn → the three C’s（三大产物：铜、棉花、玉米）

peace, petroleum, Palestine → the three P’s（中东三大问题：和平、石油、巴勒斯坦）

其二，用一个有代表性的词概括出词语所代表的事物的性质或特征，并前置一个表示数量的数字。例如：

earth, wind, water, fire → four elements（四大要素：土、风、水、火）

sight, hearing, touch, smell, taste → five senses（五官感觉：视、听、触、嗅、味）

通过上述分类可以看出，汉语缩略词的读音与原词的形式关系十分密切，其读音是按照原词的读音而读的。而英语缩略词中有很多字母组合词是按照字母发音的，与原词的发音大相径庭。此外，与汉语缩略词相比，英语缩略词的数量更多。

汉语中的缩略词按照构成方式可分为四种：选取式、截取式、数字概括式和提取公因式。

（1）选取式。选取式是将词语中有代表性的字选取出来。

其一，选取每个词的首字。例如：

科学研究→科研

文学艺术→文艺

劳动模范→劳模

其二,选取第一个词的首字和第二个词的尾字。例如:

外交部长→外长

扫除文盲→扫盲

整顿作风→整风

其三,选取每个词的首字和全称的尾字。例如:

安全理事会→安理会

文艺工作团→文工团

少年先锋队→少先队

其四,选取全称中最有代表性的两个字。例如:

中国人民政治协商会议→政协

北京电影制片厂→北影

中国左翼作家联盟→左联

其五,在一些并列全称中选取每个词的首字。例如:

亚洲、非洲、拉丁美洲→亚非拉

(2)截取式。截取式是用名称中一个有代表性的词代替原有的名称。

其一,截取首词。例如:

同济大学→同济

南开大学→南开

其二,截取尾词。例如:

万里长城→长城

中国人民志愿军→志愿军

(3)数字概括式。

其一,提取词语中的相同部分,并用一个数字进行概括且置于词首。例如:

湖南、湖北→两湖

工业现代化、农业现代化、国防现代化、科学技术现代化→四化

会听、会说、会读、会写→四会

其二,用一个有代表性的字或词概括出词语所代表的事物的性质或特征,并前置一个表示数量的数字。例如:

心、肝、脾、肺、肾→五脏

春、夏、秋、冬→四季

伏羲、燧人、神农→三皇

(4)提取公因式。提取词语中相同的部分进行合并。例如:

进口、出口→进出口

工业、农业→工农业

优点、缺点→优缺点

3. 词缀法差异

所谓词缀法,是指在词基的基础上添加词来构词的方法。中西语言中都有词缀构词法。

英语中有非常丰富的词缀,加缀法也是英语词语最主要的构成方式之一。以核心词根为基础,通过添加不同的词缀,可以形成众多新词。例如,nation 可以形成 national, nationally, international, internationally 等。

与汉语不同,英语中的词缀没有独立的形式,不能单独使用,必须依附在词根或词干上才能构成词语,前缀和后缀的位置也很固定,前缀不能后置,后缀也不能前置。

英语词缀大约有 200 个,前缀 107 个,后缀 79 个。这些词缀中有许多已成为单词不可分割的一部分,在研究词缀时,很少将它们独立分离出来进行分析。例如,前缀 ac-(变体 al-,at-,ad- 等)可构成 allot(分配),attend(出席),admit(承认)等。在分析英语词语中的加缀法时,通常是研究在这些词的基础上加词缀构词的情况。例如,allotment,attendance,readmit 等。

通过对比可以发现,汉语词缀与英语词缀之间并没有一一对应的关系,有些汉语词缀在英语中无法找到对应形式,只能以单词的形式体现。例如:

阿婆 granny

阿爹 dad

桌子 table

鼻子 nose

有些汉语词缀可以同时对应多个英语词缀。例如:

不 - un-, im-, dis-, ir-, non-...

超 - sur-, super-, ultra-, over-...

二、中西句法差异

句子是比词语更高一级的语法单位,是根据一定的组成规律,由若干个词或者词组构成的、能够独立表达完整意义的单位。在句子层面上,中西两种语言体现了不同的特点,如下所述。

(一)形合与意合差异

英语形合和汉语意合是中西两种语言最重要的句法差异。对于形合与意合,可以从狭义与广义层面上来分析。

所谓形合,从广义上说指的是句子的形态组合,是借助一定的形式来构建完整句法,如语法范围标记、词组标记等;从狭义上说指的是词汇运用的手段,是借助一些连接词来构建句子,形成语法意义与逻辑意义的形式。

所谓意合,从广义上指的是不运用任何外在形式或者词语的形态来构建句子的意义,其注重的是句子内在的逻辑含义与表达;从狭义上说指的是句子之间的逻辑关系及上下语句间的含义,通过句子间的含义来构建完整意义的形式。

简单来说,就是形合侧重于语法结构和语法功能,而意合侧重于句子的内在含义。由于中西语言属于不同的语系,这也决定了两种语言的行文和句式结构存在差异,即英语侧重形合,而汉语侧重意合。例如:

I'm glad you showed up when you did.

你来得正是时候。

I'll go to call a taxi for you after having breakfast.

我吃完早饭去给你叫出租车。

从上述两组例句中可以看出,英语中都存在连接词,使句子更加严谨,保证了每个成分间的相互关系,如果没有连接词,那么整个句子很难让人理解;而汉语中只要意思是贯穿的,并不需要连接词就可以叙述清晰,也体现了汉语的洒脱。

（二）基本结构差异

中西句子的构成方式存在差异性，其句子结构也有明显不同。如果将英语句子比喻成一颗大树，那么汉语句子常被比喻为一根竹子，这一比喻主要是有如下原因。

英语凸显主语，句子往往会受形式逻辑的制约，采用“主语—谓语”结构，并且主语与谓语之间有着紧密联系，也构成了英语常见的主谓句。一般而言，英语语言中会运用各种连接词将具有限定、修饰、补充、并列等作用的短语或者从句付之于主干上，这也就造就了英语句子多为树形结构。例如：

This is the cat that killed the rat that ate the malt that lay in the house that Jack built.

那只偷吃杰克房子里麦芽的老鼠，被这只猫捕杀了。

上例英语原文有明显的主谓结构，其中主谓句是“This is the cat.”然后由后面 that 引导的从句附于这一主干上，对主干进行修饰和限定。

与英语相比，汉语凸显主题，句子往往会有逻辑的制约，采用“主题—述题”结构，其中主题一般是已知的信息，指的是说明的对象；而述题是未知的信息，是对上述主题的描写、叙述、解释、评议等。一般来说，汉语的主谓宾结构排列比较松散，往往依靠句子成分间的隐形逻辑来贯穿，表达完整意义，就像一个个小竹节，这也造就了汉语句子多为竹形结构。例如：

爱子心切，母亲背着小儿子、拖着大儿子，在冷雨中徒步行走了 40 公里的冰路。

上述汉语例句并没有使用“由于”“因为”等连接词语，但是根据短句间的逻辑关系，可以完全读懂其存在的因果关系，句子中使用了“背”“拖”“行走”等多个动词直接连接即可，不需要任何其他连词。

（三）重心位置差异

所谓句子重心，指的是传达主要信息、新信息的语言成分，往往在句中是阐明主语或主语行为的信息。一般来说，中西语言两种句子的重心往往会落在结果、事实、假设上。但是，由于中西思维方式的差异，其句子重心的位置也存在明显的差异，即英语句子多重心在前，汉语句子多重心在后。

英语民族为直线型的思维方式，倾向于开门见山，即直接传达思想、表达情感和态度。因此，在叙事上英语句子呈现如下特点。

（1）英语民族的人们往往将重点信息置于次要信息之前，先说事件本身，再介绍事件发生的原因、背景等。

（2）当英语句子中既包含叙事部分，又包含表态部分时，往往将表态部分置于叙事部分之前，即表态部分更为重要。

（3）在表达逻辑思维时，英语句子往往将结论、判断置于句子之前，而将条件、事实、前提置于之后。

例如：

It was a great disappointment when I had to postpone the visit which I had intended to pay to China in January.

It is so good that you are so considerate.

The sports meeting are cancelled because of the rain.

不难发现，上述三个例子中“It was a great disappointment.”“It is so good.”“The sports meeting are cancelled.”是整个句子的重要信息，置于整个句子之前，而后用 when，that，because of 这三个关联词连接，保证了句子的连贯性。

与英语的直线型思维相比，汉语是螺旋型思维，倾向于婉转叙述，即将重要信息、关键信息置于最后。在叙述上，先说事件产生的背景、原因，然后再介绍事件本身。如果句子中包含叙述部分和表态部分，也会将叙述部分置于句子之前。在表达逻辑思维时，将条件、事实、前提等置于句子之前。仍旧以上述三个英语例子为例，汉语中会如下表达。

我原来打算一月份访问中国，后来不得不推迟，这令我深感失望。

你如此体贴，真好！

下雨了，运动会被取消了。

很明显，汉语中先叙事后表态，先原因后结果，符合汉语的表达习惯，也是顺理成章的、自然的表达。

（四）成分语序差异

如前所述，受中西思维方式和民族文化的影响，中西句内成分的语序也存在差异性。由于英语民族一直推崇个体思维，因此英语民族一般是“主语＋行为＋行为客体＋行为标志”的思维方式；而汉语主要是群体思维，侧重“主体＋行为标志＋行为＋行为客体”的思维方式。这体现在语言上就是前者更倾向于分析，而后者倾向于综合。在成分语序上，定语位置与状语位置体现的差异性更为明显，下面对这两点加以论述。

1. 定语位置差异

在英语中，定语位置是非常灵活的。如果某一单词在句中充当定语成分，其往往会将这一单词置于名词之前；如果短语或从句来充当定语成分，其往往会将短语或从句置于名词之后。与英语定语位置相比，汉语的定语位置较为固定，一般位于修饰词之前，位于修饰词之后的情况是非常少见的。例如：

clear sky（前置）

清澈的天空（前置）

sly fox（前置）

狡猾的狐狸（前置）

Some of the topics **they made** are worth talking.（后置）

他们提出的一些话题值得讨论。（前置）

Lily is the only girl **awake**.（后置）

莉莉是唯一**醒来的**孩子。（前置）

2. 状语位置差异

在英语中，状语位置较为复杂，由单词构成的状语一般位于句首，置于谓语动词之前；位于句中，置于谓语动词与助动词之间，也可能会位于句末。如果状语的位置较长，其一般不放在句中的位置。在汉语中，状语位置较为固定，位于主语之后，谓语动词之前。当然，个别时候汉语中的状语为了起强调作用，也可位于句首或句尾，但是这一情况不多。例如：

He checked up all the truths **with great patience**.（句尾）

他**以极大的耐心**查明了所有真相。（句中）

We participated in class **actively**.（句尾）

我们**积极地**参加课堂活动。（句中）

They went out **in spite of the heavy snow**.（句尾）

尽管下着暴雪，他们还是出去了。（句首，但为了强调）

另外，还存在一些包含时间、方式、地点等内容的状语，这些状语的排列顺序问题在中西句子中的差异性也非常明显。英语的习惯语序是：先说方式，接着是地点，最后是时间；而汉语的习惯语序是：先说事件，接着说地点，最后说方式。并且，如果某一句子中包含两个及以上的时间、地点时，英语往往会按照由小到大的顺序，而汉语则由大到小。例如：

The meeting will be held at about **ten o'clock this Thursday**.

这次会议将在本**周四上午十点**召开。

Please send the sample to **120 Zhongshan Road**, **Wuhan City**, **Hubei Province**, **China**.

请把样品送到**中国湖北省武汉市中山路 120 号**。

三、中西语篇差异

在中西语言中，语篇是实际运用的语言单位，是人们交流过程中一系列的段落、句子组合成的语言整体。并且，语篇的功能与意义往往是根据一定的组织结构来确定的。在语篇层面，中西语言也存在一些明显的不同，对中西语篇的差异性进行分析，有助于人们更好地谋篇布局。

（一）段落结构差异

中西语篇的区别不仅体现在语言符号上，还体现在组词造句上。任何一种语言，其词语组合、意义连贯方式都具有独特性，这也造就了中西语篇段落结构的差异。

1. 英语语篇的段落结构

英语语篇的段落通常只有一个中心话题，每个句子都围绕这个中心思想展开论述，并且段落中往往先陈述中心思想，而后分点论述，解释说明的同时为下文做铺垫；段落中的语句句义连贯，逻辑性较强。例如：

He was a gay, jolly little man, who took nothing very solemnly, and he was constantly laughing. He made her laugh too. He found life an amusing rather than a serious business, and he had charming smile. And when she was with him she felt happy and good tempered. And the deep affection which she saw in those merry blue eyes of his touched her.

2. 汉语语篇的段落结构

汉语语篇的段落结构呈现为"竹节型"，句子与句子之间没有明显的标记，分段并不严格，有很大的随意性，段落的长度也较短。例如：

凤凰镇自然资源丰富，山、水、洞风光无限。山形千姿百态，流瀑万丈垂纱。这里的山不高而秀丽，水不深而澄清，峰岭相摩、河溪萦回，碧绿的江水从古老的城墙下蜿蜒而过，翠绿的南华山麓倒映江心。江中渔舟游船数点，山间暮鼓晨钟兼鸣，河畔上的吊脚楼轻烟袅袅，可谓天人合一。

（二）段落模式差异

语篇段落的组织模式实际上说的是段落的框架，即以段落的内容与形式作为基点，对段落进行划分的方法。语篇段落组织模式是对语言交际的一种限制，对于语篇的翻译而言至关重要。对于中西两种语篇，其段落组织模式存在相似的地方，即都使用主张—反主张模式、叙事模式、匹配比较模式等，但是二者也存在着差异。

1. 英语语篇的段落组织模式

英语语篇的段落组织模式主要包含五种，除了主张—反主张模式、叙事模式、匹配比较模式，还包含概括—具体模式与问题—解决模式，这两大模式与汉语语篇组织模式不同，因此这里重点探讨这两大模式。

（1）概括—具体模式。该模式是英语中最具有代表性的常见模式，又被称为“一般—特殊模式”。这一模式在文学著作、社会科学、自然科学语篇中是较为常见的。著名学者麦卡锡（McCarthy）将这一模式的宏观结构划分为如下两种。

第一种：

概括与陈述→具体陈述 1 →具体陈述 2 →具体陈述 3 →具体陈述 4 →……

第二种：概括与陈述→具体陈述→更具体陈述→更具体陈述→……→概括与陈述

（2）问题—解决模式。问题—解决模式在英语语篇中也是非常常见的，其基本程序主要包含以下五点。

第一点：说明情景。

第二点：出现问题。

第三点：针对问题给出相应的反应。

第四点：提出解决问题的具体办法。

第五点：对问题进行详细评价。

但是这五大基本程序并不是固定不变的，其顺序往往会随机加以变动。这一模式常见于新闻语篇、试验报告、科学论文中。

2. 汉语语篇的段落组织模式

与英语语篇的段落组织模式相比，汉语语篇主要有以下两点特色。

（1）一般来说，汉语语篇段落的重心位置与焦点多位于句首，但这也不是固定的，往往具有流动性与灵活性。例如：

你将需要时间，懒洋洋地躺在沙滩上，在水中嬉戏。你需要时间来享受这样的时刻：傍晚时分，静静地坐在海港边上，欣赏游艇快速滑过的亮丽风景。以你自己的节奏陶醉在百慕大的美景之中，时不时地停下来与岛上的居民聊天，这才是真正有意义的事情。

在上述这则语篇中，其重心位置与焦点出现在段尾，即“真正有意义的事情”，这则语篇清晰地体现了汉语段落组织焦点的灵活性。

（2）汉语语篇的段落组织重心和焦点有时候会很模糊，并没有在段落中体现出来，甚至有时候不存在重心句和焦点句。例如：

坎农山公园是伯明翰主要的公园之一，并已经被授予绿旗称号。它美丽的花圃、湖泊、池塘和千奇百怪的树木则是这个荣誉的最好证明。在这个公园，您有足够的机会来练习网球、保龄球和高尔夫球；野生动植物爱好者可以沿着里河的人行道和自行车道游览。

四、中西修辞差异

受文化差异的影响，中西修辞在表达中需要建立在发话人心理状态、客观现实背景、语言基本知识、审美能力和情趣的基础上，因此中西修辞存在着明显差异，具体分析如下。

（一）音韵修辞差异

中西两种语言属于不同的语系，具有自身的音韵美。作为修辞的重要组成部分，音韵修辞对于提升语言的魅力,加强语言的效果有着重大意义。在中西语言中,存在着很多的音韵修辞格,下面就对其展开具体的对比分析。

1. 汉语双声与英语头韵

汉语双声指的是汉语中一个双音节词的两个字的拼音的声母相同。例如,“忐忑”“澎湃”“参差”“吩咐”等。英语中头韵是押韵修辞的重要组成部分,其最早发源于英语诗歌,是古英语诗歌韵律的基础。在表达过程中,头韵的使用能够增加句子的节奏感,使语言更加鲜活、生动。例如:

Dumb dogs are dangerous.

在该例中,dumb,dogs,dangerous 都以 /d/ 开头,压头韵,使句子读起来朗朗上口。

不难发现,汉语中的双声与英语中的头韵有很大的相似性,但有一点需要注意,英语中的首字母是元音或者是首部辅音字母不发音时,只要其元音的读音相同也属于头韵的修辞,但是在汉语中并没有这个情况。

2. 英语腹韵、尾韵与汉语叠韵

在中西两种音韵修辞中,由于音节数的不同,形成了不同的韵律表达方式。汉语中一般只有一个韵母音节,因此形成了叠韵的表达。汉语中的叠韵指的是同韵母的字构成音韵的同叠效果的修辞手法。例如,婆娑、飘摇等。

但是,由于英语中单词的音节可能有一个,也可以有多个,因此其分为了腹韵和尾韵的表达。所谓腹韵,指的是英语中后续单词与前面的单词在重读音节上有相同的元音重复现象。所谓尾韵,指的是英语句子中单词的最后一个音节在读音上相同的表达方式。通过尾韵能够提高语言表达的节奏感。例如:

The kind guide said aside.

No pains, no gains.

第一个例子 kind, guide 中都包含了 /ai/ 这一重读情况,因此使用了腹韵修辞;而 pains 与 gains 包含了 /einz/ 的读音,因此使用了尾韵修辞。这两大修辞的使用使得句子更具有节奏感。

(二)词语修辞差异

在中西语言中,词语修辞格占据着较大比例,如比喻、夸张、拟人、双关、借代、移就等。对词语修辞进行有效运用能够使得语言更加优美活泼、生动形象,因此在很多文学类的作品中,词语修辞是非常常见的。

1. 比喻

比喻主要可以分为明喻、暗喻两种类型。中西语言在比喻修辞上带有各自的特点。

首先,明喻指的是本体、喻体、喻词都出现的形式。在喻词上,汉英语言带有不同的方式。汉语中常见的喻词为“像”“如”“仿佛”“似”等,英语中的喻词主要是 like, as 等。例如:

我们去!我们去!孩子们一片声地叫着,不待夫人允许就纷纷上马,敏捷得像猴子一样。

Eric drinks like a fish.

很明显,上述两个例子中英语句子使用了 like 一词,汉语中使用了“像”,这是最为常见的表达。

其次,暗喻指的是在表达中不出现喻词的形式。汉语中一般使用判断词“是”“就是”“成了”“成为”“变成”等词语表达暗喻，英语中一般使用系动词 be 代替喻词。例如：

刹那间，东西长安街成了喧腾的大海。

German planes rained down bombs.

上述汉语例句使用“成了”替代喻词，将长安街比喻成喧腾的大海；英语例句使用系动词 rained down 比喻德国飞机投掷的炸弹如下雨一般。

2. 比拟

比拟指的是将一个事物当作另一个事物进行描写的修辞方式。比拟的修辞一般可以分为拟人和拟物两种类型。但是，由于英语中很少出现拟物的修辞，因此这里只对比拟修辞中的拟人进行对比。

拟人（personification）指的是将物当作人进行描写，从而赋予事物人类的言行或思想，使之人格化。例如：

那宽大肥厚的荷叶下面，有一个人的脸，下半截子身子长在水里。

这个例句将“荷”比作“人”。

波浪一边唱歌，一边冲向天空，去迎接那雷声。

这个例句将“波浪”比作“人”。

...all mountains were overjoyed; all rivers were overjoyed.

上述例文为拟人修辞的运用，作者将山脉和河流用“高兴起来了”进行描写，赋予了山脉和河流人的喜悦之情。

中西拟人修辞都是将作者的感情赋予具体事物，通过托物抒情、托物言志的方式，使自己的感情表达得更加淋漓尽致，增加读者与作品之间的距离。但是，由于汉英语言与文化存在不对应性，汉语常常使用综合型表述方式，而英语中则主要使用分析型表达方式。

除了上述所介绍的汉英语修辞格之外，两种语言中还有一些自身特有的修辞方式。例如，汉语中还包括镶嵌、顶针、回环等英语中没有的修辞，在此不再赘述。

（三）结构修辞差异

所谓结构修辞，是指通过句子的特殊结构，对语言效果进行强化的一种修辞手段。结构修辞格主要建立在修辞结构特征的基础上，即通过一些结构形式，如排比、对偶等，对语篇的某些内容进行强调，从而提升语篇的表达效果。

1. 排比

排比（parallelism）修辞是指运用两个及以上具有相同或者相似结构的短语、句子，在意义上有一定相关性的句子进行表达的修辞方式。排比修辞的使用一般朗朗上口，能够提升语言的气势，从而提高语言的说服力和表达效果。例如：

我尊敬我的老师，我爱戴我的老师，我倾慕我的老师。

She tried to make her pastry fluffy, sweet, and delicate.

上述两个例子都使用了排比修辞，汉语句子就“我……我的老师”进行排比，分别使用了“尊敬”“爱戴”“倾慕”三个相似的词语；英语例句是对 make 后的形容词展开对比，使用了 fluffy, sweet, delicate。无论是汉语例句，还是英语例句，排比的使用都增加了句子的表达效果。

汉英语言中的排比修辞在其语用功能上带有很大的相似性。但是在形式上，英语排比可以是一组词形相同的词、词组，也可以是句式相同的句子，同时当英语排比句中反复出现几个相同的动词或提示语时，可以省略；但是汉语排比中不允许省略句子成分。

2. 对偶

所谓对偶(antithesis)修辞,指的是利用字词数相等和结构相似的两个语句表现论题相关或对立、意思相近或相反的一种修辞方法。

汉英两种语言中都有对偶的修辞方式,但是由于各自不同的语言特点,对偶修辞也带有一定的差异。

对偶修辞在使用过程中对文字的工整性有一定的要求,同时还要求字数、词性的对应,因此使用时并不简单。汉语文字表达多样,文字工整,因此在表达过程中经常使用对偶的修辞。例如:

无边落木萧萧下,不尽长江滚滚来。

诸葛亮舌战群儒,鲁子敬力排众议。

很明显,上述两个例句工整对仗,是对偶修辞的典型代表。

与汉语文字特点不同,英语在文字特点的限制下,对偶修辞的使用不如汉语广泛,主要用于体现句子语法结构的表达上。例如:

When you are present, you wish to absent, and when absent, you desire to be present.

Many are called, but few are chosen.

通过观察上述两个例句,前后基本是对应的,但是由于英语句子的特殊性,需要运用连接词予以连接,如第一个句子中的 and 及第二个句子中的 but。

第二节 中西文化差异

根据马克思主义哲学观,世界上的一切事物都处于不断地发展变化中,而且是在一种相对稳定的条件下来发展。人的文化不是凭空而来的,而是以人的先天机能为基础,并在后天的学习与实践过程中不断积淀所形成的,因此它不仅与一定的物质生产方式紧密相关,还伴随着人与人、人与自然的发展而不断变化。

随着人类社会发展脚步不断向前,文化在反映特定历史发展阶段的同时,还体现出鲜明的时代精神与时代特色,表现出历史的连续过程,不断吸收新的形式与内容。需要特别说明的是,文化的发展既是对新生事物的判断又是对传统的选择,是建立在自身民族性特征之上的,所以它既没有全盘接受新事物与新文化,也没有全盘否定从前的文化价值。可见,人的需求、情感、知识等因素始终贯穿于人的文化活动中。换句话说,人的文化活动反映了人对文化需求的变化。

想真正认识某一国度、某一民族精神文化的本质和全貌,就必须同时把握社会心理和社会意识形态。我们平时谈论的文化多指精神文化层次,它是人们对世界最本质的看法,极大地影响着其他层次的文化。特别是当一定形态的精神文化反映到物质文化、制度文化和行为文化中的时候,便在很大程度上表现出那个时代人们的精神状况。

一、思维模式差异

思维模式是人们通过推理、分析来对外界世界进行感知。刘宓庆(1999)认为,语言文化主要包括个体及群体的心理取向,思维偏好、价值体系、伦理体系等是其主要范畴。毋庸置疑,中西文化之间的差异是十分巨大的。之所以会出现这样的状况,很大程度上源于中西方民族所处的地理条件与历史环境的不同,由此导致了生产方式、社会结构以及人们的思维模式的差异。

(一)图形式思维与直线式思维

中西方在思维方式上具有明显的不同。具体而言,中国人十分重视不同事物、现象之间所具有的依赖性、联系性,喜欢从整体上观察与研究某一现象、某一事物。与中国人的思维方式明显不同,西方人更加重视某事物或某现象的独立性方面,往往擅长从细节上来观察与研究事物。这两种思维模式从科学角度而言,就是一个是综合性思维模式的表现,一个是分析性思维模式的表现。

很多学者都认同这样一个观点,即使用线性的、分析性的形式来形容西方人的思维,认为这种思维主要是受到了古希腊、罗马的传统影响,这就是人们经常提及的"直线式思维"。中国受儒家、道家思想的深刻影响,更加强调整体性的、图形式的思维。用一种更加形象的比喻来形容,西方人的思维形式有明确的起点、终点,非常简单和直观,就像一条直线;而中国人的思维没有明确的起点和终点,就如一个圆,浑然一体。

在西方人的大脑中,思维就如同一个不显露的真理,很多事物在思维的作用下建立着直接或间接的关系,人们往往通过"一"来理解"众"。相反,中国人的思维并不体现出明显的真理性,人们习惯于通过"众"来理解"一",一种事物与其他事物之间的关系错综复杂,构成了一个更大的整体。例如,中国人都比较熟知的太极图,图案形成了一种相互交织、周而复始的关系。没有起点,也没有终点,从而体现出中国文化非计量性、非累积性、模糊的特性。

(二)整体思维与个体思维

中国古代强调"天人合一",无论从人心的体验,还是从社会的感悟,无论是对人的认识,还是对自然界的认识,都强调人与自然、主体与客体的统一。这就表明了中国人的整体性思维,他们把整个世界视为一个整体。整体由部分构成,要想对部分有所了解与把握,就必然需要把握整体,从整体看问题,反对孤立的态度。

与中国人相比,西方人主张"天人二分",即认为人与自然、主观与客观是分离的,这就表明了西方人的个体思维。西方人强调首先应分析部分,然后知整体,分析小的方面,然后知大的方面。

(三)形象思维与抽象思维

中国人强调"天人合一",在这一思想的影响下,中国人善于形象思维,即人们通过与外部世界的客观事物形象产生联系,加之头脑中的固有物象,展开思考与总结。这种思维模式在古代汉字中展现得尤为明显。相比之下,受形而上学思维的影响,西方人习惯抽象思维,即人们以概念作为基础,对事物进行与现实物象相脱离的判断。这一思维模式是抽象的、分析的。

受中西形象思维与抽象思维模式的影响,中国人擅长对概念进行具体表达,而西方人擅长对概念进行抽象表达。抽象表达较为笼统,给人以晦涩之感。

二、价值观念差异

一般来讲,价值观具有稳定性,但是这种稳定性是相对的。具体来说,如果条件不发生改变,人们对某些事物的评判是相对稳定的。价值观是基于社会、家庭的影响产生的,而且经济地位发生改变,价值观也会发生改变。

（一）天人合一观念与天人二分观念

审美主体和审美客体是一对相互对应的美学范畴。要进行审美认识，必须同时存在审美客体和审美主体。审美既是认识活动，也是实践活动。既然认识是客观世界及其规律在人的大脑中的反映，那么审美认识就是审美客体及其规律在审美主体的大脑中的反映。审美认识自然是通过审美实践活动获得的。

1. 中国人的天人合一审美观念

中国传统文化中所提倡的天人合一精神引导着人们在审美模式上倾向于与自然融为一体，审美文化从一开始就强调艺术属于主体本心，反对简单的模仿外物。古代众多哲学家都强调天人合一观，如老子、庄子等，他们提倡在审美中应该张扬人与自然的天性，一切都应该顺其自然，不可人为强制。

儒家的美学观点强调，美学在具有合理性的同时也必须合乎社会伦理道德，达到"美""善"的统一。中国古代的艺术与审美理论另外一个突出的特点就是强调体物感兴，主体的心灵世界与外物相接触，并不是一种单纯的模仿。中国人认为，人不但需要懂得对大自然的欣赏，而且还需要将自己融入大自然中，实现人与自然、人与人，以及人与自身的和谐，这被认为是进入审美的最高境界。

2. 西方人的天人二分审美观念

西方文化的根本是主客二分，将外在世界作为人的对象，主体需要站在自然之外冷静、客观地观察、思考、研究、分析，因而他们在文化审美上就注重对自然的模仿，将文化的本质看作对自然的一种模仿。西方文化的发源地之一是希腊，其中最突出的文化表现形式是雕刻与叙事诗，二者最能体现西方人的文化成就与审美标准。

雕刻与叙事诗很好地体现了主客二分的审美模式，表现出典型的写实风格。同样，西方人在对大自然的审美中也体现出主客二分的模式。在西方人看来，人对自然的审美一般表现为两种心理：畏惧或征服，所以人对审美的判断结果也只能局限于这两种心理范围内。

（二）集体主义观念与个人主义观念

1. 中国人的集体主义观念

中国人倡导集体主义价值观。所谓集体主义，指的是国家、集体、社会利益在前，个人利益在后的一种价值观。简单来说，当遇到个人利益与集体利益发生冲突时，人们往往被要求与集体利益保持一致。虽然这种情况在当代社会有所改变，但是中国人仍旧饱含着强烈的集体归属感。这种集体主义在家庭、工作之中也有强烈的表现，即长幼尊卑、下级服从上级，这与中国"礼"的教化有关。例如，当与陌生的长者打招呼时，往往会称呼"大爷""大娘"等，当下级与上级打招呼时，往往会加上职位。

2. 西方人的个人主义观念

与中国的集体主义价值观相反，西方人强调个人主义。因为西方人对于个性、自由非常推崇，强调个人的意志，注重自我实现。但需要指出的是，个人主义并不意味着个人利益比任何利益都高，而是需要在法定的范围内，因此个人主义也是一种健康的、积极的价值观。不得不说，个人主义有助于个人的创新与进取，但是如果对个人主义过分强调，可能也会影响整个社会的亲和力。

（三）和谐观念与竞争观念

价值观的核心是价值，价值观念的不同指的是不同民族所表现出的价值在某一个文化体系中的排序。从根本上而言，价值的排序又与利益有着密切的关系，即利益决定着价值的地位。利益与某一个民族中的社会经济模型又有着直接的关系。

1. 中国人的和谐观念

中国是农业大国，表现出明显的“重农主义”，将农业视为立国之本。在中国传统思想中，十分提倡重农轻商、重本轻末。孟子说：“百商之切，勿夺其时，数口之家可以无饥矣。”

在中国古代社会，商人往往被人轻视，这是一种普遍现象，当时社会中流传的一个说法是“士、农、工、商”，从这一排序中就可以明显地看出商人的地位，商处于最末。

中国古代社会形成重农思想的根源，主要在于古代人以农耕为主，依据河流而生，通过农业解决温饱问题，长期处于一种自然的经济状态中。因而，逐渐形成了重农主义思想也是顺理成章的。

与个人主义强调的竞争意识相比较而言，重农主义十分注重天时地利人和，提倡合作精神、协调关系。例如，“远亲不如近邻”“家和万事兴”等都是对和睦、和谐的推崇与追求。

2. 西方人的竞争观念

从社会经历的发展历史可以看出，西方社会所表现出的典型特点就是“重商主义”。美国著名学者罗伯逊认为，美国社会的商业文明在 1776 年美国独立时就已经形成。

商业文明十分推崇个人所具有的奋斗精神。在西方社会，“权利、地位、声望、金钱”都不是天生就有的，并不能简单地通过继承遗产或者高贵的血统来获取。个人想要获取财富，实现自己的理想，只有通过自己的努力和奋斗才能实现，才能拥有权利、地位和声望。在这种思想的影响下，逐渐形成了个人主义的精神。

作为社会中的一分子，个人只有通过自己的努力，通过竞争来获取资本以及各种机会，人应该勇于面对和接受各种挑战，将自己放在与他人竞争的同等位置，从而充分激发自身的潜力以及战斗力，通过行动来追求速度、结果、效率。西方人非常推崇达尔文所提出的进化论思想，“物竞天择”是西方人的人生信条之一。

（四）崇尚道德观念与注重个人观念

1. 中国人崇尚道德观念

人伦与道德观念一直是贯穿中国社会的传统思想。中国人的人伦，并不是社会学的观念，也不是生物学的观念，而是从道德角度来说的。中国古代就是一个宗法性的社会。所谓宗法性社会，指的是以亲属关系为其结构，以亲属关系的原理与准则调节社会的一种社会类型，即宗法社会是这样一种社会，在这个社会中，一切社会关系都以家族为本，宗法关系就是政治关系，政治关系就是宗法关系，因而政治关系以及其他社会关系都需要依照宗法的亲属关系进行调节，所以中国社会是“伦理本位”的社会。

在“伦理本位”的社会中，主导的原则不是法律而是情义，义务比权利更为重要。因此，法的观念在中国并没有像在西方那样成为政治的主要手段，相反，情义成为中国政治文化的主要因素和约束力。中国是一个有着悠久伦理传统的国家，在中国传统的儒家思想中，伦理始终处于核心地位。自西周开始，中国就形成了伦理思想。西周建立了严密的宗法等级体制，在这一基础上形成了一系列宗法道德规范和伦理思想。到春秋战国时期，伦理思想主要是以儒家为主，“仁义”是儒家伦理思想的核心。

2. 西方人注重个人观念

在西方，早在荷马时代人们就开始对道德展开了思考，到公元前 4 世纪，古希腊思想家亚里士多德第一个建立了伦理学。之后，伦理学就作为一门重要的学科在西方发展起来。20 世纪之后，西方伦理学体系从内容到形式都发生了明显的变化，不过道德问题仍然是这一学科思考和研究的重要问题。

在西方，表示伦理的单词为 ethics，这一单词来自希腊语 ethos，本意是“本质”“人格”“风俗”“习惯”。公元前 4 世纪，希腊哲学家亚里士多德创立了研究道德品性的学问，称为伦理学。在亚里士多德看来，德性分为伦理德性和理智德性。前者是由风俗习惯沿袭而来，后者主要是由教导和培养而形成的。伦理既有约定俗成的成分，也有后天习得的成分。但不论如何，亚里士多德都认为行为的正当性在于它是合乎德性的行为，即表达了行为者的品德，行为者应该是有德的人。完美的生活与道德有关，因为道德在根本上牵涉到行为和人的德性问题。据此可知，西方伦理学主要是研究风俗习惯所形成的伦理道德。随后，西方伦理学作为哲学的一个分支逐渐发展起来，即道德哲学。这一分支主要研究的是关于对与错、善与恶的行为，研究什么是好的生活，如何做个好人以及何为正确的行为和事情。

与中国的伦理学一样，西方的伦理学也有着十分悠久的历史。西方伦理学的思想起始于亚里士多德、苏格拉底，这些哲学家非常重视自然哲学，主要探究万物的根源以及事物的本原，苏格拉底十分重视“人”的问题，认为人应该重视对灵魂的修养以及行为的规范。苏格拉底将西方的哲学从自然引向了生活实践，促使哲学开始沉思生活、伦理、善、恶等。

在苏格拉底看来，勇敢、虔诚、正义、节制等都是人应该具有的美德，这些都是善的。正是一些人缺乏道德信仰，或者有意否定道德信仰，促使哲学家柏拉图开始使用理性的思维方式来思考道德的意义，思考真、善、美的重要性。柏拉图认为人之所以为人的本质就是遵循伦理的规定，正义是生活者的德性，也是真正的政治德性，个人要集正义、智慧、勇敢、责任于一身。

（五）重义轻利观念与重利轻义观念

1. 中国人的重义轻利观念

中国受儒家文化的深刻影响，形成了重义轻利的观念。在义与利的关系上，儒家学说提倡“义以为上”，要求把群体的利益放置于个人利益之上，突出“义”的普遍性和绝对化，反对唯利是图，力图通过这一观念来解决个人与社会的矛盾，协调个人与群体的关系，避免由于利益的冲突所产生的个人与社会的对立，这对维护社会的稳定无疑会起到很大的作用。在这种精神的渗透下，中国古代历史上确实出现了很多舍生取义的民族英雄，他们为了国家和民族的利益牺牲自己。

在古代中国，人们羞于谈利，甚至将追求个人利益当作一种耻辱，将追求金钱作为一种道德的偏斜。过度鄙视利益，否定对物质的追求，不利于人的全面发展，在某种程度上萎缩了民族的进取意识，造成了一定的负面效应。

2. 西方人的重利轻义观念

西方海洋文化所孕育出来的社会精神，使得西方人形成了一种以个人为中心的价值取向，个人的生存与发展都依赖于自己，每个人都要对自己的行为负责。家庭与个人的关系只是一种暂时的关系，在家庭中，成员是自由的，淡化个人对家庭的责任与义务，在财产归属上，西方沿袭的是“同居而异财”的方式，虽然同居但财产分属十分明确。

西方私有制的延伸导致父子、兄弟、夫妻都有自己的私有财产，夫妻之间的关系是平等的，血缘造成的家庭尊属关系必然被法律关系所取代。在人与人之间的关系上，西方文化强调平等与自由，基督教文化要求人们爱人如己，出于宗教感情，西方对这种处事原则多有认可。在很多情况下，当矛盾发展成为激烈的冲突时，人们往往诉诸法律。西方人具有十分强烈的法律意识，法律是调节人与人、人与社会之间冲突的一个有力杠杆，早在古希腊时代人们就提出了“社会契约”的观点。

西方文化讲求人人平等、自由，注重人的人格与尊严，这对造就个人的创造性与开拓性、打造人的整体向上精神，无疑是不可或缺的思想动力。家庭观念淡化，家庭成员的地位平等，这有助于形成平等的人格意识，促进人的内在潜能的开发以及全面成长。不过个体本位也在淡化亲情关系，导致人际关系十分冷漠，人与人缺少必要的交流与沟通。家庭结构松散不利于整个社会的稳定与和谐发展，不利于适合向心力的加强，也不利于形成强大的民族凝聚力。

人与人、人与社会的关系提示了人的本质属性，即社会性，这一规定要求在对个人进行评价时要将人看作社会中的人，将人放入一定的社会关系中进行评价，任何一个人一旦脱离了一定的社会关系，就无所谓个人的能动性与创造性，也就谈不上个人价值，更不可能推动整个人类社会的进步与发展。

以上对中西民族的价值观进行了详细对比，不过随着时代以及社会的快速发展，全球文化的不断融合，不同民族的文化将在这一融合大趋势中谋求新的发展。首先，中西方民族的价值观之间所具有的界限将会越来越模糊，随着世界文化的融合，不同意识形态之间进行着各种碰撞，文化同样作为一种资本在全世界进行流通。在这一过程中，不同文化之间相互影响、彼此借鉴，文化之间的差异性将会越来越小。其次，在认同与离异中重新建构。不同文化之间首先会表现为认同，即对主流文化的赞同，进而会出现离异现象，即对某一个民族所具有的主流文化进行批判和扬弃。文化的内容是复杂多变的，某一个国家的文化中会拥有值得全人类社会借鉴和学习的内容，当然也一定会有一些不好的文化现象存在，不同民族和国家之间的文化将会在彼此的借鉴与扬弃中获取深入的融合与发展。

第四章　英语翻译实践的技巧

翻译技巧是指为了保持译文的通顺，在内容大致不变的前提下，对原文的表现方式和表现角度进行改写的方法。中外学者和翻译工作者在长期的研究和翻译实践中，总结出了不少既忠实传达信息又表达流畅的各种各样的翻译技巧。本章就从词汇、句子、篇章和修辞层面探讨翻译的基本技巧。

第一节　词汇翻译技巧

一、词义的选择技巧

一词多义在英语中是非常普遍的现象，在对词语进行翻译时自然首先涉及词义的选择。下面我们就介绍几种词义的选择技巧。

（一）根据专业领域用词确定词义

英语中的一些词语既具有普通意义，又有在专业领域内的特定含义。以 default 一词为例，它在一般语境下的意思是“拖欠、未履行”，如 in default on a loan，意为“拖欠贷款”；在法律范畴里，则意为“被要求出席时未到席”，如 make a default，意为“未出庭”；在计算机用语中，default 则常被翻译为“缺省”，指“由操作系统自动指定并持续有效的特定值”，如 default share，意为“缺省共享”。下面我们再以 boot 一词为例说明。

He booted the ball across the field.

他把球踢到场地的另一头。

在此句中，boot 应理解为“踢”。

Tom got the boot for frequently coming late.

汤姆因经常迟到而被解雇。

在此句中，boot 应理解为“解雇”。

There are several very simple tweaks that will significantly decrease the amount of time it takes your computer to boot up.

有几个非常简单的方法可以极大地减少计算机启动的时间。

在此句中，boot up 应理解为“启动计算机”。

由此可见，根据不同的专业领域确定词义是一个很有效的词义选择策略。

（二）根据词性确定词义

英语中单词的词性不同，其意义也往往不相同。因此，在英汉翻译过程中选择某个词的词义，首先要根据上下文确定词性，一旦词性确定了，意义基本也就确定了。根据词性确定词义是词汇翻译的基本技巧。例如,下面句子中都带有 like,对它的翻译就要根据词性来确定。

He will never see his like again.

他再也见不到他那样的人了。(名词)

Like knows like.

英雄识英雄。(名词)

Like enough it will snow.

很可能要下雨。(副词)

It doesn't look like snow.

天不像要下雪的样子。(介词)

In the sunbeam passing through the window are fine grains of dust shining like gold.

细微的尘埃在射进窗内的阳光下像金子一样闪闪发光。(介词)

下面我们再以 right 为例进行说明。

In England, we drive on the left side of the road, not the right side.

在英国,车辆靠路的左侧行驶而不是靠右侧行驶。

此句中, right 作形容词,意为“右侧的”。

I'll go right after lunch.

午饭后我马上去。

此句中, right 作副词,意为“马上,立刻”。

The ship righted itself after the big wave had passed.

大浪过后,船又平稳了。

此句中, right 作动词,原意为“使回复到适当的、正确的位置”,在这里译为“平稳”。

He hoped to be absolutely right about this issue.

他希望在这个问题上绝对正确无误。

此句中, right 作形容词,意为“正确无误的”。

Right, open your mouth, let me have a look.

好,把嘴张开,让我来瞧瞧。

这里, right 作感叹词使用。

He exercised his legal right as President to halt the investigation.

他行使了总统的法定权力去阻止这场调查。

此句中, right 作名词,意为“权力”。

(三)根据词语的搭配确定词义

由于英汉文化差异的原因,英语和汉语都有各自固定的词组和搭配,因此在翻译时必须注意两种语言之间的这种区别。例如,形容词 heavy 虽然其基本含义是“重的”,但在下列短语中,由于搭配的词语不同,其含义也有所不同。

heavy heart 沉重的心情

heavy market 萧条的市场

heavy weather 恶劣天气

heavy fog 阴沉的天空大雾

heavy tongue 笨嘴笨舌

heavy applause 热烈的掌声

heavy hand 手段严厉

heavy road 难走的路

heavy storm 暴风雨

再如,动词 raise 的基本含义是“举起;使升高”,但在不同的短语搭配中,其词义却发生了变化。

raise a family 养家糊口

raise a fleet 集结一支舰队

raise the dead 使死者回生

raise vegetables 种植蔬菜

raise a monument 树一座丰碑

raise fears 引起恐惧

raise an embargo 解除禁运

二、词义的引申技巧

(一)词义的抽象化

现代英语常用一个表示具体形象的词来表示一种属性、一个事物或一种概念,翻译时可将其词义做抽象化的处理,用比较笼统概括的词加以表达,以使译文更加自然流畅。可见,词义的抽象化就是指将原文中表示具体形象的词作概括性的引申,译成意义抽象的词。例如:

The avalanche unleashed by the film provided the best opportunity in a long time for the racial healing to begin。

由于这部影片造成了排山倒海的影响,它提供了最好的契机来开始化解种族矛盾,经过相当长的时间使创伤得以愈合。

avalanche 的本义为“雪崩”。该词语的本义是具体的,但在本例原文中用于比喻意义。因此,译者在翻译时要透过现象看本质,将该词翻译成汉语的“排山倒海的影响”正是抓住了所描述事件的本质。

I was not one to let my heart rule my head.

我不是那种让感情支配理智的人。

my heart rule my head 在此句中引申为“感情支配理智”。

We insist that international trade should not be a one-way street.

我们坚持主张国际贸易不应是有来无往。

在原句中, one-way street 本意为“单行道”,将“单行道”与国际贸易联系在一起,就可以引申为“有来无往”这一含义。

His success in this field has pushed his forerunners' point into the background.

他在这方面的成就使其前辈们黯然失色。

background 本义为“后边”,在此处引申为“黯然失色”。

Brain drain has been Kangding's No.1 concern; as a matter of fact, it has been an epidemic in this area.

人才外流一直是康定的头号问题,实际上,它已经成为那一地区带普遍性的严峻问题。

原句中 brain 由“头脑”抽象化为“人才”, concern 由“关心的事情”抽象化为“问题”, epidemic 由“流行病”抽象化为“带普遍性的严峻问题”。

There is a mixture of the tiger and the ape in the character of the imperialists.

帝国主义者的本质既残暴,又狡猾。

tiger 和 ape 本来是两个具体的形象，译文中将这两个词引申为它们所代表的属性："残暴"和"狡猾"，这样的引申使得译文传神地传达了原文的含义。

See-sawing between partly good and faintly ominous, the news for the next four weeks was never distinct.

在那以后的四个星期内，消息时而部分有所好转，时而又有点不妙，两种情况不断地交替出现，一直没有明朗化。

see-sawing 是 see-saw 的动名词形式，表示"玩跷跷板"，此句中引申为"两种情况不断地交替出现"。

I have no head for mathematics.

我没有数学方面的天赋。

译文将原句中的 head（头）引申为"天赋"。

Every life has its roses and thorns.

（每个人的）生活有甜也有苦。

原文中的 roses（玫瑰）和 thorns（刺）本是两个具体形象，译文将它们引申为其所代表的属性：甜和苦。

（二）词义的具体化

词义的具体化和词义的抽象化相反，是指根据目标语的表达习惯，把原文中抽象笼统的词语引申为意义明确具体的词语。因为英语中常用代表抽象意义的词表示一种具体事物，在译成汉语时需要进行具体化的引申，以避免译文晦涩费解。此外，有些词在特定的上下文中其含义是明确的，但译为汉语时也必须做具体化的引申。例如：

The car in front of me stopped, and I missed the green.

我前面的车停住了，我错过了绿灯。

原句中的 green 其原意是"绿色"，但是根据上下文，可以引申为具体的事物："绿灯"。

Perhaps the only trouble with copper is that it is not hard enough for some uses.

就某些用途来说，也许铜的唯一缺点是硬度不够。

原句的 trouble 本来是"麻烦"的意思，但是与"铜"联系在一起，就可以引申为"缺点"。

He is the admiration of the whole school.

他是全校所敬佩的人。

admiration 本是一个抽象的词，这里具体化为某个人。

The factory is famous for its arsenal of technical geniuses.

这家工厂以拥有众多技术精英而著称。

原句中的 arsenal 由"军火库"具体引申为"众多"。

（三）典故引申

每个民族都有自身的发展历史，其语言在发展过程中也不断变化和丰富着。可以说，每一种语言都有着丰富的典故、成语，而典故的应用可以延伸出比字面意思更深刻的含义，不仅可以言简意赅地表现各种社会关系和生活经验，还可以使人产生丰富的联想。因此，在翻译这类典故时，要注意灵活进行处理，以收到意想不到的效果。这里我们以 Helen of Troy 为例进行说明，请看下面几个句子。

It is unfair that historians always attribute the fall of kingdoms to Helen of Troy.

历史学家总是把王国的倾覆归于红颜祸水，这是不公平的。

Helen of Troy 源自希腊神话故事。Helen 是希腊的绝世佳人,为了争夺这个美人,爆发了以特洛伊的毁灭为结局的特洛伊战争。后来,这一典故就常用来表示美艳如西施的女人,在这里引申为红颜祸水。

She is considered as Helen of Troy in her class.

她被认为是班里最漂亮的。

Helen of Troy 在这里引申为“最漂亮的女人”。

Mother didn’t think of the nice looking car bought the day before should become a Helen of Troy in her family. Because of this her daughter and her quarreled for a long time.

母亲没有料到前一天买的那辆漂亮的小轿车竟成了祸端,她和女儿为此吵了很久。

Helen of Troy 在这里引申为“祸端”。

(四)逻辑引申

翻译的成败与多种因素有关,逻辑思维和逻辑表达是其中重要的因素之一。逻辑就是思维的规律。在进行翻译的时候,要注意中西方文化在逻辑思维方面的差异,以及英汉两种语言在表达习惯方面存在的差异。所谓逻辑引申,指根据上下文的内在联系,由表及里,运用一些符合汉语习惯的表达法,选用确切的汉语词句,将原文的弦外之音补译出来,以避免译文的晦涩难懂。例如:

If they could not see the Winter Palace with their own eyes, they could dream about it as if in the gloaming they saw a breath-taking masterpiece of art as they had never known before—as if above the horizon of European civilization was towering the silhouette of Asian Civilization.

如果他们不能目睹圆明园的风姿,那么他们也能在梦幻中身临其境:他们仿佛在冥冥之中见到一件令人叹为观止的艺术杰作,宛如在欧洲文明的大地上巍然展现出一副亚洲文明的剪影。

将 in the gloaming 译为“在冥冥之中”,将 a breath taking masterpiece 译为“令人叹为观止的艺术杰作”,将 ...was towering 译为“巍然展现”,这些均有顺利成章的逻辑引申,使得译文语言鲜活锐利。

Previously, if I had been really interested in a book, I would race from page to page, eager to know what came next. Now, I decided, I had to become a miser with words and stretch every sentence like a poor man spending his last dollar.

在那以前,我要是对一本书真感兴趣,我往往一页一页拼命往下翻,急于知道下文的内容。现在我决定对词汇要像守财奴那样不轻易放过;也要像穷人过日子,把每一个句子当作身边最后一块钱,省吃俭用,慢慢花费。

在上句中, a miser with words 指的是“词汇要像守财奴那样不轻易放过”, stretch every sentence like a poor man spending his last dollar 指的是“像穷人过日子,把每一个句子当作身边最后一块钱,省吃俭用,慢慢花费”。其中的“不轻易放过”和“省吃俭用”均为逻辑引申。译者根据原文内涵进行了增译,既丰富了原文的内涵,又增添了译文的韵味。

三、词类的转换技巧

由于英汉两种语言的表达方式不同,翻译时往往需要进行转换以满足表达的需要,或适应目的语的表达习惯,这就不可避免地要使用到转译法。转译法是在翻译过程中,根据译文语言习惯所进行的转换。词类的转换主要涉及以下几种。

（一）转译为动词

1. 名词转译为动词

（1）英语中有大量由动词派生的名词和具有动作意义的名词，或者既可以用作动词又可以用作名词，在翻译时往往可以将其转译成动词。例如：

We know that the **mastery** of a foreign language is not easy.

我们知道，**掌握**一门外语是不容易的。

International trade is the **exchange** of goods and services produced in one country for goods and services produced in another.

国际贸易就是将一个国家生产的商品和提供的服务与另一个国家生产的商品和提供的服务进行**交换**。

The **application** of electronic computers makes a tremendous **rise** in labour productivity.

使用电子计算机可以大大**提高**劳动生产率。

（2）表示身份特征或职业的英语名词，即带 -er 或 -or 的名词，在句中不指身份或职业而含有较强的动作意味时，可以译成汉语动词。例如：

He was always an unwelcome **intruder**.

他经常冒失地**闯进**别人家里。

Talking with his young neighbor, the old man was the **forgiver** of the young man's past wrong doings.

在和年轻的邻居谈话时，老人**宽恕**了年轻人过去的过失。

The economic environment is characterized by **buyers**, **sellers** and **competitors**.

经济环境的特点就是**买**、**卖**与**竞争**。

I'm afraid I can't teach you dancing. I think my daughter is a better **teacher** than I.

我未必能教你舞蹈，我想我女儿比我**教**得好。

（3）具有动作意义的名词，往往可以与介词短语一起构成名词化结构，其意义相当于一个句子，并且该名词可以转译成汉语动词。例如：

The **sight** of the old man reminds me of his passed father.

看到那个老人，使我想起了他已故的父亲。

The **love** of parents of their children is perfect and minute.

父母**爱**子是无微不至的。

A **change** of state from a solid to a liquid form requires heat energy.

从固态**变成**液态需要热能。

The custom-made object, now restricted to the rich, will be within everyone's **reach**.

目前这种订做的产品只有富人才能享受，而将来人人都能**买得起**。

（4）作为习语主体的名词往往也可以译成动词。例如：

Have a **taste** of the newly produced water-melon in Xinjiang.

尝尝新疆新产的西瓜。

I took a final **look** at my lovely hometown,

我最后**看**了一眼可爱的家乡。

The next news bulletin, shorter than usual, made no **mention** of the workers' strike.

下一个新闻节目比通常短，没有**提到**工人罢工。

2. 形容词转译为动词

英语形容词中有不少可以转译成动词,这些形容词大体可以分为两类:一类主要是由动词派生或转换而来,大多能引申出动词意义;另一类多用来表示各种心理状态,而这些心理状态在汉语中一般用动词表达,因此需转换为动词。例如:

A successful scientist must be a **good** observer.

一个成功的科学家一定**善于**观察。

Success is **dependent** on his efforts.

成功与否**取决于**他的努力。

All the students say that the professor is very **informative**.

所有的学生都说那位教授使他们**掌握**了许多知识。

I'm **sure** the meeting will be a success.

我**确信**这次会议会成功。

They were not **content** with their present achievements.

他们不**满足**于现有的成就。

Shortly after Jimmy Carter's election as President, his advisers were reported as recommending **lower** taxes and **higher** government spending.

据说在吉米·卡特当选总统后不久,他的顾问们就建议应当**降低**税收,**扩大**政府开支。

3. 副词转译为动词

英语中有很多副词在译成汉语时需要转译为动词。例如:

She opened the window to let fresh air **in**.

她把窗子打开,让新鲜空气**进来**。

Families **upstairs** have to carry pails to the hydrant **downstairs** for water.

住在楼上的人家得提着水桶**去楼下**的水龙头打水。

When the switch is off, the circuit is open and electricity doesn't go **through**.

当开关断开时,电路就中断,电流就不能**通过**。

Now, I must be **away**, the time is up.

现在我该**离开**了,时间已经到了。

The real victory is not **over** one's fellow runners but **over** one's own body.

真正的胜利不是**胜过**其他赛手,而且**胜过**自己的体力。

4. 介词转译为动词

英语中有很多介词,通常具有动作含义的英语介词或介词短语在翻译时可转译成汉语动词。此外,由于英语介词含义灵活,搭配关系比较复杂,在翻译时还要根据其搭配关系和上下文灵活处理。例如:

The president took the foreign guests **around** the campus.

校长带着外宾**参观**校园。

I paid sixty yuan **for** an old bicycle.

我花 60 元钱**买了**一辆旧自行车。

Are you **for** or **against** the plan ?

你**赞成**还是**反对**这项计划?

The computer is **of** high sensibility.

这台计算机**具有**很高的灵敏度。

This is the key **to** the window. Open the window to escape **in case of** fire.

这是**打开**窗户上锁子的钥匙。如果**遇到**火灾，打开窗户逃走。

Downstairs, then, they went, Joseph very red and blushing, Rebecca very modest, and holding her green eyes downwards. She was dressed in white **with** bare shoulders as white as snow—the picture of youth, unprotected innocence, and humble virgin simplicity.

他们一路下楼，约瑟夫涨红了脸，丽贝卡举止端庄，一双绿眼望着地下，她穿了一件白衣服，**露出**雪白的肩膀，年纪轻轻，越发显得天真烂漫，活脱是一个娴静又纯洁的小姑娘。

（二）转译为名词

1. 动词转译为名词

动词转译为名词主要有以下两种情况。

（1）英语被动句译成汉语“受（遭）到……＋名词”“予以……＋名词”等结构时，该英语动词转译成汉语名词。例如：

We were most **impressed** by the fact that even those patients who were not told of the illness were quite aware of its potential outcome.

给我们**留下**极深**印象**的是，即便那些没有被告知病情的病人对其疾病的潜在后果也非常清楚。

Her image as a good salesman was badly **tarnished**.

她作为一个好推销员的形象，已**遭到**很大的**玷污**。

He was **snuffed** by the top-ranking officials there.

他**受到**那边高级官员们的**冷遇**。

（2）英语中一些由名词派生或转用的动词，其概念很难用汉语动词来表达，翻译时可将该英语动词转译成汉语名词。例如：

The university **aims** at the first rate of the world.

学校的**目标**是成为世界一流的大学。

The food supply will not **increase** nearly enough to match the growth in population.

食品供应的**增长速度**将赶不上人口的增长。

The man I saw at the party **looked** and **talked** like an English.

我在聚会上见到的那个人，**外表**和**谈吐**都像英国人。

To them, he **personified** the absolute power.

在他们看来，他就是绝对权威的**化身**。

2. 形容词转译为名词

形容词转译为名词主要有以下两种情况。

（1）用来表示特征或性质的英语形容词，可译成汉语名词。例如：

The more carbon the steel contains, the **harder** and **stronger** it is.

钢的含碳量越高，其**强度**和**硬度**就越大。

The **true**, the **good** and the **beautiful** always exist in comparison with the **false**, the **evil** and **the ugly**, and grow in struggle with the latter.

真、**善**、**美**总是在同**假**、**恶**、**丑**相比较而存在，相斗争而发展。

（2）有的形容词加上定冠词可以表示某个种类，汉译时可以译成名词。例如：

He had deep sympathy for the **insulted** and the **injured**.

他对**受侮辱的人**和**受损害的人**有深厚的同情心。

They did their best to help the **poor** and the **sick**.

他们尽了最大的努力帮助**穷人**和**病人**。

3. 副词转译为名词

因表达需要，英语中的有些副词也可转译成汉语名词。例如：

He is **physically** weak but **mentally** sound.

他**身体**虽弱，但**思想**健康。

Specialization enables one country to produce some goods more **cheaply** than another country.

专业化能使一个国家生产的产品比别的国家生产的**便宜**。

They have not done so well **ideologically**, however, as organizationally.

但是，他们的思想工作没有他们的**组织工作**做得好。

（三）转译为形容词

1. 名词转译为形容词

由形容词派生的名词，以及有些由形容词派生的名词前加不定冠词作表语时，可转译为形容词。例如：

Whatever happens, we are deeply convinced of the **correctness** of this new policy.

无论发生什么，我们都深信这一新政策是**正确的**。

Independent thinking is an absolute **necessity** in study.

在学习中学会独立思考是**必需**的。

The spokesman admitted the **feasibility** of the American proposals.

发言人承认，美国的建议是**可取的**。

As he is a perfect **stranger** in the city, I hope you will give him the necessary help.

他对这座城市是完全**陌生的**，所以我希望你能给他必要的帮助。

The **security** and **warmth** of the destroyer’ s sickbay were wonderful.

驱逐舰的病室很**安全**也很**温暖**，好极了。

The promotion was a **success**.

这次促销活动是**成功的**。

2. 副词转译为形容词

英语中有些副词也可以转译为汉语中的形容词。例如：

The sun rose **thinly** from the sea.

淡淡的太阳从海上升起。

The film impressed me **deeply**.

这部电影给我留下了**深刻的**印象。

His work was **well** finished, so his manager praised him.

这一次他的工作完成得**很好**，因此他受到了经理的表扬。

The sun affects **tremendously** both the mind and body of a man.

太阳对人的身体和精神都有**极大的**影响。

Sometimes we have had to pay **dearly** for mistakes.

有时我们不得不为错误付出**昂贵的**代价。

（四）转译为副词

1. 动词转译为副词

英语中有些动词具有汉语副词的含义，因此可转译为汉语的副词。例如：

I **succeeded** in persuading him.

我**成功地**说服了他。

2. 名词转译为副词

有些意义抽象的英语名词或名词短语与句子其他成分之间存在一定的逻辑关系时，可根据其意义转译成汉语副词。例如：

I have the **honor** to inform you that your request is granted.

我**荣幸地**通知您，您的请求已得到批准。

The girl in the seat is studying the old woman beside her with **interest**.

座位上的那个女孩正**好奇地**打量着她旁边的那位老妇人。

It is our great **pleasure** to note that China has made great progress in economy.

我们很**高兴地**看到，中国的经济已经有了很大的发展。

When he catches a glimpse of a potential antagonist, his **instinct** is to win him over with charm and humor.

只要一发现有可能反对他的人，他就**本能地**要用他的魅力和风趣将这个人争取过来。

3. 形容词转译为副词

英语中的一些形容词也可以转译为汉语的副词。例如：

She then acted as a **reluctant** interpreter.

她当时**并非情愿地**当了一次翻译。

She placed the **highest** value on our cooperation.

她**非常**重视我们之间的合作。

There is an **increasing** interest in the large-scale use of solar energy all over the world.

世界各地对大规模利用太阳能**越来越**感兴趣。

You should give your TV set a **thorough** examination to see if there is really something wrong with it before you get it repaired.

送修之前，你应当**彻底地**检查一下你的电视机，看看它是否真的出了问题。

We took a **brief** and **restless** naps during the three-day battle of the liberation war.

在解放战争期间的一次持续三日的战斗中，我们只是**短短地**、**不安地**打了几个盹。

Standing on the teaching platform, Alexander took an **apprehensive** look at the students.

亚历山大站在讲台上，**忧虑地**看着学生们。

第二节　句子翻译技巧

一、被动句的翻译

被动句型是英语中使用最为广泛的句式之一，它能够使文本表现得更为正式、客观、语气更加委婉，避免给人以主观臆断的感觉。掌握好英语中被动句的翻译对于英译汉来说至关重要。一般来讲，被动句在汉译时主要涉及以下几种情况。

（一）译为被动句

一些形式较为单一的英语被动句可以翻译成带有“被、遭（到）、受（到）、为……所……”等被动标记的汉语被动句。例如：

His opinion was accepted by the rest of his class.

他的观点为班上其他人所接受。

He was attacked by a lot of bees.

他遭到了大批蜜蜂的攻击。

He had been fired for refusing to obey orders from the head office.

他因拒绝接受总公司的命令而被解雇了。

（二）译为主动句

将英语的被动句译为汉语的主动句是很常用的方法，此时通常保持英语原文的主语，只是不译出“被”字，这主要是出于译文通顺的考虑，可以消除不必要的误解。例如：

Every moment of every day, energy is being transformed from one form into another.

每时每刻，能量都在从一种形式变为另一种形式。

The whole country was armed in a few days.

几天之内全国就武装起来了。

My first twenty years were spent in a poverty-stricken mountain area.

我的前 20 年是在一个贫困山区度过的。

（三）译为“使”“把”“由”字句

英语中的一些被动句在汉译时，可以译成汉语中的“使”字句、“把”字句或者“由”字句。例如：

Traffic in that city was completely paralyzed by the flood.

洪水使那座城市的交通彻底瘫痪。

I’ m homeless now, because my house was totally destroyed by a big fire.

我现在无家可归了，因为一场大火把我的房子完全烧毁了。

This letter was written by the president himself.

这封信是由总统本人写的。

（四）译为无主句

英语受严格的主、谓、宾结构限制，而汉语表达比较灵活，可以不要主语。因此，在很多情况下，可采用汉语的无主句来翻译英语的被动语句。例如：

Attention has been paid to the new measures to prevent corrosion.

已经注意到这种防腐的新措施。

The unpleasant noise must be immediately put to an end.

必须立刻终止这种讨厌的噪音。

此外，一些由 it is+ 过去分词 +that 从句构成的英语被动句型，在汉译时也往往被译为汉语的无主句。例如：

It is said that he came yesterday.

据说他昨天来了。

（五）增加主语

有些英语被动句并未在句中出现表示行为主体的词或词组，在翻译这类句子时，可适当增添一些不确定的主语，如“人们”“我们”“有人”等。例如：

Greenhouse effect is known to have a great influence on environment.

众所周知，温室效应对环境有巨大影响。

The issue has not yet been thoroughly explored.

人们对这一问题迄今尚未进行过彻底地探索。

She was seen to enter the building about the time the crime was committed.

有人看见她大致在案发时进入了那座建筑物。

二、否定句的翻译

英语中的否定句也是经常出现的。对于否定句及其翻译，主要有以下几种情况。

（一）全部否定及翻译

英语中的全部否定是指将句子否定对象加以完全、彻底地否定，即否定整个句子的全部意思。构成全部否定的单词和词组主要有 no, none, never, nobody, nothing, nowhere, neither...nor, not at all 等。在翻译这类否定句时，只需把否定词直译即可。例如：

He is no writer.

他根本不是作家。

None of the answers are right.

这些答案都不对。

Never have we been daunted by difficulties.

我们任何时候都没有被困难吓倒过。

She has nothing to do with the matter.

她和这件事毫无关系。

We looked for her everywhere, but she was nowhere to be found.

我们到处找她，可哪儿也找不到。

（二）部分否定及翻译

部分否定是指整个句子所表达的意义既含有部分否定的意思，也含有部分肯定的意思。部分否定句一般由代词或者副词与否定词 not 搭配构成，形式上很像全部否定，但实际上是部分否定，通常译为"并非都""不全是""不总是"等。这些代词或副词有 all, both, every, everyone, everybody, everyday, everything, entirely, altogether, absolutely, completely, wholly, everywhere, always, often 等。例如：

All that glitters is not gold.

闪光的不全是金子。

Both the doors are not open.

两扇门并不都是开着的。

Not everybody was invited.

并不是每个人都受到了邀请。

I do not want everything.

我并不是什么都想要。

（三）双重否定及翻译

双重否定是在同一个句子里出现两个否定词，或一个否定词与某些表示否定意义的词连用。从语气的强弱上来看，有强化的双重否定和弱化的双重否定两种。强化的双重否定中，两个否定词的重复使用能产生加强整个句子语气的作用，其肯定的、正面的语气比单纯的肯定语气强。弱化的双重否定中包含的两个否定词，一个常由否定前后缀构成，由于两个否定词中一个为另一个所否定，使否定的语气抵消了一部分，因而产生弱化的效果，实际上等于一个语气委婉温和的肯定词。常见的双重否定形式主要有 no...not, no less than, not...any the less, without...not, never/no...without, not/none...the less。翻译成汉语的时候，可以译成汉语的双重否定句，也可以直接翻译为汉语的肯定句。例如：

Nothing is easier than fault-finding.

吹毛求疵最容易。

No less than fifty people were killed in the accident.

事故中多达 50 人死亡。

I can not agree more.

我完全同意。

It leaves nothing to be desired.

这已完美无缺。

She is no less active than she used to be.

她和从前一样活跃。

There is no smoke without fire.

无风不起浪。

There is nothing unusual there.

那里的一切都很正常。

You will never succeed unless you work hard.

如果你不努力，就绝不能成功。

No task is so difficult but we can accomplish it.

再困难的任务，我们也能完成。

Don’t open the door until the train stops.

火车未停不要开门。

（四）含蓄否定及翻译

含蓄否定又称为“意义否定”，尽管形式上没有与否定词或否定词缀连用，但其意义上却是否定的。在翻译时，一般要把否定的意义明确翻译出来。含蓄否定句的翻译通常涉及以下几种情况。

（1）有些动词或者动词短语具有否定意义，所以可以翻译为汉语的否定句。常见的有 miss, escape, doubt, reject, lack, keep off, keep out, protect（keep, prevent）from, live up to, fall short of, dissuade...from, keep...dark 等。例如：

They failed to arrive the meeting on time.

他们没能按时赶到会场。

We missed the last bus, so we had to go back home on foot.

我没赶上末班公共汽车，所以只好步行回家。

It is necessary to project trees from the frost.

必须保护树木免受霜冻。

The error in calculation escaped the accountant.

会计没有注意到这个计算上的错误。

（2）英语中，有些形容词及其短语含有鲜明的否定意义，因此可以用来构成否定句。这类词有 the last, far from, free from, blind to, few and far between, short of, independent of, impatient of, deficient, devoid of, alien to, foreign to, different from, dead to 等。例如：

Present supplies of food are short of requirements.

目前食品供不应求。

Holidays are few and far between.

放假的时候并不多。

The newspaper accounts are far from being true.

报纸的报道远非事实。

（3）英语中的一些名词也可以引起含蓄否定，常见这类的名词有 neglect, failure, ignorance, refusal, shortage, absence, negation, reluctance, exclusion, Greek to 等。例如：

The exclusion of David from the committee makes him angry.

大卫因被逐出委员会而很生气。

We cannot finish the work in the absence of these conditions.

在不具备这些条件的情况下，我们不能完成这项工作。

English literature is Greek to him.

他对英语文学一无所知。

（4）在英语中，有些介词或介词短语具有否定意义，翻译的时候可以直接翻译为否定句。常见的有 beside, but, above, past, without, beyond, in vain, instead of, but for, in spite of 等。例如：

Your speech was a bit above my head.

您的演讲比较深奥，我不大理解。

Her beauty is beyond comparison.

她的美丽是无与伦比的。

The public people’s behavior should be above reproach.

公众人物的行为应该是无可指责的。

三、从句的翻译

(一)定语从句的翻译

1. 限制性定语从句的翻译

限制性定语从句对所修饰的先行词起限制作用,与先行词关系密切,不用逗号隔开,翻译这类句子可以用以下方法。

(1)前置法

前置法就是将英语限制性定语从句译成带“的”字的定语词组,放在被修饰的词前面,从而将复合句译成汉语单句。这种方法常用于比较简单的定语从句。例如:

That’s the reason why I did it.

这就是我们这样做的原因。

Everything that is around us is matter.

我们周围的一切都是物质。

A man who doesn’t try to learn from others cannot hope to achieve much.

一个不向别人学习的人是不能指望有多少成就的。

The few points which the president stressed in his report are very important indeed.

院长在报告中强调的几点的确很重要。

(2)后置法

如果英语从句的结构比较复杂,译成汉语前置定语显得太长而不符合汉语表达习惯时,可以译成后置的并列分句。

①译成并列分句,省略英语先行词。例如:

He is a surgeon who is operating a patient on the head.

他是一个外科医生,正在给病人头部动手术。

He managed to raise a crop of 200 miracle pumpkins that weighed up to fifteen pounds each.

他居然种出了 200 个奇迹般的南瓜,每个重达 15 磅。

②译成并列分句,重复英语先行词。例如:

She will ask her friend to take her son to Shanghai where she has some relatives.

她将请朋友把她的儿子带到上海,在上海她有些亲戚。

They are striving for the ideal which is close to the heart of every Chinese and for which, in the past, many Chinese have laid down their lives.

他们正在为实现一个理想而努力奋斗,这个理想是每个中国人所追求的,在过去,许多中国人为了这个理想而牺牲了自己的生命。

(3)溶合法

溶合法是把原句中的主句和定语从句溶合在一起译成一个独立句子的一种方法。例如:

There is a man downstairs who wants to see you.

楼下有人要见你。

There was another man who seemed to have answers and that was Robert McNamara.

另外一个人似乎胸有成竹，那就是罗伯特·麦克纳马拉。

These were the meetings that were engineering Khrushchev's "resignation" on ground of "advancing age and deteriorating health".

这些会议促使赫鲁晓夫"辞职"，其理由是他的"年纪越来越大，而且健康状况日益恶化"。

2. 非限制性定语从句的翻译

英语非限制性定语从句对先行词不起限定作用，只对它加以描写、叙述或解释，翻译这类从句时可以采用下列方法。

（1）前置法

一些较短的且具有描写性的非限制性定语从句，可以译成"的"字前置定语，放在被修饰词的前面。例如：

He liked his sister, who was warm and pleasant, but he did not like his brother, who was aloof and arrogant.

他喜欢热情快乐的妹妹，而不喜欢冷漠高傲的哥哥。

The emphasis was helped by the speaker's mouth, which was wide, thin and hard set.

讲话人那又阔又薄又紧绷的嘴巴，帮助他加强了语气。

（2）后置法

①译成并列分句。例如：

When she was lost to his view, he pursued his homeward way, glancing up sometime at the sky, where the clouds were sailing fast and wildly.

当他看不见她了，才朝家里走去，有时抬头望望天空，乌云在翻滚奔驰。

After dinner, the four key negotiators resumed the talks, which continued well into the night.

饭后，四位主要人物继续进行谈判，一直谈到深夜。

②译成独立分句。例如：

He had talked to Vice-President Nixon, who assured him that everything that could be done would be done.

他和副总统尼克松谈过话，副总统向他保证，凡是能够做到的他将竭尽全力去做好。

They were also part of a research team that collected and analyzed data which was used to develop a good ecological plan for efficient use of the forest.

他们还是一个研究小组的成员，这个小组收集并分析数据，用以制订一项有效利用这片森林的完善的生态计划。

3. 兼有状语功能的定语从句的翻译

英语中有些定语从句兼有状语从句的功能，在意义上与主句有状语关系，说明原因、结果、目的、让步、条件假设等关系。在翻译的时候应根据原文发现这些逻辑关系，然后译成汉语的各种相应的偏正复合句。

（1）译成原因偏正句。例如：

The ambassador was giving a dinner for a few people whom he wished especially to talk to or to hear from.

大使特地宴请了几个人，因为他想和这些人谈谈，听听他们的意见。

Einstein, who worked out the famous theory of Relativity, won the Nobel Prize in 1921.

由于爱因斯坦提出了著名的“相对论”理论，因此他于 1921 年获得了诺贝尔奖。

(2)译成目的偏正句。例如：

He wishes to write an article that will attract public attention to the matter.

他想写一篇文章，以便能引起公众对这件事的注意。

So my chances of getting to revolutionary China are pretty slim, although I have not given up my efforts to get a passport, that will enable me to visit the countries of Socialism.

因此，我到革命中国来的机会相当小，虽然我并没有放弃努力争取一张护照，以便访问社会主义国家。

(3)译成结果偏正句。例如：

The airplane is the first in the scale of increasing vehicle size that would appear to be adaptable to nuclear power.

在运输工具体积增加方面，飞机占第一位，因此，它看来是宜于采用核动力的。

There was something original, independent, and heroic about the plan that pleased all of them.

这个方案富于创造性，独具匠心，很有魅力，他们都很喜欢。

(4)译成让步偏正句。例如：

The question, which has been discussed for many times, is of little importance.

这个问题尽管讨论过多次，但没有什么重要性。

My assistant, who had read carefully through the instructions before doing the experiment, could not obtain satisfactory results, because he followed them mechanically.

虽然我的助手在做实验之前从头到尾仔细阅读过说明书，但由于他死搬硬套，所以没有得到满意的结果。

(5)译成条件、假设偏正句。例如：

The remainder of the atom, from which one or more electrons are removed, must be positively charged.

如果从原子中移走一个或多个电子，则该原子的其余部分必定带正电。

Men became desperate for work, any work, which will help them to keep alive their families.

人们极其迫切地需要工作，不管是什么工作，只要它能维持一家人的生活就行。

(6)译成时间偏正句。例如：

Electricity which is passed through the thin tungsten wire inside the bulb makes the wire very hot.

当电通过灯泡里的细钨丝时，会使钨丝变得很热。

He expressed his philosophy in letters to his friend General George Roges Clark, who was also being unfairly criticized.

在他的朋友乔治·罗杰斯·克拉克将军同样遭到不公正的批评时，杰斐逊给他写信表示自己的观点。

(二)状语从句的翻译

1. 原因状语从句的翻译

(1)译为因果偏正句的主句。例如:

Because he was convinced of the accuracy of this fact, he stuck to his opinion.

他深信这件事的正确可靠,因此坚持己见。

The perspiration embarrasses him slightly because the dampness on his brow and chin makes him look more tense than he really is.

额头和下巴上出的汗,使他看起来比实际上更加紧张些,因为出汗常使他感到有点困窘。

(2)译为表原因的分句。例如:

The crops failed because the season was dry.

因为气候干旱,农作物歉收。

The book is unsatisfactory in that it lacks a good index.

这本书不能令人满意之处就在于缺少一个完善的索引。

2. 条件状语从句的翻译

(1)译为表"条件"的状语分句。例如:

Presuming that he is innocent, he must be set free.

假如他是无罪的,就应当释放他。

If you tell me about it, then I shall be able to decide.

如果你告诉我实情,那么我就能做出决定。

(2)译为表示"假设"的状语分句。例如:

If the government survives the confident vote, its next crucial test will come in a direct vote on the treaties May 4.

假使政府经过信任投票而保全下来的话,它的下一个决定性的考验将是 5 月 4 日就条约举行的直接投票。

If the negotiation between the rich northerly nations and the poor southerly nations make headway, it is intended that a ministerial session in December should be arranged.

要是北方富国和南方穷国之间的谈判获得进展的话,就打算在 12 月份安排召开部长级会议。

(3)译为"补充说明"的状语分句。例如:

He is dead on the job. Last night if you want to know.

他是在干活时死的,就是昨晚的事,如果你想知道的话。

You'll have some money by then— that is, if you last the week out, you fool.

到那时你该有点钱了——就是说,如果你能熬过这个星期的话,小子。

3. 时间状语从句的翻译

时间状语从句的译法相对比较复杂,不能简单地拘泥于表示时间的一种译法,一定要结合所处语境,通过理解其深层含义,运用不同的译法。这里我们以较为复杂的 when 作为例子进行说明。在翻译 when 时间状语从句时,不能拘泥于表示时间的一种译法,要结合实际环境,采用不同的翻译方法。具体翻译方法有以下几种。

(1)译为并列句。例如:

He shouted when he ran.

他一边跑,一边喊。

They set him free when his ransom had not been paid.

他还没有交赎金,他们就把他释放了。

(2)译为相应地表示时间的状语从句。例如:

When he spoke, the tears were running down.

他说话时,泪流满面。

When the history of the Nixon Administration is finally written the chances are that his Chinese policy will stand out as a model of common sense and good diplomacy.

当最后撰写尼克松政府的历史时,他的对华政策可能成为懂得常识和处理外交的楷模。

(3)译为“在……之前”“在……之后”结构。例如:

When the firemen got there, the fire in their factory had already been poured out.

在消防队员赶到之前,他们厂里的火已被扑灭了。

When the plants died and decayed, they formed organic materials.

在植物死亡并腐烂后,便形成有机物。

(4)译为“刚……就……”“一……就……”结构。例如:

Hardly had we arrived when it began to rain.

我们一到就下雨了。

He had hardly rushed into the room when he shouted, “Fire! Fire!”

他刚跑进屋里就大声喊:“着火了!着火了!”

(5)译为“每当……”“每逢……”结构。例如:

When you look at the moon, you may have many questions to ask.

每当你望着月球时,就会有许多问题要问。

When you meet a word you don’t know, consult the dictionary.

每逢遇到不认识的词,你就查词典。

(6)译为条件复句。例如:

Turn off the switch when anything goes wrong with the machine.

一旦机器发生故障,就把电门关上。

When you have driven Jaguar once, you won’t want to drive another car.

只要你开过一次美洲虎牌汽车,你就不会再想开其他牌子的汽车了。

4. 目的状语从句的翻译

(1)译为表“目的”的前置状语分句。例如:

We should start early so that we might get there before noon.

为了在正午以前赶到那里,我们应该尽早动身。

The leader stepped into the helicopter and flew high in the sky in order that he might have a bird’s-eye view of the city.

为了对这个城市做一鸟瞰,那位领导跨进直升飞机,凌空飞翔。

(2)译为表“目的”的后置状语分句。例如:

Man does not live that he may eat, but eats that he may live.

人生存不是为了吃饭,吃饭是为了生存。

They hid themselves behind some bushed for fear that the enemy should find them.
他们躲在树丛后面,以防被敌人发现。

5. 让步状语从句的翻译

(1)译为表“无条件”的状语分句。例如:

No matter what misfortunc befell him, he always squared his shoulder and said: “Never mind. I' ll work harder.”

不管他遭受到什么不幸事儿,他总是把胸一挺,说:“没关系,我再加把劲儿。”

Whatever combination of military and diplomatic action is taken, it is evident that he is having to tread an extremely delicate tight-rope.

不管他怎么样同时采取军事和外交行动,他显然不得不走一条极其危险的路。

(2)译为表“让步”的状语分句。例如:

Although he seems hearty and outgoing in public, Mr. Smith is a withdraw and introverted man.

虽然史密斯先生在公共场合是热情和开朗的,但是他却是一个性格孤僻、内向的人。

While this is true of some, it is not true of all.

虽有一部分是如此,但不见得全部是如此。

(三)名词性从句的翻译

1. 主语从句的翻译

(1)以 what, whatever, whoever 等代词引导的主语从句可按原文的顺序翻译。例如:

What he told me was half-true.

他告诉我的是半真半假的东西而已。

Whoever did this job must be rewarded.

无论谁干了这件工作,一定要得到酬谢。

Whatever he saw and heard on his trip gave him a very deep impression.

他此行的所见所闻给他留下了深刻的印象。

(2)以 it 作形式主语的主语从句,翻译时根据情况而定。可以将主语从句提前,也可以不提前。例如:

It is strange that he should have failed to see her own shortcomings.

真奇怪,他竟然没有看出自己的缺点。

It doesn't make much difference whether he attends the meeting.

他参加不参加会议没有多大关系。

It seemed inconceivable that the pilot could have survived the crash.

驾驶员在飞机坠毁之后,竟然还活着,这似乎是不可想象的。

2. 宾语从句的翻译

(1)以 what, that, how 等引导的宾语从句,在翻译时一般不需要改变它在原句中的顺序。例如:

Can you hear what I say?

你能听到我所讲的话吗?

He would remind people again that it was decided not only by himself but by lots of others.

他再次提醒大家说，决定这件事的不只是他一个人，还有其他许多人。

（2）用 it 作形式宾语的句子，翻译时 that 引导的宾语从句一般可按原句顺序，it 不译。但有时在译文中也可以将宾语从句提前。例如：

I take it for granted that you will come and talk the matter over with him.

我想你会来跟他谈这件事情的。

I regard it as an honor that I am chosen to attend the meeting.

被选参加会议，我感到光荣。

3. 表语从句的翻译

表语从句一般也可按原文顺序进行翻译。例如：

This is what he is eager to do.

这就是他所渴望做的事情。

This is where the shoe pinches.

这就是问题的症结所在。

That was how a small nation won the victory over a big power.

就这样，小国战胜了大国。

4. 同位语从句的翻译

同位语从句是对其前面的名词进行进一步的解释，说明名词的具体内容，这个被解释或被说明的名词一般是抽象名词。翻译同位语从句时，一般也按原文顺序直接翻译。有时也需要借助“即”“以为”或冒号、破折号来连接主句和从句。例如：

We were very suspicious of the assumption that he would rather kill himself than surrender.

对于他宁愿自杀也不投降这种假设，我们是很怀疑的。

It does not alter the fact that he is the man responsible for the delay.

延迟应由他负责，这个事实是改变不了的。

But considered realistically, we had to face the fact that our prospects were less than good.

但是现实地考虑一下，我们不得不正视这样的事实：我们的前景并不妙。

An obedient son, I had accepted my father’s decision that I was to be a doctor, though the prospect interested me not at all.

作为一个孝顺的儿子，我接受了父亲的决定，要当医生，虽然我对这样的前途毫无兴趣。

And there was the possibility that a small electrical spark might accidentally bypass the most carefully planned circuit.

而且总有这种可能性——一个小小的电火花，可能会意外地绕过了最为精心设计的线路。

But it ignores the fact that, though pilots, we potentially were in as much danger of capture as any covert agent.

但忽略了这一点，即我们虽说是驾驶员，却和任何潜伏的特务一样有被俘的危险。

第三节　语篇翻译技巧

一、语篇衔接

衔接在篇章语言学中是一个重要术语，是语段、语篇的重要特征，也是语篇翻译中的一个重要环节。衔接的优劣关系到话语题旨或信息是否被读者理解和接受。所谓语篇衔接，就是使用一定的语言手段，使一段话中的各部分在语法或词汇方面都有联系。

语篇衔接又分为词汇衔接和结构衔接。词汇衔接指语篇中前后词语之间的语义关系，是语言语境的重要组成部分。结构衔接是语篇中某一结构与上下文另一结构相比较而存在的承启关系，这也是语言语境的重要表现形式。

因为衔接是通过词汇、语法手段加以实现的，所以学者们认为它是语篇的“有形网络”。韩礼德在《功能语法导论》中，提出了五种类型的衔接。

（1）照应衔接：（词汇衔接）通过代词、定冠词、比较结构等实现上下文的衔接。

（2）替代衔接：（结构衔接）指用少量的语言形式替代上下文中的一个或几个语句。

（3）关联衔接：（结构衔接）利用关联词或关联结构实现语意上的衔接。

（4）省略衔接：（结构衔接）指在某结构中被省略的词汇或概念可以在语篇中回找。

（5）词汇衔接：指语篇中的部分词汇相互之间存在语意上的关联。

针对语篇的翻译，要正确理解原文语篇，注意通过衔接手段，将句子与句子、段落与段落按照逻辑组织起来，构成一个完整或相对完整的语义单位。在生成译文时可对原文的衔接方式进行必要的转换和变化。例如：

Wrought iron is almost pure iron. It is not frequently round in the school shop because of its high cost. It forges well, can easily be bent hot or cold, and can be welded.

熟铁几乎就是纯铁。熟铁在校办工厂里不太常见，因为价格很贵。熟铁好锻，很容易热弯和冷弯，还能够焊接。

The human brain weighs three pounds, but in that three pounds are ten billion neurons and a hundred billion smaller cells.These many billions of cells are interconnected in a vastly complicated network that we can’t begin to unravel yet...Computer switches and components number in the thousands rather than in the billions.

人脑只有三磅重，但就在这三磅物质中，却包含着一百亿个神经细胞，以及一千亿个更小的细胞。这上百亿、上千亿的细胞相互联系，形成一个无比复杂的网络，人类迄今还无法解开这其中的奥秘……电脑的转换器和元件只是成千上万，而不是上百亿、上千亿。

One the surface, many marriages seem to break up because of a “third party”. This is, however, a psychological illusion. The other woman or the other man merely serves as a pretext for dissolving a marriage that had already lost its essential integrity.

从表面上看，许多婚姻好像毁在“第三者”手里。然而，这只是一种心理幻觉。第三者不过是一个表象，它瓦解了一个早就失去了其内在完整性的婚姻而已。

That night he sat alone during dinner, careful, he late told us, not to “get in love’s way”. But he glanced often in our direction, and we knew he was not alone...

那天晚餐时，他一直独自坐着，尽量“不妨碍别人谈情说爱”（那是他后来告诉我们的）可是他不时朝我们这边瞟上一眼,我们知道他并不孤独……

Without a steady supply of fresh blood, without the oxygen it carries, the human brain is quickly impaired. In four minutes, brain cells, starved for oxygen, begin to die and serious brain damage results. In another few minutes, the brain is completely destroyed.

This was the crux of a stubborn problem. The heart could not be taken out of action for more than four minutes — very little time to repair a heart defect. Until a solution could be found, operation on the open heart would be impossible.

人脑如果得不到稳定的新鲜血液,得不到血液中的氧,就会很快受到损伤。大脑细胞缺氧四分钟后就会死亡,导致严重的脑损伤;再过几分钟,大脑就将彻底损坏。

心脏停止跳动亦不能超过四分钟——用这点时间来修补心脏缺陷是远远不够的。问题难就难在这里。不解决这个问题,就不可能打开心脏进行手术。

二、语篇连贯

衔接是通过词汇或语法手段使文脉贯通,是篇章的有形网络。连贯是指以信息发出者和接受者双方共同了解的情景为基础,通过逻辑推理来达到语义的连贯,这是篇章的无形网络。

语义连贯是构成话语的重要标志。译者只有理解看似相互独立、实为相互照应的句内、句间或段间关系并加以充分表达,才能传达原作的题旨和功能。例如:

I wrestled with my own resolution; I wanted to be weak that I might avoid the awful passage of further suffering I saw laid out for me; ...

我和我自己的决心搏斗着:我要成为软弱的人,这样我就可以避免去走那条要我受更多苦难的可怕的路,我看到这条路就摆在面前;……

(祝庆英 译)

Bertha Manson is mad; and she come of a mad family—idiots and maniacs through three generations! Her mother, the Creole, was both a mad woman and drunkard! as found out after I had wed the daughter: for they were silent on family secrets before Bertha, like a dutiful child, copied her parent in both points.

伯莎·梅森是个疯子,她出身于一个疯子家庭,三代都是白痴和疯子。在我娶她之前,他们家对这个秘密一直是守口如瓶。结婚以后我才发现,她的母亲,那个克里奥耳人,原来既是一个疯女人又是一个酒鬼!伯莎像个孝顺的孩子,在这两点上和母亲一模一样。

By a simple process, the scientists extract from the leaves of the plant a compound called podophyllotoxin, which is used in the cancer drug etoposide. The main source of the compound to date has been from the root stem of an Asian plant similar to the Mayapple, but taking it kills the plant and has resulted in its near extinction. By using the leaves, it's not necessary to kill the plant.

科学家们用一种简单的工艺从这种植物的叶子提取一种叫做鬼白素的化合物,用它制成磷酸依托泊甙抗癌药物。迄今为止,这种化合物主要源于一种与鬼白果类似的亚洲植物的根茎,但取出根茎植物就会死亡,导致该植物近乎灭绝。只用叶子,就可避免此种后果。

The chess board is the world, the pieces are the phenomena of the universe, the rules of the game are what we call the laws of nature. The player on the other side is hidden from us. We know that his play is always fair, just, and patient. But we also know, to our cost, that he never overlooks a mistake, or makes the smallest allowance for ignorance.

世界是盘棋，万物就是棋子。弈棋规则即所谓的自然规律，我们的对手隐蔽不见。我们知道他下棋总是合理、公正、有耐心。但输了棋后我们才知道，他从不放过任何误棋，也绝不原谅任何无知。

第四节　修辞翻译技巧

一、英汉语义修辞的翻译技巧

（一）夸张的翻译

1. 直译法

英汉夸张修辞使用都很普遍，也存在一些相似之处。为了更好地保持原文的艺术特点，对夸张修辞进行翻译可采用直译法。例如：

Yes, young men, Italy owes to you an undertaking which has merited the applause of the universe.

是的，年轻人，意大利由于有了你们，得以成就这项寰宇称颂的伟业。

原文采用了夸张修辞，the applause of the universe 的成就并不能仅仅依靠 young men，但是夸张的使用增加了整个句子的艺术效果。在翻译时，可采取直接法，体现原文的夸张效果。

If you gave me eighty necklaces and eight hundred rings I would also throw them away. What I want is nothing but dignity.

你就是给我 80 条项链和 800 个戒指，我也不要，我要的是尊严。

该例中使用的数字体现了夸张修辞，翻译时采用直译法能够更好地传达源语的信息和效果。

2. 意译法

由于英汉夸张的表现手法、夸张用语等存在差异，翻译时不能一味地照搬原文，可考虑使用意译法来译，使译文符合目的语表达习惯。例如：

She is a girl in a million.

她是个百里挑一的姑娘。

原文中的 in a million 如果直译为“百万里挑一”，显然无法让中国读者理解，这时应结合汉语表达习惯，使用意译法将其译为“百里挑一”。

（二）借代的翻译

英汉借代修辞手法往往会使用带有民族特色的词语，翻译时需要对原文进行相应的加工处理，根据具体情况可以采用意译法或添加注释说明。例如：

He used to be the mouth of the Obama administration.

他以前是奥巴马当局的发言人。

原文中的 mouth 实际上指 government spokesman，翻译时应使用意译法译出其含义，从而易于读者的理解。

她是我们学校的林妹妹。

In our school she is called Cousin Lin.

Note: the heroine of the famous Chinese Qing Dynasty novel The Red Mansion Dreams by Cao Xueqin, a girl famous for her sentimental and delicate beauty.

"林妹妹"是曹雪芹作品《红楼梦》中的人物,汉语用该词指代多愁善感的女孩,翻译时可予以说明使国外读者更好地理解其含义。

(三)委婉语的翻译

委婉语的翻译通常可以采取以下方法。

1. 直译法

当英语中的委婉语形式在汉语中有相应的表达时,翻译时可以采用直译法。例如:

And, it being low water, he went out with the tide.

正是退潮的时候,他跟潮水一道去了。

本例中把 dead(死了)比作 went out with tide(跟潮水一道去了),显得含蓄、委婉。汉语中也可有这样的委婉说法,所以可使用直译法来翻译。

看看三日的光阴,凤姐宝玉躺在床上,连气息都微了。合家都说没了指望了,忙的将他二人的后事都治备了。

(曹雪芹《红楼梦》第二十五回)

By the third day the patients were so weakened that they lay on their beds motionless and their breathing was scarcely perceptible. The whole family had by now abandoned hope and were already making preparations for their laying-out.

(David Hawkes 译)

"后事"是"葬礼"的委婉语,而 Hawkes 采用 laying-out 一词使译文与原文的委婉表述保持一致。

2. 意译法

中西文化不同,再加上英汉语言也存在差异,一些委婉语并不能在目的语中找到对应的表达,这时可使用意译法进行翻译。例如:

We will have oil the Mayor to get the permit.

我们得贿赂市长,以便获得允许。

本例中 oil the Mayor 是"贿赂市长"的委婉表达,但如果直译成"给市长上油",则显得非常可爱。这里应对其进行意译,从而将原文的真实含义传递出来。

尤氏说:"她这些日子,不知怎么了,经期有两个月没有来,叫大夫瞧了,又说并不是喜。"

(曹雪芹《红楼梦》第十回)

It's been more than two months now since she had a period, yet the doctors say she isn't pregnant.

(David Hawkes 译)

原文中"经期"被译为 had a period,符合目标语中的委婉表达。

3. 增译法/加注法

有时,句子中包含某些文化因素或源语读者知晓而译语读者不知道的背景知识,这时意译不能达到令人满意的还原度，应进行直译，并通过增加字词或注释的方法为目的语读者补充必要的解释说明。例如：

They were afraid we would get one of Proxmire's Golden Fleece awards.

（*Adanced English* Ⅰ）

他们怕我们会因计划失败而得到（参议员）普罗斯麦的金羊毛奖。

原文中的 Golden Fleece Award 实际上是颁发给最愚蠢、最腐败、最浪费的政府项目的奖，只有拥有相关背景知识的人才能了解这一隐含信息。在翻译时，译者想将 Golden Fleece awards 直译为“金羊毛奖”，然后增加了“计划失败”这一补充性词语，以便读者理解。

雨村拍手笑道：“是极。我这女学生叫黛玉，他读书凡“敏”字他皆念作“密”字，写字若遇着“敏”字亦减一二笔。我心中每每有疑矣……可惜其母上月竟亡故了。”

（曹雪芹《红楼梦》第二回）

Yu-cun pounded table with a laugh. “No wonder my pupil al- ways pronounces rain as mi and writes it with one or two strokes missing. That puzzled me, but now you've explained the reason... What a pity that her mother died last month.”（Note：A pelion's name was taboo and had to be used in an altered form.）

（杨宪益、戴乃迭 译）

在中国古代，父母的名字是子女的禁忌，不能随意说。这一文化传统对于那些英语读者来说可能较为陌生，所以译者在后面加了注释，使译文更清晰明了。

（四）比喻的翻译

翻译比喻一般采取直译法与意译法。

1. 直译法

英汉两种语言中的明喻与暗喻的表达形式或方法基本接近，一般可以直接翻译，从而保留原文的内容及活力。例如：

A man can no more fly than a bird can speak.

人不能飞翔，就像鸟不会讲话一样。

在对原文的比喻进行翻译时，译者使用了直译法，译文中的本体、喻体与原文中保持一致。

2. 意译法

英汉语言与文化都存在诸多差异，比喻的形象也有不能为英汉民族所理解和接受的情况，这时可进行意译，使译文符合译入语的表达习惯。例如：

...and some few to be chewed and digested.

……只有少数的书才值得咀嚼和消化。

原文中书不可能被咀嚼或者消化，这是一则隐喻，将书暗喻成“吃的东西”。

他是个墙头草。

He is a weathercock.

汉语句子采用了暗喻的修辞手法，将“他”比作墙头草，这一比喻形象在英语中并不存在，这时可采用意译法，将其译为 weathercock，便于外国读者理解和接受。

(五)拟人的翻译

对拟人修辞进行翻译一般可采取直译法与意译法。

1. 直译法

英汉两种语言中都经常使用拟人修辞手段,同时二者存在很多相似点,翻译时一般可直译。例如:

And certainly, whenever the wind blew, the Reed made the most graceful curtseys.

这倒是真的,风一吹,芦苇就行着最动人的屈膝礼。

原句中使用拟人修辞手法,将“芦苇”拟人化了,采用直译法,能很好地再现原文的生动形象。

石碑和湖水黯然相望。

The stone and the lake gazed at each other in dismay.

原文中的“石碑和湖水”被拟人化了,从“黯然相望”可以得到体现,译者使用直译法,以物当人。

2. 意译法

英汉两种语言在表达习惯上有一些差异,有时可采用意译法来翻译拟人修辞,以符合译入语表达习惯。例如:

The ship sadly caught fire and the plans to make her a floating museum died in the smoldering embers.

这艘船不幸着火了,于是把它建成水上博物馆的种种计划也在一片焖燃着的灰烬中泡汤了。

原句中的 ship 与 plans 都被拟人化了,而汉语中的“船”则通常被当作没有生命的实体,“计划”的拟人也很少,翻译时,可用意译法。

春天正向我们走来。

Spring is drawing near.

汉语句子使用拟人修辞手法,如果将其译为“Spring is walking towards us.”读起来显得别扭、不自然。为了使译文符合英语的表达习惯,可采用意译法,将原文中的“向我们”予以省略。

二、英汉结构修辞的翻译技巧

(一)设问的翻译

设问修辞是作者故意使用的方式,以起到强调、突出、发人深思的作用。对设问进行翻译时,译者可以采用直译法,还原源语的内容、情感与思想。例如:

What's the use of crying ?

哭有什么用呢?

英语原文是设问的表达方式,译文进行直译,使译入语读者也能了解文章的真实含义,“哭是没有用的”。

（二）反复的翻译

1. 直译法

反复的翻译最常用的是直译法。采用直译法进行翻译，可以使译文更加真实贴切。例如：

Let every nation know, whether it wishes us well or ill, that we shall pay any price, bear any burden, meet any hardship, support any friend, oppose any foe, in order to assure the survival and the success of liberty.

（John F. Kennedy：*Inaugural Address*）

让每个国家都知道——不论它希望我们繁荣还是希望我们衰落——为确保自由的存在和自由的胜利，我们将付出任何代价，承受任何负担，应付任何艰难，支持任何朋友，反抗任何敌人。

肯尼迪在演讲中针对不同的对象展开不同的层次，在五个排比句式中重复出现了五次 any，表明了美国政府对保障自由的承诺，译文通过直译将总统的诚意和决心完全表现了出来。

2. 变通法

在对反复进行翻译时，根据译文表达需要可以对原文结构、表达进行灵活变通，使译文在语义、功能和语气上与原文保持一直。例如：

Would you please please please please please please please stop talking?

（Ernest Hemingway：*Hills Like White Elephants*）

那就请你，请你，求你，求你，求求你，千万求求你，不要再讲了！

英语句子为了表达强烈的呼吁，一次使用了 7 个 please 来表达迫切的要求。译文没有直接译出来，而是采用了变通的手法，将请求的程度淋漓尽致地表现了出来。

（三）倒装的翻译

倒装主要可以分为语法倒装和修辞倒装两类。下面介绍这两类倒装的翻译。

1. 语法倒装的翻译

语法倒装在翻译时一般需要调整语序，将其还原成正常语序，即复位翻译。例如：

Should you be in trouble, they would help you.

如果你遇到麻烦，他们会帮助你。

原句为 should 提前的倒装句，在翻译时将其主语呈现出来，译成了正常的陈述语序。

Had I been informed earlier, I could have done something.

要是早点告诉我，也许我还能想些办法。

该例原句采用了部分倒装，翻译时可以直接恢复正常语序。

2. 修辞倒装的翻译

翻译修辞倒装时，为了体现原文的特点，应尽量保留原文的修辞手段，如果不能做到与原文相同，就要依据译入语的行文习惯，采用其他句式再现原文的倒装结构。例如：

Fine and sunny it was when we started on our way.

我们动身那天，天气晴朗，阳光灿烂。

原句中的表语放在了句首,突出意义,有助于加强语气。在翻译时,用两个四字短语,“天气晴朗,阳光灿烂”有效地再现了原文倒装的修辞效果。

The smell of meny seeped from the wall. That he recognized.

一屋子铜臭,这个他倒看得出来。

原句中将 that 放在了句首,在句中作宾语,起强调作用。在对原句进行翻译时,译者保留原文的句式。

(四)对偶的翻译

对偶修辞翻译主要可以采用反译法与增减译法。

1. 增减译法

对偶修辞在使用过程中会增减相应的连接词,在翻译过程中需要根据汉语表达习惯对这些连接词进行反向减增,使译文符合汉语表达。例如:

A young gentleman may be over-careful of himself, or he may be under-careful of himself. He may brush his hair too regular, or too un-regular. He may wear his boots much too large for him, or much too small. That is according as the young gentleman has his original character formed.

(Charles Dickens: *David Copperfield*)

一位年轻的绅士,对于衣帽也许特别讲究,也许特别不讲究。他的头发梳得也许特别光滑,也许特别不光滑。他穿的靴子也许特大得不可脚,也许特小得不可脚。这都得看那位年轻的绅士,天生来的是怎么样的性格。

(张谷若 译)

译文中的“衣帽”“光滑”“不光滑”“不可脚”就是原文中没有对应的字面表达,但根据上下文含义可以理解并且需要增补的内容。这种增补是根据原文含义进行的符合译入语表达方式的增补,因此便于读者的理解与掌握。

Everything going out and nothing coming in, as the vulgarians say. Money was lacking to pay Mr.Smith and Green their prices.

俗话说得好,坐吃山空;应该付给史密斯和格林两位先生的学费也没有着落了。

英语句中使用 and 连接进行了对偶表述,在翻译时,译者根据汉语表达习惯将其省略,使译文简洁、流畅。

2. 反译法

英汉语在否定表达上存在显著的差异,当英语对偶修辞中出现否定形式时,译者可以根据需要进行反译,使译文符合译入语的表达习惯。例如:

With malice toward none, with charity for all, with firmness in the right, as God gives to see the right...

我们对任何人不怀恶意,对所有人心存善念,对上帝赋予我们的正义使命坚信不疑。

在对原句中的对偶修辞进行翻译时,译者将 malice 运用了正话反译的技巧,对 none 采用了反话正译的技巧,符合汉语表达习惯。

(五)排比的翻译

排比翻译通常可采取以下方法。

1. 直译法

采用直译法来翻译排比,既能保留原文的声音美与形式美,又能再现原文的强调效果。例如:

Their powers of conversation were cosiderable. They could describe an entertainment with accuracy, relate an anecode with humor, and laugh at their acquaintance with spirit.

(Jane Austine: *Pride and Prejudice*)

他们健谈的本领真是吓人,描述起来宴会纤毫入微,说起故事来风趣横生,讥笑起朋友来也是有声有色。

在对原文的排比修辞进行翻译时,译者采用了直译法,进行了完整的转换。

2. 减译法

减译是指将文字中出现的,但是不适合在目的语中出现的多余成分省略掉的表达手法,保证语言的简洁性。对排比进行翻译,有时也需要使用省译法。例如:

They're rich; they're famous; they're surrounded by the world's most beautiful women.

他们名利兼收,身边簇拥着世界上最美丽的女人。

原文使用 they're 是一种排比的修辞,翻译时为了避免冗余,可以将其省译,但是注意不能影响原文意义的传达。

读史使人明智……数学使人周密……逻辑使人善辨。

Histories make men wise...the mathematics subtle...logic able to contend.

在该例中,翻译时将原文的"使人"删除,保证了译入语的简洁。

3. 增译法

由于英汉语言存在很大的差异,排比的翻译有时可以采取增译法。例如:

God help me, I might have been improved for my whole life, I might have been made another creature perhaps for life, by a kind word at that season. A word **of encouragement and explanation, of pity for my childish ignorance, of welcome home, of reassurance** to me that it was home, might have made me dutiful to him in my heart henceforth, instead of in my hypocritical outside, and might have made me respect instead of hate him.

(Charles Dickens: *David Copperfield*)

我的天哪!那时候,如果他给我一句好话,那我可能一辈子都改好了,可能一辈子都变成了另一种样子的人;那时候,他只要说一句鼓励我的话,说一句讲明道理的话,说一句可怜我年幼无知的话,说一句欢迎我回家的话,说一句使我放心,感觉到这个家还真是我的家的话:只要说这样一句话,那我就可以不但不用外面作假敷衍他,而反倒要打心里孝顺他,不但不恨他,而反倒要尊敬他。

(张谷若 译)

英语原文中运用了排比修辞,其中使用了 word 一词,译文中为了增加结构感,符合汉语的表达方式,在各排比句中加上了"话"一词,将各排比句连接起来,使译文含义更完整,便于读者阅读。

三、英汉音韵修辞的翻译技巧

（一）拟声的翻译

拟声的翻译主要可使用下面方法。

1. 拟声词对译

由于英语中有些拟声词在汉语中能够找到与之相对的表述方式，因此可以采用对译的形式。例如：

He disappeared into the water with a splash.

他扑通一声跳进水里不见了。

在本例中，将英语中的 splash 对译为汉语中的“扑通”，表现了跳水时的声音，增加了语言表达的形象性和画面感。

2. 拟声词增译

在具体译文表达的需要下，译者可以在原文没有具体拟声词的情况下，增加一些拟声词的表达方式，提高译文表达的形象性。例如：

...and the son sat there gnawing the biscuit.

儿子坐在那边咔嚓咔嚓地啃着饼干。

为了准确地再现原文中的场景，译者在翻译时增加了“咔嚓咔嚓”这一滑稽有趣的声音，将这一滑稽场面呈现给读者。

3. 拟声词减译

英汉拟声在表达上存在一定的差异，给翻译带来了一定的困难。为了表达和行文的需要，可以在翻译过程中省略一些拟声词，增加语言表达的有效性。例如：

They heard the muffled booming of artillery from afar.

他们隐隐约约听见远处的大炮声。

原文中包含了 booming 一词，但是如果将其直接翻译成汉语，会影响汉语读者的理解，翻译时将其省略是最好的手段。

小伙子冲进来，呼哧呼哧上气不接下气

The lad rushed in, gasping for breathing.

原文中形容呼吸时使用了“呼哧呼哧”，但是由于英汉的差异性，这一词很难在英语中体现出来，因此翻译时可将其省略。

（二）押韵的翻译

1. 头韵翻译

由于英汉文化背景与语言体系的不同，头韵修辞的表述存在一定的差异，这使得对头韵的翻译不能进行简单直译。具体而言，翻译头韵一般可用以下方法。

（1）对应译法

如果英语头韵表达在汉语中有相对应的表达，翻译时可以直接采用对应译法。例如：

The moan of doves in immemorial elms. And murmuring of innumerable bees.

古老的榆树林中鸽子的呢喃,还有成群飞舞的蜜蜂的嗡嗡声。

原文中使用了头韵的修辞:moan 和 murmuring,译者采用了对应译法,将其分别译为"呢喃""嗡嗡"。

(2)对比译法

由于语言的差异性,有时英语头韵在汉语中没有相对应的表达,翻译时可以采用对比译法,可以将原文的头韵修辞省略,同时注意保留原文的对称美和形式美。例如:

When you stop to think, don' t forgot to start again.

一旦停手思考,莫忘动手再干。

译者采用了对比法,使用了形式对称的结构,增加了译文表达的韵律感。

2. 尾韵翻译

受语言差异性的影响,英语中的尾韵难以直接翻译成汉语中的叠韵,但是在少有的一些习语、诗歌中可以有一些对应表达。例如:

No money, no honey.

少了金钱,缺了蜜甜。

money 与 honey 都以 -ney 结尾,具有相同的尾韵,翻译时尽可能找到相对应的韵律,而译者将其译为"钱"与"甜"恰好形成了对应。

如果英语中的尾韵无法在汉语中找到对应表达,可以采用转换翻译法、对比结构、并列结构、谚语俗语等形式。

第五章　文化视角下翻译理论阐释及其实践

正确传达原文意思，追求不同文化之间的和谐互融，是翻译的一个主要目标。但是，不同国家和民族在历史发展过程中形成了不同的文化，这些文化差异给译者的翻译带来了一定困难，使得跨文化翻译信息传递出现了一定程度上的缺失。基于此，深入研究文化翻译的理论及实践十分必要。

第一节　文化及文化翻译观

一、文化

文化的概念极为复杂，其涵盖了世界万物，有物质的也有精神的。

从广义层面上说，文化有三种：一是物质文化，包括所有产品；二是机构文化，即各种各样的体系及相关理论，如社会体系、教育体系和语言体系等；三是精神文化，即人们精神、行为、思想、信仰和价值观等。一些学者认为，"文化"是一个外来词，其源于德语中的 kultur，指土地的开垦、植物的培育和思维的培养，尤其是培养艺术能力、道德素质和天赋。

从跨文化交际的层面说，在中国，"文化"一词最早被关注在 20 世纪 80 年代改革开放的初始阶段。那时，人们意识到在与其他国家的文化交流中，因为文化的不同，使得这些交流存在诸多障碍。并且在大学教育中，包括中等专业教育，因为文化差异引起的文化冲突已经愈加明显，各种荒谬的错误造成了交际的失败。这些文化冲突对当时的经济也造成了严重的损失。尽管"文化"一词的界定并不容易，但研究者们也竭力对其进行解释，其中有不少人类学家、社会学家、心理学家以及其他学者。著名人类学家马林诺夫斯基（Malinowski）在 *On Culture* 一书中指出：文化是人类身体或者灵魂的习惯，其涵盖了一系列的方法和习俗，能够直接或间接地满足人类的需要，并且其中所有文化要素都是动态的和有效的(李延林，2006)。

可见，不管从广义还是狭义角度说，文化均是一个复杂的概念。狭义的文化强调精神，其主要包括上层建筑、社会习俗与习惯；广义的文化即社会的不同方面，具体包括物质文化、社会体系文化和精神文化。此外，文化还有如下几个属性：社会、国籍、宗教、时代以及相似性。

二、文化翻译观

（一）西方学者的文化翻译观

20 世纪 80 年代末期，西方的翻译研究开始向文化层面转移。翻译研究在借鉴文化理论研究的基础上，对翻译定义及过程等进行了全新的阐述。首先，翻译有了新的内涵，其不仅涉及两种语言的转换，还涉及诸多的文化因素。与此同时，翻译现象也能用其他学科的方法进行解释，这就是文化研究带来的好处。从文化角度探索翻译研究的问题，使得翻译的方法更为多样，更富有成效。并且,随着翻译研究的不断深入,文化的内涵也得到了深化。翻译研究与文化研究相互借鉴和渗透,为两个学科的发展均带来了新活力。

英国学者苏珊·巴斯奈特(Susan Bassnett)和美国学者勒弗菲尔(Lefevere)等人充分吸收了西方文化的研究成果,为翻译研究带来了文化转向。巴斯奈特从文化因素如何在翻译过程中发挥作用的角度对翻译与文化的关系进行了探讨,并提出了文化翻译观。文化翻译观强调,翻译不是一种纯语言行为,其深深地扎根于文化中,是文化背景中的一种文化交流。具体来说,文化翻译观的核心内容有如下两个。

(1)翻译的实质与目的。学者巴斯奈特认为:"翻译不仅是一种语言活动,更是一种文化交际活动。"翻译是文化内部与文化之间的交流。翻译的基本单位不是词、句子或语篇,而是各民族特有的文化。因此,文化翻译观认为,翻译的实质是跨文化信息的传递,是译者用译作再现原作的一种文化加交际活动。对于翻译的目的,是在传递语言信息时进行文化移植,从而使各民族特有的文化得到交流,最终促进各民族之间的交流和沟通。

(2)翻译的基本原则与评价标准。文化翻译观认为,翻译的基本原则是"文化传真"。具体而言,"文化传真"要求译作要从文化角度准确地再现原作所要传达的意思、方式及风格,即将原作中的文化信息在译作中忠实地再现出来。另外,文化翻译观还强调,翻译的评价标准和文化有着密切关系,"翻译不应仅对源语文本进行描述,还应显示源语文本与译语文本在文化功能上的等值"。文化功能等值即"要使译语读者在译语文本中所获得文化信息的效果,要与源语读者在源语文本中所获得文化信息的效果对等"。也就是说,文化翻译观将源语文本传递到译语文本的文化信息的信息度当作翻译的评价标准。

(二)中国学者的文化翻译观

中国学者对文化翻译也纷纷表达了自己的观点。

杨仕章对"文化翻译"进行了界定:一是"文化翻译是一种翻译策略"。文化翻译是为了迎合目的语文化将源语各个层次中涵盖的文化因素转换成目的语中加入某种文化信息。这里浅析文化转换与文化移入,文化转换能在一定程度上实现文化对等,而文化植入能获得一个透明文本,其可以反映出原文的文化特征。二是"文化翻译是一种翻译内容"。文化翻译是语言为载体的微观变化。文化翻译中的原文语言涉及文化信息与意义;其是一种翻译特性(杨仕章,2006)。此处的文化翻译其实是文化传播。从广义上讲,文化翻译是一种跨文化交流,翻译是文化沟通手段,译者是两种文化之间的中介(蔡平,2008)。此处的文化翻译即在跨文化层面进行转换、沟通和交流。三是"文化翻译是翻译研究的一个领域,其是'文化翻译研究'的简称"。

第二节　文化翻译的原则与策略

一、文化翻译的原则

翻译是否有原则或者翻译是否需要一个原则来约束,不同的学者有着不同的见解。赞同"译学无成规"的大有人在,认为"翻译是一门科学,有其理论原则"的也不在少数。在此,笔者站在后面一个队列里,并且谈谈文化翻译的具体原则。

(一)对所译文本有着深度的文化思考

在翻译活动中,应该特别注意对所译文本的研究与思考,关注读者的理解,充分利用副文本的形式,对所译文本进行阐释与解读,向目标读者介绍文本所蕴含的文化特质与价值。对于副文本的价值,翻译界有过很多探讨,如高方就特别指出副文本对作家、作品进行介绍,或对社会文化背景、文化、社会差异加以分析,或对翻译障碍、理解难点进行讨论,对读者理解作品具有很大的启发。这要求一名译者有广阔的文化视野与人文情怀,心中有读者的期待。

(二)具备文化交流的意识

在新的历史时期,精神文明被提到了更突出的位置。译者作为文化传播的桥梁,在全球化的今天,应该拥有清醒的文化意识。经济全球化和文化全球化相当于一个人的两条腿,我们应该用两条腿走路,否则就不是一个健全的人。西方文化中的流弊,需要通过学习中国文化来克服,这也是西方有志之士转而向中国文化寻求智慧的动机所在。不同民族语言文化之间的交流,是一种需要。任何一个民族想发展,必须走出封闭的自我,只有在和其他文化相互碰撞、相互融合的过程中,自身才能得到发展。在这样一个过程中,翻译始终起着重要的作用。译者不仅要把外国的先进文化引入中国,也要把中国的先进文化传播到外国去。中国文化走向世界,为的是丰富世界文化。要维护文化的多样性,使世界文化之水不断流动,使社会不断地良性发展,甚至于维护世界和平,需要译者在翻译活动中保持包容的态度。

二、文化翻译的策略

如何处理翻译中的跨文化障碍是文化翻译的一个重要问题,适合的翻译策略会使文化翻译变得简单。文化翻译策略中比较有影响力的是“归化”和“异化”。但是,在具体的翻译活动中,我们要灵活使用两种策略,当然也可以综合使用。

(一)归化策略

归化翻译存在自身的优越性,适度地使用归化策略有利于译文的通畅和读者的理解。由于译者不可能完全贯通另一种截然不同的异域文化,所以译文会在一定程度上被灵活处理,加以变通。并且,归化翻译策略有效避免了文化冲突,可以使读者轻松顺利地理解译文。归化翻译策略主要以译入语为基石,力求使译文在遣词造句、表达方式和文风等方面均与译文读者的阅读习惯及文化思维相符,使读者可以不用花费太多精力就能得到很好的理解,获得最佳的语境效果。例如:

The stepmother of Snow white's is very hard on her like a real Dragon.

白雪公主的继母对她非常苛刻,像个恶魔一样。

对于此例,译者应译好a real Dragon,因为dragon在英汉文华中所代表和象征的意义不同。在中国的神话和传说中,dragon(龙)是中华民族的象征、古代帝室的标志。但在西方文化中,dragon是长着鹰爪和鹰翅、狮子的前脚和头、鱼鳞、羚羊角以及蛇尾、口中吐火的大怪物,其被基督教看成是恶魔的化身。可见,dragon在中西文化中有着截然不同的意义。再如:

An hour in the morning is worth two in the evening.

一日之计在于晨。

Love me, love my dog.

爱屋及乌。

Diamond cuts diamond.

棋逢对手。

To grow like mushrooms.

雨后春笋

Seeing is believing.

眼见为实。

归化翻译能使读者产生一种亲切感,读起来舒畅自然。例如,“鸳鸯”如果译为 lovebird 就能给英语读者带来情侣相亲相爱的联想,而译作 Mandarin Duck 则没有这样的效果。再如,将“初生牛犊不怕虎”译为“Fools rush in where angel fear to bead.”,就采用了英语语族者的语言风格,显示出向英语读者靠拢的迹象,这样就能够更好地被英语读者所理解。类似的例子还有很多。例如:

五光十色 colourful

画蛇添足 to draw a snake and add feed to it

贪官污吏 corrupt official

狼吞虎咽 wolf down

卫老婆子叫她祥林嫂,说是自己母家的邻舍,死了当家人,所以出来做工了。

Old Mrs. Wei introduced her as Xianglin's Wife, a neighbour of her mother's family, who wanted to go out to work now that her husband had died.

译者将“当家人”译为 husband,失去了原文浓郁的地方称谓色彩,但保持了小说中两个重要人物的正确关系。

尽管采用归化翻译策略能让译者准确地表达原作者的意图,但在运用这种策略的同时使原文的文化属性、魅力也没能得到较好的呈现。假如仅注重将 dragon 归化为 tiger,那么外国读者永远不会知道“龙”在汉语文化中的形象地位,从而阻碍读者对事物的学习理解。从跨文化交流的层面说,归化翻译策略强调翻译价值的实用性,较为轻视对源语文化价值和魅力的展现效果,对语言文化交流价值的相互借鉴作用发挥得不够,为建立不同文化之间的理解、融合渠道带来了一定障碍。

(二)异化策略

早在 19 世纪,德意志哲学家施莱尔马赫(Schleiermacher)就指出,译者应尽可能不惊动原作者,让读者向其靠拢。美国翻译学家韦努提作为异化翻译的代表人物,提出了“反翻译”的概念,指出异化是一种对当时社会状况进行文化干预的策略。异化可以理解成基于源语文化,译者将读者引入原作中,并且运用一定修辞手法和语言特色加深理解,有意打破目的语的常规,保留原文异国情调以及色彩的翻译策略。在一定程度上说,翻译不仅是语言形式的转换,更深刻地体现在文化交流上。在翻译实践中,运用异化的策略,将源语的文化特色嵌入目的语中,能更好地丰富其内涵,并且扩充目的语的文化形式。与归化策略不同的是,异化打破了目的语语言及语篇规范,为了保持源语的特色,在必要的情况下恰当选择不通顺、晦涩的文体。运用异化策略,可以为读者提供前所未有的阅读经验。此外,韦努提强调,译文是由本土文化材料组成的,像归化翻译那样,异化翻译仅是一种翻译策略。

在跨文化交流中,异化翻译策略发挥的作用是不容忽视的,其可以增强读者对异国文化的了解,丰富和发展了译语的积极效应。贝尔曼(Bellman)等学者主张,在翻译中要保留原作的文化异质与异域痕迹,通过借词或者造词进行创造性的移植。从一定程度上说,异化翻译策略也是一种文化创新行为,充满了挑战,有利于推进人类社会文明的丰富多样。例如:

crocodile tears 鳄鱼的眼泪
Valentine Day 情人节
all roads lead to Rome 条条大路通罗马
an olive branch 橄榄枝
internet 因特网
gene 基因
jacket 夹克
blue print 蓝图
talk show 脱口秀
vitamin 维生素
fastfood 快餐
Falstaff：What，is the Old King dead？
Pistol：**As nail in door**.
福斯塔夫：什么！老国王死了吗？
比斯托尔：死得直挺挺的，**就像门上的钉子一般**。
气功 qigong
太极拳 tai ji quan
台风 typhoon
豆腐 toufu
阴阳 yinyang
中国武术 Kungfu
风水 Fengshui
蹦极 bungee
时间就是金钱 time is money
象牙塔 ivory tower
洗手间 wash hands
君子协定 gentleman's agreement

当然，异化翻译策略也存在一定的缺陷。因为中西方不同的主客观条件的差异，形成了不同的历史文化、价值观念、自然地理、思维方式及风俗习惯等，同一个事物在不同文化背景中有着不同的文化内涵和情感价值。例如，中国文化中的“松”“鹤”“梅”“竹”，向我国读者输出的直观和深度信息与外国读者的直观、深度信息以及引起的情感互动效果之间就存在显著差异。当要对这些文化的差异性进行异化翻译时，需要加一些注解，这就增加了读者的阅读负担，给读者的阅读带来了一定障碍，甚至对所读内容产生误解。长期下去，读者很容易降低对译文的阅读兴趣。

（三）文化调停策略

当运用归化翻译策略和异化翻译策略均无法解决翻译中的文化问题时，译者可以运用文化调停的策略，即省去部分或者全部文化因素不译，直接翻译原文的深层意思。文化调停策略的优势是保证译文通俗易懂，更具有可读性。但是，这种翻译策略也存在一个明显的缺陷，即无法保留文化意象，不利于文化的沟通与交流。例如：

...What a comfort you are to your blessed mother, ain't you, my dear boy, over one of my shoulders, and I don't say which!

（Charles Dickens: *David Copperfield*）

译文 1：你是你那幸福的母亲多么大的安慰，是不是，我亲爱的孩子，越过我的肩头之一，我且不说是哪一个肩头了！

（董秋斯 译）

你那位有福气的妈妈，养了你这样一个好儿子，是多大的开心丸儿。不过，你可要听明白了，我这个话里有偏袒的意思，至于是往左偏还是往右偏，你自己琢磨去吧。

（张谷若 译）

在翻译该例时，董秋斯先生有意追求对原文的异化，尽管保持了与原文的对应，但会令汉语读者感到一头雾水。而张谷若先生运用了归化策略，将原文的内在含义表达得十分清楚，为汉语读者扫清了理解的障碍。

刘备章武三年病死于白帝城永安宫，五月运回成都，八月葬于惠陵。

Liu Bei died of illness in 233 at present-day Fengjie Country, Sichuan Province, and was buried in Chengdu in the same year.

尽管原文的句子较短，但其蕴含的文化因素较为丰富，出现了古年代、古地名。显然这些词的翻译是不可以运用归化法的，因为在英语中无法找到替代词。如果用异化法全用拼音译出或者加注释，会使译文看起来十分烦琐，读者也会难以理解。因此，译者牺牲了部分文化因素，选择文化调停策略，增强了译文的可读性。

第三节　文化翻译理论的具体实践

一、习语文化与翻译

习语也称“熟语”，其主要涉及成语、典故、谚语、格言、俗语和歇后语等，是在意义和结构上均较为稳定的一种语言。因为中西方在地理环境、历史文化、习俗等方面的差异，使得英汉习语形成了不同的文化特色和信息，其与传统、文化有着紧密的关系。对中西文化差异的准确处理决定着习语翻译能否成功。

（一）英汉习语文化差异

习语文化的差异集中体现在三个方面的差异：地域文化、历史文化和习俗文化。

1. 地域文化与习语

地域文化即语言应存在于一定的空间地域，所以其不可避免地要反映该地域的自然面貌特征。地域的不同，使得各地在自然景观、气候、生态环境等方面也存在差异。这一文化特征反映在语言上，如要用自然景观或者物体作比喻时，语言之间就出现了明显差异。英国是一个岛国，航海业十分发达；而汉民族主要生活在亚洲大陆，人们的生活与土地有着紧密的联系。当比喻花钱大手大脚时，英语会用 spend money like water，而汉语则用“挥金如土”。因为英国是一个典型的海洋国家，所以很多习语都与海洋、船只、水手有关。例如：

all at sea 不知所措

cast/lay/have an anchor to windward 未雨绸缪

to rest on one's oars 暂时歇一歇

中国西部遍布大量的高山，东侧临近大海，所以汉语的文化氛围中有"西风凛冽""东风送暖"之辞。例如，马致远的"古道西风瘦马，夕阳西下，断肠人在天涯"（《天净沙·秋思》）

2. 历史文化与习语

历史文化即由特定历史发展进程、社会遗产的沉淀而形成的文化。典故就与历史文化背景有着紧密联系，它也是民族文化的瑰宝，其蕴含着丰富的历史文化信息，最能体现不同历史文化的特点。在英汉语言中，形成了大量源自典故的习语，这些习语结构简单，意义深远，一般不能按字面理解和翻译。

3. 习俗文化与习语

习俗文化即贯穿于日常社会生活、交际活动中由民族的风俗习惯形成的文化。在英语文化中，horse 只是一种动物，属于中性词，这与不列颠民族的历史和风俗习惯有关。英国是一个山小地狭的岛国，其在历史上，horse 对人类生活发挥的作用不大，英语中带有 horse 的习语有很多。例如：

eat like a horse 吃得非常多

work like a horse 辛辛苦苦地干活

horse around 捣蛋、哄闹

相反，中国人对"马"有着特殊的情感，因为不管在农耕中还是战争中，马都为人们做出了巨大贡献。于是，汉语中带有"马"的习语非常多，并且多为褒义色彩。例如：

万马奔腾

老马识途

老骥伏枥

（二）习语的翻译

在对习语进行翻译时，主要可以采用两种方法：直译和意译。当然，在特殊情况下还可以使用直译加注、增译的方法。当翻译一些在英汉语言中完全对应的习语时，即喻体、喻义完全相同时就可以采用直译法。例如：

a rolling stone gathers no moss 滚石不生苔

a stitch in time saves nine 一针不补，九针难缝

to save one's face 保面子

用直译法翻译习语，可以最大限度地保留原文的字面意义、形象意义和隐含意义，也能保留原文风格，最重要的是易于读者的理解。

有些含有典故的习语也可以采用直译法进行翻译，但需要加注释，以免使读者感到莫名其妙。例如：

东施效颦 Tung Shih imitates His Shih（His Shih was a famous beauty in ancient Kingdom of Yueh. Tung Shih was an ugly girl who tried to imitate her.）

（杨宪益 译）

受文化因素的影响，一些外国习语中的个别形象、比喻难以甚至无法找到形意兼顾的对应汉语。由翻译等值论可知，译语对译语读者产生的效应应该相当于源语对源语读者所产生的效应。因此，我们在翻译时应把握源语的整体效应，不可一味地拘泥于表层结构。英汉语中形意均对应的习语并不多，所以需要我们在翻译时进行变通、转换，在归化和异化之间保持平衡。

例如，as merry as a cricket 这一习语，其中的 cricket 在英汉语言中有着不同的文化内涵。在英语文化中，cricket 的形象是愉快、欢乐的。但在中国文化中，“蟋蟀”总让人联想到忧伤凄凉。因此，该习语可以译为“快活如喜鹊 / 山雀 / 神仙”。再如，“热锅上的蚂蚁”这一习语，其在汉语中表示“焦急而狼狈”，而英语习语 a cat on hot bricks 中的形象是一只在炽热的砖头上行走的猫，痛苦而狼狈，二者的意义不谋而合，仅喻体不同，翻译时仅需更换形象，有利于读者的理解。

包含典故及专名的习语一般可以采用意译法。虽然一些习语用直译法翻译并不会出现文化上的冲突，但出现了语用失误，使译文读者难以理解其真正含义。因此，在翻译过程中，译者应该先按照原文的语气、风格直译原文的字面意义，之后附加一些能起画龙点睛作用的词语，指出习语的隐含意义，使译文生动形象，体现原文的风格与韵味。例如：

得陇望蜀 covet Sichuan after capturing Cansu（have insatiable desire or ambitions）

一个和尚挑水吃，两个和尚抬水吃，三个和尚没水吃。

One monk, two buckets; two monks, one bucket; three monks, no bucket, no water-more hands, less work done.

二、饮食文化与翻译

（一）英汉饮食文化差异

在饮食文化上，中西方差异主要集中在如下三个方面。

（1）饮食观念上的差异。西方人对吃特别重视，但是在吃的重要性与美味上与中国的饮食还相差甚远。对于西方人来说，饮食是生存的必要手段，也可以说是一种交际手段。因此，即便他们的食物比较单调，为了生存，他们也会吃下去。另外，为了更健康地活下去，西方人对于吃的营养非常关心，讲究搭配的营养度，注重食物是否能够被自己吸收，这体现了西方人理性的饮食观念。

中国人讲究“民以食为天”，因此对于吃是非常看重的，将吃饭看作比天还重要的事情。这在人们生活的方方面面都有所体现。例如，见面打招呼都会说“吃了吗？”等。

中国人特别看重吃，也爱吃，所以在很多场合都会找到吃的理由，即婴儿出生要吃饭，过生日要吃饭，升学、毕业要吃饭，结婚也要吃饭等，一个人出了远门要吃饭，叫饯行；一个人归家也要吃饭，叫接风。除了喜欢吃，中国人还非常注重吃的场合，还强调吃的是否美味。对于美味的追求，中国的烹调几乎达到了极致，这也体现了中国食物的独特魅力。中国烹调的美味讲究各种配料、佐料的搭配，只有做到五味调和，才能称为是美味的佳肴，这体现出中国感性的饮食观念。

（2）饮食对象上的差异。在饮食对象上，西方国家以肉类或者奶制品为主，较少食用谷物。这是因为西方以畜牧业为主，种植业较少。西方人的饮食热量高、脂肪多，他们特别喜欢原汁原味的食物，目的是更好地汲取其中的营养。西方人的食材虽然富有营养，但是种类较为单一，制作上也非常简单，他们这样吃的目的不在于享受，而是为了生存与交际。可见，这也是西方理性哲学思维的展现。中国人的饮食对象与中国的地域环境有直接关系。中国的饮食文化主要以种植业为主，畜牧业占小部分，因此中国人的饮食多为素食，较少食用肉类。当然，随着国民经济的迅速提高，人们生活水平得到了巨大改善，所以食物的种类也越来越多，可以选择各种肉类。

（3）饮食习惯上的差异。西方人认为，吃只是为了维持身体能量所需，可以维持生存，所以形成了如今的分餐制。西方的宴会一般都是为了交流彼此的情谊，所以宴会的布置会非常优雅、温馨。西方人对于自助餐非常钟爱,食物依次排开,大家根据自己的需要索取,选择自己喜欢的食物,这方便大家随时走动,也是促进交往的表现。

中国人的饮食习惯是不论什么形式的宴会、什么样的目的,多数为圆桌而坐,所有的食物无论是凉菜、热菜、甜点等都放在桌子中间。同时,中国人会根据用餐人身份、年龄、地位等分配座位,在宴席上人们也会互相敬酒、互相让菜,给人以安静、祥和之感。

(二)饮食文化的翻译

1..西方饮食文化的翻译

对于西方菜肴的翻译,人们的看法各不相同。有的人认为应该用汉语中对应食品名称翻译西式食品。例如, sandwich 译为"肉夹馍", hamberg 译为"牛肉饼"。有人则认为这种译法十分不妥,翻译西方菜肴时应尽量保持其"洋味",从而反映西方的饮食文化。因此,多数西方的菜肴都可以采用意译+音译译法。例如:

ham sandwich 火腿三明治

potato salad 土豆沙拉

shrimp toast 鲜虾吐司

vegetable curry 蔬菜咖喱

vanilla pudding 香草布丁

2. 中国饮食文化的翻译

由于中西方饮食文化存在较大差异,所以在向西方宾客介绍中国菜肴时,特别是菜名时,应该采用正确的方法,把握菜肴命名的侧重点,使外国宾客对中国菜本身及文化一目了然。

(1)以形象手法或典故命名的菜肴的翻译。中国菜肴中有很多用形象手法或典故命名的菜肴,在对其进行翻译时,应该将菜肴的本原加以还原,力求能够将其原料、做法等都翻译出来,兼顾修辞方式。

例如,为了取吉祥的寓意,中国菜名常会借用一些不能食用的物品,如"翡翠菜心"。显然"翡翠"是不能食用的,是蔬菜艺术化的象征,因此在翻译时应该将"翡翠"省略掉。又如,"麻婆豆腐"这道菜是四川地区的名菜,传闻是一个满脸长满麻子的婆婆制作而成的,但是西方人对这一典故并不了解,因此翻译时不能直译为 a pock-marked woman's beancurd,而应该以这道菜味道的特殊性作为描述重点,便于译入语读者理解,可以翻译为 Mapo tofu stir-fried tofu in hot sauce—the recipe is attributed to a certain pockmarked old woman。

(2)以烹饪方法命名的菜肴的翻译。在中国饮食文化中,烹饪方法居于核心地位,根据烹饪方法进行翻译并表达出来,有助于译入语读者了解中国菜肴的文化内涵。例如,"干煸"是将原料进行油炸,之后捞出来,加入少许油再进行翻炒,直至炒干后起锅。在翻译"干煸牛肉丝"这道菜时,可以尝试在西方菜肴中已经有的烹饪方法中找到与"干煸"类似的,如"烤干、烘干""煎"等。根据其制作过程,可以将其翻译为 sauted beef shreds。

(3)以特殊风味命名的菜肴的翻译。在中国菜肴中,很多是凭借味道而广为流传的。因此,在翻译时需要考虑这些特殊的风味,除了需要将原料展示出来,还需要将其风味特色展现出来。例如,"鱼香肉丝"是四川的一道非常具有独特风味的菜品,其与"鱼"并没有关系,而是通过作料的搭配而烹饪的一种具有鱼香的菜品。因此,在翻译时不能翻译成 fish-flavor shredded pork,而应该翻译为 stir-fried pork shreds in garlic sauce。

(4)以特色命名的菜肴的翻译。中国饮食文化具有悠久的历史,加上原材料与烹饪方法非常丰富,因此很多菜名都是独一无二的,因此在翻译这类菜名时,往往需要进行迁移处理,把握译入语的当地特色,采用音译的方式来处理。例如:

汤圆 Tang Yuan

混沌 WonTon

饺子 Jiaozi

包子 Baozi

馒头 Mantou

锅贴 Kuo Tieh

炒面 Chow Mein

三、色彩文化与翻译

(一)英汉色彩文化差异

1.red 与红

在西方文化中,red 与鲜血的颜色是一样的,而鲜血在西方人眼中,象征着“生命之液”,如果鲜血流淌出来,就意味着生命将会凋谢。因此,red 就有了危险、暴力的含义。著名翻译家霍克斯在他的《红楼梦》译作中,由于知道 red 有这层含义,因此并没有把名字中的“红”翻译成 red,而是采用了《石头记》这一曾用名,即翻译成了 *The Story of the Stone*。

另外,在有些方面,“红”会给人带来厌恶与忧愁之感。例如:

red district 红灯区(即指代城市中从事色情活动的地方)

red-tape 官僚作风(指的是办事拖拉、手续繁琐、不讲究效率)

red-neck 乡巴佬(指的是美国南部地区的红脖子人群)

Red Brigade 红色旅(指恐怖组织,专门从事破坏、暴力、抢劫、杀人等活动)

在中国人眼中,红色代表着高贵,这源自于中国古人对日神的崇拜。也就是说,太阳从东方升起,火红的颜色与高温带给中国古人神秘之感。因此,在古人眼中,红色是值得崇敬的。

在汉语中,“朱红”一般是身份地位显赫的代表,如达官贵人住的地方是“朱门”,穿的衣服是“朱衣”。

另外,红色还有忠诚、喜庆、兴旺、温暖的含义,如传统婚礼中的红蜡烛、红盖头,戏曲中的红色脸谱等。可以看出,在中国文化中,红色是受到人们崇尚的颜色,是中国人物质与精神追求的体现,这也给红色带来了很多褒义的色彩。例如:

红火(生意热闹、繁华、兴旺)

红军(中国建国初期的武装)

走红(人的境遇逐渐变好,或者生意逐渐顺利、成功)

红人(得到上司欣赏和宠信的人)

分红(合作做生意而得到的经营利润)

红装(女子穿着盛装)

红颜(女子姣好的容颜)

2.white 与白

对于 white,西方人除了表达真正意义的“白”,还将其化身为高尚、纯洁、吉利、公正的代名词。在西方人眼中,白色是令人崇拜的颜色。

根据《圣经》记载，以色列人祭拜上帝的供品全都是白色的，基于这一寓意，白色就被认为是节日的颜色，与好兆头相关联。

正是由于白色象征着纯洁、光明、和平、善良等，因此英语中有很多与 white 相关的词汇。例如：

Snow White 白雪公主，是善良、聪明的化身

white handed 正直的人

white soul 心灵纯洁

white man 高尚的人

white wedding 穿着白色婚纱的婚礼

white sheep 白色的绵羊，指善良、美好的东西

当然，西方的 white 并不完全都是用作褒义的，也可以用作贬义。例如：

white hot 愤怒的，不是指代白热

white feather 懦弱，不是指代白色的羽毛

white faced 脸色苍白的，不是皮肤是白色的

在汉语文化中，白色有着不吉祥的寓意，如“白事”就是丧事的意思。一般在办丧事的时候，家里人会贴上白纸、带上白帽、穿上白衣，这样表达对逝去之人的尊重与悼念。此外，白色还有其他的寓意。例如：

白痴（智力低下的人）

白虎星（旧时候的一种迷信，即给人带来祸患之意）

白干（费力不讨好，或者出了力未收到明显的效果）

白区（非常腐败与反动，也是落后的代名词）

除了这些贬义含义，白色也有着褒义的一面。因为白色代表着明亮、干净，因此人们形容一个人纯洁可以说“洁白如玉”。白色还有光明、善良的意思，因此人们称医院的医生、护士为“白衣天使”。

3.black 与黑

在《圣经》中，black 象征着魔鬼与不幸，因此 black 在西方人的眼中是一种禁忌颜色，因为出现这一颜色，就意味着灾难即将到来。例如：

blackmail 敲诈

black words 不吉利的话

black death 黑死病

black sheep 败家子

black Man 恶魔

此外，black 还有愤怒的意思。例如：

a black look 怒气冲冲地看着

black in the face 脸色铁青

在中国古代，黑色是尊贵的代表，也是铁面无私、阳刚正义的化身，这里的黑色蕴含着褒义的色彩。尤其在戏剧脸谱中，佩戴黑色脸谱的人象征着憨直与刚正不阿。

另外，由于黑色本身有黑暗的意思，因此其也有贬义的一面，是恐怖、阴险的代表。例如：

黑心肠（阴险毒辣的人）

黑名单（持有不同政见的人的名单）

走黑道（干违法的勾当的人）

黑店(干杀人越货勾当的地方)
黑市(进行非法交易的地方)
黑钱(利用非法的手段获得的钱财)

4.yellow 与黄

在英语中,yellow 代表着忧郁、猜忌等,也有着胆小、卑鄙的意思。在《圣经》中,犹大为了钱财而出卖耶稣,由于犹大总是穿着黄色衣服,因此 yellow 就有了背叛的贬义色彩。例如:

yellow streak 卑怯、胆小
yellow looks 多疑的神色、阴沉的神色
yellow dog 卑鄙的人、卑劣的人

此外,yellow 还有无文学价值、趣味低级的意思。例如:

yellow press 黄色报刊

在汉语中,黄色的意义很丰富,并且非常重要。在古代,黄色是五个正统颜色之一,因为黄色意味着大地的颜色,因此代表的是一种尊贵的权利。也就是说,黄色一般为古代君王所有,普通人是不能随便使用这一颜色的。例如:

黄袍(皇帝的衣服)
黄袍加身(政权变动)
皇榜(皇帝颁发的诏书)
黄马褂(皇帝赐给朝臣的官服)

除了尊贵之意,汉语中的"黄"还有幼儿、婴儿的含义,如"黄口小儿""黄毛丫头"就是这样的代表。

5.green 与绿

在英语中,green 的基本含义为茂盛的草木的颜色,寓意青春与和平。在西方文化中,green 有着丰富的内涵,具体体现在如下几个方面。

(1)象征眼红与嫉妒。例如:

green-eyed monster 妒忌
green as jealousy 嫉妒,十分嫉妒

(2)象征精力旺盛、朝气蓬勃。例如:

a green old age 老当益壮
green shoots 茁壮成长的幼苗
in the green 正值青春

(3)象征生疏的、新手的、没有经验的。例如:

green hand 新手
green horn 无经验的,易受骗的

在汉语中,绿色不仅代表生机与希望,还代表着生态与环保。在中国古代的著作中,很多人都用"绿"指代年轻的女子。例如:

绿媛(年轻的女子)
绿窗(年轻女子的住所或闺阁)
绿鬓(光亮、乌黑的鬓发,也可指代年轻的容颜)

同时,在中国古代,颜色与阶层有关,是政治身份的代表。例如,唐代时期,着紫色服装的为三品以上官员,着深绯色衣服的为四品官员,着浅绯色衣服的为五品官员,着深绿色衣服的

为六品官员，着浅绿色衣服的为七品官员，着深青色衣服的为八品官员，着浅青色衣服的为九品官员。

近年来，由于资源浪费、环境污染的严重，生态出现了失衡的情况，人们越来越关注人与自然的和谐相处。因此，绿色也成为无污染、环保、可持续发展的代名词，如“绿色食品”“绿色家电”“绿色能源”“绿色出行”“绿色奥运”“绿色包装”“绿色消费”等。

当然，并不是“绿”都是褒义，其也存在着一些贬义色彩，如表达幼稚、卑贱的意思，但是只是占少数而已，如“绿帽子”“愣头青”等。

6.blue 与蓝

英语中的 blue 含义非常广泛。一般来说，blue 可以用来指代忧郁、不快乐的心境。例如：

a blue Monday 沮丧难过的星期一

a blue fit 气愤、震惊，对……不满意

in a blue mood 低沉的情绪

英语中还用 blue 表示权势与地位，是贵族与王室的代名词。例如：

a blue moon 难得的机会

blue blood 贵族血统

blue-eyed boys 受优待的员工

另外，英语中的 blue 在经济用语中也十分常见。例如：

blue-sky law 蓝法

blue chip 热门政权

blue-sky market 露天市场

汉语中，关于“蓝”的解释并不多，一般指的是天空或大海，引申含义为心胸广大、心旷神怡，是对未来美好的一种憧憬之情，如“蓝图”。

（二）色彩文化的翻译

英汉语言中的色彩词的象征意义和感情色彩有着较大差异。因此，在翻译时译者应努力再现原文中的色彩。常用的色彩词的翻译方法如下。

（1）直译法。假如颜色词在词义上是相同的，就可以采用直译法进行翻译。例如：

The very dust was scorched brown, and something quivered in the atmosphere as if the air itself was panting.

连那尘土都被炙烤成褐色，大气中似乎也有什么东西在颤抖，仿佛空气本身也在气喘吁吁。

（2）改换色彩词。如果一种颜色词在两种语言中分别被不同的颜色词所指称，根据译入语的习惯，用读者熟悉的色彩词改变原文的色彩词。例如：

His face became blue with cold.

他的脸冻得发青。

（3）意译法。意义法是指冲破语言的外壳，通过对原文深层意蕴的理解与消化，将原文的表层结构打破与重组，自然流畅地将其真正的含义转化为译文。例如：

红豆 love pea

He is a blue-blooded man.

他出身贵族。

有时，在一种语言中色彩词与色彩有关，但在译成另一种语言时没有对应的色彩词。

例如：

白菜 Chinese cabbage

青肿处 sore

红粉佳人 a gaily dressed beauty

红叶题诗 a happy match is fixed by heaven

a red-letter day 特别高兴的日子

green thumb 园艺技能

to be born in the purple 生于帝王显贵之家

多数时候，色彩词与色彩无关，如 blue sky 可以表示股票不可靠、好高骛远和不切实际。同样，"He clenched his fist and went very red."表示"他握紧了拳头，变得非常生气。"在汉语中，"白"还有"无代价，无报酬，空的，未添加他物"等引申意义，有了如下翻译。例如：

白吃 eat without pay

白开水 plain boiled water

白字 wrongly written or mispronounced character

与色彩无关的例子还有如下这些例子。

Public welfare was described by some people as "Bleeding the country white".

一些人把公共福利事业说成是"在使国家流尽鲜血"。

The child screamed blue murder, but his mother didn't change her mind.

孩子大声惨叫，但是他母亲还是不改变主意。

四、植物文化与翻译

（一）英汉植物文化差异

1.cucumber 与黄瓜

因为黄瓜能给人以清凉的感觉，食用后口感凉爽。基于这一特点，在英语文化中，就有了 as cool as cucumber（凉若黄瓜）这一表达，意思是人们遇到困难或者在危险面前应保持镇定的情绪。例如：

You can hardly be held responsible for Darrow waltzing in, cool as a cucumber, and demanding thousands of pounds.

达罗不慌不忙、大摇大摆地走进来，索要几千英镑，这跟你一点关系都没有。

因为黄瓜变老就会褪去绿色，外表也变得发黄、发硬，并形成不美观的褶皱，看起来黯淡无光。因此，汉语中就有了"老黄瓜刷绿漆——装嫩"这一歇后语，意思是某人的言行举止超过了本人年龄应该有的标准。例如：

老刘虽是快 60 岁的人了，但穿衣打扮着实讲究。粉衬衫、黄衬衫，颜色越鲜艳他越喜欢，头发也染成暗红色，并且根根直立。小李背地里笑他是"老黄瓜刷绿漆——装嫩"。

2.potato 与土豆

土豆几乎是全世界人们喜欢的食物之一。在英语文化中，potato 具有很多习语，如 a couch potato 指整天沉溺于电视节目、无暇顾及学业的人，a small potato 指不起眼的人物，a hot potato 指棘手的问题。

在日常用语中，potato 常常用于比喻"人、人物"或"美元"。例如：

Stick their potatoes in every office.

把他们的人安插进每一个办公室。

You can get this wonderful coat for 497 potatoes.

花 497 个美元,你就可以得到这件漂亮的大衣。

在汉语文化中,土豆几乎没有特别的文化意义。

3.apple 与苹果

苹果是人们喜爱的且极为常见的水果,所以其喻义极为丰富。在美国,棒球运动十分流行和普及,所以人们会用最为普通的苹果喻指棒球运动。例如:

He likes to play apple.

他喜欢打棒球。

apple 还经常俗称为“同伴、家伙”,用作此喻义时一般要用形容词修饰。例如:

apple 也可以指大城镇,热闹或者可以找到刺激性娱乐的街区,于是纽约被称作 the Big Apple 或者 the Apple 就不足为奇了。例如:

Young musicians are flocking into the Apple.

年轻的音乐家们正涌向纽约。

古时候人们注意到眼睛的瞳孔像苹果,于是就将瞳孔称作 apple of the eye,因为其是人们身体最为重要的器官,所以常常将珍贵或者宠爱的人或物称为 apple of the eye。例如:

“Dick” said the dwarf, thrusting his head in at the door, “my pet, my pupil, the apple of my eye. Hey, hey!”

“狄克,”矮子说着,把头从门口伸进来,“我的心肝,我的徒弟,我的宝贝,嘿嘿!”

据说,美国乡村有一种风俗:小学生上学时常常给老师带一个擦得很亮的苹果,以表示对老师的尊敬,于是 to polish the apple 由此引申出“送礼、讨好、拍马屁”的意思,这一说法源自 20 世纪初,直到 20 世纪 30 年代得以通用,如今喻指曲意奉承、讨好巴结的人或者行为。例如:

Mary is an apple-polisher, she will do anything for the boss.

玛丽是个马屁精,老板叫她干啥她就干啥。

汉语文化中的苹果非常普通,没有英语中那样丰富的文化内涵。在汉语中,因为苹果中“苹”字与“平”构成了谐音,所以中国人认为苹果有平平安安的寓意。

4.red bean 和红豆

在英语文化中, red bean 并没有太多的联想意义。通常, red bean 会让人们想到《圣经》中的 Essau,他为了一碗红豆汤出卖了自己的长子权。所以,英语习语 sell one’s birthright for some red-bean stew 的意思就是“为了眼前的微小利益出卖原则,见利忘义”。

在中国,人们常常将红豆称为“相思豆”,象征着爱情。汉语中有很多有关红豆的诗句,如王维的《相思》:“红豆生南国,春来发几枝;愿君多采撷,此物最相思。”温庭均的“玲珑骰子安红豆,入骨相思知不知。”等。

5.daffodil 与黄水仙花

在英语国家的文化中,daffodil 象征欢乐。英美诗人经常用 daffodil 描写春光和欢乐,如莎士比亚(Shakespeare)在《冬之歌》(*Winter*)中写道:When daffodils begin to peer/With beigh, the doxy over the date/Why, then comes in the sweet o’ the year... 抒发了自己的欢乐之情。英国湖畔派诗人华兹华斯也创作过一首诗——《咏水仙》(*The Daffodil*),他将黄灿灿的水仙花比作璀璨的群星,泯眼潋滟的波光(shining stars and sparkling)足以看到诗人对它的喜爱。

在汉语文化中，黄水仙仅是一种普通的植物，没有任何联想意义。

6.rose 与玫瑰花

玫瑰是一种颜色亮丽的花，其香气浓郁，枝干布满密密麻麻的小刺，能够用来做香料。在英语文化中，rose 首先象征着爱情。这一种象征意义也是源自希腊神话，与阿佛洛狄特相爱的阿多尼斯在射杀一头野猪时，被野猪的獠牙刺死，伤心的阿佛洛狄特在奔向恋人时，被一枝白玫瑰刺伤了脚，她流出的献血使白玫变成了鲜红欲滴的红玫瑰。于是，红玫瑰成了爱情的象征。其次，rose 也象征美人。玫瑰因其娇艳的颜色而被比喻为红润的双颊。再次，rose 也象征着秘密。在罗马神话中，丘比特为了隐藏自己的身世，送给沉默之神哈得斯一朵玫瑰花，暗示他帮忙保守秘密。因此，英语中至今仍然沿用着 under the rose 这一短语，表示保守秘密。

在汉语文化中，玫瑰首先也象征爱情。在中国最初表达爱意的花是芍药，后来由于西方文化的引入，在中国玫瑰才真正成为爱情的象征。《诗经・郑风・溱洧》记载，青年男女在上巳节都会参加在溱洧水边举行的聚会，并且互相赠送芍药以表爱意。如今，中国人在过西方的情人节时，男士也会送给自己喜爱的女士玫瑰花，用于表达爱意。另外，汉语文化中的玫瑰象征着美丽而冷傲的女子。由于玫瑰带刺，中国人常常用带刺的玫瑰形容美丽却不易亲近的女人。例如，《红楼梦》中兴儿向尤二姐介绍探春时，称她为“玫瑰花”，美中带刺。

7.peony 与牡丹花

英语中的 peony 一词源于希腊神话故事中神医皮恩(Paeon)的名字。传说，皮恩曾经用牡丹的根为天神宙斯(Zeus)之子海克力斯(Hercules)治好了病。于是，在西方文化中，peony 是一种具有魔力的花，特别是具有极强的药用功能。另外，欧洲人认为，牡丹花和不带刺的玫瑰是基督教中圣母玛利亚的象征。

在汉语文化中，牡丹象征着华丽、高雅和富贵，这些象征意义从我国传统工艺、美术作品中经常看到。例如，牡丹与芙蓉一起具有“荣华富贵”的含义；牡丹与海棠一起具有“门庭光耀”的含义；牡丹与水仙在一起具有“神仙富贵”的含义；牡丹与长春花一起则具有“富贵长春”的意义(包惠南、包昂，2004)。此外，一些诗人对于牡丹也有着特别的偏爱。例如：

牡丹诗

唐・殷文圭

迟开都为让群芳，贵地栽成对玉堂。
红艳袅烟疑欲语，素华映月只闻香。
剪裁偏得东风意，淡薄似矜西子妆。
雅称花中为首冠，年年长占断春光。

清平调

唐・李白

一枝红艳露凝香，云雨巫山枉断肠。
借问汉宫谁得似，可怜飞燕倚新妆。

8.lotus 与莲花

在英语文化中，lotus 就是一种很普通的植物。

在汉语文化中，莲象征可爱、纯洁，深受中国人的喜爱。人们认为可以从莲花的身上感受到一种廉洁正直以及清雅脱俗气质。于是有了“出淤泥而不染，濯清涟而不妖”的说法。另外，人们也会用“并蒂莲”形容爱情。

9.apricot 与杏花

在西方文化中，apricot 没有特殊的文化意义，一般指“杏”“杏树”和“杏花”。

在汉语文化中，杏(花)具有丰富的内涵。

其一，杏花因为其妖艳、妩媚的外表而象征春意。杏的联想意义在中国古代诗词中并不鲜见。例如：

游园不值

叶绍翁

应怜屐齿印苍苔，
小扣柴扉久不开。
春色满园关不住，
一枝红杏出墙来。

其二，在中国古代的民间，人们常用“杏林”比喻医家。有这样一个传说：三国时期，有一位名医为人治病却不收报酬，只求治愈的病人为其种几株杏树，数年后，杏树多达十万余株，蔚然成林。因此，后人称颂医家时常用“誉满杏林”“杏林春满”等。

10.willow 与柳树

在英美文化中，willow 首先象征着悲伤。罗马神话记载，特洛伊王子爱涅阿斯与迦太基的狄多女王相爱，后来因为接到了建造新的罗马城的任务，而被迫离开妻子，狄多女王经常手持柳枝哀伤地等待着丈夫的归来。其次，willow 也代表着死亡。《哈姆莱特》中的“here is a willow grows aslant a brook, that shows his hoar leaves in the glassy stream”就描写了奥菲利娅死亡前的场景，水边的柳树象征着奥菲利娅走向死亡的命运。直到今天，英国的墓地也会种植大量的柳树，其象征死亡和对死者的哀悼。此外，willow 也象征女子身材苗条和体态优雅。例如：

Clothes always look good on her became she is so tall and willowy.

她又高又苗条，穿什么都好看。

在汉语文化中，柳树首先可以联想到春天。因为柳树生命力极强，所以几乎可以随处可见，同时它的生长可以为人们带来春的气息。古人以折柳相送，一方面是希望离人像柳树一样顽强，另一方面是表达了“春意常在”的祝福。其次，柳树还象征离愁别绪。柳树最早出现在《诗经・小雅・采薇》中，“昔我往矣，杨柳依依。今我来思，雨雪霏霏。”戍守边关的将士通过回想曾经离开家乡时柳树的婀娜多姿，表达了离家的愁苦情绪。最后，柳树象征着挽留。中国古代有折柳送别的习俗，由于柳与“留”谐音，表达了人们对离人的依依不舍和挽留之意。

11.oak 与橡树

橡树(oak)高大挺拔，质地坚硬。在英汉文化中，橡树的意义基本相同。在英语文化中，oak 象征勇敢者、坚强者。例如：

a heart of oak 表示坚韧不拔者、勇士

Oak may bend but will not break.

像橡树一样坚韧顽强。

在汉语中，橡树也常常用来形容坚强不屈的男性。例如，当代女诗人舒婷在其《致橡树》一诗中就将自己的爱人比喻成一株橡树。

12.laurel tree 与月桂树

因为月桂树经常保持绿色、芳香宜人，所以深受人们的喜爱，人们可以用桂枝编制花环。在英汉语言中，月桂树都能联想到“胜利、荣誉”和“辉煌成就”。例如：

gain/win/reap one’s laurels 比赛（考试）夺冠

look to one’s laurels 意识到可能丧失优越的或优势的地位而确保其他地位或声誉

rest on one’s laurels 安于成就，不思进取，吃老本

同样，中国封建社会常用“蟾宫折桂”形容举人在科举考试中考中状元。

13.bamboo 与竹子

受地域环境的影响，英美国家的人对 bamboo 没有特殊的情感，认为它仅为一种植物。

在汉语文化中，竹子有着丰富的联想。首先，竹子在中国古代是一种重要的书写记载工具，为汉文化古代文字的记录做出了不可估量的贡献。古人在用竹简记录文字之前，是用甲骨类作为文字记录工具的，但是在甲骨上刻写是很困难的。因此，竹简的出现成了中国文字记载技术的一个重大转折，其大大提升了记录的效率，并且携带方便。另外，在汉语文化中，竹子也是一种被人格化的植物，有着特殊的文化含义。例如，空心的竹子代表虚怀若谷的品格；竹子不畏霜雪、四季常青，象征着顽强的生命和青春永驻；竹子的枝弯而不折，是柔中有刚的做人原则；竹子生而有节、竹节毕露则象征着高风亮节；而竹子亭亭玉立、婆娑有致的洒脱风采也为人们所欣赏。此外，中国人还用“竹报平安”来祝福平安吉祥。

（二）植物文化的翻译

1. 直译法

直译法即一方面保持原文的内容，另一方面保持原文的形式的翻译方法。当英汉民族植物的文化内涵相同或者大体相同时，对应植物词汇比喻所引起的联想与理解大致相同，在不影响目的语读者理解的前提下，我们就可以用保持原有形象的直译法来翻译。这样就能在一定程度上保留英语的语言风格与民族色彩，让读者了解英语民族的思维方式与其文化特色，有利于文化交流。实际上，英语中不少比喻词都已在汉语中被广泛使用。例如：

She is really as beautiful as a peach.

她美若桃花。

She is a virgin, a most unspotted lily.

她是个纯洁的少女，一朵洁白无瑕的百合花。

A tennis final between the first and second seeds is sure to be exciting.

头号种子选手和二号种子选手之间的网球决赛一定非常精彩。

折桂 / 夺取桂冠 gain/win one’s laurels

2. 直译加注

对不了解西方文化的读者而言，直译也经常使他们困惑。此时，可以在保留原文植物形象的基础上，再阐释其蕴含的文化意义。例如：

as like as two peas in pot 锅里的两粒豆（一模一样）

While it may seem to be painting the lily, I should like to add something to your beautiful drawing.

我想给你漂亮的画上稍加几笔，尽管这也许是为百合花上色，费力不讨好。

A rolling stone gathers no moss.
滚石不生苔。(改行不聚财。)
After a long way, the exhausted enemy held out the olive branch.
经过一场长时间的搏斗之后,敌军筋疲力尽,伸出橄榄枝,表示愿意讲和。
The crafty enemy was ready to launch a new attack while holding out the olive branch.
狡猾的敌人在伸出橄榄枝表示讲和的同时,又在准备发动新的进攻。

3. 意译法

假如不可能或者没必要用直译法保留源语的表达形式,并且在译语中找不到合适的词语加以套用,即可采用意译法。例如:

full of beans 精神旺盛
peaches and cream 完美无缺
apple of discord 不和的根源
the apple of one's eyes 掌上明珠
Every bean has its black. 凡人各有短处。
potatoes and roses 粗茶淡饭
separate the wheat from the chaff 区别良莠
harass the cherries 骚扰新兵
He is practically off his onion about her.
他对她简直是神魂颠倒。
If you lie upon roses when young, you lie upon thorns when you old.
少壮不努力,老大徒伤悲。
A bad apple spoils t he barrel.
一粒老鼠屎,坏了一锅粥。
The population mushroomed in the postwar decades.
战后数十年里人口快速增长。
He seems full of beans this morning.
他今天上午似乎兴致勃勃,精力充沛。
世外桃源 earthly paradise
眠花卧柳 fond of the company of singsong girls
望梅止渴 to feed on fancies
胸有成竹 have a well-thought-out plan
种瓜得瓜,种豆得豆。As you sow, so you will reap.

4. 套用或替代法

英语中一些独特的表达方式有时很难为汉民族理解,而汉民族又有与其对应的类似效果的表达式,此时就可以采取改变形象的译法,即套用或者替代法。例如:

come out smelling of roses 出淤泥而不染
spring up like mushrooms 雨后春笋
as red as a rose 艳若桃李
He is but a dead sea apple.
他不过是金玉其外,败絮其中。

Your new computer is such a “lemon” and doesn’t work properly.
你这台新电脑真是个“蹩脚货”,根本就不好用。

五、动物文化与翻译

(一)英汉动物文化差异

1. dragon 与龙

在西方文化中,dragon 有着类似于狮子的身体,长着两只巨大的翅膀,四条腿和一个像马的头,身上有鳞,尾巴长而且蜿蜒,嘴巴能喷火,有着强大的力量和魔法能力,象征邪恶。《圣经》中与上帝作对的魔鬼撒旦(Satan)就称作 the great dragon。

在中国,龙一直是一个被人们崇尚的神异动物。传说中,中国的龙角像鹿的犄角,头像骆驼的头,眼睛像兔的眼睛,脖子像蛇的形状,身上有鱼身体那样的鳞,爪子如鹰的爪子,手掌像老虎的手掌,耳朵像牛的耳朵。在中国人心中,龙有着极高的本领,可以呼风唤雨、上天入地。因此,龙成了中国的图腾,“龙的传人”就成了中国人给自己的一个标签。在中国几千年的历史中,龙代表皇权,皇帝叫作“真龙天子”,只有皇帝可以用带有龙的器物。于是,汉语中就有大量含有龙的词语。例如:

望子成龙
龙飞凤舞
龙马精神
车水马龙
卧虎藏龙
龙争虎斗
降龙伏虎

2. phoenix 与凤凰

在埃及神话中,phoenix 有“再生”“复活”的意思。在中国古代传说中,凤凰也是一种神异的动物,并且由凤凰引申的喻义均为褒义。例如:

凤毛麟角
人中龙凤

3. dog 与狗

在西方人眼中,dog 是人类忠实的朋友。狗可以协助主人打猎、看护家院,是人们生活中的得力助手,也被看成是家里的一员。因此,英语 dog 常形容美好的事物,其比喻义几乎都是褒义的。在英语中,以狗拟人的用法相当普遍。例如:

lucky dog 幸运儿
Love me, love my dog.
爱屋及乌。

假如 dog 之前的修饰语为贬义,那么构成的短语也为贬义。例如:

surly dog 脾气暴躁的人
sly dog 阴险的人
dirty dog 卑鄙小人;色鬼

在中国的传统文化中，狗是一种低贱的动物，象征品行不端，是经常受到谩骂的东西，不被人尊重。狗常常会引起不好的联想，所以相关词语也经常为贬义。例如：

看门狗、狗腿子、走狗（比喻恶人坏事的帮凶）

哈巴狗（比喻谄媚的人）

狼心狗肺（比喻恶毒的人心）

狗仗人势（比喻势利的人）

但是，狗因为忠实、护主、可靠的特点在汉语文化中也获得了一些赞美。

例如，“义犬救主”“犬马之劳”均比喻勇敢忠诚的臣民，“狡兔死，走狗烹”用来比喻为那些统治者效劳的人最后反而落得被抛弃的下场。又如，汉语中有一句广为流传的俗语，叫作“儿不嫌母丑，狗不嫌家贫”。再如，在以前生存环境恶劣、物质生活不丰富的社会背景下，农村刚出生的婴儿很多都活不了多长时间，所以人们为了求得孩子的健康成长，就兴起了给孩子以动物名字作为小名的风俗，狗就是其中的一种，像二狗子、狗蛋儿就是典型例子。在中国民间，还流行着“猫来穷，狗来富”的说法，狗是财富来临的预兆。

在中国，不同的地区有不同的文化，但经过长期的相互融合基本达到了共识。可见，狗在汉语文化中既有贬义，也有褒义。

4. cat 与猫

在英语国家中，cat 是一种很常见的动物，也是当作家庭宠物来饲养。与猫有关的短语也有很多。例如：

a gloved cat catches no mice（比喻人不愿吃苦成不了大事业）

like a cat has nine lives（比喻吉人自有天相）

care killed the cat（比喻忧虑伤身）

Cats hide their claws（比喻知人知面不知心）

like a cat on hot bricks（比喻很紧张）

cat-and-dog life（以吵架度日）

purest the cat among the pigeons（比喻招致麻烦的人或物）

the cat shuts its eyes when stealing cream（比喻自欺欺人）。

curiosity killed the cat （好奇害死猫）

a cat in hell’s chance（比喻没有机会）

可见，英语中带有 cat 的语句有的为褒义，有的为贬义，英语文化中的人赋予了“猫”丰富的联想。但是，西方人特别怕见到黑色的猫，尤其对英国人来说，他们认为黑猫与女巫厄运有着紧密的联系。英国古代的传说还认为，黑猫就是邪恶的女巫变化而来的。所以，英语中的 cat 还可以指“心地狠毒的女人”，如“She is a cat.（她是个不安好心的女人。）”

中国人自古就有爱猫、养猫的传统，“猫”在我国已经有相当长的历史。

因为在汉语中“猫蝶”与“耄耋”构成了谐音，而古代的“耄耋”指长寿的老人，所以小猫扑彩蝶配以红色牡丹这种传统图案在我国往往寓意着长寿和富贵。民间还流传着“猫有五福”“猫入福地”等说法，“五福”即为“长寿”“富贵”“康宁”“好德”“善终”，“五福”合起来就构成了幸福美满的人生，“德”是五福的核心。因此，中国人特别注重乐善好施、救生积德，在一些地区如今还保留着为流浪猫开一扇窗户、留一碗餐食的风俗习惯，甚至有个别地方将“猫”当成神，家家供着“招财猫”。

与西方国家不同，“猫”特别是“黑猫”寓意着吉祥。道家认为，黑猫为阳性，可以阻止一些害人的鬼怪靠近自己，也可以为主人带来吉祥，所以古代的富贵人家有养黑猫或者摆放相关饰品来辟邪的习惯。

《礼记》记载:“古之君子,使之必报之——迎猫,为其食田鼠也。”可见,正是因为猫可以捕捉老鼠保护人类的庄家、为人类造福,所以自古中国人就特别喜爱猫,在祷告丰年时会祭祀猫。

5. cock 与鸡

在英语文化中,cock 象征骄傲,as proud as a cock;而 chicken 象征胆小鬼、懦夫,如“He is a chicken.”(他是个胆小鬼)。

汉语中有很多含有鸡的词语,如春节晚会上的“金鸡报晓”“鸡年大吉”“金鸡独立”等,这些词语均有祝福的意思。在中国,鸡意味着守时,“金鸡报晓”表面意思是天要亮了,深层含义是摆脱黑暗的束缚,走向光明。因为古代的计时工具极为简陋,虽然也能记录时间,但无法准时提醒人们,所以每当金鸡报晓,人们就开始了一天的生活。另外,鸡是人们生活中极为常见的家禽,所以也被看成是平凡的象征。此外,含有鸡的词语还表示偷偷摸摸不干净的行为,常常与“狗”连用。例如:

鸡鸣狗盗

偷鸡摸狗

6. pig 与猪

在英语中,pig 表示肮脏而丑陋,让人讨厌,其喻义是“懒”“馋 ”“贪”和“笨”。在英语中,a pig 意思是 a greedy, dirty or bad-mannered person 喻指贪婪、懒惰、肮脏的人。英语中有很多含有 pig 的习语,多数都为贬义。例如:

eat like a pig 喧闹而贪婪地大吃大喝

make a pig of oneself 狼吞虎咽

pigs in clover 行为卑鄙或粗鲁的有钱人

what do you expect from a pig but a grunt 狗嘴里吐不出来象牙

buy a pig in a poke 未经过目而买下的上当之货

汉语文化中猪的形象和喻义与英语中的基本相同,表示愚蠢、丑陋、好吃懒做等意思。例如:

蠢猪

猪头猪脑

7. lion(狮子)与 tiger(老虎)

在西方,lion 被认为是百兽之王,其形象是勇敢、凶猛和威严,英国人将狮子当作自己国家的象征,The British Lion 指英国。Lion 喻指“名人、名流之士”,a literary lion 是文学界的名人。英语中有大量含有 lion 的词语。例如:

beard the lion in his den 在狮穴捋狮须(意思是在太岁头上动土)

the lion' s share 最大的份额 / 几乎全部

as brave as lion 如狮般勇敢

在汉语文化中,狮子并没有特殊的喻义。与其有类似威望的动物其实是老虎。英语中的 lion 和汉语中的“老虎”经常可以互相替换。例如:

like an ass in a lion's skin 狐假虎威

a lion in the way 拦路虎

one should not twist a lion' s tail 老虎屁股摸不得

在中国人心中，老虎有两方面的含义：一是百兽之王，勇猛威武、健壮有力、英勇果断。例如：

虎将

虎背熊腰

虎父无犬子

二是凶猛残忍、冷酷无情。例如：

虎视眈眈

虎毒不食子

伴君如伴虎

tiger 在英语中"有生气活力"的意思，如 East Asian Tigers（东亚老虎），four economic tigers in Asia（亚洲经济四小龙）等。

8. bull 与牛

在西方人看来，bull 性情暴烈、桀骜不驯、横冲直撞，如 a bull in a china shop 形容人举止粗鲁、行为莽撞、动辄闯祸、招惹麻烦。在经济领域中，bull 指证券市场中买进股票的投机图利者或对股市行情持乐观态度的炒股者。例如：

bull market 涨市 / 牛市

to bull the market 使行情上涨

to bull the shares 哄抬股价

在中国文化中，牛身体庞大，力量巨大，整日帮助人类劳动，有着无私奉献的精神，深受人们的喜欢。

9. rat，mouse 与鼠

在西方文化中，rat 和 mouse 不是一种受欢迎的动物，其经常形容那些自私的、不忠的人。例如：

smell a rat 对……觉得可疑，感到事情不妙

A rat crossing the street is chased by all.

过街老鼠，人人喊打。

即便如此，老鼠在西方文化中的形象还是以胆小、安静为主，所以经常用来形容胆小、害羞的人。例如：

as timid as a mouse 胆小如鼠

as mute/quiet/silent/still as a mouse 悄没声儿

He's such a mouse, he never dares complain about anything.

他很胆小，从来不敢抱怨什么。

但是，在西方艺术作品中，老鼠的形象备受小朋友的喜爱。例如，在经典动画片 *Tom and Jerry*《猫和老鼠》中，Jerry 就是一只非常聪明、机灵、调皮、可爱的老鼠，总是用各种办法让 Tom 猫吃尽苦头。而 Mickey Mouse（米老鼠）更受到小朋友甚至一些大人的喜爱。

在中国文化中，老鼠始终都是一种不被喜欢的动物。不仅因为其长得丑陋，偷吃人类的食物，还因为其会破坏家居家具，所以很受憎恨。汉语中关于老鼠的负面表达也随处可见。例如：

胆小如鼠

鼠目寸光

官仓老鼠

鼠肚鸡肠

贼眉鼠眼

抱头鼠窜

《诗经·硕鼠》中也痛斥了老鼠的恶行:“硕鼠硕鼠,无食我黍！三岁贯汝,莫我肯顾。逝将去女,适彼乐土。乐土乐土,爰得我所！”因而人们也常将憎恶之人比作“过街老鼠”——人人喊打。

10. peacock 与孔雀

在西方社会中,peacock 源语希腊传说,相传是天后赫拉的胜鸟,所以被视为赫拉女神的象征。早期的基督教徒认为 peacock 是耶稣复活的象征。因为孔雀行走时,总是昂首阔步,一幅很傲慢的样子,所以常常表示“骄傲、虚荣”的含义。英语中的 peacock 经常含有贬义,如莎士比亚在其著名的悲剧《哈姆莱特》中,使用 peacock 的形象表示“招摇,不道德的女人”。

在中国,孔雀被视为百鸟之王,相传是最美丽的鸟类。中国的传说中有很多关于孔雀的故事。佛教故事《孔雀大明王菩萨》中记载,孔雀为凤凰所生,被如来佛祖封为“大明王菩萨”。汉文化中,人们认为孔雀开屏是喜庆、吉祥的象征。因此孔雀经常用来指代美丽的人或物。孔雀的形象在文学、舞蹈中也常有出现。例如,汉乐府的民诗中便有《孔雀东南飞》一诗,与《木兰辞》并称为“汉乐府诗双璧”。中国的孔雀舞在国际上也享有盛誉。在汉语言中,孔雀一般为褒义。

11.snake 与蛇

《圣经(旧约)·创世记》中记载,蛇在撒旦的唆使下,诱惑了人类始祖夏娃犯下了原罪。《圣经》中的故事实际上反映了远古人类对蛇诡秘的行踪和剧毒的恐惧。因为人被毒蛇咬到后就会死掉,所以人们认为它是魔鬼与邪恶的象征,英语中含有 snake 的词语也多为贬义。例如:

a snake in the bosom 恩将仇报的人

a snake in the grass 潜伏的敌人,潜伏的危险

warm (cherish) a snake in one's bosom 姑息坏人,养虎遗患

此外,snake 在英语中单独使用时还用于指阴险冷酷的人或叛逆不忠的人。

在中国传统文化中,蛇是一种毁誉参半的形象。作为汉文化图腾崇拜——龙最初的原始形象,蛇无疑具有一种积极的含义。在神话传说《白蛇传》中,蛇是一种极具同情心、敢于追求生活的动物生灵。但在传统的中国文化中,人们更倾向于把蛇与恶毒、邪恶、狡猾、猜疑等联系起来,如汉语中有“美女蛇”“地头蛇”“毒如蛇蝎”“人心不足蛇吞象”等说法。此外,蛇被中国人看成是一种令人捉摸不定的物种,所以汉语中的蛇也是众多性情的代名词。

(二)动物文化的翻译

1. 直译法

在英汉语言中,一些动物词有着相同或相近的文化内涵。此时,译者就可以使用直译法进行翻译。直译可以在保持原文风格特征的同时使译文也能生动,还有利于两国文化的交流。例如:

bear hug 熊抱

flea market 跳蚤市场

like a swarm of bees 一窝蜂
the strength of nine bulls and two tigers 九牛二虎之力
a dark horse 黑马
a net worm 网虫
a cowboy 牛仔
paper tiger 纸老虎
like a bear with a sore head 像一只愤怒的熊
to ride a tiger 骑虎难下
Barking dogs do not bite.
吠犬不咬人。
One swallow does not make a summer.
一燕不成夏。
A rat crossing street is chased by all.
过街老鼠人人喊打。
As proud as a peacock.
像孔雀一样骄傲。
A cat has nine lives.
猫有九条命。
Don't count your chickens before they are batched.
小鸡未孵出，不要急着数鸡数。
We are like two grasshoppers tied to one cord：neither can get away!
我们是一条绳上的蚂蚱，谁都跑不了！
披着羊皮的狼 a wolf in sheep's clothing
敏捷如兔 as fast as a hare

2. 意译法

假如单纯地利用对等译法无法向读者准确生动地表达原文的含义，此时就可以使用意译法，即舍弃字面意思，但要保持文化的内涵，目的是理解文本的真正内涵。通常，动物名词会在原文的信息传递中发挥重要作用，但如果某些动物词在源语与目标语中的内涵完全不同，那么在译文中就应舍弃原文的动物名，使用其他词，以更准确地传达源文的意思。例如：

beard the lion 谁敢在太岁头上动土
big fish 大亨
be like a bear with a sore head 脾气暴躁
a bull in a china shop 鲁莽闯祸的人
to cast sheep's eyes at sb. 对某人抛媚眼
a pretty kettle of fish 乱七八糟
Once bitten, twice shy.
一朝被蛇咬，十年怕井绳。
Dog does not eat dog.
同类不相残。
He is as poor as a church mouse.
他一贫如洗。

My mother will have a cow when I tell her.
我妈妈听说后一定会发怒的。
Last night, I heard him driving his pigs to market.
昨夜,我听见他鼾声如雷。
It's said that Jack had already ratted.
据说杰克已经叛变了。
I have other fish to fry.
我有别的事要做。
The donkey means one thing, the driver another.
见仁见智。
Who has never tasted the bitter knows not what is sweet.
不尝黄连苦,怎知蜂蜜甜。
The goose hangs high.
形势一片大好。
What a lamb she is!
她真可爱!
Every dog has its day.
人人皆有得意之时。
黄牛党 illegal dealers in train tickets
炒鱿鱼 dismiss somebody
拍马屁 lick sb' s boots
蜻蜓点水 scratch the surface
羊入虎群 a sheep among wolves
拦路虎 a lion in the way/path
瓮中之鳖 a rat in a hole
落汤鸡 like a drowned rat
胆小如鼠 as timid as a bare
力大如牛 as strong as a horse
老虎头上捉虱子 to bell the cat
狼吞虎咽 to make a pig of oneself
骑虎难下 to hold/have a wolf by the ears
缘木求鱼;叫公鸡下蛋 to milk the bull
如狼牧羊 to set a fox to keep one's geese
望子成龙 be impossible
鳄鱼眼泪 the crocodile tears
狐假虎威 ass in the lion's skin
鸡鸣狗盗 small tricks
四不像 neither fish nor fowl

3. 转换法

转换法就是利用异域文化中已有的文化形象替换原文中的形象,目的是达到高效的交际效果。基于英汉不同动物词汇存在的相同或相近的文化内涵,要在翻译时对这些词语进行适

当的转换和变更,使译文更容易被读者接受。例如:

a cat on a hot bricks 热锅上的蚂蚁

black sheep 害群之马

like a duck to water 如鱼得水

4. 释义法

对于指称意义相同而文化内涵不同或有空缺的动物词,可以使用释义法进行翻译。例如:

There are plenty more fish in the sea.

天涯何处无芳草。

这句原文表达的是安慰失恋的人,假如按照字面意思直译为“海里有的是鱼”,中国读者可能会理解成对方在说海里是一个捕鱼的好地方,但是采用释义法就可以使中国读者一目了然。

叶公好龙 professed love of what one really fears

译者如果直接按原文字面意思翻译成“Lord Ye's love of dragons.”会令西方读者很困惑,但是加上释义后读者就能很容易理解其意思。

5. 音译法

音译法主要用于品牌翻译。当遇到以动物词汇为品牌的翻译时,译者应该在充分考虑顾客反应的基础上对商品进行全面的阐释与解释,以使品牌效益得到最佳的诠释。例如,dragon在我国象征吉祥、杰出,但在英国等以英语为母语的人看来,dragon是一种怪兽,象征邪恶。因此,如果将涉及dragon的品牌直译到西方,将会造成商品在西方无人问津。此时,译者就可以使用音译法将“龙”进行音译,如将“金龙”翻译成KINGLONG。

6. 增译法

一些动物词汇如果用直译可以较好地传达出动物的形象,但是因为不同的文化背景,同样的形象可以传达出不同的含义。为了避免误解,翻译时应根据意义、修辞或句法上的需要增加原文中没有的词,以进行补充说明。例如:

She shed crocodile tears when she dismissed him from his job.

她把他解雇时,流出了鳄鱼的眼泪,假慈悲。

The ten of us were squashed together like sardines in the lift.

我们十个人在电梯里像罐头里的沙丁鱼一样,挤成一团。

第六章　美学视角下翻译理论阐释及其实践

就翻译美学而言，它具有普通翻译学所具有的特征，既要研究一般翻译学所涉及的命题，又要突出自身的特色。翻译美学自身的特色就是从美学的维度来审视翻译学，研究翻译学的美学思想，用美学的研究方法来探讨翻译学的问题，如考虑翻译审美主体的审美选择、审美诉求、审美认知，探讨文本的审美效果、读者的审美反应等。随着时代以及社会的快速发展，翻译理论的跨学科研究、回归传统以及对传统的现代性反思成为一种必然的发展趋势。本章研究美学视角下翻译理论阐释及其实践。

第一节　翻译美学的性质与语言美

一、翻译美学的性质

（一）“翻译的科学性和艺术性”争论

翻译的本质是什么？究竟是科学还是艺术？或者是二者的统一？近年来，翻译界对这些问题的争论越来越多。之所以人们对翻译存在诸多质疑，主要与三个因素有关。

（1）由于翻译的涵盖面非常宽，因此人们一直没能对“翻译”一词进行准确的定位。“翻译”常指翻译实务、翻译实践及翻译活动或过程。有时，“翻译”还指职业或职务，中国古代将其称为“象胥”。在欧洲一些国家，“翻译”也指一种服务行业，古代的“翻译”是沟通希腊语、拉丁语和罗曼语的类似于匠人的行会行业，最早出现在文艺复兴之前的中部意大利古城佛罗伦萨。大概从 20 世纪五六十年代开始，“翻译”与“翻译学”总被混为一谈。这三种翻译的内涵有的近似于技艺者，有的近似于科学者，意义相互交叉，不同学者对其有不同的理解，很难为其下一个确切的定义。

（2）学者们过于简单、片面地分析翻译的属性，这是人们对翻译概念质疑的一个最主要的原因。这些分析者往往只是通过自身的直观感受或者自身经验，对翻译的概念进行判断和分类，将翻译的科学性与艺术性看成是彼此不相关的两个属性。

实际上，不管事情有多么复杂，分析者都应该从全局出发，要进行综合考察，从而推导出事物的基本属性和第二属性。对于翻译的属性，假如分析者能对其进行全面考察，就会明白：翻译有着显著的综合性，其既是一种经验科学，又是艺术的交流或传播。这里的科学性就是翻译的基本属性，而艺术性是其第二位属性，换句话说，科学性在翻译属性中占主导地位，也是翻译学的核心。翻译的本质属性就是科学与艺术的结合。同理，翻译学首先属于一门科学，并且有着明显的艺术特征。

（3）从历史层面上看，出现“翻译究竟是科学还是艺术”的论争，还与历史有着很大关系。随着历史的演进以及科技的发展，人类对所从事的活动的本质认识也会逐渐加深，也就是说，人类认识事物的本质的过程不是一蹴而就的，是循序渐进的。尽管翻译早在远古时期就已出现，但直到19世纪下半期现代语言学兴起之时，翻译研究者才有机会借助语言科学和思维科学的理论，认识翻译实践的实质。翻译是人类不同语言之间开展的转换活动，其需要有一定的质量和效率保障，此时就要遵循一定的规律。对“意义”及其表现“形式”的研究，是语际转换最基本的科学规律。对翻译来说，“艺术灵感和艺术运作”只有在符合科学规律的前提下才能称为“有意义的活动”，“艺术价值”只有在符合科学原则的美学分析中才能得到恰如其分的评估和认定。此处的“科学规律”和“科学原则”是指语际转换中关于意义的主轴作用——意义在转换中的形式以及语言的交际功能如何支配或调节意义在话语中的表述方式。可见，翻译的科学运作不应脱离语言科学运作的作用链。

因为翻译属于一种语际的言语交际活动，所以必然会受制于言语交际的运作规律。具体来说，言语交际的基本运作规律如下。

（1）言语交际活动的基础在于意义。

（2）交际始终都是意义担负的一个目的。

（3）意义的表述形式往往取决于交际目的。

（4）探究意义的物质依据是经过功能调节的语言形式。

可见，翻译与意义有着密切联系，还与决定意义表现形式的功能相联，最重要的是与意义的最后体现者源语形式相联。翻译运作的物质基础是源语形式，但是把握这一物质依据的目的则是发掘和把握源语意义的全部内涵。翻译学属于应用语言学的一个范畴，更是宏观应用语言学的一个分支学科。翻译既有科学性又有艺术性，但其基本属性为科学性，第二位属性为艺术性。没有科学性作保障，那么那些翻译艺术和理论就失去了意义。

（二）翻译科学性的深入论证

为了对翻译科学性有更透彻的认识，这里做进一步的阐述。

事物的科学性体现在“可论证性”上。

（1）翻译运作的“存在实体”即源语有着不以人的主观臆想为转移的语义内涵，即上面所说的意义，而意义是一个多维度的存在实体。

（2）翻译运作主要依靠的是抽象思维，起辅助作用的是形象思维，即主要依靠“科学思维”，而非艺术思维”；艺术思维仅涉及翻译审美。

（3）作为科学，翻译学必须受制于实践的检验，因为检验理论的正确性、可行性与实效性的标准就是实践。

（三）“译语与源语所指的基本同一”是翻译科学性的基础

所谓的译语与源语所指的基本同一，是指虽然双语对同一概念的命名各不相同，但此概念所指的外部世界中的实体是基本一致的，这里的“基本一致”一方面表现在二项分析中的基本一致（词基本对应于事物），另一方面表现为三项分析中的基本一致（词基本对应于概念命名，概念命名基本对应于事物）。

翻译属于科学，因为译者不可主观臆造，其在语际转换过程中使用的译语所代表的概念，一定要与原作者在源语中所代表的概念相对一致，而概念的相对一致则是以所指的相对一致为“实在的”依据。概念必须赋形于“命名”，“命名”是概念的载体，其仅是一个代表所指的符号，称作能指。多个符号的语义、语法、语音、逻辑配列式，称作“语符列”，就是人类的语言。可见，语言是一种符号系统，其系统涉及上述四个方面。翻译担负的语际转换任务，涉及不同符号系统（源语及译语）在语义、语法、语音、逻辑四个方面的转换过程，而以语义对应转换为核心。由此可见，翻译是一项极为复杂的工作，其必须运用科学的方法论；而且语际转换本身就是一项科学任务，是一个涉及上述四个方面转换的复杂的科学加工过程。因为人类语言中最复杂的现象就是意义，所以论证应该从意义开始。

二、翻译美学的语言美

语言结构中的美的初始形态，也就是所谓“基质”（或“基元”），产生于“选词择字”；或者说，基层的语言美产生于“优化的词语搭配”（optimized collocation of words）。中国诗话史中有一个著名的例子“春风又绿江南岸”。诗人王安石对“绿”字、“到”字、“过”字、“满”字等再三地替换推敲，就是一种对用词的美的基质考量。“江春不肯留归客，草色青青送马蹄”（唐·刘长卿）中“不肯”与“无意”之间孰优孰劣的选择也是如此。那么，选词择字究竟有些什么具体的审美标准呢？这里涉及中国辞章美学对语言美的特征认定，是个带有理论原则性的问题。翻译是一种跨语言文化转换，远非一词一字之换的问题。对翻译美学而言，需要首先对语言美作一番概括的考察。在翻译美学看来，下面就是语言美的最基本特征。

（一）语音结构层级的美

语音美诉诸人的听觉，因此与文字美一样，以直观可感为基本特征。正由于富于审美直观性和可感性，因此语音结构层的审美信息不仅不能忽视，而且必须从整体观的角度加以研究，以期落实在表现中。

1. 汉语语音结构层级的美

语音系统汉英同中有异。语言的音美集中于高低、韵律、节奏和声调，汉语最富特色的是四声声调。所谓高低指声音的轻重，以轻重分出轻音、重音，重音比轻音在高度、强度、长度上略胜一筹。当然，所谓“轻”“重”，只能相对而言，被称为“相对轻重原则”。按这一原则产生了语言中的音步（foot），音步的组合就成了韵律（prosodic），音步是基本韵律单元，由韵律表现出节奏或节律（rhythm），汉语由此而产生“平仄”，还有英汉都有的“押韵”（rhyme）。因此，可以看到语音美形成的四条互相关联的基本规律是：

规律一：乐音性音节（相同或相似的元音或辅音）适当的审美成对集结。

规律二：音节中的音高（pitch）与音长（1ength）构成不同的轻重音基本结构形态。在长期的历史发展中形成了符合乐音的“值”（point），即汉语的声调，英语阙如，但英语有各式音步。

规律三：按音步的构成及切分，可以产生变化无穷的音节组合，以高低、轻重、长短的动态分布，即音联（juncture，指发音衔接部件或方式），构成音步组合的松紧规律，即节奏。

规律四：由音联（即音步之间 interval 之长短）的动态分布规律产生符合乐音的韵律和押韵；韵律和押韵形成周期性反复或乐音性对称时，就是格律。

汉语的语音美集中于以下四种主要形态。

第一，以音节的审美成对集结为手段的“赏心悦目”。汉语中的连绵词（坎坷、澎湃、秋千）、叠韵词（葫芦、哆嗦、逍遥）、重叠词（星星、姗姗、哥哥）等。

第二，以音节的高低长短分布为手段的“抑扬顿挫”，认为汉语没有重音的观点是错误的。汉语有重音、有韵律才形成了汉语优美的抑扬顿挫。汉语的重音有三种：

语法重音（grammatical stress）：如简单主谓句中的主语——什么牌子比较好？宾语重音——你别老讲废话；有新信息的定语或状语——好人处处有；补语一般要重读——你写得太好了。这些重读音都是句重读音。汉语还有一些词重读音，如老子（人名）、矛盾、菜篮子、朋友们、看门的、开茶馆的。

语义重音（semantic stress）：语义的相对强化所形成的重音。例如：

你说的是坐南朝北，还是坐北朝南？

又如：

时代变了，人也变了。

语用重音（situational stress）：特定的语用目的要求语义显示出重音，这时重音的重要依托是交流中的语境，如"你自己留着用吧，她才不稀罕你那一套呢"的语义重音可因语境之变使重音转移："你自己留着用吧，她才不稀罕你那一套呢"（也许别人稀罕，但绝不是"她"）。

第三，以声调的平仄搭配组合为特色的"流转如歌"。这类语音美之堪称经典者当然是中国的古典格律诗，以近体诗七律（平仄式有四个类型，构成两联）为例：

平平仄仄平平仄，仄仄平平仄仄平，

仄仄平平平仄仄，平平仄仄仄平平。

这样悦耳的格律被誉为"流转如歌"，实非夸张。下面是白居易的七律《钱塘湖春行》。

乱花渐欲迷人眼，浅草才能没马蹄，

最爱湖东行不足，绿杨阴里白沙堤。

不仅是艺术语言，汉语的日常语言平仄也讲究婉转交错：

明天你上班吗？

平平仄仄平平

杭州风景很好，世界闻名。

平平平仄仄仄仄仄平平

第四，以音节发音的轻重缓急节奏为特色的"此起彼伏"。这里"起"表示"重"，表示"急"；"伏"表示"轻"，表示"缓"。汉语的基本节奏类型有三种：单音节、双音节、三音节，这样在语流的组合中，就容易产生此起彼伏的节奏效果。下面是汉语诗歌的十个基本节奏类型（单音节词未计算在内），括号内数字表示音节数：

双音节句（1+1）——如："芳＋径，芹＋泥，雨＋润"

三个音节句（2+1/1+2）——如："看＋白鸟，下＋长川，点破＋潇湘＋万里烟。"

四个音节句（2+2）——如："令仪＋令色，小心＋翼翼"（《诗经》）

五个音节句（1+4/3+2/2+3）——如："吹笛＋到天明"（2+3）

六个音节句（2+4/4+2）——如："人有＋悲欢离合，月有＋阴晴圆缺"

七个音节句（3+4/4+3）——如："春花秋月＋何时了"

八个音节句（3+5）——如："莫等闲＋白了少年头"

九个音节句（3+6/4+5/5+4/2+7）——如"浪淘尽＋千古风流人物"

十个音节句（3+7）——如"见说道＋天涯芳草无归路"

十一个音节句（4+7/6+5）——如："不知天上宫阙＋今夕是何年"

中国学者对诗歌节奏（节律）单元的组合规律也作过一些有意义的探索。非诗歌文体（以下统称"散文体"）的句子字数不拘，很难形成上述单元组合式规律，这时形成节奏的手段是：

其一，利用"散韵"（没有严谨规律的韵脚）。散文体可以利用散韵来加强行文的节奏感。请看下例：

至若春和景明，波澜不惊，上下天光，一碧万顷。沙鸥翔集，锦鳞游泳。岸芷汀兰，郁郁青青……

（范仲淹《岳阳楼记》）

那些花朵有些坠下来的，半掩在雪花里。红白相映，色彩灿然，使我们感到华而不俗，清而不寒。

（钟敬文《西湖的雪景》）

其二，利用平仄的乐音集结。将两个、三个（或三个以上）平声或仄声的集结和搭配形成起伏，例如：

皎月当空，清辉满地，或依窗，或伏几，或辗转床褥，常常会涌起一股或浓或淡的乡思。……

（刘隶华《月是故乡明》）

仄仄平平，平平仄仄，仄平平，仄平平，仄仄仄平仄，平平仄仄仄平仄仄平仄仄平平平。……

汉语写作中常常会遇到语感欠佳的词组或短句，有可能问题出在选词不妥，而选词不妥的原因很可能出在平仄没有起伏感。例如，“春天鲜花开”全是阴平，“中华红旗扬”全是阳平，如果改成“春季鲜花开”，声调成了“平仄平平平”，“中华彩旗飘”，声调成了“平平仄平平”，语感即大有改善。

汉语中平仄问题大有学问，声调美的奥秘主要在平仄的巧妙相间。如果连用仄声，“沉则响发而断”，如果连用平声，“飞则声扬不还”，正是清代文论家所谓“要紧处一平挽怪绝，一仄起沉沤”（连接用仄声容易形成“怪绝”，连接用平声则气势沉郁不起）。

2. 英语语音结构层级的美

英语使用拼音文字，因此它的音节结构方式比汉语复杂。英语的音节结构方式有以下五种：（C 代表 Consonant 在音系学中的术语 Contoid，即辅音；V 代表 Vowel 在音系学中的术语 Vocoid，即元音）。

V——如在 awe 中

VC——如在 an 中，即元音开头，辅音结尾

CVC——（第一个 C 表示半元音），如在 yes 中，即半元音开头，辅音结尾

CVC——（第一个 C 表示辅音），如在 pin 中，即辅音开头，辅音结尾

CV.CV——如在 battle 中（CV.CV 中的圆点表示 Contoid 中的分切，即有三辅音连用。）

可见英语绝大部分词都以辅音结尾，以便生成形态屈折（inflexion）。而汉语则不然，汉语没有形态屈折，不必考虑词尾必须是辅音，这也是汉语元音占优势的重要根源。音节是英语语音美的基本构件：

以音节为基本构件形成 metrical feet（音步），实际上，音节是英语韵律学（metrics）的基础。最常见的音步有：

The Iambic（抑扬格），俗称“弱强格”，如：deny him not

The Trochaic（扬抑格），俗称“强弱格”，如：holy father bless me

The Anapaesfic（抑抑扬格），俗称“弱弱强格”，如：Un-returning is time

The Dactylic（扬抑抑格），俗称“强弱弱格”，如：Alice is beautiful

The Amphibrachic（抑扬抑格），俗称“弱强弱格”，如：uncertainly walking

现代英美诗歌也有时出现所谓 The Spondaic，即“扬扬格”（俗称强强弱格），用两个或两个以上的重读音节，如 Fields streams, skies I know; Death not yet。

以谐音音节为基本构件构成韵脚（rhyming foot）如以下两行诗句中的 up 与 cup：

Inspiration

The hard who Hippocrene for gin gave up

Saw empty couplets gush from empty cup

英语诗歌的韵压法有很多，除了以上的尾韵，还有：散韵（Random rhyme），即无规律地挑选韵脚押韵；行首韵（Initial rhyme），也叫做“首韵”Alliteration；行内韵（Interior rhyme）；交

叉韵(cross rhyme);以及所谓“假韵”(sight rhyme),看似有韵,如 bead 与 dead, love 与 grove 等。以语音审美为目标的修辞格,英语中各种修辞格很多,与语音美有关的修辞格有:

Alliteration (首韵,首字母韵),如: amendable and amenable, listen and learn, Manners make the man 等,有意于语音之和谐美(assonance)已是显然。

Onomatopia (拟声),如: beep, bomb, crash, tick 等。

Repetition (反复、复叠),如: over and over again; Trust the future, trust the young; Potatoes and marge, marge and potatoes,等,实际上这里也涉及词语的形式美。

Epanalepsis (epidiplosis)(首尾相接),如 Diamond cut diamond; blood for blood 等,涉及词语形式美。

Paronomasia (谐音双关),如: More sun and air for your son and heir, Better late than the late,等。

(二)词及语句层级的美

词语层级高于文字层级,开始具有语法、语义、审美的综合功能。这个层级中承载审美信息的基本语言单位如下所述。

1. 词及词语搭配(Word and Its Collocation)

词及词语搭配是承载审美信息的最基本的语言结构单位。词是语言音韵美与结构美的最小的载体,词和词语又是意象美的基本构建材料。显然,有美感的用词和搭配不在华丽、艳丽、绮丽,或锦上添花,或哗众取宠,也不在奇曲、诡异、古拗,或自作风雅,或故好雕研。唐代李益的名句“开门风动竹,疑是故人来”中,“动”字(词)很平常,却使画面意象活脱而出。

针对用词之美,刘勰给出的忠告是:“善酌字者,参伍单复,磊落如珠矣。”刘勰还告诫说用词“忌同”,不要“重出”,就是切忌在同一句中重复用一个词。齐梁时代的钟嵘提出用词一定要注意声律,要求是“令清浊通流,口吻调利”,就是说上口动听。唐代王昌龄首次提出用词要“意高”“格高”,就是要立意格调高远。这个意见,贾岛非常附和,他提出来要有“三格”:“情格”“意格”与“事格”(就是要言之有物)。

欧阳修讲了一个有关主谓搭配的故事:有个诗人请他的座上客在“身轻一鸟”四字后加一个动词,有人加了个“落”字,有人加了个“起”字,还有加“疾”字的,加“下”字的,莫能定。最后主人找出一个善本来一查,原来是“身轻一鸟过”,“过”字不出奇,但美在“格高”。“格”其实就是今天我们所说的品位(也通品味)、格调、格致,等等。我国文学史上还有一个著名的例子。苏东坡《海棠诗》里有两句诗:“惟恐夜深花睡去,故烧高烛照红妆”,其中的“睡”字就是一个在声律上、意境上格调很高的词。

这个道理也适用于英语。只是比较而言,汉语很重视主谓搭配和动宾搭配中的动词,英语很重视名词以及与名词有关的形容词和介词。历代批评家都认为莎士比亚就是善用名词的高手。他的一段名言 All the world's a stage (“大千世界就是一个舞台”,语出《李尔王》)就是以妙用名词比喻闻名于世。莎士比亚用一个 stage 带出了 50 多个有关的名词,无一不用在妙处。试观察以下例句中名词在搭配中的重要作用,英语中名词在功能上的充实性和不可或缺性正是它的美之所在。

(a) The superiority of one man's opinion over another's is never so great when the opinion is about woman.

(H.James, *The Tragic Muse*, 1890)

只要议论起女人来,男人的妙论就一个胜过一个。

(b) Few rich men own their own property. The property owns them.

(R.G.Ingersoll, 1898)

财富支配着阔佬,但很少有阔佬能支配其财富。

(c) Border Line

I used to wonder
About living and dying—
I think the difference lies
Between tears and crying.
I used to wonder
About here and there—
I think the distance
Is nowhere.

(L. Hughes, 1947)

我常常迷惘于
生存或死亡——
我想它们的区别只在于
泪水或哀伤。
我常常游荡在
黑人区或白人区
我发现在两者之中
我一样彷徨。

L. 休斯(Langston Hughes, 1902—1967)是现代美国优秀的黑人诗人,我们可以从上面一首诗看出诗人选词搭配之精心。上面这首诗的核心是两个由 about 组成的介宾对偶词组,形式工整,言简意赅,属于格调很高的审美修辞。休斯一生写过很多关于 dream 的诗,据说马丁·路德·金的动人的演讲词 *I Have a Dream* 就是受到休斯的诗的"心灵震荡"写成的。

以上说的是词和常规搭配(normal collocation)的高品位、高格调使用,也就是说,这时的斟词酌语之美,产生于词和搭配在常规使用中的高品位和高格调。"超常搭配"(非常规搭配,abnormal collocation)含有较强的审美立意,常常可以带来清新脱俗的语言美,这时的美往往产生于奇妙机智、超凡脱俗,乃至乖异诡谲、不同凡响的概念撮合和意象构思。杜甫的诗句"穿花蛱蝶深深见,点水蜻蜓款款飞"(《曲江》二首之二)中的"深深见"与"款款飞"就是两个不同凡响的超常性(偏正搭配:副词加动词)。更多的超常性偏正搭配(形容词加名词)和主谓搭配如:

残云:源出隋代炀帝杨广《悲秋》
寒梅:源出唐代王维《杂诗》
百花杀、黄金甲:源出唐代黄巢《不第后赋菊》
怜芳草、重晚晴:源出唐代李商隐《晚晴》
poor comfort: from Shakespeare, *King John*
smiling thoughts: from William Hazlitt, *On Going a Journey*
foolish blood: from Charles Lamb, *Poor Relations*
value in scraps: from Jonathan Swift, *A Modest Proposal*
clean smell: from George Orwell, *Reflections on Gandhi*

超常搭配带来的模糊美常常是多维的:有时模糊在结构,有时模糊在概念,更多的则是模糊在词语联立关系上，其共同点是搭配超常可以使意义和意象产生游移迷漫的虚幻感、虚淡美。莎士比亚笔下的 glorious morning 可以是阳光明媚的早晨，也可能是指人在春风得意时那种灿阳普照心头的时辰。好的超常搭配常常具有隽永的魅力，如“芳心”（唐 · 钱羽）、“闲愁”（宋 · 辛弃疾）、“孤烟”（唐 · 王维）、“新月”（宋 · 黄裳）、“陶然”（唐 · 白居易）、“幽愤”（南朝 · 齐王融）、“寸心”（唐 · 孟郊）等早已深入人心，成了汉语语言美中恒久的星星亮点。

汉英大多数修辞格都属于这个层级。可以说，一切修辞手段都是为了同一个目的：语言优化，也就是审美。正因为这样，西方有人将修辞学审美手段称为“微观审美手段”。

2. 语句（Phrase and Sentence）

语句是搭配的句法延伸。一般说来，语句的审美信息承载力远远大于词及词语搭配，原因是越向高层级语言结构提升，它所含蕴的景物、意象、情感、思想就越充实、越复杂、越饱满。欧阳修的《蝶恋花》有两句说“泪眼问花花不语，乱红飞过秋千去”，其中的景、意、情思层层深入，可谓具有超高的审美信息承载力。女子被深深庭院久锁，幽怨之中不禁向眼前的繁花倾诉，泪眼汪汪却不得花儿怜惜。花儿不但不言不语，而且自身也在风雨中飘零，还被阵阵狂风吹过秋千——她儿时的爱物和伙伴，这就更触动了她青春不再的悲凉感。

在英语中，语句也是比词语容载量大得多的极有效的审美信息载体。典范英语讲究音韵美，只不过在形态上完全不同于汉语音韵。美国作家欧 · 亨利有一句著名的话就可以说音、意皆美：life is made up of sobs, sniffles, and smiles, with sniffles predominating，句中一连用了四个 s。

不少英美现代诗人都关注“音、形、意”三维美。美国女诗人米蕾（Edna St.Vincent Millay, 1892—1950）有两句诗是这样的：

Gently they go, the beautiful, the tender, the kind; Quietly they go, the intelligent, the witty, the brave.

轻轻地，她们走了，美丽，温柔，善良；静静地，她们走了，聪明，机智，勇敢。

这是非常优美的诗句，集音美、形美、意美、意象美于一身，最美在超常。下面四句诗取自《无事生非》（*Much Ado About Nothing*），可谓英语中经典中之经典，在 17 世纪的英国可以说是一种超常创新：

Sigh no more, ladies, sigh no more,
Men were deceivers ever; One foot in sea, and one on shore,
To one thing constant never.
别叹息了，姑娘，别再叹息，
男人总把女人欺；他从来不想长相守，
一脚东来一脚西。

当然，具有这种多维美的语言表达远不限于诗句，典范的散文体语句同样可以具有多维美的魅力。汉英中的很多格言警句不乏多维美，有超常者，也有非超常者。例如：

舍得一身剐，敢把皇帝拉下马。
打是亲，骂是爱。
从小看大，三岁知老。
人生一世，草木一秋。
No pains, no gains.
Well begun, half done.
A straw shows which way the wind blows.

格言警句饱经人世沧桑、时间锤炼，常常是人生经验与艺术经验的语言结晶。

（三）语段和篇章层级的美

语段由句子及句组（句群）组成，篇章则是多个语段的有意义的集结，因此也被称为语篇。语段在篇章中只是相对地独立。从语段到篇章，能承载的审美信息更多了，它的审美功能主要表现为能够构筑尽可能充实、丰满的“综合性语言审美信息结构”，简称为“审美信息结构体”（a complex of aesthetic information，CAI）。CAI是一个多维复合体，它的组成要素包括承载语言审美信息的以下七个维度。

（1）语音美——语音要素的优化运用，集中于（可能）承载意义的语音审美。

（2）词语美——词语使用的审美优化，集中于承载意义的词语优选审美。

（3）句子美——语句组织的审美优化，集中于承载意义的语句组织审美。

（4）情感美——情感表达的审美优化，集中于容载情感的表现手段的优化。

（5）意象美——意象构建的审美优化，集中于构建意象的表现手段的优化。

（6）风格美——风格表现的审美优化，集中于行文的风格表现手段的优化。

（7）超语言（超文本）审美信息的优化呈现，集中于意在言外的运筹手段的优化。

显然，以上七个审美信息的存在形态是按语言层级依次推进，审美信息也据此依次递加，最终构建起一个审美信息结构体（CAI）。也就是说，一个典型的CAI具备以上七个维度的审美信息。实际上，所有七个维度的审美诉求都集中于一个目的：语言表达效果的最大化（maximization of the effect in language expression），而且归根结底是意义和情感的表达效果的最大化。

在语言的实际运用中，一个语段同时具有以上七种美是十分罕见的。语言美是一种自然表现，除非刻意为之，同时具有这样面面俱到的七种多维美也并无必要。

这里还要再次指出，以上所述的是对“语言的审美结构”的一种面面俱到的“范式分析”（Canonical Analysis），也就是说，将CAI看作充分概括、十分典型的审美客体来审视。事实上，语言实际中的审美结构，通常只具有某些形式上的提示性，并不具有任何规定性。在一般情况下，语言实际中的审美信息结构是由不同的审美诉求即不同的审美目的（目标）决定的，与预期的语言审美的效果息息相关，而审美效果又与语言的交流功能的种种不同的期待息息相关。

因此，结构主义所热衷的、静态的“结构规定性”在语言美学中是并不存在的，这就可以解释为什么语言中的审美信息分布和强度千差万别，永远不可能雷同：根源就在人的艺术经验和审美价值观千差万别，永远不可能雷同。例如，即便在同一个语种中，文艺文体与论述文体的CAI可以呈现出很大的差别，在不同的语种中，同样是文艺文体，它们的CAI也可以呈现出很大的差别。

第二节　翻译美学四论

一、翻译美学主体论

通过上文内容可以发现，翻译审美主体具有以下几个特征。

(一)积极的审美态度

审美态度是审美主体的基本特征。一个具有审美意图和审美意志的人能调动起对审美至关重要的情感和感知来进入审美过程。态度始于理性、始于观念,所以许多的美学者都强调审美态度。审美主体的态度受时间、地点、环境、对象等客观因素的影响,如同一个人对中国盛唐时期的诗歌与对晚唐时期的诗歌的审美态度就会因个人年事的增长有很大的区别。

(二)活跃的审美意识

审美意识是一个心理系统,具有一个活跃、动态的审美意识系统也是翻译审美主体的重要特征。审美意识系统涵盖三个层次系统,即认知过程,表现为感知、知觉、记忆、联想、分析、想象;情感过程,表现为心态、情绪、共鸣等;意志过程,表现为决心、毅力、使命感等。不可否认,翻译审美的成败取决于活跃的、动态的审美意识系统的功能发挥。

(三)灵活的审美表现对策

翻译审美主体要能够灵活地运用审美表现对策。世界上不存在两个完全相同的文本、绝对相同的风格,即使是同一个作者的同一部作品,其艺术手法也是千变万化的。在翻译的过程中,翻译审美主体要根据不同功能的文章、不同文体的文章,要恰如其分地表现文章的内容。

(四)敏感的审美判断

审美判断要求主体对客体的判断必须符合对它的审美特质的理性分析。对语言的审美特质的理性分析就是意义分析,因此准确的语感必须建立在意义理解的基础上,要理解了语言的意义才谈得上赏析语言美。审美判断力不是与生俱来的,必须后天习得。尤其是关于语言的审美判断,不仅需要有很好的语言素养,而且必须具备关于语言审美的专业知识与训练。

二、翻译美学客体论

审美客体是审美主体的审美对象,体现了审美主体的规定性,所有的审美客体都有这一基本而本质的属性。除此之外,审美客体还具有其他审美属性,具体包含以下几个方面。

(一)具有审美形象性

审美形象性是指审美客体美的外在表现、外在形式,这也是审美客体最普遍的属性。例如,“道德”是一种理性观念,尽管其有美的内涵,但其本身不能称之为美,只有当“道德”直接同它的外在现象处于统一体时,也就是看到其真实现象和真实表现时,才可以说“道德是美的”。

(二)具有审美价值承载能力

审美客体必须具有承载审美价值的功能,不承载、不体现任何审美价值的客体就不能称之为审美客体。如果语言文字作品的内容遭受破坏,作品也就没有审美价值可言了。

(三)具有审美召唤能力

具有审美召唤能力是指审美客体具有吸引力,这体现在两个方面。第一,审美客体具有某种吸引审美主体的审美素质,能够引起审美主体的期待,体现审美主体的审美理想。第二,审美期待具有“悬疑性”,引发的效果可能是戏剧效果,也可能是悲剧效果,这两种效果都具有一定的戏剧性，能够引起审美主体的满足感。

三、翻译美学矛盾论

翻译中言意之争，应该是一个古老的话题，但是仍然具有探讨的理论价值。翻译活动必然是以语言转换和传递原文意义为基础的。也就是说，"言意观"是翻译理论研究的前提与基础，离开这一点，翻译活动无法展开，理论研究失去依托。与此同理，言意观属于中国古代美学范畴，也是翻译美学研究的一个基点。

"言"与"意"是中国古典文论的重要话题，也是翻译理论的重要范畴，言意理论主要涉及主观与客观、译者对源文本的解读和言传即表达之间关系等问题。我国传统译论中的"言意观"，源自古代哲学中的"言意之辩"。《墨经・经说上》："执所言而意得见，心之辩也"，表明内在思想感受可以通过言语表达出来。《庄子・天道篇》："语之所贵者意也，意有所随。意之所随者，不可以言传也。"这句话暗示了"意"难以言传，甚至不可言传。《庄子・外物篇》："言者所以在意，得意而忘言。"此话指出"言"可以达"意"，"达意"之言随着"得意"而有所"忘"，有着"随心所欲，不逾矩"的意味。《周易・系辞》中就有"书不尽言，言不尽意"的说法。这些观点对我国古典美学和文论产生了深远的影响，可以说诸多文论和美学都是在此基础上衍生的，形成审美艺术领域独特的"言意观"。

著名文论家刘勰在《文心雕龙》中表达了"文不尽意，圣人所难"的看法，陆机在《文赋》中强调"恒患意不称物，文不逮意，盖非知之难，能之难也"。由此看出，"言不尽意"的矛盾成为古典文论家关注的焦点之一。

古代经书翻译者在对佛经的解读与翻译过程中悟出了"言意观"的本真。古代学者通常设喻巧妙地表达"言"与"意"之间的辩证关系。这种情况在各大经书翻译方面最为常见，译者总结翻译经验与体会时常用"只可意会，不可言传"来表达佛理之精深，借以暗示经书翻译之难。《大智度论・卷四三》："如人以指指月，愚人但看指不看月。智者轻笑言：汝何不得示者意？指为知月因缘，而更看指不看月。"此处经论者以愚人见指不见月、悟道者见月忘指来比喻主观与客观、语言与义理之间的微妙关系。当然，这里所讲的"指"喻指佛经的语言文字，即外在的表达形式，"月"暗指佛经的精髓，即内在的意旨。道安从老庄的言意观中来解读佛经思想中的"言"与"意"的关系，以此阐明"言不尽意"的道理。

在翻译审美活动中，译者的审美感受往往难以言传，用语言表达审美感受或多或少存在着意义的丢失或变形，而这种丢失或变形的部分极有可能具有一定的审美价值。不容置疑的是，文艺作品似乎都是"言"与"意"的矛盾产物。古代经书翻译者颇为在意"言"与"意"之间微妙的关系和二者的审美价值。

我国古代经书译者注意到佛法精深难以言传，但又不得不传，因此翻译过程就必然存在着"言"与"意"的矛盾。因此，在具体的翻译实践中，出现了不同的翻译态度：一种态度是强调"言不尽意"，重"意"轻"言"，得"意"忘"言"；另一种态度是以"言"达"意"，这样做的结果是得"言"失"意"，得不偿失。"言"与"意"之间的关联性在近现代中国翻译史中很长一段时间都成为译学界讨论的重点，尤其是如何处理二者的关系，到底是得"意"忘"言"，还是"言""意"并重，该话题一直讨论到20世纪80年代。由此可见，这对命题在翻译理论中的位置是何等重要，对翻译质量的影响是何等的深远。

中国汉代之前的经书翻译基本上都是以"信"为本作为理论依据和指导原则，这种翻译有两种结果：一方面可以让经书读者看到"原汁原味"的译文本；另一方面读者的能力有限，难以体会佛经博大精深的思想，甚至一些精妙之处也难以把握。主张直译者引用孔子的话语"书不尽言，言不尽意”，旨在强调“言不尽意”的矛盾，认为“名物不同，传实不易”，佛经的义旨不太容易用准确的言语传达出来，主张“依其义不用饰，取其法不以严”。坚持直译者其思路是在“因循本旨、不加文饰”的前提下以期实现“实宜径达”的目标。

倡导意译者则积极面对“言不尽意”的矛盾，发挥艺术语言的表现力，以此弥补义旨的丢失。支谦主张“辞旨文雅，曲得圣义”，就是一种“得意忘言”的翻译策略。道安力主直译，他提倡“五失本三不易”，表明他注重以“言”达“意”。他所采取的以得补失的措施，也体现了佛经翻译中的“得意忘言”的思想。

如果从实际翻译效果而论，早期的译经“言不尽意”的问题较为突出。原因有二：一是译者本身的解读能力有限，毕竟译者的认知能力尚未达到盛唐时候的水平；二是译者的翻译策略或许是导致这一后果的动因。支谦和竺法护的译作都存在思想堵塞，行文不畅的“滞文格义”现象。这一现象是译作不够成熟的表征，属于典型的“言不尽意”。得“意”忘“言”的译品大都出自意译论者之手。通常情况下，意译派似乎过于追求所谓美言和巧言，在文体上迎合本国读者口味，“颇丽其辞，仍迷其旨”，结果是“使宏标乖于缪文至味淡于华艳”。译经中的美言巧言过甚，易掩盖源文本的本意。难怪有此说法，“巧则巧矣，惧窍成而混沌终矣”。

其实，造成“窍成混沌终”的缘由较多。因当时译者的翻译能力所限，而致使经书翻译成为集体作业，经过译主、笔受、润文、正义等程序，加之每个译者的理解感受能力不尽一样，造成表述能力的差异，言与意的矛盾自然就凸显出来，“混沌”的现象也就不难理解了。

另外，译者受老庄思想影响甚深，在经书翻译过程中遇到难以传译之处，直接袭用本国固有的名词和概念，“名词翻译，不得不依托较为近似之老庄，以其易解”。安世高以“无”译“空”，以“无为”译“涅槃”，以“生死”译“轮回”，得言而忘意，造成“格义”现象。这在古代经书翻译中非常普遍。

以上大体是古代经书翻译中的“言不尽意”和“得意忘言”现象，经一代又一代的翻译家与翻译理论家的发展与完善，形成了完备的言意观。在此基础上，派生的“言外之意”观成为我国文学翻译的方法论基础。随着现代语言学的兴起，翻译学中的言意观得到极大的丰富与发展。所以，不论传统意义上的翻译中所讨论的“思想”“精神”“意图”还是当代以语言学为导向的翻译学，都不能回避“怎样译”的问题，这个问题直接关系到语言与意义，这也是翻译无法避开的本质性问题。

刘宓庆从翻译学的视角审视语言哲学的意义理论，他认为“语义—语用—语形”这三个维度是现代西方语言学中普遍认可的一个维度。说到底，翻译本身也是围绕这个问题来展开的，这也是翻译研究中不可忽视的重要一环，语言语义不存，遑论翻译。刘宓庆先生对西方语言哲学中颇有代表性的意义观做了梳理、分析与评价，对“指称论意义观”“观念论意义观”“语用论意义观”“指号论意义观”归纳整理，为翻译中意义问题提供了较为可靠的理论参照。

西方语言学家索绪尔的语言观与意义观对翻译理论有着相当的借鉴意义和播导意义，这主要体现在三个方面。

（1）“差别构成意义”。索绪尔在《普通语言学教程》中，对语言与言语做了明确的界定，对于语言中的共时与历时特征进行了系统的分析。他就语言单位的研究中有着明显的倾向，就是重词轻句轻篇章，重语言轻言语，重共时轻历时。就“意义”而言，主要从词这一层加以分析。“在词里，重要的不是声音本身，而是使这个词区别于其他一切词的声音上的差别，因为带有意义的正是这些差别。”其中“带有意义的正是这些差别”应该是这句话的核心，亦可以推而广之为“意义在于差别”，或者“差别构成意义”。

（2）在系统中区分差别，确定价值或意义。索绪尔把语言视为一个有机的系统，认为词与词之间的差别应该在系统中区分，这种差别在意义上应取决于它们之间在系统中所处的现实关系。索绪尔指出:“语言既是一个系统,它的各项要素都有连带关系,而且其中每项要素的价值都只是因为有其他各项要素同时存在的结果。”当然,语言绝不是词的简单堆砌,而是按照一定的意图有序地置放。不过词作为语言中一个有意义的基本层次,弄清词的确切意义是首要的。

很显然,语言中每项要素的价值取决于其他要素的存在以及两者之间存在的差别,如此看来,一个词的意义自然就应取决于同该词有关联的词项存在,连同该词在相关的词所组成的小系统中所处的位置。一个词的意义,就像一个语义的小网眼,只有在整个语义大系统中才能确定,同理,正是这些一个个小网眼一样有关联的语义才编织成整个语义大系统。

(3)意义依存于价值,而与价值不尽相同。索绪尔认为语言的价值与语言外的任何价值相似,由两个方面构成,即一种能与价值有待确定的物交换的不同的物和一些能与价值有待确定的物相比的类似的物。比如说,一个词可以跟某种不同的东西即观念交换,也可以与某种同性质的东西即另一个词相比。

因此,只看到词能跟某个概念“交换”,即看到它具有某种意义,还不能确定它的价值,必须把它跟类似的价值,跟其他可能与它相对立的词加以比较。所以说词既然是语言系统中的一部分,就不仅具有某个意义,还具有某种价值。换言之,在同一系统中,一个词与另一个词可能存在相同或相近的意义,但价值却不尽相同,甚至会存在较大的差别(词义的褒贬、正式程度、使用者的意图等)。

综合以上三点,索绪尔的语言观对翻译研究,特别是对意义的认识与传达,有着相当的启发性。索绪尔的语言意义和价值观有助于克服传统的翻译观。不再把翻译视为简单机械的语言符号转换,而要关注这样一个事实:词的任务并不在于表现预先规定的概念。索绪尔通过对语言符号的分析,从所指与能指的区分中揭示不能把词视为预先设置的概念,这样就可以避免逐字对译的不科学翻译。

在实践中,尽管逐字翻译的方法有时可以达到一定的效果,但如果把它视为忠实于原文的保证,是有悖翻译常理的。在系统中识别差异,确定词或语言其他要素的意义与价值的观点,有助于在翻译实践中树立语境和整体观,将语义的传达当作一种动态行为,必须在确定的语境或上下文中辨别语义。

一种语言就是个相对独立的系统,在这门语言系统中所构成的语义关系如同义、反义关系在另一门语言中并不完全对应。由此观之,在识别源语系统中所产生的语义的基础上,翻译时应充分考虑到译语系统所构成的各种关系与差别。另外,从索绪尔的意义与价值的区别中,我们可以看出不同语言中存在一定数量的词汇的错位或缺项,即使表达同一个概念的语汇可能存在不同的意义和价值。

通过较为粗略的分析,索绪尔的语言意义和价值观,对翻译理论的探讨有着深远的影响,甚至影响着具体的翻译实践审美活动。就翻译美学来讲,它的理论意义同样是不容忽视的。

四、翻译美学价值论

(一)译作审美价值的决定因素

关于翻译作品的审美价值,就审美主体而言,译者无疑处于中心地位,因为译者既要对作者负责,又要对读者负责。译者对作者负责,亦即尊重原作,须在译作中重现原作的审美价值;译者对读者负责,亦即重视译作,须让读者通过译作认识原作的审美价值。这个过程,既包含了作者理解与传达原作的翻译过程,又包含了作者关注读者理解与接受的反馈过程,还包含了译者对审美尺度的合理把控。只有这样的过程,才算得上真正完整的翻译过程。关于这点,我们可以从奈达的翻译程序和玄奘的“译场”分工中得到重要启示。

奈达认为,“翻译程序远非只是指具体翻译某一文本时一步一步的过程,它还包括许多事先加以考虑的因素,如源语文本的性质、译者的能力、翻译过程的方向(如从习得语译成母语或从母语译成习得语)、译文所针对的读者类样的英译面向这两种读者群体,那么该种译文是成功的。但是如果这样的英译面向的读者群体既不懂汉语又不了解中国文化,那么该种译文就值得商榷了。这涉及了截然不同的两种翻译方式和忠实于原作作者与源语文化的“异化式”翻译和忠实于译作读者和译语文化的“归化式”翻译,前者如杨宪益、戴乃迭夫妇翻译的《红楼梦》,后者如霍克斯翻译的《红楼梦》。

除了从文化角度考虑读者群体,也有从年龄角度考虑的,比如译介儿童读物,需要充分考虑各个年龄段儿童的心理特征、智力因素、兴趣爱好、特定用语等,译文一般都不能成人化;还有从专业角度考虑的,比如译介科普读物,则需要充分考虑不具备专业知识的普通大众这一读者群体,译文表达一般不可专业化。可见,不同翻译方式针对着不同的读者群体。

通过上文的探讨得知:翻译作品的审美价值主要受到两大过程诸多要素的支配与影响:译者理解与传达(原文—译者—译文)的翻译审美过程、读者理解与接受(译文—读者—反馈)的阅读审美过程。前者主要指译者从理解原作到产出译作的整个审美过程,后者主要指读者从阅读译作到形成反馈的整个审美过程。

就翻译审美过程而言,译作绝不是单纯的文字转换,文学翻译很困难,非文学翻译也不简单,都需要译者去克服重重障碍、兼顾原作的内外部因素,以填补原作空白、充实意象意境,从而有效传递原作的审美价值;就读者阅读审美过程而言,读者跟译作(乃至原作)的各种“距离”造成了读者对译作(乃至原作)理解和接受的障碍,这就要求译者翻译时必须兼顾特定的读者群体——面对的读者群体不同,译文的形式也就不同。

在翻译作品审美价值的统领之下,译者必须兼顾原作翻译审美和译作阅读审美两个过程,并且纵观全局、整体把握两个过程所涉及的各大要素,才能针对不同读者群体、不同目的产出合乎需求的译文。

(二)翻译的审美价值与非审美价值的有机联系

朱立元认为,文学价值是“一个以审美价值为中心的多元价值系统”,这就意味着:一方面,文学作品不能绕开审美价值,让非审美价值直接地、赤裸裸地、单独地呈现给读者;另一方面,文学作品也不否认非审美价值的存在与重要性。可见,对于突出审美价值的文学作品而言,其审美价值与非审美价值是互为依托、相互渗透的辩证统一,审美价值中有着非审美价值的成分、非审美价值中包含着审美价值的成分,两者有机地统一在以审美价值为中心的文学价值系统中。

换言之,不管是摒弃非审美价值、单独追求审美价值,还是取消审美价值、单独呈现非审美价值,这两种做法都是片面的、背离现实的。其实,对于突出非审美价值的非文学作品,道理何尝不是如此?通过前面的译例不难发现,非文学作品的翻译,其非审美价值的有效传达,离不开审美价值的合理存在。因此,对任何作品而言,离开审美价值去呈现非审美价值也好,离开非审美价值去追求审美价值也罢,都是不理想的,甚至不现实的。

第三节　翻译美学的心理结构与基础层级

一、翻译美学的心理结构

所谓翻译美学的心理结构,即翻译审美心理结构,是指审美主体的审美意识系统——知、情、意的审美心理机制在人的审美活动中的运作。翻译审美心理机制就是从翻译的视角来探讨审美意识系统在审美活动中的运作。

审美意识系统包括人的审美心理基本形式:感觉(feeling)、知觉(perception)、表象(presentation)、联想(association)、想象(imagination)、情感(emotion)、理解(understanding)等,可以比喻为一条从初级到高级的"感知色谱",而这中间的"级"提升则是以理性的逐级介入为标准。除了这些基本形式以外,审美心理还包括一些非基本形式,如直觉(intuition)、感悟(comprehension)、幻想(illusion)等,它们表示具有某种特性的感知。人的心理结构包括认知结构、情感结构和意志结构,这些结构相互联结、相互作用,构成了审美心理结构的一个极其复杂的网络系统,司掌千变万化的审美活动,包括翻译审美。

要说翻译审美的运作,那就远不止涉及情感结构,它需要的是整个心理结构的协同运作,让一切处于最佳状态。

(一)翻译审美心理活动的特征

翻译涉及两种(或多种)语言文化,涉及不同的地缘历史和地缘民族发展沿革,因此审美心理活动有一定的特殊性。英国语言学家克里斯托尔(David Crystal)在谈到语言文化差异在交流和翻译中的困难时说:"The fact that successful translations between languages can be made is a major argument against it, as is the fact that the conceptual uniqueness of a language such as Hopi can nonetheless be explained using English. That there are some conceptual differences between cultures due to language is undeniable, but this is not to say that the differences are so great that mutual comprehension is impossible. One language may take many words to say what another language says in a single word. But in the end the circumlocution can make the point."

克里斯托尔提到的就是文化翻译中所谓的"解释法",以"解释"来"代偿"思维概念上的差异。翻译美学认为还要考虑审美心理上的种种问题。当然审美心理也是文化问题,但应该说前者比后者更为深刻、更为复杂。

1. 灵活的心理调节策略

翻译审美心理必须时刻处在应变状态,以面对不同文本、不同的语言文化、不同的地缘历史和地缘民族发展沿革带来的心理特质,不能以简单的"非此即彼"或"以不变应万变"的僵化办法来对待审美心理问题。例如,对相同或相近的审美心理表现与相异甚至相反的审美心理表现,译者在处理对策上就应该有相应的审美对策考量。在后现代思维和运动的启发下,近半个世纪以来在西方语言文化中凸显了一个性别差异问题,人们要求取消有女性歧视观念的词语,将其中含有"-man"的词都配上含有"-woman"或"-person"的合成式,供大家使用,如chairman—chairperson, helmsman—helmsperson 等。其实,女性歧视心理或观念在汉语中也不可能没有,如不少贬义词都有女字旁,如"奸、嫉、嫌"等。幸运的是,在翻译中这类文字结构衍生的消极含义，由于“无缘”也“无权”进入意义转换通道而被挡了驾，不懂中文的人并不知道汉语里还有这一桩“不可外扬”的“家丑”。

更重要的问题是由于审美心理差异与审美价值观差异而必须考虑的策略调节。一般来说，汉语表现法常常反映出中国人的主体中心论思维方式，比较偏爱以“主体身份”说话的句式，而英语常常恰恰相反。例如，《纽约时报》曾经刊载过一幅美国某小学中文课堂的标语，上面写着“请只讲中文”，标语的翻译是“If you have to speak English, Whisper!”，这句英语翻译就非常妙，如果翻译成“Please speak Chinese only.”，就不太考虑孩子们的难处，当然也就会影响效果，这种审美心理调节是很必要的。

2. 高度的审美再创造目的性

翻译审美无疑是具有高度目的性的，那既是一种“主体的（主观的）再创造目的性”，即力求译文的完美，又是一种“客观的再创造目的性”，即本身结构形式的完美。康德提出，“美”是“无目的的合目的的形式”，是对感性派的主张（无目的，purposeless）和理性派的主张（合目的，purposive，英语都是康德译者的用语）的综合，融模仿与理念、灵感与联想、再加工与再创造于一体，既涉及审美心理与审美情感，又涉及审美理想与审美价值。翻译审美的高度目的性，符合康德的“无目的的合目的”论：译者的天职（这是主观的目的）是给原文文本第二次艺术生命（这是客观的目的，“合目的”），除此以外，别无其他目的（“无目的”）——也就是没有“实在的”功利目的，即所谓“为他人作嫁衣裳”“为伊消得人憔悴”，这也是翻译审美的基本价值论。

按照康德的说法，翻译的这种“高度目的性”源自翻译的一种“本体论规定性”，意思是说，翻译既然是以意义转换为目标，翻译的审美真实性（“真美”）就应当以译者是否以保证这种“真美”的传达为审美活动目标（也叫做“合目的性”）。这显然是一个很高的标准。另一方面就是“无目的”，康德的意思是指没有利欲目的、功利目的。可见，那种为迎合商业目的、宗教目的、政治目的而从事的翻译都是不符合翻译美学的基本原则的。

3. 想象力与“意义的完形”

这一点是对上一点的重要补充。意义转换固然具有“本体论规定性”，但审美感性必然容许种种情感形式的介入。这就不同于一般人的误解，以为翻译认知不容许运用想象力参与意义构建。例如，按一般认知心理活动，一个人看天上的“行云”可能是想得知有雨没雨，风向、风力如何如何，总之是非审美的、也是功利的。但是画家看“行云”则是想要捕捉云的最美构形和色彩，是审美的、超功利的。而翻译家看“行云”呢，则很可能是在琢磨应该将“行云”译成 floating clouds，还是译成 fleeting clouds 更为贴切。这种选词既是本乎“辞达论”，又充分体现了审美观览中的想象机制。

4. 在诗意乐园中的畅游心态

翻译活动带有明显的“再创造性”，因此翻译审美拒斥被动的、压抑的、非自觉的、懵懵懂懂的——总之是种种“反美学心态”。译者应该像陶醉在灵毓山川的自然审美中一样，在语言的诗意乐园中畅游，深谙语言美之道，深得语言美之乐，知乎所从，忘乎所以，从而使自己的审美意识系统处在最活跃的状态中，也就是陆机在《文赋》里说的“收视反听，耽思旁讯，精骛八极，心游万仞”，这样才能感物而动，“思风发于胸臆，言泉流于唇齿”，当然这里的所谓“感物”，不仅仅指物态的源语的文本，还指介乎物态与非物态之间的“超语言境界”。

艺术再创造的 felicity 通常源自在“神与物游”中主体的“妙悟之出场”。按照道家的美学，妙悟的“神得”就是从“以物为本”的对象性思维到“以无为本”的非对象性思维的过渡。就翻译而言，这时的“物”就是源语的文本，这时的“无”当然不是“空无”，而是对物态文本的“超脱”、

"超越",其结果就是主体妙悟的油然而生:把握了物态文本的非物态实质,即它的深层意蕴、意象、意境等等,很显然,没有这个妙悟,翻译的再创造是根本不可能实现的。

（二）翻译审美中的心理机制

1.翻译审美解读的心理机制

翻译审美解读的过程是"译者在审美意图控制下对原文文本进行'观''悟''品'的审美过程"。

在审美解读过程中,要审出文本的审美属性,译者需要做到以下几点。译者首先应摒除杂念,保持内心虚静,审美需要无功利的审美心境,从而快速地直观到文本的审美属性(妙悟)。同时,译者应充分发挥想象力(神思),达到神与物游、思与境活的境界。要达到这一境界,译者还需要设法调动自己内在的情感(入情),将自己置于作者或人物之境地,从而实现缘境探情。除此之外,要透彻解读原文文本的内实,译者还应对原文进行知人论世和附辞会义式的理性分析,也就是"品"。可见,翻译审美解读的本质就是译者通过"观"—"悟"—"品文本外形的审美属性,解读出文本内实的审美属性的过程。

（1）翻译审美解读中的观照

翻译解读中的审美观照指的是"译者通过眼与耳对原文承载的审美属性做出的感性反应和认识"。

①静观。翻译解读中的静观指译者"澄怀"(即抛弃私心杂念和功利事务),虚静观原作之美的心理状态。

在翻译解读的过程中,译者的心理活动非常复杂。译者对原作之美的观照不是在任何情况下都会发生的。译者要想观照出源语所承载的审美属性,必须保持一种审美心境。也就是说,译者只有处于"虚静"状态时,才可能发现源语的美。

需要提及的一点是,"虚静"状态并不意味着译者可以完全无所思、无所想,而是在"翻译过程中,没有任何世俗的功名利禄,只有纯净的意象世界"(欧内斯特·布莱索,2010)。

②神思。翻译审美解读中的"驰神运思"指的是译者将源语语言符号所表示的事物在是头脑中依据时空的关系进行形象化。

译者的驰神运思有以下两点体现。其一,译者既要以语言感知理解的准确性为基础,又要以平日对事物形态及其象征意义的亲身感受作为前提。其二,译者在解读时的情感投入,与原作的思想情感产生共鸣,在进行翻译时,译者的心灵"必须飞到遥远的历史时代,飞到遥远的异国,看到那里的人民的生活和劳动,看见他们的风俗人情,生活状况,看见他们内心的思想和秘密和他们一起为真实的生活问题喜悦、悲哀,交际、忧愁。只有当译者像原作及其同时代的读者一样感到这种历史时代的精神,和当代人民同呼吸、共命运的时候,他们才能真实地、生动地把历史生活的画面描绘出来"。

（2）翻译审美解读中的体悟

翻译审美解读中的体悟是译者通过物以情观和切身体验来对美进行的领悟。

①情观。在翻译过程中,译者以"情"观原作,使译者在情感层面与作者产生共鸣,实现交融的目的,这就是翻译审美解读中的"物以情观"。正如张今(1987)所说:"从美学上讲,这就是把译者的审美经验和作者的审美经验最大限度地统一起来,深入到原作艺术环境中去。用文学家的语言来说,这就是译者和作者心神交融,合为一体,达到心灵上的契合。"

对译者来说,"物以情观"是译者与作品之间产生的一种心灵交融、一种心灵体验。换言之,译者在翻译时使自己置身于所译作品中人物所处的环境中,将自己当作作品中的人物,甚至可以达到忘我的境地。译者的“物以情观”是译者的知情意融入原作之中。译者的知情意融入原作的过程是指译者的情绪通常会随着原作的变化而发生改变,或者是译者的知情意与原作所呈现出的知情意基本一致。对于翻译,尤其是文学翻译而言,入情是必不可少的。茅盾曾说:“更须自己走入原作中,和书中人物一同哭,一同笑。”译者要做到“物以情观”,必须“设身处地”体悟原作。

②设身。译者在对原文文本审美解读时,“设身而处当时之境会”,即翻译审美解读中的“设身处地”。其中,“当时之境会”指译者不仅应使自己置身于作者所处的时代背景与创作的时代背景,而且需要使自己设身于作品人物所处的典型环境。例如,若译者对莎士比亚的作品进行翻译,就应将自己“设身做莎士比亚”,回到莎士比亚的时代。

译者在进行翻译时需要将自己设想为原文作者、原文文本中的人物,置自己于作者的时代、文本人物所处的环境中,从而使译文忠实地再现原文所承载的理事、情、象,使其融会于译者的心里。对于译者而言,“设身而处当时之境会”是审美理解一个重要的方法。“翻译过程中,译者就是作者,是作者的心,想其所想;是作者的口,言其所言;是作者的眼,见其所见;是作者的手,书其所书;是作者的腿,行其所行。

翻译解读中的审美感悟是译者对原文文本审美属性的“耳闻”(口译中)和“目睹”(笔译中)。通过“耳闻”和“目睹”,译者对原文的审美属性(即妙)形成一种快速而直观的有感而悟(悟)。“妙悟”对于翻译审美解读是不可或缺的。“妙悟”本质上是一种审美直觉心理机制。在翻译审美解读过程中,译者的直觉主要体现在“译者对原文文本的音、字、句、篇及其构成的艺术形象有一种敏感的相识认同感”。

(3)翻译审美解读中的品藻

翻译审美解读中的品藻指的是译者透过源语文本音、字、句、篇所承载的审美属性,对源语文本理、事、情、象进行领会的过程。原文文本的审美属性主要涉及三个方面:原文的审美形式、审美内容及二者之间的相互关系。

①论世。在前翻译阶段和翻译审美解读阶段,“知人论世”要求译者要清晰地了解自己的能力,同时要求译者要了解对所译作者及其作品的相关信息。这信息主要包括以下几个方面。其一,作者的生平、历史背景以及写作风格。其二,所译原文的意图和风格。其三,作品中涉及的人物、地名和事件等细节信息。需要指出的是,译者无论怎样对作者进行知人论世,他的审美解读最后要落实到对原文文本的审美属性的解读。

②附会。附会是审美表达的方法,也是审美理解的方法。强调文本的整体观和结构观是附会的核心所在。因此,在文本的整体观和结构观的观照下,译者应对原文文本进行解读。附会作为中国传统文论中的创作原则,注重文本创作的整体观和结构观。创作是这样,审美理解也不例外。

翻译审美理解指理解原文文本在外形和内实及二者关系上的整体性和结构性。就审美理解的对象而言,译者的审美理解主要涉及以下三部分:原文文本音、字、句、篇等外形的秩序、节奏和辞格;理、事、情、象等内实的秩序、节奏和辞格;外形与内实的有机联系。所以,附辞会义包括两个层面的内容:文本外形的附辞会义;文本内实的附辞会义。

这两个层面的理解均要考虑文本的整体观和结构观,也就是“统首尾”“总文理”。总之,翻译审美解读,既要求主体在虚静的审美心境下倾情投入,也要求译者驰神运思,且置身于对作品的体悟;既要求译者对作者及其作品进行知人论世的分析,也要求译者对文本在表层结构和深层结构中表现出的审美属性(即秩序、节奏和辞格)进行“附辞会义”。翻译中的审美解读实际上是译者对原文美学属性进行寻找的过程。美学属性体现理、事、情、象和音、字、句、篇上的有机结合。就解读过程而言,译者通过对原文音、字、句、篇的审美属性来对原文的理、事、情、象加以解读。所以,解音、解字、解句和解篇是翻译审美解读的主要内容。

2. 翻译审美表达的心理机制

翻译审美表达是译者在一定审美意图控制下使用译语将源语文本的审美意图与审美属性再现出来的过程。由此可见,翻译审美包括"在一定的审美意图的控制下"的审美构思和"再现原文文本的审美意图和审美属性"的审美表达。

但是,语言不同,审美意图与审美属性呈现的方式也不同。翻译审美创作过程本质上依然是"意有所指"的过程,即译者通过译语文本外形(即音子句篇)来"意有所指"源语文本内实的过程,即意—理、意—事、意—情、意—象的过程。

从翻译本体论角度来看,译者的任务应是再现原文文本所承载的审美属性。但是,在具体的翻译实践中,译者不同,其审美意图、审美标准、审美定势乃至审美方法都可能不同,所以译者在"意有所指"的过程中通常会将自己的审美理念赋予译语文本。翻译审美创作包括两个阶段,即审美构思和审美表达。

(1)翻译审美表达过程概论

如果说翻译审美解读要化"字"为"境",即将原文文本所描写的境在译者大脑中进行呈现,那么,翻译审美表达就是要把原文呈现在大脑中的"境"用另一种语言描写出来。换言之,翻译审美解读的本质是"胸有纸中竹",而翻译审美表达则是"成竹跃纸上"。翻译审美表达就是要使原文的境象得以再现。

①翻译审美构思。一般而言,译者在翻译审美表达前会依据审美意图拟定自己的审美标准来构思译文文本。在审美构思的过程中,译者应考虑以下问题。

其一,翻译审美意图与审美构思计划的选择性问题。翻译审美意图与审美构思计划的选择性问题是翻译审美构思需要考虑的第一个问题。在审美再现中,译者可以选择译者的意图,也可以选择作者的意图。以译者意图进行构思时,译者会在结合自己的意图基础对原文文本内容及其审美属性做出取舍。译者一般首先会选择作者的意图来设计构思计划。但是,在选择作者意图进行构思计划时,译者应当对原文文本的审美属性的可译性或可译性程度问题予以考虑。若作者意图和源语文本审美属性不可译,译者选择依据译者意图来设计构思计划。若源语文本的审美属性可译而只是出现了可译性程度问题,这时译者还是会根据作者意图来设计构思计划,且选择合适的翻译策略,使译文再现原文文本的审美属性。

其二,译语文本谋篇布局的问题。译语文本谋篇布局问题是翻译审美构思需要考虑的第二个问题。审美意图不同,译语谋篇布局的详略也不尽相同,这是因为意图控制着谋篇布局。依据作者的意图构思计划时,译者可根据源语文本的谋篇布局进行构思,保持源语文本各要素(题材、人物、情节、场景等)完美和谐,形成统一的整体。在译语文本外形上,谋篇布局涉及炼篇、炼句、炼字和炼音。译者通过音、字、句、篇等层面的锤炼,将译语文本外形与源语文本内实加以整合,从而形成一个和谐的整体,也就是使源语文本的审美风格得以保留。

其三,源语文本和译语文本的风格问题。翻译审美构思还要考虑源语文本和译语文本的风格问题。作家在作品中所表现出来的格调特色即为风格。作家的风格受多种因素影响,作家的个性、思想、感情、生活知识、选择的题材、运用文学语言的习惯与特色等。所以,要理解风格,应考虑文本外形和内实所构成的和谐整体。翻译理应使作者在原文文本中体现出来的风格得以保留。然而,在翻译审美构思中,如果以作者意图为翻译意图来设计审美构思计划,谈论保持源语文本风格问题才有必要探讨。同时,若将作者的风格仅理解为文本的语言形式,翻译则永远不可能了,自然保持源语文本风格也无从谈起。翻译中源语文本和译语文本的风格问题是"译语文本外形与源语文本内实所构成的整体格调特色,以及源语文本外形与内实所构成的整体格调特色是否相符的问题”。

其四,再现原文文本审美属性的翻译手段问题。

除了上述几个问题之外,翻译审美构思还要求译者考虑再现原文文本审美属性的翻译手段问题。

②审美表达策略。翻译表层编码其实是通过一系列翻译策略来实现的。虽然译者不同,采取的翻译策略也可能不同,但都离不开“译”。

“译”指可通用于任何两种语言之间的翻译策略。“译”的内容主要包括“宜”“异”“易”“移”“益”“遗”“刈”“依”。其中“宜”和“异”既指包括其他六种策略的宏观性策略,也指与其他六种策略并行的微观性策略。微观性策略是译者用译语表达原文内容时使用的手段;宏观性策略是译者利用其他六种策略使译语达到的某种效果。

(2)翻译审美表达心理机制

①审美观照。在翻译解读时,译者应保持“虚静”;翻译表达时,译者也要保持“虚静”。具体而言,译者经过自身对源语的分析与理解,并结合自己的审美构思之后,在审美表达前所保持的一种非功利、非世俗的审美心境,是译者荡漾在“胸有成竹”的审美意境中的一种宁静的状态。

此外,翻译表达要求译者进行驰神运思。正如茅盾所说:“好的翻译者一方面阅读外国文字,一方面却以本国语言进行思索和想象;只有这样才能使自己的译文摆脱原文的语法和语汇的特殊性的拘束,使译文既是纯粹的祖国语言,而又忠实地传达了原作的内容和风格。”因此,译者对源语进行解读过程中,先将源语转化为一种情景或现实,再用译语再现出来。在用译语再现的过程中,译者沉浸在译语所呈现的情景或现实中,并穿梭于两种情景中,找到契合点。

②审美体悟。原文是作者真情实感的艺术表现形式,这种真情实感的艺术表现即为作者的审美体验。作者的审美情感是个人的情感,同时是整个人类的情感。从本质上来看,翻译审美活动是译者对原文审美内容和审美属性的一种体验,这包括原文所呈现出来的审美情感。也就是说,译者只有充分体验到了原文蕴含的情感,才能结合审美意图将原文所蕴含的情感再现出来。需要提及的是,译者要体验原文蕴含的情感,需要与自己的审美心境形成共鸣,只有这样翻译才能算作审美翻译。翻译作为一种审美活动,译者一般会随着情感的融入,使自己与原作人物实现认同。这一认同是以译者自己的审美态度为基础的。翻译表达过程中,“披文入情”要求译者要像作者一样对原文蕴含的情感有一个“入情”式的领悟,又要以译语读者的角度“入情”式地选用每一个字词、设置每一个句式及布局每一个篇章,还应结合译语读者所处的时代背景对源语文本中的审美信息进行取舍,并进行适当的调整。

翻译表达时,译者的“设身处地”涉及以下两个层面。“设身”做作者,即译者以作者的身份将审美内容传递给译语读者。“设身”做读者,即译者以读者的身份,在译语意境中与作者对话、与作品中的人物对话。

由此可见,译者既要以作者的身份斟酌每一字词、句式和篇章来传递和描写特定的意境,又要以读者的身份体味译语的每一字词、句式和篇章所呈现的意境,同时要对比这两种意境。在进行对比的过程中,译者的两种身份常常会相互冲突,这使译者结合翻译的审美意图来进行取舍。

悟的最高境界是妙悟。在审美表达的过程中,妙悟是译者对所用的译语字词与源语字词之间在匹配性上的一种直觉性的领悟。这种妙悟与译者对源语和译语的修养有很大的联系。

③审美品藻。首先是论世,这里的论世指知人论世。在翻译表达和后翻译阶段,要做到知人论世,译者需要对下面的问题进行核实比对:所选字词、句式、篇章与源语文本的总体风格是否一致;源语文本的意图在译语文本中是否有体现;若有象征意义,译语文本是否再现了源语

作品的人物、地名以及事件的象征意义。其次是附会，这里的附会指附辞会义。在翻译审美表达过程中，附辞会义指“译者字斟句酌译语的每一个字词、句式和篇章，使其文理总为一体、首尾统一、前呼后应，而不是孤立地使用字词、句式和篇章”。

二、翻译美学的基础层级

翻译行为的目标是双语间意义的对应转换。因此，把握住源语意义，就成为翻译运作全程的第一步也是至关紧要的一步。从翻译美学上说，把握住源语意义，是翻译审美活动最基本的环节，从这个基本环节出发，进行译语表达。因此，达意就成了基础阶段最重要的审美原则。除了达意外，还有约定原则，即所谓的约定俗成，也是基础层级翻译审美原则之一。下面就对这两大原则进行分析和探讨。

（一）达意

我国历代文艺大师都以孔子之言“辞达而已矣”作为准绳来解决“言”与“意”这一对基本矛盾。其中最有代表性的是陆机在《文赋》中的名言：“恒患意不称物，文不逮意。”

宋代苏轼更立“辞达说”。“辞达说”在中国辞章美学及修辞学史上影响至深。明代文论家苏伯衡在解释“辞达”时说：“为文不在繁，不在简。状情写物，在辞达。辞达则二三言而非不足，辞未达则千百言而非有余。”可见，“达”之于“意”，起着或成或败的作用，这正是现代语言功能观的基本原则。严复在他的“三难”之说中明确提出“达”，是很有见地的。

但在“文”与“意”这一对辞章学矛盾中，“意”又是主导方面，即所谓“意在笔先”，文以意为主，意内而发于言外，外受制于内，所以“辞达”的先决条件是“意明”。这一点对于翻译审美是非常重要的。也正因为这个道理，严复的“三难”之说中，“信”在“达”之先。

从基础阶段审美原则的视角来看，翻译审美把握意义力求达到的目标如下。

1. 准确性

“准确”就是《周易》中说的“修辞立其诚”。按照孔颖达的解释，“诚”就是“诚实”，意思是言辞准确无讹地表达意义，首先是基本词义，即概念意义，兼及意义的三个层级的其他维度意义。由于基础层级的非艺术性文字材料（科学文献、史料、金融资讯、新闻报道、法律及公务文书等）非常注重纪实性，因此准确把握源语的意义尤为重要，译者必须恪守“立诚”的根本原则。为了准确表达原意，译者必须一字不误、一丝不苟地如实转换。

2. 适宜性

与准确并重并举、相济相容的另一个目标就是适宜，因此准确而适宜的非艺术性源语的双语转换审美目标，就被称为“二 A 目标”。

为做到适宜，我们必须顾及时尚性、对应性、程式化和专业化四个方面。这四个方面可以集中表述为与达意并列的审美原则，即“约定”。只有符合约定原则，才能为社会所接受。因此，所谓“约定”，也就是社会接受性。

（二）约定

“约定俗成”源于《荀子·正名》，是很重要的语言功能原则，也是基础层级翻译审美原则。下面从两个方面来阐述这一原则。

1. 时尚性

"时尚性",即文风时尚,指行文要有时代感,不同于"时髦"。时尚性问题不仅艺术性语言有,非艺术性语言也有。文章的总体风貌随着时代的更迭而变化,即所谓的"枢中所动,环流无倦"。文章的流变,依循时代而推移、更替,永远没有完结,而促使这种发展变化的因素则是多方面的,包括社会、政治、经济、文化思想发展以及民情世风等。我们所关注的则是某个特定时代的审美理想问题,审美理想反映该时代的人所认定和追求的最高境界,也就是刘勰所说的"文变染乎世情,兴废系乎时序"。"世情"和"时序"常常成为译者文风取向的一个基本宏观参照系。

在中国翻译史上,这方面最典型的例子是严复。严复是清末著名的革新派代表人物,但他厕身于抱残守缺、昏庸顽固的士大夫阶层。他深知这些人正是阻碍革新的思想壁垒。当时的士大夫们崇尚的是"先秦笔韵",对近世利俗的文字不屑一顾。严复译书,用"骎骎与晚周诸子相上下的文笔"是一种以其人之道还治其人之身的手法,而且是见效的。

2. 适应性

适应性指译语应与源语相适应。运用中的语言常常具有鲜明的"功能差异"。功能差异主要表现为各类文体的差异和正式的"等级"方面的差异。翻译基础层级审美原则要求 TL 与 SL 文体类别必须适应,如论述类正式文体源语必须译成译语的对应文体,科技类非正式文体源语必须译成译语的对应文体等。实际上,文体的适应性也是忠信原则的一部分。有经验的翻译家通常十分注意自己的行文风格特征和总体风貌与原文的适应问题,做到在语言的各个层级上与源语(特别是原作者的修辞立意)同声相应,同气相求。

第四节　翻译美学理论的具体实践

一、诗学与翻译

(一)诗经学与翻译

有了翻译,全世界的文化才能互相交流、取长补短,才有了如此璀璨的人类文明。没有翻译,一个国家或民族中的经典文化就无法传播到另外一个国家或民族。拿中国经典文化而言,《诗经》与《楚辞》就是向不同文化传播的典型代表。

中国文学在漫长的发展过程中,形成了闪亮的民族特色、美学理想和发展路径。诗歌是产生最早也是发展最完善的中国文学体裁之一。《诗经》是我国最早的诗歌总集,我国经学在发展中常常从《诗经》中汲取养料。因此,诗人屈原在南方楚地创造了新诗体"楚辞"。《诗经》和"楚辞"分别是先秦时期北方中原文化和南方楚地文化发展的优秀产物,成为我国诗歌的两大典范,是不同思想和发展道路的体现,也是特色的彰显。因此,中国文学往往并称为"风""骚","风"代表《诗经》,"骚"代表《楚辞》。

翻译《诗经》以及研究《诗经》的翻译均需要在研究《诗经》的前提下进行。

1. 对《诗经》翻译的研究

对《诗经》翻译的研究具体是由《诗经》学研究、《诗经》翻译史和翻译文本研究构成,这三个组成部分形成的一个研究工程是一个非常艰难的工程。李玉良认为，对《诗经》翻译的研究角度和方法都要有所拓展，只有从历史、文学、民俗、哲学和语言等多个角度来探索，才能揭示“诗经”翻译背后隐藏的历史和文化背景以及翻译现象存在的根本原因。通过这种方式，期望对“诗经”的翻译有一个全面的理解，从而理解《诗经》译本在不同的历史和文化背景下产生的作用。

2.《诗经》翻译的角度

要翻译《诗经》，首先需要阐释《诗经》，角度无非两种，一种是经学角度，一种是文学角度。清代以前的主流是从经学的角度阐释《诗经》，就是以经学的方法论来判断《诗经》文本，这种角度缺乏从宏观大局上对《诗经》文本的解读，不注意其中的抒情美学特征。清代以后的主流是从文学的角度阐释《诗经》，主要是从审美的立场来审视《诗经》的艺术手法和抒情特征。另外，《诗经》阐释的角度还有着时代特征的烙印，不同的时代具有不同的审美标准。《诗经》的主体是抒情诗，其产生标志着中国抒情诗艺术逐渐发展成熟。例如：

《卫风·硕人》

手如柔荑，
肤如凝脂，
领如蝤蛴，
齿如瓠犀，
螓首蛾眉。
巧笑倩兮，
美目盼兮。

Her delicate engers tender as grass,
Her skin white and smooth as lard.
Her neck long and soft as a longicorn's larva.
Her teeth even and white as melon seeds.
Her head full and square, her brows long and curved,
Sweet smile dimpling the corners of her mouth,
Her pretty eyes, the black and white clearly defined.

（杨宪益、戴乃迭 译）

诗歌非常擅长通过外貌和内心描写以及人物活动的场景来塑造人物形象。本例中原文通过从静态到动态的过渡来描写庄姜容貌，其中“巧笑倩兮，美目盼兮”对人物的描写更是传神之至。但是，译文只是简单地再现，并且语言表达方式与原文大有不同。

《小雅·采薇》

昔日往矣，杨柳依依；
今我来思，雨雪霏霏。
When I left here,
Willows shed tear.
I come back now.
Snow bends the bough.

（许渊冲 译）

When we left home
The willows were softly swaying;

Now as we turn back
Snow flakes fly.

（杨宪益、戴乃迭 译）

本例中的原文在东晋以前并未吸引人们的眼球。直到东晋谢玄发现了这一段，大为赞赏，认为它才是《毛诗》中的佳句。然而，以上两种译文却差异甚大。可见，对诗歌美学价值的不同判断，影响着译文的物化表现方式。

《秦风·蒹葭》

蒹葭苍苍，白露为霜，
所谓伊人，在水一方。
溯洄从之，道阻且长。
溯游从之，宛在水中央。
The reeds grow green;
Frosted dew-drops gleam.
Where was she seen?
Beyond the stream.
Upstream I go;
The way's so long.
And downstream, lo!
She's there among.

（许渊冲 译）

本例原文体现了《诗经》抒情艺术的最高技巧。它将男女恋情置于“水”这种意象所创造的艺术意境中，从而成功地塑造了主人公的形象。从文化的角度来看，“水”在礼义的规范下限制了男女恋情的随意发展，并且还是相思之情的一种表现。

（二）楚辞学与翻译

楚辞作为生于南方的文化代表，在结构上比《诗经》更加壮丽，在句式上比《诗经》更加灵活，从整体上看更有个性。楚辞的创始人和奠基者就是我国伟大的文学家屈原，他创作的楚辞将形式和内容完美地呈现，对后世文化有着莫大的影响力。

近年来，在屈原楚辞的研究方面，文化精神是最为关注的一个方面。楚辞的文化精神既包含楚文化精神，也包含北方文化精神。我们对楚辞的文化精神的解读应该从多角度、多学科出发，如诗学、政治、伦理、宗教、民俗和哲学，这样才能将这种民族文化瑰宝传播到世界各地。

1. 屈原的个人文化精神

如果说《诗经》为中国国学提供了感受内容和感受方式，即和谐优雅的氛围和对心境的体会，那么楚辞就是《诗经》所表现的群体生活审美完成个体化的标志。屈原的作品深受其本人的生存环境和社会背景的影响，彰显了激烈悲怆的情感和清高的品格，这一种文化现象可谓独具一格。屈原的心态为中国文学审美提供了恒常性心态模式。

（1）坚持真理

屈原坎坷的一生让他受尽痛苦和磨难，尽管如此，他仍然坚持对真理的追求。例如：

路漫漫其修远兮，
吾将上下而求索。

The way was long, and wrapped in gloom did seem,

As I urged on to seek my vanished dream.

（杨宪益、戴乃迭 译）

在该例原文中，“求索”体现了屈原不断探索真理的决心和精神，“漫漫”是表示追求真理的道路漫长且曲折。屈原这种文化精神的形成，是由于他始终坚持人格的修炼，这从“纷吾既有此内美兮，又重之以修能”就可窥见一斑。译者在求索句中增译了 vanished dream，将“漫漫”译为 long, and wrapped in gloom，可谓是独具一格的处理方式。

（2）愤慨

屈原最伟大的地方在于，他立足于《诗经》的根基，首次明确提出“发愤抒情”，并在创作实践中落到实处。这不仅是对先秦时代发愤抒情传统的继承，也是北方文化精神在楚辞中的发展。例如：

哀民生之多艰。

To see my people bowed by griefs and fears.

（杨宪益、戴乃迭 译）

惜诵以致愍兮，

发愤以抒情。《惜诵》

I make my plaint and tell my grief, oh!

I vent my wrath to seek relief.

（许渊冲 译）

哀见君而不再得。（《哀郢》）

My prince is not, I deplore.

哀吾生之无乐兮。（《涉江》）

About my joyless life I groan, oh!

（许渊冲 译）

通过上述例子可以发现，楚辞饱含着愤然的激情和痛苦的心境，这种怨愤美是最早的中国文学审美的人格情绪化和对象化。它为中国文学提供了永恒的悲天悯人的传统主题精神。所以，屈原的诗歌价值不仅仅体现在文学层次上，更体现在审美层次上。

2. 群体的文化精神

（1）狷狂好斗

根据对历代楚人的研究，狷狂、竞争、家国情怀一直是楚人的民族性格中的亮点。例如：

《国殇》

诚既勇兮又以武，
终刚强兮不可凌。
身既死兮神以灵，
魂魄毅兮为鬼雄！

They are indeed courageous, oh! are ready to fight,
And steadfast to the end, oh! undaunted by armed might,
Their spirit is deathless, oh! although their blood was shed;
Captains among the ghosts, oh! heroes among the dead!

（许渊冲 译）

（2）虚幻

在楚辞的艺术表现手法中，人们普遍认同的是它的虚幻色彩。译文要想创造出恰当的已经，需要准确地解读原文的创意。例如：

《离骚》

朝饮木兰之坠露兮，
夕餐秋菊之落英。
From magnolia I drink the dew, oh!
And feed on aster petals frail.

（许渊冲 译）

二、文化学与翻译

（一）民俗学与翻译

俗话说："千里不同风，百里不同俗。" 风俗既涉及自然地理，又涉及文化地理。风俗中有品质较高的和品质较低的，但不管是良俗、陋俗、奇俗或怪俗，都是某文化民俗不可或缺的一部分，都对民俗研究具有极大的价值。由于语言的差异，人们需要通过翻译这一中介活动来了解彼此之间不同的风俗。

要想理解先秦时期的民俗，必须了解 "民" 与 "俗" 的起源与内涵。先秦时期，"民" 起初是用来称呼地位低下的下层民众的，而 "人" 的地位则较高。"俗" 包括两层意思：一是行为实践，二是思想。因此，我们还需谨慎把握世俗、风俗、民俗等词的意思。世俗包括流俗和鄙俗，指恶劣程度较高的风俗。在战国时期，风俗一词更多地体现为褒义色彩。粗俗是民俗的一个部分，因为民俗中有高雅的成分，也有粗俗的成分。对词语概念的准确把握，对于译语的转化是极其必要的。例如：

厥初生民，
时维姜嫄。
In the beginning who gave birth to our people?
It was Jiang Yuan.

（杨宪益、戴乃迭 译）

Who gave birth the Lord of Corn?
By Lady Jiang Yuan he was born.

（许渊冲 译）

在本例中，杨、戴译和许译有着本质的不同，主要体现在对 "民" 的不同理解上，许译的 "民" 与 "人" 就没有什么区别，并且尽管与原韵不同，但注意到了谐韵。

（二）管理学与翻译

领导理论是逐渐从管理理论中分化出来的一门独立学科。伯恩斯（Bums）在 1978 年发表的《领导学》（*Leadership*）一直被认为是领导学经典文本之一。领导学是以科学理论为指导，研究和探索领导活动及其规律的应用性科学。领导学是对领导实践经验的科学总结，是对领导活动规律的系统研究。

基础领导理论包括领导哲学、领导思维学、领导心理学、领导发展史学；应用理论方面包括领导人才学、领导方法学、领导艺术学等。

西方国家领导理论经历了特质理论、行为理论、权变理论和心理动力理论四个发展阶段。

中国传统社会的领导理论包括以下几种思想。

第一,修身正己思想。

第二,富民强国思想。

第三,重典治吏思想。

第四,教民化俗思想。

第五,运筹妙算思想。

第六,隆礼重法思想。

第七,变法革新思想。

第八,尚贤任能思想。

第九,民为邦本思想。

在当今时代,对社会影响最大的两股力量就是政府行政体系与市场经济体系。理论研究和实践经验表明,政府公共行政与公共管理体系在创造和提升国际竞争优势方面具有不可替代的作用。中国正在经历一个变革的时代,变革的时代需要变革型领导,特别需要具备交易型领导的变革型领导。因此,要进行翻译管理学的研究,必须参照行政与管理方面的理论。

西方学者认为,管理中最重要的因素是人。这一观点在中国古代管理心理学上也有记载。孙膑说:“间于天地之间,莫贵于人。”由此可见,对人的管理是中国古代管理思想的主要内容,涉及甄选、任用、培训、激励等问题。

(1)中国古代将“人员甄选”称为“知人”,知人是用人的基础。例如:

夫圣贤之所美,莫美乎聪明。聪明之所贵,莫贵乎知人。知人诚智,则众材得其序,而庶绩之业兴也。

What the sages commended and admired most is the perception of reasonableness; the value of which is that one can know how to judge all the men of ability. And by putting intelligence and wisdom to good use, various kinds of abilities can be put in the important positions properly. Thus, undertakings and causes will be prosperous.

(罗应换 译)

从上述例子可知,中国古代已经认识到了“知人”的重要性,并且也体会到了“知人”的困难。

(2)人员甄选是人才管理的基础,人员任用才是人才管理的关键。在人才任用的原则和方法上,刘劭提出了独特的见解。他分析了12种才能类型,并指出了每种才能适合的职业。例如:

人才各有所宜,非独大小之谓也。

Each of the abilities has its suitable business or appointment, it can not be summarized only by “capacity of bigness or smallness”.

从上例便可窥见刘劭对任用人员所坚持的观点。另外,他还进一步指出:朝臣是“自任为能”“能言为能”“能行为能”,君主相对应的就是“用人为能”“能听为能”“能赏罚为能”。

三、比较美学与翻译

(一)儒家美学与翻译

儒家学派的创始人孔子,通过研究古代文化尤其是礼乐文化,形成了以“仁”为核心思想、涵盖“礼”“仁”“德”“修”“中”“天命”等内容的思想体系。儒学从春秋战国时代众多文化流派中的一支而不断发展为中国文化的主脉，期间经历了繁荣与衰落，最终奠定了中国数千年传统文明的基础。儒家思想的翻译美学可以归纳为如下几点。

1. 仁

仁与礼是孔子儒家美学的基础。正是因为孔子对仁做了三个不同层面的转化，仁才和美学建立了密切的联系。例如：

“能行五者于天下，为仁矣。”请问之，曰：“恭、宽、信、敏、惠。”

“To be able to practise five things everywhere under heaven constitutes perfect virtue.” He begged to ask what they were, and was told, “Gravity, generosity, sincerity, earnestness, and kindness.”

（理雅各 译）

在上述例子中，孔子依据人的感性生活谈仁，从而使仁具有浓重的情感意味，这体现出了仁学的情感性内化。译文必须慎重对待概念词语的转译，如“五者”。

夫人者，己欲立而立人，己欲达而达人。

A moral man in forming his character forms the character of other; in enlightening himself he enlightens others.

（辜鸿铭 译）

己所不欲，勿施于人。

Do not do to others what you would not want others to do to you.

（老安 译）

在上述两个例子中，译者在翻译的时候必须准确地处理主、客体以及主动与受动的句式转换，要符合译语的逻辑所指与能指。上述译文都很好地体现了仁学的推己及人的转化。

暮春者，春服既成，冠者五六人，童子六七人，浴乎沂，风乎舞雩，咏而归。

We will suppose now that we are in the latter days of spring, when we have changed all our winter clothing for fresh, new, light garments for the warmer weather. I would then prose that we take along with us five or six grown-up young friends and six or seven still young men. We will then bathe in that romantic river; after which we will go to the top of that ancient terrace to air and cool ourselves; and at last we will return, singing on our way as we loiter to our homes.

从本例可知，礼常表现在形式上，故称为礼仪。对于“浴乎沂”，辜鸿铭译为 bathe in that romantic river，老安则译为 to bathe in the river Yi。至于“风乎舞雩”，辜译为 go to the top of that ancient terrace to air and cool ourselves，理雅各则译为 enjoy the breeze among the rain-altars。从不同译者的译文对比中可以发现，对原文的不同理解导致了不同的译文。辜译对原文的创意解读和对译文的创新表达，突出的是儒家超越世态的审美化的人生方式，这是一种对人生既入乎其内又出乎其外的态度，成为中国古代文论的审美人生态度。译语的转换必须考虑这种审美的转化，因为译语需要从形式和内容两个方面来对待审美的再表达，进而达到审美自由的最高境界。审美是自由的标志。

2. 礼

孔子提出“克己复礼”。克己是复礼的前提，为心理修养，复礼则为制度重建。其中有大量的美学问题。例如：

质胜文则野，文胜质则史，文质彬彬，然后君子。

Where natural simplicity exceeds cultural refinement, you have the rustic; where cultural refinement exceeds natural simplicity, you have the ostentatious. It is only when simplicity and refinement are blended harmoniously and complement each other that you have a gentleman.

（老安 译）

由上例可知，孔子提出文质彬彬的审美理想，文除了与质对称外，还与野对称。前者涉及内容与形式的关系，后者涉及文明与野蛮的关系。文质彬彬的审美理想，在一定程度上又与尽善尽美的思想互相对照。

3. 乐

孔子的儒家思想指出，艺术承担着广泛的社会功能，不仅作用于认识，还作用于教育与审美。例如：

诗可以兴，可以观，可以群，可以怨。迩之事父，远之事君，多识于鸟兽草木之名。

Poetry calls out the sentiment. It stimulates observation. It enlarges the sympathies and moderates the resentment felt against injustice. Poetry, in fact, while it has lessons for the duties of social life, at the same time makes us acquainted with the animate and inanimate objects in nature.

（老簧 译）

本例完全体现了儒家的诗歌美学纲领，也就是让人在审美的氛围中净化心灵，达到一种和谐的状态，从而维持社会的正常运转。对于“兴”，历来存在两种相通的解释，一为“感发志意”，二为“引譬连类”。辜鸿铭译为 poetry calls out the sentiment，可见诗文本翻译的有效途径是从诗歌本质的客观论述进入对诗人主体的艺术认知。

（二）道教美学与翻译

道教是中国的土产，是中国文化之树上结出的宗教之果。作为宗教的道教有一个孕育、降生、成长的过程。道教不仅以西汉以前的道家为母体，而且沿袭原始巫教、方仙道、黄老道的某些观念和修持方法。在以后长期的发展过程中，它还不断吸收其他学术流派或宗教团体的思想内容，借鉴其他学术流派或宗教团体的典章仪轨。

无论在宗教内容上、宗教凝聚力上，还是在宗教社会功能上，它都独具特色。尽管仍是虚妄，但自由追求的现实化、此岸化，使道教获得了艺术的性质、审美的性质，被压抑的生命自由在现实性的道教里获得了宗教现实性的实现。由此，可以对道教做出一个性质判断：道教是审美的宗教。从文化学角度来看，研究道家审美型的本身也就是研究中国传统美学。在当今全球地方化的国际文化情势下，大力推介独具中国特色的道教文化依然是肩负在我们身上的学术使命。

道教以修真悟道、羽化登仙为最终目的，在先秦诸学派中，道家最先将“道”作为万物的本原、本根、本体来使用。例如：

有物混成，先天地生，寂兮寥兮，独立而不改，周行而不殆，可以为天地母，吾不知其名，字之曰道，强为之名曰大。

A mysterious thing has been there since before the creation of Heaven and Earth.

It makes no sound, exists by itself, in ceaseless cyclic motion without end. It may be called the origin of the universe.

I don’t know its name. I must name it. It may be called Dao

(Principle of universe) or Da (greatness).

《道德经》的英文译本据说有几十个版本，好像绝大多数出自英美人士之手，各个英译本表现出不同的形态。本例的译者是一位年逾古稀的美籍华人马德五。对于“道是宇宙万物的母亲”，马德五译为 origin of the universe，英国韦利则译为 mother of all things under heaven。一方面，道作为本体的意义是永恒的；另一方面，它又是不断运行着的。因此，优秀的译文建立在对原文的正确解读的基础之上。再如：

道可道，非常道；名可名，非常名。（一章）

The Way can be told of is not an Unvarying Way,

The names that can be named are unvarying names.

（韦利 译）

If the Principle of the universe could be translated into words or letters, it would not be the Principle.

If its name could be pronounced, it could not be the Principle's name.

（马德五 译）

知者不言，言者不知。（五十六章）

Those who know do not speak;

Those who speak do not know.

（韦利 译）

A person of wisdom does not speak without consciousness.

If he speaks without consciousness, he will be a person of wisdom.

（马德五 译）

通过上述两个例子可知，对原文的不同解读导致了对译文的不同重构。对于道家文化，我们除了进行哲学的、诗性的解读，还应进行历史哲学的思索，上例中的模糊美学与空白的美学修辞就能证明这一点。

第七章　文学视角下翻译理论阐释及其实践

文学是一种语言艺术的体现，也是人类的一项重要的精神活动，使人们的生活更加充实、有趣。文学翻译是实现文化交流的一项重要途径，通过文学翻译，人们可以阅读其他国家的文学作品，了解其他国家的文化，进而实现跨文化交流。对此，本章将对文化视角下翻译理论与实践进行具体分析。

第一节　文学语言及文学翻译

一、文学语言概述

（一）文学语言的概念

千百年来，文学作品演绎着历史的变迁，文学语言打上了鲜明的时代烙印。不同历史时期，文学语言往往具有不同的时代风格。同时，语言又是社会成员之间的一种约定俗成的产物，语言符号与语言使用都体现出很强的规范性，因此语言不仅具有鲜明的时代性、民族性，还具有突出的社会群体性。

但是，这并不意味着语言运用的僵化与机械。不同的文学体裁有不同的语言要求，这就需要我们变通和灵活地使用语言。不同作者又可以根据具体情况而有自己的创新语言，从而形成自己的“言语”风格。此外，文学作品的语言在构造上常常打破常规语法的约束，形成生动灵活和更富表现力的词句。综上所述，文学语言是一种具有民族性、社会性、历史性和时代性特征的专门的书面语言，它不仅与文体有密切关系，而且可以有多种样式和风格。（郑遨、郭久麟，2009）

文学语言与人们日常生活中所使用的语言（一般语言）既有相同之处，也有明显的不同。二者之间的关系表现在以下几个方面。

（1）文学语言来源于日常语言。作家为了使自己的作品更加贴近生活，会使用社会各阶层的语言，尤其是以刻画人物为主要任务的小说和戏剧。

（2）文学作品的语言不是简单地对一般语言进行照搬和复制，而是有所提炼和加工，在此过程中对一般语言进行改进或改造。

（3）一般情况下，文学语言遵循一般语言的规范，包括句法上、词义上以及词的用法上等方面。但有时也允许有一定的突破，尤其是诗歌语言。诗人常常会打破一般语言的常规，按照自己的意愿进行创新。

（二）文学英语的语言特征

古今中外的名家名篇，无论是卷帙浩繁的皇皇世著还是玲珑小巧的精美诗篇，无不是在语言上见功夫的。“文学的第一要素是语言”,高尔基的这句名言道出了语言对文学的重要作用。下面我们就来具体分析文学英语的语言特征。

1. 含蓄性

有些文学作品中作者往往不把意思明白地说出,而是尽量留有余地,引发读者去想象、去思考、去寻找结论。因此,含蓄性是文学语言中的一个显著特点。例如:

When they entered, they found hanging upon the wall a splendid portrait of their master as they had last seen him, in all the wonder of his exquisite youth and beauty. Lying on the floor was a dead man, in evening dress, with a knife in his heart. He was withered, wrinkled, and loathsome of visage. It was not till they had examined the rings that they recognized who it was.

(Oscar Wilde: *The Picture of Dorian Gray*)

进屋后,他们看到墙上挂着一幅辉煌的画像,画中的主人年轻俊美,风华绝伦,就跟他们最后一次见到他时一样。地上则躺着一个身穿晚礼服的死者,胸口插着一把刀。此人身子枯瘦,满脸皱纹,面目可憎。直到仔细检查了他手上的戒指他们才认出他是谁。

作者并没有用太多笔墨去对比道林·格雷生前死后相貌上由美到丑的剧变,也没有描写人们对此剧变的惊诧和议论,更没有对此发表任何评论,而是采用了一种就事论事、平平淡淡的口吻进行了叙述,但这种平淡的叙述给读者留下了充分的想象空间,这比煞费苦心的描写更具有感染力。

2. 韵律感

文学作品的语言不仅内容美,而且也具有形式美。这种形式美主要体现在语言的韵律和节奏上。诗歌对韵律有着严格的要求,是最具韵律美的文学文体。例如:

The fair breeze blew, the white foam flew;
The furrow followed free,
We were the first that ever burst,
Into that silent sea.

(Samuel Taylor Coleridge: *The Rime of the Ancient Mariner*)

和风吹荡,水花飞溅,
船儿破浪前进,
闯入那沉寂的海洋领域,
我们是第一群人。

本例选自英国著名诗人柯勒律治的《古舟子咏》。短短四行诗中使用了很多押韵:第一行:breeze, blew 押 /b/ 韵, fair, foam, flew 押 /f/ 韵, blew, flew 押 /luː/ 韵;第二行:furrow, followed, free 押 /f/ 韵;第三行:first, burst 押 /əːst/ 韵;第四行:silent, sea 押 /s/ 韵。这些头韵、尾韵的使用为诗歌增加了音韵之美,使读者更容易进入诗中的意境,体会其中的情感。

3. 生动性

生动性是文学语言的一个显著的特点。无论是小说、戏剧还是诗歌,作者都力图用生动的语言描绘出栩栩如生的形象,以达到表情达意的效果,给读者留下深刻的形象。例如:

He lay at his ease in a rough chariot drawn and propelled by his men, and instead of a right hand he had the iron hook with which ever and anon he encouraged them to increase their pace. As dogs this terrible man treated and addressed them, and as dogs they obeyed him.In person he was cadaverous and blackavised, and his hair was dressed in long curls, which at a little distance looked like black candles, and gave a singularly threatening expression to his handsome countenance. His eyes were of the blue of the forget-me-not, and of a profound melancholy, save when he was plunging his hook into you, at which time two red spots appeared in them and lit them up horribly.

(J. M. Barrie: *Peter Pan*)

胡克安安逸逸地躺在一辆粗糙的大车子里,由他手下的人推拉着走。他没有右手,用一只铁钩代替。他不时挥动着那只铁钩,催手下的人赶快拉。这个凶恶的家伙,把他们像狗一样看待和使唤,他们也像狗一样服从他。说到相貌,他有一副铁青的面孔,他的头发弯成长长的发卷,远看像一支支黑蜡烛,使他那英俊的五官带上一种恶狠狠的神情。他的眼睛是蓝的,蓝得像勿忘我的花,透着一种深深的忧郁,除非在他把铁钩向你捅来的时候,这时他眼睛里现出了两点红光,如同燃起了熊熊的火焰,使他的眼睛显得可怕极了。

(杨静远、顾耕 译)

作者运用了大量的比喻来描述胡克船长出场时的场景,如将他的手下比作狗,将他的发卷比作黑蜡烛,将他平静时的蓝眼睛比作勿忘我,将他发怒时的眼睛比作燃烧的火焰。通过这些形象的比喻和描写,胡克船长的形象立刻就变得立体和生动起来,令人读后印象深刻。

4. 简练性

简练性是指文学作品的语言具有简洁、精练的特点。拖泥带水的语言,不仅破坏了文章的形式美,而且必定妨碍思想内容的表达。

20 世纪美国小说家海明威(Ernest Miller Hemingway)的小说《老人与海》(*The Old Man And The Sea*)本来可以写成几十万字,写小说里交待过的村庄、每个人物以及他们谋生、受教育、传宗接代的过程,但小说最后被浓缩到只有五万多字,将笔墨浓缩于老人在海上捕鱼的惊心动魄的三天,使老渔夫桑地亚哥(Santiago)坚忍不拔的性格特征十分突出。“人并不是生来为了被打败的。一个人可以被毁灭掉,但却不能被打败!”(Man is not made for defeat. A man can be destroyed but not defeated!)也由此成为至理名言。

海明威曾说:“冰山在海里移动,很庄严宏伟,这是因为它只有八分之一露在水面上。”据此,他虽然把更多的东西隐藏到作品的内涵中去,读者却可以根据“浮在海面上的八分之一的冰川”强烈地感受到底下的八分之七。

5. 抒情性

在文学作品中,为了渲染气氛,衬托心情,常使用具有浓重的抒情性的语言。如果这些语言运用得当,可大大提高作品的感染力。这种特点在小说、诗歌中均有大量体现。例如:

The wind shook some blossoms from the trees, and the heavy lilac-blooms, with their clustering stars, moved to and fro in the languid air. A grasshopper began to chirrup by the wall, and like a blue thread a long thin dragon-fly floated past on its brown gauze wings. Lord Henry felt as if he could hear Basil Hallward's heart beating and wondered what was coming.

(Oscar Wilde: *The Picture of Dorian Gray*)

风从树上摇落了一些花瓣,丁香花沉甸甸的,像星星团成的花簇,在慵懒的空气中来回晃动着。墙角边一只蚱蜢开始吱喳地叫了起来,一只纤长的蜻蜓展着薄纱般的翅膀像一根蓝线般飘然掠过。亨利勋爵觉得仿佛能听见巴兹尔·豪沃德的心跳,他很想知道接下来他会说些什么。

本例选自奥斯卡·王尔德的《道林·格雷的画像》。这段融情于景的抒情性描写，不仅描绘出了夏日午后安静慵懒的氛围，也烘托了作者当时的心情。

6. 讽刺性

讽刺在文学作品中出现得十分频繁，它也是文学作品之所以具有艺术价值的一个关键因素。讽刺的目的在于揭露一种社会现象，批判一些社会习惯。运用讽刺可以使文字更加生动有活力，使主题得到深化，从而给读者留下深刻的印象。例如：

It is a truth universally acknowledged, that a single man in possession of a good fortune must be in want of a wife.

However little known the feelings or views of such a man may be on his first entering a neighbourhood, this truth is so well fixed in the minds of the surrounding families, that he is considered as the rightful property of someone or other of their daughters.

(Jane Austin: *Pride and Prejudice*)

一个拥有大笔财富的单身汉必定是需要一位妻子的，这是条公认的真理。

这条真理牢牢扎根在人们的脑海里，以至于一旦有这样一位男士出现，他的街坊四邻就会把他看成自己这个或那个女儿的合法财产，而不管他们对于他本人的情感和想法所知是多么的微乎其微。

将某位成功男士看作自己女儿的合法财产，这样的心态显然可笑。作者正是借此讽刺了当时盛行于世的这一社会现象，令读者不得不为之深思。

"It's no use going to see little Hans in Winter," the miller used to say to his wife. "When people are in trouble we must leave them alone and not bother them. That is my idea of friendship and am sure I am right. So I shall wait till spring comes, and then I shall visit him and he will give me a large bouquet of prim roses, and that will make him very happy."

"You think so much about others," said his wife. "It's pleasure to hear what you say about friendship. I am sure the priest himself cannot say such beautiful things as you do, though he lives in a three-storied house, and wears a gold ring on his little finger!"

(Oscar Wilde: *The Devoted Friend*)

"冬天到小汉斯那儿去没用，"磨坊主常常对他的妻子说。"人们有困难的时候，我们不要去搭理他们，不要去打扰他们。这是我对友谊的看法，而且我相信我的看法是正确的。所以，我要等到春天来了，再去看他。那时他会给我一大束樱草花，这会使他感到很愉快。"

"你为别人想得真多，"他的妻子说。"听你谈论友谊真是件愉快的事。我相信牧师也不能像你一样讲出这么美丽动听的道理，虽然他们住三层的楼房，小拇指上还戴着金戒指。"

本例节选自王尔德最著名的一个童话故事《忠实的朋友》。整篇故事中没有一个说磨坊主不好的词语，但通过磨坊主与其妻子的对话可以明显地感受到作者对磨坊主冷酷无情、唯利是图的丑恶嘴脸的无情讽刺。

7. 象征性

文学作品中经常利用一些象征性的表面事物、现象来呈现一种深层含义，其作用就在于能够通过简单的象征物传达微妙的、深刻的思想情感，不失含蓄。例如，人们常以玫瑰来象征爱情、用白雪来象征纯洁等。在文学作品中，除了这些通常为大家所接受的象征外，在不同的上下文中某些具体事物具有作者所赋予它的特殊意义。例如，在华盛顿·欧文的作品《圣诞之夜》中，滑铁卢已经不只是地名，也不只是战场的名字，它已成了英雄行为的代名词，象征着英勇

无畏。于是,每个参加了这一战役的军人都成了击败拿破仑的英雄,受人崇敬。总体来说,象征手法在文学作品中随处可见。例如:

...Through one violet-stained window a soft light glowed, where, no doubt, the organist loitered over the keys, making sure of his mastery of the coming Sabbath anthem.

(O. Henry: *The Cop and the Anthem*)

……一丝柔和的灯火从紫罗兰色的玻璃窗里透露出来。无疑,里面的风琴师为了给星期日唱赞美诗伴奏正在反复练习。

(王仲年 译)

本例选自欧·亨利的《警察与赞美诗》。虽然本例只有短短的一句话,但其中包含了两个象征:一个是灯光,象征希望或是指引道路的东西;另一个是赞美诗,象征着圣洁、虔诚和上帝的爱。

二、文学翻译的界定与性质

(一)文学翻译的内涵

文学翻译是一种语言翻译活动,更是一种跨文化翻译活动,涉及各类古典文献的翻译。从这一角度而言,译者与作者会存在时空上的差异,即使译者对原作理解深刻,甚至对作者的生活状况、写作目的、写作情境等有深刻的体会,在翻译过程中还是要保持一种正确的阅读态度。

简单而言,文学翻译就是对国外(或古代、少数民族)的文学作品的翻译,如将英国诗人莎士比亚(William Shakespeare)用英语创作的戏剧《哈姆雷特》(*Hamlet the Prince of Denmark*)翻译成中文,就是文学翻译。

文学翻译强调的是再现原作,通过对原作文学性、美学性的再创造,使这些外国文学作品成为我国翻译文学作品。罗新璋先生在论及文学翻译的性质和译者的创造性时说道:"文学翻译应是一种艺术实践。'译'者,'艺'也。译者的译才关乎着译本的优劣。'重在传神,则要求译者能入乎其内出乎其外,申明英发,达意尽蕴'。"

(二)文学翻译的特征

1. 求似性

不同于非文学翻译,文学翻译作为一种艺术形式,不追求忠实原作,也不可能绝对忠实于原作。这主要有以下三个方面的原因。

首先,读者具有差异性。不同性格、不同时代、不同文化水平的读者对同一译作具有不同的理解和感受,因此译者无法将原作的内容、思想和美感"同等"地传达给每一位读者。

其次,译者具有差异性。兴趣爱好不同、文学素养不同的译者对同一原作会有不同的理解,进而会产生不同的译作,这也是许多文学经典在各国都流传多个版本的主要原因。

最后,语言具有差异性。原作和译作属于不同的语言,有着不同的文学性,有些特殊语言符号是无法翻译的。

可以说,文学翻译是译者以原作为基础进行的第二次创作,只能追求相似性,而无法完全忠实于原作。

2. 模仿性

文学的模仿性是指文学是模仿现实世界的,在文学的创作过程中,人们都注意到了创作与自然、艺术与客观之间的密切关系。文学翻译本身是一种艺术的表现形式,准确地说是对原作进行模仿的艺术。文学翻译的模仿性体现为译者不仅要传达原作的信息,也要展现原作的思想主旨、语言表现形式、风格特征、时代氛围以及作者的审美情趣等。

3. 创造性

文学翻译具有创造性,这也是文学翻译审美价值的体现。文学翻译的创造性涉及多个方面,如译者的想象、情感因素、认知因素等。译者在充分理解原作的基础上,根据自己的理解对原作进行创作,准确传达原作的艺术意境。

第二节 文学翻译的主体与问题

一、文学翻译的主体

(一)翻译主体

1. 译者

如前所述,翻译客体艺术价值的再现必须要以译者的良好翻译能力为基本前提。简言之,译者在文学翻译三个主体中发挥主导作用,处于主体地位。三者的关系如图 7-1 所示。

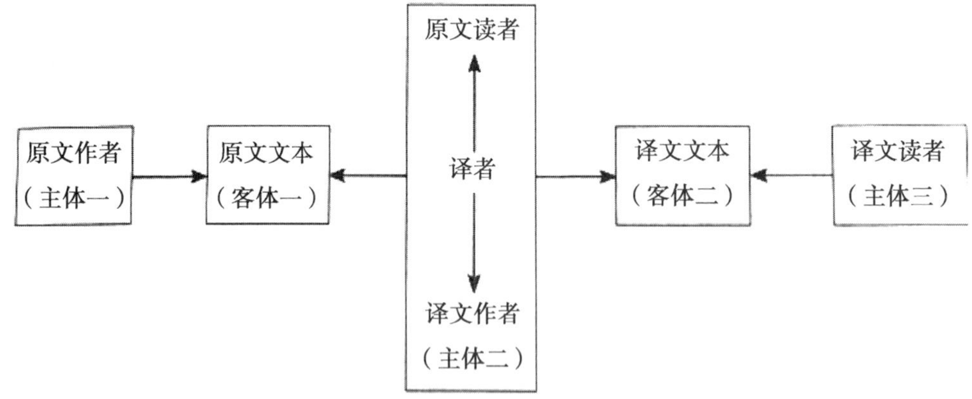

图 7-1 原文作者、译者、读者之间的关系

(资料来源:周方珠,2014)

如图 7-1 所示,译者在阅读原文文本时就成了读者,在将原文文本翻译成译文后就成了译文文本的作者。换言之,译者在文学翻译的过程中具有双重身份,即原文读者与译文作者。文学作品在刚完成还没有被读者看到之前通常称之为"第一文本",处于一种"自在"的状态;当一部作品被读者读到后,作品便从"自在"状态变为"自由"状态,此时就被称为"第二文本",可体现出自身的文学价值。也就是说,第二文本是在第一文本的基础上经过读者阅读再创造后才能体现出自身的文学价值,而译者则需要在"第二文本"的基础上经过理解、净化、共鸣、领悟等深层接受与阐释后创造出"第三文本",即译作。

上述过程是读者与译者对于文本处理的最大差别，普通读者在阅读作品过程中所进行的理解可以是表层的、浅层的、深层的，这是由读者的年龄、阅历、性别等因素来决定的。但是，译者对原文的理解必须是深层次的，没有其他选择。译者对“第二文本”文学价值的挖掘与接受要大于读者的接受程度，不然译者将不能在“第三文本”的创作过程中尽可能近距离地体现、接近原文的文学价值，那么目的语读者在阅读译作的过程中所获取的信息将大大低于原文读者从原文中所获取的信息。

综上所述，译者在文学翻译的主客体关系中处于主导地位，起着重要作用。但译者在翻译过程中仍然不能忽视原文作者与读者的存在，需要正确处理自己与原文作者、读者之间的关系，即翻译的主体间性。该关系主要涉及如下几点。

（1）原作—译作关系。

（2）作者—译者—读者关系。

（3）译者—当下环境的关系。

（4）原作文化—译作文化关系。

在上述这几层关系中，译者自身的主观性、文化取向、文化修养是比较重要的影响因素。

2. 读者

读者也是翻译主体之一。读者在阅读译文的过程中具有自身的能动作用，主要表现在以下三个方面。

（1）读者既有的审美标准、意识等影响着他对译文内容、形式等方面的取舍，决定了他阅读译作的重点，更影响着他对译作的态度与评价。读者对译文的审美取向则影响着译者在题材、体裁方面的选择。

（2）读者对译作能动的评价。在阅读译作时，读者通常会根据自己的审美知识、体验、感受等来理解译文的美学信息，用自身所处时代的标准来鉴赏、判断和评价译作。在这一过程中，读者的行为是一种创造性劳动，体现着读者的价值观念、主观倾向、文化素养，因此不存在绝对客观的翻译作品鉴赏。

（3）读者的审美观念、标准等会受到译作的影响而不断进行改变，这同样是读者能动作用的表现。因为读者通过阅读译作，逐渐会对译文所表现出的美学价值、文化信息进行有效理解和接受，进行了文化方面的积极交流。在这一过程中，读者的视野会因为大量接受异域事物而得到扩展，同样他的审美经验也会得到丰富，有效提高接受能力，最终改变了他的整个审美观念，而读者审美需要的改变又会影响译作的出版和传播。

（二）翻译主体的属性

1. 制约性

译者进行翻译与作家进行创作完全不同，他在翻译过程中受制于原文，即翻译客体。我国著名学者刘宓庆认为译者在翻译时通常会受到以下几个因素的制约。

首先，原文自身形式美是否可译的限制。例如，中国格律诗中的形式美“字数相等、语义相对、音律和谐”翻译成英语后就会丧失，对此译者只能采取其他方式或手段进行补偿翻译。

其次，原文自身非形式美是否可译的限制。所谓非形式美，指的是那些不能从直观上感受的、模糊的美，如艺术作品的气度美、气质美等。非形式美虽然来自语言的外象，但其是艺术家自身意志在艺术作品里的升华和熔炼，产生于欣赏者和艺术家的视野融合之处，这种美同样会制约译者的翻译。

再次，原文与译文之间存在的文化差异限制着译者的翻译。文化是审美价值的体现，民族性和历史继承性是审美价值的典型特征。原文的审美价值在源语读者心中所产生的心理感应是无法完全转换到译语读者心中去的。

最后，原文与译文的语言差异限制着译者的翻译。例如，汉语与英语的语言差异。词汇方面的差异是英语词义灵活、语义范围大，但汉语完全相反；语法方面的差异是英语主谓语形态十分明显，但汉语则不同；表达方面的差异是英语被动语态多，但汉语很少使用被动语态；思维方面的差异是英语重形合而汉语重意合等。此外，不同历史时期的人们鉴赏历史的眼光、视野、标准是不同的，也就是说艺术鉴赏具有时空差的特点，这同样会限制译者的翻译。

2. 主观能动性

译者在翻译时虽然受到了相关因素的制约，但其自身仍具有主观能动性。翻译不只是简单的语言转换过程，其中还包括译者对原文的认识、解读、鉴赏，并将原文中所传达的美移植到译文中，而这离不开译者对美的创造。因为译者不是被动接收译文的美，而是能动地进行美学信息的加工，从而达到再现原作艺术价值的目的。简言之，译者不仅是翻译主体，同样是创造美的主体。

翻译美学相关理论中提出，翻译实践就是翻译主体在具备一定程度的审美意识、文化修养、审美经验这些条件的基础上，对翻译客体进行充分认识、转化、加工以及对转化结果进行艺术再现的过程。英国著名学者彼得·纽马克（Peter Newmark）认为翻译包括两个步骤：首先是认识，即对原文审美构成的分析；然后是表达，其中包括转化、加工和再现。

（1）认识

认识是翻译的第一步，是进行表达的前提和基础。只有对原文中的美首先进行认识和理解，才能在接下来的表达中传神达意。认识对于翻译客体中美学信息的传播而言意义重大。因为语言是人类智慧的结晶，与文化密切相关，语言体现和反映着文化，因而语言所组成的篇章中必然会反映着某种美的要素。译者想要成功地传递作品的艺术价值，就必须对原文中所附载的文化信息有充分、彻底的认识。具体而言，译者在认识翻译客体中的语言信息时通常会经过三个阶段：直观感受、想象、理解。

直观感受。该阶段主要是译者通过采取一些直观手段如分析、推理、判断等来捕捉翻译客体中形式方面的美学信息，即原文语言结构方面的美，如语音、词汇、语义、修辞、文体等层面。这是外在世界对译者的刺激所带来的翻译态度萌芽，是“刺激—反应”的结果。

想象。该阶段主要是译者通过对翻译客体的气质、意境、神韵、风格等信息的想象，发挥主观能动性，充分利用自身的感悟能力来把握原文中的言外之意，即思想、艺术。原作艺术价值得以传递的重要环节就是想象，其中需要译者具有很强的主观能动性。

理解。该阶段需要译者对翻译客体中有关文化、社会、环境的共时与历时进行认真分析，把握原作中的社会文化信息。简言之，译者需要对原文进行整体考虑，用心领悟，然后将自己的经验与主观能动性相结合，充分挖掘原作中隐含的、内在的艺术信息。正如刘宓庆指出的“理解是对审美信息整体深层意义的揭示和多向度的总体把握”。

（2）转化

转化不仅在语言结构方面是至关紧要的环节，而且与语际结构转化相伴随，也是原作艺术信息向再现发展中的关键一环，它的基本机制是移情感受。主体必应孜孜于移客体之情于己，移客体之志于己，移客体之美于己，使达至物我同一，也就是调动译者全部积累，克服原作的创作时代及原作者的生活地域、民族文化、心理素质等时空因素与译者之间的差距，努力再现理解的美感。

（3）加工

顾名思义，加工就是译者将自己在认识阶段中所获得的各种各样的艺术信息、审美感受进行处理，如由表及里、由此及彼、去粗取精、去伪存真等方面的精心改造。译者对翻译客体的加工包括两个方面：语言形式美方面的加工，这方面的加工依赖的是译者的语言基础知识和判断能力；意美信息的加工，这方面主要依靠译者的才识。

总之，加工就是译者对原作文字进行加工，优选语法和修辞，找出最能表达原作内涵的字词、语句，传达出原文中所蕴含的艺术价值。

（4）再现

文学作品艺术价值再现的本质就是将内在理解转化为外在的直观表现形式，也就是为原文找到对应的、最佳的译语表现形式。再现是译者将自己通过认识、转化、加工的心理所得用目的语即译文表述出来。再现翻译客体艺术信息的手法基本上有两种：模仿和重建。

所谓模仿，即加入译者主观想象的不完全模仿。这是翻译艺术信息再现过程中必不可少的一种手段，如果是不失神采的模仿，就可以收到预期的艺术效果。相关学者将模仿分为三种。其一，以源语为依据的模仿。这种模仿即根据源语艺术信息和结构进行复制，从而得出译语方面的美学信息。其二，以译语为依据的模仿。这种模仿即以译语的语言特征、表现结构、社会接受度等为依据，将不符合译语语言规则的源语内容进行调整，从而在译语中进行有效表达。其三，动态模仿。这种模仿又叫“优选模仿”，也就是说将源语与译语进行比较，如果以源语为依据就将源语作为模仿对象，如果以译语作为模仿对象更佳，则就根据译语进行模仿。

重建是一种更高层次的再现手法，与创作手法类似。该手法的优势是能够完全脱离源语形式方面的束缚，译者可以根据目的语的要求来安排体式，即“彻底译语化”，或将其称为“编译”。对于这种手法而言，需要以翻译客体为参照，尽量保证形式和内容方面的完整统一，不过更要体现译者的审美理念，将译者的审美态度贯彻其中，从而保证原文中的美感再现于译文中。简言之，译者在使用重建手段时需要持有一个积极的态度。

3. 审美条件

在文学作品的翻译过程中，审美条件主要指的是译者自身所具有的审美感受、审美体验、审美趣味等方面，这些因素决定着译者能否被原作中的美学信息吸引，从而顺利进入审美角色进行能动的审美活动。译者的审美标准受到自身文化背景、所处时代、阶级层级、地域特点等方面的影响，对作品中的美学信息会产生不同的审美感受力。此外，译者的审美能力、审美修养、审美情趣会对译文的美学信息产生重要影响，这决定着译者是否能够将原作中的美学信息顺利移植到译作中去。一部著作之所以会有很多种不同的译文，就是因为不同的译者具有不同的美感层次，自然形成了不同的审美差异，这就是“一千人中就有一千个哈姆雷特”的原因所在。

不过，虽然不同译者具有不同的审美能力，但人类的审美标准存在着共性，这为美学翻译提供了理论上的可能。译者想要再现原作中的美学信息，除了需要考虑读者的能动作用和审美习惯，更重要的是充分挖掘原作即翻译客体中的社会价值、美学功能。为此，译者作为翻译主体必须具备审美感受力、审美理解力、审美体验、审美情感、审美想象力、审美心境等丰富的审美经验，这样才能在翻译审美活动中相互作用，找出作品的美学价值与社会价值并顺利移植到译作中。相关学者认为，一名成功的译者需要具备以下审美条件。

（1）翻译主体的“情”。这指的是译者的感情，是译者能否获取原文美学信息的关键条件。

（2）翻译主体的“知”。这指的是译者对原作的审美判断，由译者自身的见识、洞察力等来决定。

（3）翻译主体的“才”。这指的是译者的能力、才能，如分析语言的能力、鉴赏艺术作品的能力、表达语言和运用修辞的能力等。

（4）翻译主体的“志”。这主要是指译者的钻研翻译的毅力。

对于上述四个审美条件，“情”和“知”主要在于对原文美感的判断，“才”和“志”则影响译者能否将原作中的美感再次显现于译作中。翻译本身是一门艺术性、技术性比较强的学科，译者想要处理好原文中碰到的种种问题和难题，自身必须具有相当高的知识和较强的翻译能力。在翻译实践中，对原作进行结构的重组离不开译者的语言分析能力、表达能力和审美判断能力。

二、文学翻译的问题

（一）文学翻译中的语境

语境在很大程度上影响着译者对原文的理解。译者在进行翻译实践的过程中，了解作为符号的语言与具体语境之间的关系对于信息的正确传递影响深远。如果译者忽视了语境的作用，则很难忠实于原文的风格进行翻译，也无法准确传递出原文信息。英汉两种语言带有差异性，因此想要取得完全相同的表达效果是不可能的。翻译中，译者需要在运用自身的语言知识的基础上重视语境对文章表达的影响，从而在最大程度上还原文章信息，特别是在文学翻译行为中。

文学作品是在语境中生成意义的，这种语境可能涵盖政治、经济、文化等很多方面，虽然看似毫无关联，却能够给作品构造出框架，体现作者的思想。因此，从本质上来看，文学翻译就是不同文化语境的碰撞与交流。正如茅盾所说：“文学翻译是用另一种语言，把原作的艺术意境传达出来，使读者在读译文的时候能够像读原作时一样得到启发、感动和美的享受。”在这样的情况下，译者在文学翻译的过程中要在转换语言的同时对其文化语境展开深入分析，从而对源语的文化进行相应转换。例如：

宝玉含羞央告道：“好姐姐，千万别告诉人。”

（曹雪芹《红楼梦》第六回）

“Don’t tell anyone, please, dear sister,” begged Pao-yu sheepishly.

（杨宪益 译）

“Please, Aroma,” Bao-yu shamefacedly entreated as she helped change, “Please don’t tell anyone!”

（霍克思 译）

在西方国家，dear sister 的称呼一般用于修女。霍克思（Hawkes）将袭人的名字译为 Aroma（芳香、韵味），有效地避免了称呼的文化语境错误。

林冲答道：“恰才与拙荆一同来间壁岳庙里还香愿。林冲听得使棒，看得入眼……”

（施耐庵《水浒传》）

Lin Chong said: “My wife and I just arrived at the Temple of the Sacred Mountain next door to burn incense. Hearing the cheers of your audience, I looked over and was intrigued by your performance ...”

（Shapiro: *Outlaws of the Marsh*）

中国人在自称时常有谦虚的传统，因此常将自己的妻子称为“拙荆”“荆妻”“荆人”等，但这些称谓在今天已不再通行。因此，为使译文准确传递原文的文化语境，译者在此采取了最通俗的表达方式。

“这断子绝孙的阿 Q!” 远远地听到小尼姑的带哭的声音。

（鲁迅《阿 Q 正传》）

“Ah Q, may you dies sonless!” sounded the little nun’s voice tearfully in the distance.

中国历来有“不孝有三,无后为大”的观念,并且这一思想根深蒂固。因此,“断子绝孙”在汉语中是咒人的恶毒语言,但西方并没有这样的文化语境。本例译文只进行了直译,为引导西方读者领略 sonless 的文化内涵,应在 sonless 后添加 a curse intolerable to ear in China 的注解。

（二）文学翻译中的文化问题

翻译需要考虑文化因素的影响,文学翻译同样也不例外。通常而言,只有读者与作者拥有相同的文化背景才能顺利理解文学文本的内容。然而,由于中西方文化背景的不同,导致两种语言下的读者拥有的文化体系不同。由于缺乏基本的文化常识,使得读者在理解文学文本时就会遇到很多困难,有时候甚至无法准确获取文本信息的内容。

在人类的交际过程中,交际双方想要顺利实现交际目的,就必须拥有相同的背景知识,在此条件下,交流双方就可以省去很多双方都知道的、显而易见的事情,这将会大大提升交际的效率。认知心理学经过大量研究后发现,人类的知识通常以固定的形式存储于大脑中,在运用时可以随时进行搜索和提取,这种固定的形式在认知语言学中被称为“图式”。也就是说,人类的知识存储形式是块状的,即某一个概念或术语以长期记忆的形式保留在人类的大脑中。

在人类的认知过程中,所涉及的内容往往比单词、概念的范围更大,是更大的组织单元,其中就包括人们熟知的情景及其与事件之间的直接关系。因此,文化缺省的生成机制涉及交际、图式两个因素。

在交际过程中,不管是拥有相同文化背景的人,还是拥有不同文化背景的人,在理解对方话语的过程中总会存在语义上的缺失或曲解,因为世界上任何两个人的背景知识都是不同的。话虽如此,但如果交际双方使用的是同一种语言,又生活在同样的社会、文化背景下,那么他们便拥有充分相同的背景知识来确保交际的有效进行。因此,作者在写作过程中就不需要告诉读者大脑中已经知道的、显而易见的信息,以最大限度地保证信息表达的经济性。作者与读者共享的背景知识在文本中可以省略,人们将省略的这部分称为“情境缺省”(situational defalt),其还可进一步细分为以下两种。

(1)语境缺省(contextual default)。如果文本中缺省的成分与语篇中的信息即上下文相关,就属于语境缺省。

(2)文化缺省(cultural default)。如果文本中缺省的成分与文化背景知识相关,就属于文化缺省。

由上述内容可以得知,语境缺省的内容通常是可以在文本中搜索到的,但文化缺省的内容在文本中一般找不到具体答案。由于文化缺省的成分往往具有鲜明的文化特色,并且在文本中找不到具体描述,是一种文化内部积累、演变的结果,因而会对处于两种不同语言文化背景下的读者形成一种“意义真空”。这些读者因为大脑中不存在应有的图式而无法将文本内的信息与文本外的信息之间建立联系,进而不能建立理解话语过程中所必需的语义连贯与情境连贯。

如果读者根据自己以往的先有知识与文本内的信息建立联系并推断作者意图,这种行为得出的结果往往也是错误的。因为读者与作者所拥有的图式内容并不完全相同,读者大脑中的图式内容与文本信息之间并不一定就是相关联的。例如:

A：你们家今年炸丸子吗？

B：炸！不炸就没气氛了。

上述对话发生在中国北方地区的一个县城中，当时正处于春节前夕。在当地有一个传统习俗，就是春节前每家每户都会炸丸子。由于谈话双方拥有相同的文化背景，因而这一习俗对交际双方来说是不言而喻的，在谈话过程中起到了隐形桥梁的作用，阐述如下。

当B听到A的问话时，他的大脑中就会立刻激活帮助理解对方话语所需要的填充项，即"过年""炸丸子"，可见，A与B通过彼此共有的、无须言明的文化背景知识为媒介实现了顺利、连贯的交际。换言之，A实现了自己所期待的交际目的，而A与B之间的话语意义就有了连贯性。但是，如果A将上述的话语说给外国游客听，那么就有可能达不到自己预期的交际目的。因为A的语用前提可能是外国游客所没有的，是不认同的，即外国游客的图式知识中根本就没有"春节炸丸子"这一内容，因而国外游客很可能就会给出"我家今年为什么要炸丸子？"等表示不理解的话语，双方的交际便会中断，而A更无法获得自己的预期谈话目的。

文化缺省是作者在同自己的意向读者交流时双方共有的相关文化背景知识的省略。然而，由于狭义上的翻译是一种跨文化的行为，原文作者与译文读者往往生活在不同的社会背景下，二者并不具备相同的文化背景知识。因此，对原文读者不言而喻的背景内容对于译文读者来说就形成了文化缺省。换言之，原文作者在创造作品的过程中是不会考虑译文读者的接受能力的。

来自不同文化背景下的人因为拥有的文化图式不同而经常不能相互理解，文化图式对读者理解文本过程中的反应会产生极大的干预。当读者不具备文本的基本文化图式时，就不能对文本中所描述的真实世界产生连贯性的理解。例如，在中国文化中，"乌龟"通常代表着负面的文化内涵，有很多与乌龟相关的词语都是骂人的，如"龟孙""龟儿子""乌龟王八蛋"等；但在西方文化中，"乌龟"是长寿的象征，是褒义词。因此，西方读者对中国文化中的"乌龟"与"骂人"之间的关系就会构成理解过程中的意义真空，从而不能获取连贯、准确的理解。

（三）文学翻译行为中的意义问题

文学翻译的根本任务是对文学原作的语言艺术空间进行重构，重塑意义感悟的空间，使译文读者能够获得与原文读者相同或者相似的审美情趣和意义感受。译者在品读原作时，不能放过原作的一字一句，需要从字里行间中探寻作品的情趣和意义，在心中融会贯通，从而有助于完整地重塑译本的语言空间。并且，作者往往会将自己的声音和思想置于作品中，其字里行间中往往会渗透着作者的奇思妙想和精神情趣，目的是便于读者思索和品读，因此译者需要找出原作者留下的意义的踪迹，循着踪迹去探索字里行间的意义，然后运用近似的语言将意义呈现。这就是译者在文学翻译行为中的意义重构。

但是，由于时代在发展，空间在转移，意义也会发生改变，难免会出现歧义。字里行间的意义除了语言意义外，还有字面意义，值得译者去欣赏、探索和品味。在阅读原作时，译者需要对作者的用意进行深刻领会，对原作的各种表意手法有所体会，否则很难创设新意，甚至会造成原作意义的丢失。

因此，译者需要对意义的踪迹，即意象、意境、典型、意图、作者的声音、情节与细节进行探究，进而在译本中进行重塑，达到与原作同样的艺术效果。

第三节　文学翻译理论的具体实践

一、小说的翻译实践

小说是以艺术形象为中心任务,通过叙述和描写的表现方式,在讲述部分连续或完整的故事情节并描绘具体、生动、可感的生活环境中,多方位、多层面、深刻且具象地再现社会生活的面貌。通过阅读小说翻译作品,人们可以充分了解国外人们的思维,并借鉴他们的文学营养。小说是对社会现实的反映,所以翻译小说还需有宽广的知识面,具备丰富的社会文化知识,同时要具备一定的文学鉴赏能力,必备一定的母语表达能力,既能对源语意会,又能用译语言传。

(一)小说的文体特征

小说的目的是通过情景描写、人物刻画等使读者有所感悟,因此在文体上有着显著的特点,具体表现为以下几个方面。

1. 使用形象与象征手法

小说一般很少通过抽象的译论或直述其事来表达观点和情感,而是多采用意象、象征等手法来形象地展现观点和情感。

为了让读者有更加深刻的体会和感悟,使读者产生身临其境之感,作者常会采用形象的语言来描绘一些具体的场景、事件和人物,即将抽象具体化,用有形体现无形。作者通常会通过词语表达来体现这一特点,具体是准确用词、多用限定词和修饰语。在准确用词方面,如果作者想要表达一个人走路的动作,他会在多个表达形态各异的行走的动词中选择一个最为贴切的。作者多使用限定词和修饰词,也是为了增加描述的准确性和具体性,如在读劳伦斯的 *The Odour of Chrysanthemums* 的开头一句:“The small locomotive engine, Number 4, came clanking, stumbling down from Selston with seven full wagons.”(四号小火车的车头拖着七节装满货物的车厢,从赛尔斯顿方向跌跌撞撞地开了过来,一路上发出叮叮咣咣的声响。)就如见其形,如闻其声,仿佛身临其境,如果用抽象的词汇进行描述,恐怕就很难让读者有这样的感受。

象征手法在小说中经常被使用,象征常通过启发、暗示的方式激发读者的想象,其语言特点以有限的语言表达丰富的言外之意和弦外之音。采用形象与象征手法,可有效启迪暗示、表情达意,进而显著增强小说的文学性和语言感染力。形象与象征启发读者向着字面意义所指的方向找更丰富、深入的内涵,层次则使读者从字面意义的反面去领会作者的意图。

2. 句式复杂多变

小说语言要生动活泼,活灵活现,跌宕起伏,这样才能吸引读者阅读。对此,作者常会在句式上下功夫,如长短句交替使用、圆周句与松散句相互结合等。

3. 注重讽刺与幽默效果

小说在表达道德和伦理等教育意义时,一般不直接说明,而是采用讽刺的方式表示,这样可以得到强化意图的目的。幽默对增强语篇的趣味性有着重要作用。讽刺和幽默的效果一般要通过语气、音调、语义、句法等手段来实现,它们是表现作品思想内容的重要技巧。

4. 人物语言个性化

小说要刻画鲜明的人物形象，人物语言是展现人物鲜明形象的重要途径之一。小说人物的性格、身份、教养等各不相同，有的文雅、有的粗俗，对此作者就会通过不同的语言来展现不同人物的个性，这也是作者塑造人物形象的重要手段。读者通过这些语言，可以了解某一人物的性格，甚至推测出有关这一人物更多的情况。

5. 广泛运用修辞格

文学作品是语言的艺术，作家就要通过语言来更好地展现作品，来传神达意，所以相较于其他文体，文学作品中使用修辞格是最多的，如比喻、拟人、夸张、双关等十分常见，小说中也是如此。例如：

The pitbank loomed up beyond the pond, flames like red sores licking its ashy sides, in the afternoon’s stagnant light.

上述例句选自劳伦斯的小说《菊馨》，作者将火焰比作红红的疮疡，比喻虽然十分简单，却能使读者产生深刻的印象，并且能让读者有切身的感受，起到了一语双关的作用。可见，这种语言的精妙就在于修辞格的巧妙使用。

（二）小说的翻译方法

1. 实现功能对等

很多小说的内涵并不是靠语言的表面意思表达出来的，而是隐含在字里行间。译者在翻译小说时，如果按照原文意思直接翻译，将会使读者不知所云，不仅不能传达原文的意思，也会失去作者的本义。针对那些有着隐含意义的句子，译者可以采用意译法进行翻译，这样不仅能确保译文通顺流畅，也能让读者明白作者的真实含义，进而使译文和原文达到功能对等。

2. 传译原文风格

每一部小说都有着不同的风格，或轻松活泼，或幽默辛辣。在翻译小说作品时，就要充分把握小说的风格，根据作者的创作意图和个性，准确传达原文内容，同时重视再现原文的艺术风格。翻译一部小说时，即使语言再通顺、内容再准确，如果风格偏离原文，也不能算作好的翻译。

3. 再现人物性格

小说都十分重视对人物的刻画，因此在翻译过程中要准确把握小说人物的特点，进而精心选词，寻找和使用恰当的表达方式，从而使读者通过阅读译文能对原文人物的特点形成深刻的印象。

4. 传递原文语境

语境是小说的重要组成要素，即小说故事发生的具体场合。相较于语义，语境的翻译更加困难，因此译者要仔细分析原文语境，分清总体语境和个别语境，进而采用恰当的语言准确翻译。

二、诗歌的翻译实践

诗歌是一种运用高度精炼、有韵律且富有意象化的语言来抒发情感的文学样式，是具有一定外在形式的语言艺术。诗歌用优美的形式表达思想、传递情感，可以咏志，可以言情，可以表意。诗歌翻译是沟通世界文学艺术的一个重要渠道，也是促进诗歌发展的重要方式。

（一）诗歌的文体特征

1. 形式与风格特征

（1）结构形式少变

英语诗歌文体的发展与演变尤其独特之处，相较于其他文学形式，诗歌的形式与语言的演变较为缓慢。其中，十四行诗这一形式就是一个经久不衰的范例。意大利首先出现了将十四行、抑扬格、五音步用作全诗的形式，16 世纪中期传入英国，并受到当时文人的宠爱，莎士比亚、斯宾塞等诗人都写过著名的十四行诗。18 世纪，十四行诗逐渐没落，但后来又被浪漫派诗人济慈、沃兹沃斯等人复兴，以后许多诗人也多有采用。从十四行诗的发展可以看出，英文诗歌的形式相较于其他文体比较缓慢。

（2）语言风格独特

从 16 世纪开始，英文诗歌的风格就有着不同的时代特色。在当时，诗歌的语言多呈现朴素自然的风格，与人们的生活用语相贴近。到 17 世纪下半叶，古典主义风格开始盛行并确立，当时很多诗人都采用“英雄双行体”的诗歌形式，这种形式韵律整齐、句法明确、用词妥帖，可以说语言风格完美。到 18 世纪，诗人开始脱离古典主义的道路，开始使用朴素自然的语言来抒发情感，浪漫主义在文艺领域逐步确立。19 世纪中叶以后，诗歌领域又出现了现代派的新风，一些诗人开始用更加自由的诗体来抒发情感，甚至有些诗人用不规范的语言（如俚语）来写诗歌，以获取不一样的效果。

2. 美学特征

诗歌是一种文学性程度很高的文学样式，而且有着高境界的美学特征，具体表现为音韵美、文辞美、意境美和意象美。

（1）音韵美

诗歌的音韵美这一特征表现得十分明显，诗歌最主要的表达方式就是通过音乐的辅助，形成一种回环美的音韵。而且，这些有着音韵美的诗歌更能表达作者的思想。所以，作为诗歌审美特征的音韵美，它使作者的内心与诗歌的声音完美融合，从而使诗句极具美学效果，增强诗歌的美感，而且有利于作者情感的抒发。诗歌的这种音韵美主要体现在诗节、押韵和节奏等方面。

20 世纪以前，英语诗歌常按照一定的规律，即依照若干诗节的方式进行创作，诗节中又划分为不同数量的行，行中又隐含着多个音节，并按照一定的形式进行排列。就诗歌的押韵形式而言，头韵、尾韵和中间韵是最主要的形式，此外还有音乐押韵。传统的诗歌也注重这种结构的变化，常通过不同形式的元音以及摩擦句等方式来增加诗歌的节奏感，从而使诗歌更加优美。

（2）文辞美

诗歌的文辞美在诗歌创作上的表现是使诗歌的字里行间由于词语以及修辞手法的使用而表现美感，同时能将作者的情感充分表达出来。所以，诗歌的文辞美主要体现在对词语和修辞的应用上。

精妙选词可有效扩大语言的表达空间，还能激发读者的审美想象，引导读者进行更深层次的推敲和理解。诗歌作为文学瑰宝，其语言都是经过诗人反复推敲和锤炼后诞生的。例如，庞德的《地铁车站》的第一稿有 30 多行,最后浓缩为短短的十几个词:“The apparition of these faces in the crowd; Petals on a wet, black bough.” 再如,济慈的《秋颂》中, plump, set, swell, fill 等一系列动词的运用,不仅生动地展现了秋天的丰实与慷慨,而且达到了美化语言的目的,极具感染力。

巧妙地运用修辞手法,不仅可以美化生涩的语言,还能将诗人的满腹情怀含蓄地表达出来,使得诗歌的韵味更加隽永绵长。在诗歌中,比喻、拟人、夸张、反复、排比等修辞手法经常被使用。

(3)意境美

诗歌的意境美主要是诗人通过将自己的思想情感与所描绘的风格完美地融合在一起,达到情景交融的目的,并通过语言表达出来,从而使诗歌产生意境之美。诗歌的美妙之处也体现在诗歌的意境美上,意境也是诗歌的命脉所在,通过与意象相结合,可以使人产生美感。创造意境也可以说是诗歌的命脉,通过深奥的意境的营造,不仅可以生动地展现诗歌的内容,还能给人带来精神和思想上的享受,使人获得心灵上的审美愉悦,达到思想上与情感上与诗人的交流。例如,罗伯特·弗罗斯特《未选之路》与《雪夜林边小驻》所呈现的静谧与沉思,拜伦的《她在美中行》当中的素雅与纯真,华兹华斯《我好似一片孤独的流云在游荡》中的闲适与欢欣等,每首诗歌都洋溢着一种意境美,给人充分联想的空间,让人深刻感悟诗歌的情趣与精神。

(4)意象美

意象是诗歌最深处的灵魂。所谓意象,就是寓意之象,也就是通过客观的事物来承载主观的情愫。诗人常常将自己的所思所想寄托在一定的意象之中,从而达到“言有尽而意无穷”的效果。读者只有充分理解诗歌的意象,才能深刻感悟诗歌的美妙之处。意象发挥到淋漓尽致的莫过 20 世纪初期的意象诗派诗人,他们多采用新奇的句法、鲜明的意象创作诗歌,使诗歌富有意象美。

(二)诗歌的翻译方法

诗歌是一种重要而且古老的文学形式,诗歌艺术的发展在很大程度上也影响着整个文学艺术的繁荣。通过诗歌,人们可以充分展现个人情怀,包括对人生的感叹、对情与爱的抒发等。诗歌翻译是沟通世界文学艺术的一个重要渠道,也是促进诗歌发展的重要方式。就文学文体的翻译而言,诗歌翻译的难度最大,因为诗歌中的诗味和音韵美等很难翻译。在具体的翻译过程中可以采用以下几种方法。

1. 准确传达意思

诗歌翻译首先要准确传达原文的思想内涵,使译文符合译入语的表达习惯,以便于译文读者理解。形式与内涵同等重要,但在保留形式的同时无法有效传达诗歌的含义,此时就要舍弃形式,在直译的基础上进行必要的调整,即采用调整翻译法进行翻译。

2. 充分还原美感

诗歌有着极强的美感,这在形式、韵律、文辞和意境上有着鲜明的体现。因此,译者需要在准确传达原文的基础上充分还原原文的美感,从而使译文读者获得美的享受。具体而言,译者可采用以下几种翻译方法。

(1)形式翻译

实际上,很多诗歌的形象与思想都是密切相关,诗人往往会通过恰当的表现形式来充分表达自己的思想情感。在翻译这类诗歌时,就要采用形式翻译法,使译文与原文形式保持一致,以传递原文的形式美，保留原文的韵味。

在诗歌中，其形象和诗歌的思想内容有着密切的联系。诗人若想更加全面地表达自己的思想，就应该选用恰当的诗歌表现形式。具体而言，形式翻译要注意两点。首先，要保留原文的诗体形式，在翻译时，译者要将原文所包含的文化特性与诗学表现功能传递出来。其次，要保留原文分行的艺术形式。不同的诗行形式演绎着各不相同的诗情流动路径，体现着作者各种各样的表情意图，所以译者应充分考虑诗歌分行所产生的形式美学意味。

（2）解释性翻译

解释性翻译是介于调整翻译与形式翻译之间的一种翻译方法，它强调在保留原诗形式美的基础上，要传递原诗的意境美和音韵美。

在音韵美方面，要求译作忠实地传递原作的音韵、节奏以及格律等所体现的美感，确保译文富有节奏感，并且押韵、动听。在意境美方面，要求译诗与原诗一样可以打动读者。

在进行解释性翻译时，译者要注意语言与文化方面的问题，译者要尽量创作与原文在形式、音韵、意境上相对等的作品。

3. 进行再创造

诗歌再创造就是译者从原始的形式或思想出发，使用译入语对原诗进行再创造。严格来讲，这很难说是一种翻译。读者在阅读这类作品时，与其说喜欢原作，不如说是喜欢译作。根据拉夫尔的观点，它其实是一种杂交的形式，既不是原诗，也不是翻译，但是有其存在的价值。这种翻译对译者具有极高的要求，因此在翻译实践中使用较少。

三、散文的翻译实践

散文是一种自由的文体，其结构灵活自由，语言韵律优美，意象生动，意境深远，有着独特的风格。因此，散文的翻译不仅要表达原文的意义，还要传达原文的美感，再现原文的意境。

（一）散文的文体特征

相较于其他文学形式，散文有着独特的文体特征，主要体现在体裁和语言两个方面。

1. 散文的体裁特征

（1）题材广泛

散文的题材十分广泛，生活中的细小事件、场景以及对某个事物的态度等都会成为作者写作的对象。在写作过程中，只要与主题相关的材料，都可以拿来用，经过作者的精心构思和安排，就可以形成一个有机整体。

（2）结构松散

散文的结构自由和松散，散文可以描述、可以议论、可以抒情。散文的结构松散并不是说散文没有结构，散文的内容与主题和风格是相一致的，所有的描写都要围绕主题开展。可以说，散文是形散神不散，这也是散文的显著特征。

2. 散文的语言特征

（1）简练、畅达

简练可以说是散文最基本的语言要求和特点。简练的语言能充分传达作者所要表达的内容，高效地传达作者对人对物的情感与态度。畅达是指作者在遣词造句时十分自如，在抒发情感时自由自在。简练和畅达是散文语言的重要特征，也是散文语言艺术的生命线，二者是相辅相成的。

(2)节奏富有美感

散文具有美感,这种美感除了体现为文辞美、意境美,还体现为节奏美。散文在语音上的表现是声调的平仄或抑扬相配、无韵和有韵的交融、词义停顿与音节停顿的融合。在句式上的表现是整散交错、长短结合、奇偶相协。

(3)口语化且富有文采

散文语言有着明显的口语化特征,作者常会以自己的姿态、风格讲话,向读者倾诉、恳谈,充分展示其说话的风格和个性。但这一特征并不表明散文没有文采或者不讲究文采,散文常常通过朴素的语言来传达真挚的情感,这也是大作家才能显现的真正文采。

(二)散文的翻译方法

1. 准确传达情感

作者创作散文的主要目的即表情达意、抒发情感,情感是散文的灵魂所在。在翻译散文时,译者首先要传达原文的情感,做到译文与原文在情感效应上达到对等,即使译文读者获得与原文读者相同的感受,对此译者可采用移情法进行翻译。具体而言,译者在翻译之前首先要了解原文的写作背景,明白作者的写作思想,将自己放在与作者相同的情感地位上,切实体会作者的思想情感,进而对其进行传达。

2. 充分还原意境

散文作者常将自己的情感表达寄托在一定的意境描写上,从而给读来带来美的享受以及引发读者对生命的思考。因此,在翻译时译者也应注重对原文意境的还原。但散文的语言表达十分自由,对此译者也不应拘泥于原文的表达,也应做到收放自如,在准确传递原文思想的基础上,通过优美、流畅的语言再现原文的意境。

3. 有效再现风格

散文创作的生命在于风格的鲜明,散文翻译的关键在于风格的再现。不同作者有着不同的写作风格,翻译时对于原文风格上的把握特别重要。如果译文与原文风格大相径庭,即便译文语言再优美,表达再到位也称不上佳译。

四、戏剧的翻译实践

戏剧是一门古老的舞台艺术,是通过集语言、动作、舞蹈、音乐等形式于一体,并借此达到叙事目的的一门综合艺术。戏剧翻译不仅涉及语言方面的转译,也涉及很多语言之外的因素。这实际上是有很大难度的,需要译者充分了解具备特征,并灵活运用翻译方法。

(一)戏剧的文体特征

1. 戏剧的体裁特征

(1)情景反映现实生活,并且高度凝练

在戏剧中,情景是指推动戏剧冲突爆发并不断发展的契机,是使人物产生特有动作的条件。[①] 戏剧的情景来源于人们的现实生活,而且反映着人们的现实生活,而这也是戏剧被广大

① 谭霈生. 论戏剧性 [M]. 北京:北京大学出版社,1981:98.

受众喜爱认可并引起广大受众共鸣的重要原因。戏剧的情景对剧作家有着很高的要求，因为戏剧作品要通过舞台展示出来，但舞台表演的时间和空间是有限的，剧作家必须在这一限制条件下将丰富的社会生活活灵活现地表现出来，同时能吸引观众的目光，剧作家必须用凝练的语言将剧中的人物、场景以及事件等展现在舞台上。

（2）戏剧结构严密紧凑

结构是每一部文学作品所不可或缺的，它是作品的骨架，支撑着作品主题，推动着情节发展，并引导读者逐步深入了解作品思想。结构对于任何文学形式而言都十分重要，对于戏剧更是如此，因为戏剧的组织结构直接影响着戏剧的成功与否。戏剧不能脱离舞台，戏剧必须在有限的篇幅和时空内展现故事，这就要求戏剧必须具有严密紧凑的结构。

（3）戏剧冲突紧张激烈

冲突是戏剧情节不断向前发展的动力，它是戏剧的灵魂，可以说没有冲突就没有戏剧。戏剧冲突是指戏剧作品中的矛盾和斗争，其表现为紧张激烈，扣人心弦，引人入胜，这也是戏剧吸引受众的重要原因之一。同情景一样，戏剧冲突也源于现实生活，剧作家对现实生活中的冲突加以整理和提炼，使之展现在舞台上，让广大受众获得启发。

2. 戏剧的语言特征

戏剧中的语言主要是指台词，也就是人物语言，其体现出以下几个方面的特征。

（1）口语化

在戏剧中，人物对话占据了戏剧的大部分篇幅。剧本最终要通过演员之口说出来，进而与观众交流，因此戏剧的口语化特征十分明显。

戏剧的口语化特征要求戏剧台词讲究节奏韵律，读起来朗朗上口，并且富有感染力。这是因为戏剧台词是写给读者看的，而且要通过演员读给听众听，为了吸引听众，戏剧台词必须要有抑扬顿挫之感。此外，戏剧语言的口语化特征还要求戏剧台词尽量通俗易懂。听众的教育水平和身份等各不相同，戏剧语言必须要雅俗共赏，而且意义明朗，便于广大受众理解。

（2）动作性

戏剧语言的本质可用“语言动作”这一术语来概括，在戏剧中，语言与动作紧密相连。语言诠释着动作，表示着人物的行动意义，同时揭示着人物的内心状态，所以戏剧语言必须要具有动作性。

（3）个性化

在戏剧中，台词之于人物塑造是非常重要的，这也说明了戏剧语言的个性化特征。戏剧中人物各异，每一个人物都有着不同的性格、职业、身份等，为了便于听众理解不同人物的性格特征，每一个人物的语言都要鲜明、有个性，也就是听众在听到这个人物的语言时，就能准确把握这个人的性格特征。

（二）戏剧的翻译方法

1. 忠实传达剧本内涵

所谓忠实，是指译文不能脱离原作，要准确地将源语信息传递给观众。同其他翻译活动一样，戏剧翻译首先要忠实传达原文的内涵，具体可采用以下几种方法来实现这一目的。

（1）直译法

直译法就是按照字面意思和语序进行翻译，其可以最大限度地保留原文的形式和特色，而且能有效传达原文的含义。但这种方法适用于源语与译入语在结构、语义、功能等方面相同，并且直接翻译不会引起误解的情况。

(2)归化法

因不同民族文化背景的不同,源语和译入语在诸多方面都存在差异,此时无法用直译法进行翻译,此时就可以采用归化法来翻译。所谓归化法,就是向译入语读者靠拢,采用符合译入语语言习惯和文化传统的概念进行翻译,从而实现功能对等。

2. 体现具体的语言特征

戏剧语言有着鲜明的个性化特征,在翻译时译者也要传译这种特征,进而再现原文的人物特点和内心活动。在翻译戏剧的个性化语言时可采用拆译法,也就是将原文的长句拆分为短句,这样可以突出原文的重点,并且使译文符合译入语的表达习惯。

此外,戏剧语言有着很强的修辞性,常会使用各种修辞格,在翻译过程中有时很难找到与之相对应的修辞方式,此时就可以采用变通法,根据具体情况灵活进行处理,并使译文获得与原文相关的表达效果。

3. 增强戏剧的表演性

戏剧具有表演性,在翻译的时候也要体现这种表演性,这就要求译者不仅要考虑语言问题,同时要考虑戏剧的表演效果。戏剧语言具有一定的审美性,此时译者在翻译时也要再现戏剧语言“音义双美”的特点,让台词读起来朗朗上口。对此,译者可以采用省译法,即简化原文中较长的句子,使译文更加便于阅读,更具韵味。

4. 灵活处理文化因素

文化因素在戏剧中随处可见,戏剧中很多的词汇、句子、习语等都蕴含着丰富的文化内涵。但译者并不能采用其他文学作品所采用的方法——直译加注释法进行翻译,因为戏剧演出具有实时性,当观众无法理解台词中的文化内涵时,演员也无法停下来再念一遍。对此,译者需要根据汉语的表达习惯,采用释义法进行翻译,也就是尽量使用易于读者接受和理解的汉语文化进行解释,这样既能让观众理解,也能确保译文的艺术效果。

第八章　实用文体视角下翻译理论阐释及其实践

无论是在英语中还是汉语中都有着丰富的文体类别，对不同的文体体裁进行分析对翻译来讲十分重要。简单来讲，文体是独立成篇的一种文本体裁，是一种独特的文化现象，有着丰富的内涵和形式。不同的文体有着不同的特点，也对应着不同的翻译方式。本章将对实用文体视角下的翻译理论与实践进行探析。

第一节　文体学及翻译文体学

一、文体学

（一）文体学的概念

至今，文体学已经有百年的历史了。从20世纪60年代到80年代起，学术界对文体学的定义、内涵、研究范围的说法众多。许多学者从不同研究领域、文体学流派出发对文体学下了定义。

虽然文体学的研究存在各种流派，但是他们从不同的视角对语言使用规律进行了解释，并且国内很多学者都认可一个观点：文体学是对语言使用规律进行研究。

（二）文体学的研究对象与范围

如前所述，国内外很多学者对文体学进行了研究，并且流派众多，但是就研究对象而言，主要包含两种：广义与狭义。

从广义层面来说，文体学主要是对各类英语文体的语音、句法、词汇、篇章特征进行的研究，这些英语文体包含记叙文、说明文、描写文、议论文等。

从狭义层面来说，文体学主要是对文学文体的语言特点与语言风格进行的研究，如诗歌、小说、散文等。

除此之外，笔者还认为文体学对语言的各种变体进行研究。例如，由于交际媒介不同，可以划分为口语与书面语；由于交际双方关系不同，可以划分为正式用语与非正式用语；由于社会关系与社会活动不同，可以划分为演讲英语、新闻英语、广告英语、科技英语等。本书对翻译研究就是从这些文体视角来分析和研究的。

（三）文体学的性质分析

虽然文体学的研究涉及广义、狭义等层面，但是文体学的任务并不是对若干文体名目的罗列，而是对若干种文体语言特点的描述与观察，即它们各自的语音、词汇、句法、篇章等特点，目的在于使他们能够更好地了解各自所要表达的内容以及适用的场合。

在语言的运用层面，文体学特别强调的是：必须适应特定场合的需要。这里所谓的场合主要指的是社会场合。简单来说就是，对孩子说孩子话，在庄严的集会上就需要用庄严语，发出某些通知一定要符合一定的格式等。这些都是对场合的要求。

对一种语言的各类文体展开研究，有助于人们了解语言的各项功能。语言所传达的信息作用各异，或者是为了对一个事件进行说明，或者是为了表达某种情感，或者是让对方发出某项动作等。

从上述分析可知，英语文体学的研究非常有用，是一门正在成长的学科，其不是一个关闭的体系，而是开放的，是不断发展的。随着社会的发展，文体学的研究领域在不断扩大，其影响在翻译理论中有着重要的关联。这也是本书的重点。

二、翻译文体学

（一）翻译文体学的概念

20 世纪 60 年代至 70 年代中期，形式主义文体学盛行。自此至 21 世纪初，文体学与语言学的联系越来越紧密。Simpson 在对文体学做出重新的定义时，将传统上文体学研究中常用的“语言学”一词改为“语言”，并且用斜体形式来区别，认为文体学是“一种把语言摆到首要位置的文本阐释方法”，这时才显示了文体学与语言学开始脱离开来的迹象。

目前，关于文体学的定义，最为常见的是利奇（Leech）的界定：“文体 X 是 Y 内所有跟文本或语篇样本相关，被一定语境参数组合所定义的语言特征的总和。”（Leech，2008）该界定指向作为语篇特点的文体，这与作为个人属性的文体存在很大的差异。同时，译者文体并不是译文所体现的客观、静态的语言特征，亦非作者文体。从广义上来讲，该定义可用于译作分析，但不适用于对译者文体进行考察。

由此，翻译文体学开始脱离文体学。Chan 将翻译文体称为“译者基于美学或主题而做出的选择，（翻译文体学）隶属于文学批评范畴”。

Popovic 是思考翻译文体学的先行者。他把翻译中的文体对等界定为“原文与译文中某些成分的功能对等，以产生具有意义等同这个不变量的一种表达上的等同”。在翻译文体学研究中，在一些特定的情况下，文体对等是等同于翻译对等的。

Popovic 将文体对等称为“充分性”“表达对应”和“忠实原文”。从这一意义上来看，文体对等涉及保留源文本（成分）的表达特征，同时努力保留其基本语义内容。但尽管直接语义对应难以建立，译者还是应该选择与源文本特定成分在文体层面是对等的目标语项。

（二）翻译文体学的学科定位与研究方法

就叙事学与文体学的关系而言，两者分属文学研究和语言学这两个学科。

文体学通常被认为是语言学的范畴，但它其实是语言学与文学研究结合而形成的一门交叉学科。翻译文体学则是一门程度更高的交叉学科。

根据文体学家在研究中所采用的语言学模式划分，可以将文体学分为以下类型。

（1）形式主义文体学。

（2）功能主义文体学。

（3）话语文体学。

（4）语用文体学。

（5）认知文体学。

从翻译学的学科特点和专业复杂性来看，可以将翻译文体学视为翻译学研究的一个分支。使用文体学方法来考察翻译方面的理论问题，同时不必将其归为纯粹文体学研究内。

自 2006 年以来，西方翻译文体学主要表现为从译作中找寻译者文体特点。

贝克(2000)与芒迪(Munday,2008)曾提出翻译文体学大致的研究方法，奠定了可行性根基。

译者文体概念由萨尔达尼亚(Saldanha,2011)正式提出，她考察了怎样从译作中寻找可靠的证据，以此来有效解决衔接、连贯等文体方法论层面的一些难题。这时学界才出现了关于翻译文体学具体的、较全面的理论和方法论框架。

萨尔达尼亚(2011)首先对翻译文体学的常用研究方法做了回顾，然后将英国翻译家 Peter Bush, Margaret Jull Costa 的译作作为考察对象，采用语料库的研究方法对她提出的新定义进行测试。在语料分析层面，她对以下内容进行了重点考察。

(1)强调性斜体和外语词汇的使用方法。

(2)转述动词 say, tell 之后连词使用方法。

翻译学界对翻译文体学的研究立足于文体的不同理解，每一种理解与特定研究方法有关，而结论并不一定是相关的。整体来看，虽然关于翻译文体学的研究成果越来越多，但是还不能找出一个连贯的理论框架对新的研究方向进行指引。

鉴于此，萨尔达尼亚(2011)提出了一个新颖的理论框架，集中研究了翻译文体学的一个层面：译者文体翻译的个人文体的概念不算是创新。萨尔达尼亚认为，在翻译研究中，应该“发展一套连贯的译者文体理论”，这是因为“研究翻译规范与规则的学者已经证明，在语料库中用来表明某些语言模式是经常还是不经常出现的总体数字，常常能通过平均数显现出不同译者之间的区别”。

该理论可以看作翻译意识形态研究之补充。它不仅可以证实，而且可以挑战法证实文体学中的一些论点。

萨尔达尼亚对方法论上的问题做了集中讨论，指出“在将文体特征归于某个译者之前，应该先要识别重要元素”。此外，她使用语料库分析方法测试了译者 Bush 和 Costa 的小型平行翻译语料库，证明了其所提出的译者文体概念的适用性。

第二节 实用文体翻译的标准

一、正确

在翻译实践活动中，由于文本功能不同，不同文体的翻译方法也有所差别，还有一些翻译方法专门适用于某一种文体。但无论哪种翻译方法，都有一个共同之处，即必须翻译正确。这也是翻译的首要标准。

要做到翻译正确，翻译时应注意以下两点。

(1)文体翻译中经常会遇到关于时间、空间、价格等的表达，翻译时更需精准无误，不能主观臆断或含糊其辞。

(2)原文中涉及专业术语、行话时，必须用对应的术语、行话翻译出来，以保证语义准确、语言地道。

例如：

If you can reduce your price of bean to 500 French francs per ton, we may be able to place an order of 200 metric tons.

如贵方能将大豆报价降至每吨 500 法郎，我们可定购 200 吨。

在翻译本句之前，译者首先应该知道，使用 franc（法郎）的国家不只有法国，瑞士、比利时、卢森堡等国家也使用法郎。因此，在翻译 French francs 时，不能将其简单翻译为“法郎”，而应译为“法国法郎”才更加准确。

另外，metric ton 也不能简单翻译为“吨”。因为，“吨”在不同的度量衡体系中的实际重量并不相同。我国采用公制，1 公吨 =1 000 公斤。英美国家则有“长吨”“短吨”之分，1 长吨 =1 016 公斤，1 短吨 =907.2 公斤。因此，根据原文含义，metric tons 应该译为“公吨”才更加准确。

二、简明

实用文体的一项重要功能是向读者传递信息，并且常常在篇幅、费用、时间等方面受到限制。因此，实用文体的译文应尽量简洁、明快。具体来说，实现语言的简明化可从以下几个方面入手。

（一）简炼

简炼就是使用最少的文字来表达最丰富的内容，从而实现语言的简洁与精炼。例如：

Strictly No Admittance 严禁入内

Lost and Found 失物招领处

Keep Clear 请勿靠近

（二）准确

准确是指所选词汇的意义要能与原文准确对接，语句要合乎语法，逻辑要紧凑、连贯，语言风格要与原文风格相吻合。例如：

Emergency Exit Only 紧急出口

Ticket Office 售票处

The earth’s population is doubling, the environment is being damaged.

地球上的人口在成倍增长，环境也在不断受到破坏。

Machines are assembled of their separate components.

机器是由其独立的部件装配而成的。

（三）质朴

实用文体的译文应杜绝虚妄不实之词，避免夸张、渲染式语言，从而保证文体的严肃性。例如：

Business Hours 营业时间

Bus Only 公交车专用道

Road Work 道路施工

If we can help you further, please don’t hesitate to get in touch with us.

愿意为你们进一步服务，如有需要，请尽管随时与我们联系。

三、通达

文体翻译要求通达，即通顺达意，可读性高。要使译文通达，译者就要灵活使用翻译方法，如增减词、正反译、调整词序、重组句子等，不能盲目按照原文词序逐词逐句地翻译，否则译出的文章必然晦涩难懂，不为读者所接受。例如：

The magic spades of archaeology have given us the whole lost world of Egypt.

考古学家用神奇的铁铲把整个古埃及都发掘出来了。

本例译文根据汉语的表达习惯，将英语原句的词序进行调整以后翻译，保证了译文的通顺流畅，提高了译文的可读性。

四、专业

实用文体涉及行业广、专业化程度高，其中的很多词汇看似日常词语，却往往具有专业意义。例如，default 一词的本义是“拖欠、未履行”。但是，当应用于计算机领域时，其含义是“由操作系统自动指定并持续有效的特定值”，即“缺省”，如 default share（缺省共享）；当应用于法律范畴时，其含义是“被要求出席时未到席”，如 make a default（未出庭）。再如：

Mathematics is the base of all other sciences, and arithmetic, the science of numbers, is the base of mathematics.

数学是所有其他科学的基础，而算术，即数的科学，则是数学的基础。

A transistor has three electrodes, the emitter, the base and the collector.

晶体管有三个电极，即发射极、基极和集电极。

The lath should be set on a firm base.

车床应安装在坚实的底座上。

Line AB is the base of the triangle ABC.

AB 线是三角形 ABC 的底边。

As we know, a base reacts with an acid to form a salt.

众所周知，碱与酸起反应生成盐。

上面的五个句子中都有 base 一词，但由于使用领域不同，base 被分别译为一般意义的“基础”和专业意义的“基极”“底座”“底边”和“碱”。可见，只有具备一定的专业知识，熟悉相关背景，才能实现译文的准确、完整。

五、适切

所谓适切，即适合贴切。适切标准要求，译者应根据不同文体的特殊功能和目的选择合适、贴切的表达，以使译文符合目的语国家的政治、文化环境以及技术规范等。为了达到这一要求，翻译时经常需要对原文加以调整。例如：

天花板中央悬挂三盏直径三米的荷花大彩灯，取毛泽东“芙蓉国里尽朝晖”的寓意。

On the furred ceiling hang three lotus-shaped lanterns (each having three meters in diameter), reminiscent of a beautiful scene depicted in a poem by Mao Zedong.

在这个例子中，原文中“芙蓉国里尽朝晖”这句诗词是翻译的难点。如果将其全部翻译出来，是 presenting an image of “The morning sunlight floods your land of lotus blooms”，但这样翻译并不合适。首先，外国人并不了解毛泽东这首诗词的创作背景，无法将荷花大灯与荷塘的晨曦联系起来。其次,仅将诗句翻译出来还不够,还必须注明诗句出处,这样这一段包含诗句翻译及注释的译文对于建筑结构介绍而言颇有喧宾夺主之嫌。基于这些考虑,译者并未将诗句虚隐起来,这有利于更好地实现文本功能。

第三节　实用文体翻译理论的具体实践

一、文体视角下的法律英语翻译

(一)法律文体的语言特点

1. 词汇特征

(1)使用专业术语和法律行话

使用法律专业术语是法律文本的一个显著特点。法律术语专门用来表达特定的法律概念,具有明确、特定的法律含义。例如:

verdict 裁决
covenant 契约
demur 抗辩,反对
general counsel 首席法律顾问
case at bar 正在审讯的案件
court below 下级法院

(2)使用法律行话

法律"行话"是在法律团体中普适的词汇或短语,只有法律行业的内部人士才能理解其含义。例如:

accomplice 共犯,同谋
cause of action 诉由,案由
due process of law 法律正当程序
insider trading 秘密交易
domicile 户籍住所
variance(诉状与供词)不一致
conveyance 财产转易 / 转让
hung jury 意见分歧的陪审团
inferior court 初级法院

(3)使用拉丁词语

由于拉丁词语较为庄重,并且言简意赅,因此常见于法律英语文本中。例如:

ad litem 为了诉讼(目的)
ab initio 从开始起;自始
bona fide 真诚的;善意
lex fori 审判地法
ejusdem 同类的

（4）使用古旧词语

古旧词语和拉丁词语在法律英语文本中有大量的使用。那些曾经常用、现在已经很少使用的古英语词汇能够使句子简练、严谨，更好地反映出法律文体的特点。例如：

nay 否，不

aforesaid 如上所述的

belike 大概，或许

hereafter 此后

herein 于此处

（5）使用近义词

为了保证法律文本的准确性，近义词的使用也十分常见，通过近义词之间微妙的语义差别，相关内容得到更加精准的界定，提高了语言的准确性。例如：

sole and exclusive 单一

null and void 无效

terms and conditions 条款

sell or transfer 出售或转让

obligation and liability 义务和责任

integration and construction 理解和解释

（6）使用模糊词语

使用模糊词语与法律文本对准确性的要求并不冲突。事实上，模糊词的使用能帮助法官掌握和实施具体的判断标准，将一切情况囊括在内，避免疏漏。例如：

similar 相似的

more or less 大约

regular 常规的

suitable 合适的

obvious 明显的

improper 不合适的

2. 句法特征

（1）使用陈述句

法律文书是用来确认法律关系、贯彻法律条令、规定人们的权利和义务以及陈述案件事实的专用公文，不容许有丝毫的引申、推理或抒发和表达感情的特点，所以法律文件的基本句式通常是陈述句结构，没有感叹句和疑问句。例如：

All States have the duty to contribute to the balanced expansion of the world economy, taking duly into account the close interrelationship between the well-being of the developed countries and the growth and development of the developing countries, and the fact that the prosperity of the international community as a whole depends upon the prosperity of its constituent parts.

所有国家有义务对世界经济的均衡发展做出贡献，要适当考虑到发达国家的福利同发展中国家的增长和发展之间的密切关联，并考虑到整个国际社会的繁荣依赖于其组成部分的繁荣。

（2）使用被动句

英语法律文件中用于规定行为人的权利义务以及相关法律后果时常使用被动句式。被动句对有关事项进行客观的描述和规定，将动作本身放在了突出位置，有利于体现法律英语庄严、客观、公正的文体特点。例如：

This Agreement may be terminated by either party upon three months' written notice delivered or sent by registered mail to the other, and may be terminated at any time, without such notice, upon break of any of its terms and conditions.

任何一方提前三个月用挂号信书面通知对方或任何一方在任何时候违背本协议任何一款，无须通知，本协议即告终止。

（3）使用复杂长句

长句中能够包含大量信息，而且能通过各种修饰语、并列成分等将意思表达精准、严密，因此常用在法律文本中。据统计，法律英语文本句子的平均长度是271个单词，远远超过了普通英语的句子长度。例如：

If the Respondent applies to the court to consider the Respondent's financial position after the divorce, the decree nisi cannot be made absolute unless the court is satisfied that the Petitioner had made or will make proper financial provision for the Respondent or else the Petitioner should not be required to make any financial provision for the Respondent.

这个长句包含了58个单词，用到了条件状语从句、让步状语从句、并列句，从而将关于离婚裁决的判定标准表达得清晰、准确，便于法律工作者依法办事。

（4）使用名词化结构

名词化结构在法律文本中十分常见。名词化的词主要是指表示动作或状态的抽象名词，或是起名词作用的非谓语动词。从句法功能上说，“它可以避免使用人称主语，从而防止句子结构过于臃肿。此外，名词化结构的组合方式多，意义容量大，适宜表达精细复杂的思想概念，具有简洁确切、严密客观的修辞功能”（季益广，1999）。而且，往往文体风格越正式，名词化程度越高。因此，为了提高语言的准确性、严谨性以及正式程度，法律文本中经常使用名词化结构。例如：

The distinction between the two modes of acquisition of property rights is important in the light of the almost universal maxim ofproperty law that no one can transfer a greater right than one has.

根据财产法的通用准则——任何人都不得转让超越自己权限的财产，来区别两种财产取得的方式是非常重要的。

If two or more applicants apply for registration of identical or similar trademarks for the same kind of goods or similar goods, the trademark whose registration was first applied for shall be given preliminary examination and approval and shall be publicly announced; if the applications are filed on the same day, the trademark which was first used shall be given preliminary examination and approval and shall be publicy announced, and the applications of the others shall be rejected and shall not be publicly announced.

两个或者两个以上的申请人，在同一种商品或者类似商品上，以相同或者近似的商标申请注册的，初步审定并公告申请在先的商标；同一天申请的，初步审定并公告使用在先的商标，驳回其他人的申请，不予公告。

（5）使用各种从句

法律文体中经常使用各种从句，主要有以下几种。

主语从句。法律文体中还常使用It作形式主语的主语从句，以体现法律语言的客观性。常见的句型有“It is agreed that...”“It is understood that...”“It is agreed and understood that...”。例如：

It is agreed that a margin of 2 per cent shall be allowed for over or short count.

双方同意，允许的数量误差为 ±2%。

It is hereby agreed that Party B shall have no obligation to pay for the costs of such training.

双方特此协议，乙方不负担此类培训费用。

状语从句。法律文本大多涉及对义务的规定和对权利的确认，所以常用条件句来引出一定的结论。常见的引出条件句的连接词有 if, in the event (that), in case (that), unless, provided that, should 等。例如：

If any of the above-mentioned Clauses is inconsistent with the following Additional Clause (s), the latter to be taken as authentic.

以上任何条款如与以下附加条款有抵触时，则以以下附加条款为准。

In the event that such mediation fails to resolve the dispute within thirty (30) days, the dispute shall be finally settled by arbitration.

若调解于三十(30)天内不能解决时，其争执应由仲裁作最后裁决。

定语从句。为使法律文本意义清晰明确，排除误解的可能性，法律文本中还经常使用定语从句。例如：

A reply to an offer which purports to be an acceptance but contains additional or different terms which do not materially alter the terms of the offer constitutes an acceptance.

对发盘表示接受但载有添加或不同条件的答复，如所载之添加或不同的条件在实质上并不更改该项发价之条件，乃构成受盘。

All disputes, controversies, or differences which may arise between the parties hereto, out of or in relation to this agreement and which the Board of Directors fail to settle through consultation, shall finally be submitted to arbitration which shall be conducted by the Foreign Trade Arbitration Commission of the CCPIT in accordance with the Provisional Rules of Procedures of Arbitration of the said commission.

有关本协议的一切分歧与争议，如董事会通过协商达不成协议，则提交中国国际贸易促进委员会之对外贸易仲裁委员会，根据该会之仲裁程序暂行规定进行裁决。

(二)法律文体的翻译实践

1. 直译

当法律原文与译文在时间或事件的表达顺序上完全一致时，可以采用直译法进行翻译。例如：

The examination of the impact of the dumped imports on the domestic industry concerned shall include an evaluation of all relevant economic factors and indices having a bearing on the state of the industry, including actual and potential decline in sales, profits, output, market share, productivity, return on investments, or utilization of capacity; factors affecting domestic prices; the magnitude of the margin of dumping; actual and potential negative effects on cash flow, inventories, employment, wages, growth, ability to raise capital or investments.

关于倾销进口产品对国内产业影响的审查应包括对影响产业状况的所有有关经济因素和指标的评估，包括销售、利润、产量、市场份额、生产力、投资收益或设备利用率实际和潜在的下降，影响国内价格的因素，倾销幅度大小，对现金流动、库存、就业、工资、增长、筹措资金或投资能力的实际和潜在的消极影响。

2. 增减译

英汉语言的差异还经常导致翻译中代词、介词等词汇的增加和减省。有些词语尽管原文中没有，翻译过来欠缺连贯、语义不明，此时就需要采用增译法增加相关词汇。还有些词语在原文中存在，翻译过来却显多余，此时就应采用减译法省略不译。无论增译还是减译，并未增减原文中实质的信息量，因此也遵循了忠实原则。例如：

Notwithstanding the foregoing, a Party hereby waives its preemptive right in the case of any assignment of all or part of the other Party's registered capital to an affiliate of the other Party.

尽管有上述规定，如果一方将其全部或部分注册资本转让给一相关联公司，另一方则在此放弃其优先购买权。

这是一个增译的例子。原文中的 the foregoing 后面虽然没有 stipulation 一词，但根据其实际含义“上述(规定)”，翻译时应该加上“规定”一词，以使译文语义完整、通顺流畅。

There is a recognized distinction between general and regional rules of international law, that is to say between, on the one hand, rules which, practically speaking, are of universal application, and, on the other hand, rules which have developed in a particular region of the world as between the states there located, without becoming rules of a universal character.

在国际法的一般性规则和地区性规则之间存在一种公认的差别。也就是说，一般性规则实际上具有普遍适用性，而地区性规则是在位于世界的某个特定地区内的国家之间发展起来的，因此不具有普遍适用性特点。

这是一个减译的例子。原文中的 on the one hand 和 on the other hand 本来分别应译为“一方面”“另一方面”，但由于这样的表达过于冗长、啰嗦，译者就采用减译法用一个“而”字代替，清楚地表达了原文的并列关系。

3. 拆译

法律文本中常使用大量信息量大的长句，这些句子就成了翻译的难点。在翻译这些长句时，可在保证原文意思的前提下进行对其进行拆译，即将原句切断，用几个汉语句子表达一个英语句子。但需要注意，拆译并不是盲目地断句，必须要依据汉语的表达习惯进行断句。例如：

If the Respondent applies to the court for it to consider the Respondent’s financial position after the divorce, the decree nisi cannot be made absolute unless the court is satisfied that the Petitioner had made or will make proper financial provision for the Respondent, or else that the Petitioner should not be required to make any financial provision for the Respondent.

倘若答辩人提出申请，要求法庭考虑其离婚后的经济状况，则法庭须事先认为呈请人已经提供或将会提供予答辩人妥善的经济援助，方可将暂准离婚令正式确定为最终 / 绝对离婚令。倘答辩人没有提出如此申请，则呈请人无须给予答辩人任何经济援助。

Although there is still room for improvement in terms of legal and regulatory frameworks to govern areas such as crimes in cyberspace and Internet related intellectual property rights, it is hoped that an increasing use of digital signature contracting, enforceable electronic records and ecert (encipherment) encrypted communication all under the Electronic Transactions Ordinance, will see the *Ordinance* as it now applies to cyberspace and the *Code* (albeit only disciplinary) helping to bring a regulated environment conducive to the smooth development of the best in e-commerce which will give Hong Kong the competitive edge.

尽管某些范畴(如计算机世界罪行以及与互联网有关的知识产权权益)的法律和监管架构仍有改进的余地,但笔者仍寄希望,随着人们日渐频繁地根据《电子交易条例》而以数码签署订立和约、使用可予强制执行的电子纪录以及进行经电子证书加密的通信,现时适用于计算机世界的《条例》及(纵使只属纪律性质的)《守则》将有助营造妥受监控的环境,让最佳的电子商贸得以在香港顺利发展,从而提升香港的竞争力。

4. 调序译

调整语序是指在翻译过程中改变原文的词语顺序,按译语的表达方式加以改变,有时甚至打乱原文的全部顺序,重新排列。调整语序是为了使译文更加符合汉语的表达习惯,使译文更好地传达原文信息。例如:

Any clause, covenanter agreement in a contract of carriage relieving the carrier or the ship from liability for loss or damage to, or in connection with, goods arising from negligence, fault or failure in duties and obligations provided in this article or lessening such liability otherwise than provided in these rules shall be null and void and no effect.

运输契约中任何条款、约定或协议,凡解除承运人或船舶由于疏忽、过失或未履行本条款规定的责任和义务,而引起货物或关于货物的丢失或损害责任的,或在本公约外减轻这种责任的,都应作废或无效。

The amount is equal to "Net Anticipated Profit" of the Company for a period equal to the lesser of (a) five (5) years following the termination of the Joint Venture Contract and (b) the remainder of the Joint Venture Term (as such term may have been extended pursuant to applicable laws and regulations), discounted to its present value.

该款额相等于公司在下述(a)或(b)时段内(两时段中以时间较短者为准)的"预期净利润"的折现金额:(a)合作经营合同终止后五(5)年,及(b)合作期限(该期限可能已根据适用法律和法规延长)内的剩余部分时间。

二、文体视角下的商务英语翻译

随着世界贸易的兴起,商务活动愈加频繁,而商务文体翻译也成为沟通不同国家商业活动的桥梁,其对于推进商务贸易、实现合作共赢有着重要作用。因此,译者必须具备基本的商务文体翻译技能,以保证商务活动顺利开展。

(一)商务文体的语言特点

1. 词汇特点

词汇是语言的基本组成单位。要分析商务文体的语言特点,首先就要分析词汇特点。

(1)正式、规范

一方面,商务文体用词需要简单易懂;另一方面,由于商务活动涉及双方的利益,因此为了保证合作双方的利益,在选词时需要做到天衣无缝。正式词汇更能确保商务文书的准确性、严谨性,并增加文本的慎重感,所以正式词语在商务文体中的使用频率非常高。例如:

ask 可以用 request 代替

end 可以用 expiry 代替

prove 可以用 certify 代替

like 可以用 along the lines of 或 in the nature of 代替

before 可以用 prior to 或 previous to 代替

（2）专业化

专业化即商务文体中使用了丰富的专业术语。所谓专业术语，是指适用于不同学科领域或专业的词汇，其具有明显的文体色彩和丰富的外延、内涵，是用来正确表达科学概念的词。商务往来中少不了商务文体尤其是大量专业术语的使用。

在商务文体中，有些术语是普通词汇在商务文体中的专用。例如，All Risk 在保险领域应理解为“一切险”，而不是普通英语中的“所有危险”。再如，At Sight 在国际贸易支付英语中的意思是“见票即付”，并非普通英语中“看见”的意思。在商务文体中，还有些词汇是仅仅用在商务活动中，这些专业词汇在普通英语中基本不会使用。需要指出的是，专业术语与行话并不是同一个概念。专业术语属于正式用语，而行话在非正式用语中经常使用。例如：

know-how 专业技术

cargo interests 各货方

layout design 广告布局设计

commodity 期货

absolute liability 绝对法律责任

import quota 进口配额

（3）尽量简化

商务活动讲究务实高效，而缩略语化繁为简、快速便捷的特点使得其在商务表达中十分受欢迎。所谓缩略语，就是人们在长期的国际商务实践中，约定俗成、演变而确定下来的词汇。商务文体中的缩略语大致有四种，即首字母缩略语、首字母拼音词、拼缀词以及截短词。例如：

CSM ← corn, soya, milk 玉米、黄豆混合奶粉

CAD ← Computer-Aided Design 计算机辅助设计

medicare ← medical+ care 医疗服务

trig ← trigonometry 三角学

flu ← influenza 流行性感冒

taxi ← taximeter cab 出租车

（4）名词化

名词化是指将句子变为名词或名词词组，从而使其具有名词的特性。在商务文体中，名词化的现象非常普遍。越是正式的文体，其名词化的程度就越高。例如，在“Scarcity of resource will lead to more rationing of services and hard choices.”中，名词化结构 Scarcity of resource 作句子的主语。

（5）标新立异

商务文体用词标新立异是指商务文体善于使用新词和外来词。

首先，随着科技、经济、文化等领域中新产品、新概念、新方法等的不断涌现，商务文体中也出现了许多新词，如 value-added-service, holiday economy 等。

其次，商务文体经常借用瑞典语、法语、拉丁语、西班牙语、德语、挪威语等语种，它们使商务文体的词汇更加丰富，如 endorser, infringe, force majeure 等。

2. 句法特点

（1）提高客观性

为了减少主观色彩，提高论述的客观性、公正性和可信度。因此，被动句在商务文体中的使用频率较高。被动语态是语法范畴中的概念，用在商务文体中可以产生好的效果。被动语

态更多展示的是客观事实，具有说服力，强调核心内容，减少人物作为主语所带来的主观色彩，在商务活动中突出商务内容，增加可信度和文体的规范性。因此，为了语言表达的客观性、逻辑性、严密性，商务文体中应多使用被动语态。

（2）增强准确性

虽然在商务活动中人们比较喜欢用简洁的语言来交流，但为了防止出现歧义，引起不必要的纠纷，人们需要清晰地表达出来所要说的是什么，这就导致商务文体中经常出现句义完整、严密的复杂句。当然，商务文体中的复杂句并不是啰唆冗长，而是必要的表达方式，它可以使要表达的概念和内容更加清晰明了，使行文更加严谨。

3. 语篇特点

（1）注重礼仪

为了创造和谐、友好的交际环境，商务文体非常注重社交礼仪，经常会运用一些礼貌、委婉的表达方式来避免尴尬与冲突以及妥善处理矛盾。例如，使用虚拟语气来交易价格、保险、装运、索赔等与利益相关的敏感内容，或者与对方相左的意见，从而将交际中“威胁对方面子”的负面影响降至最低；诸如 I regret，I hope 等一些具有弱化功能的表达方式可使建议更加易于接受；使用进行时来表达观点，表明请求不是深思熟虑的结果，而更像是一时的想法，从而使双方都保全了面子。

（2）规范简洁

来自不同国家、不同地区的人都以英语为媒介来协商与处理相关事务，从而实现各自的预期。这就要求商务文体应采取统一、规范的格式。此外，当今社会人们的生活节奏越来越快，商务交际者也希望在更短的时间内处理更多的问题。因此，商务文体的语篇必须简练明了。

（二）商务文体的翻译实践

1. 遵循翻译原则

任何翻译活动都要遵循一定的翻译原则，如此才能更顺利地完成翻译任务。在商务文体翻译中，译者需要遵循的原则有很多种，如简洁、通顺、专业、准确等原则。这里重点强调严谨准确原则与规范统一原则。

首先，译者在翻译过程中，要保证书面翻译和语言表达符合基本规范，保证双方的利益，了解不同领域和流程中语言使用上的差异。

其次，如前所述，在商务文体中有很多专业术语，译者翻译时不能任意变化这类词汇的意思和表达，必须正确使用，以免影响商务交际效果。

最后，在涉及基本的细节问题，如时间、质量和价格等时，译者要把握好分寸，在遵循准确原则的基础上，尽量用简洁的方式来表达完整的内容。

2. 了解文化背景

翻译是语言之间的转换活动，而语言本身是文化的重要组成部分和反映，因此翻译必定受文化因素影响。商务文体的翻译也不例外。不同国家有不同的社会制度、历史条件、文化环境、思维方式等，这些差异都很容易使译者在翻译过程中产生分歧。因此，为了更好地翻译商务文体，译者必须全方面地了解并掌握不同国家的文化背景知识。在此基础上，译者要本着认真负责的态度，避免在翻译时产生误译甚至错译。

3. 掌握必要的翻译技巧

英汉两种语言在词汇、句法、修辞等方面均存在很多差异，加之商务文体有其自身的语言特点，因此译者在进行商务文体英汉互译时必然会遇到很多困难，这就需要有一定的翻译技巧做指导。在商务文体翻译中，译者可采用的技巧有很多，如直译、意译、反译、增译、省译、创译等。译者在具体的翻译实践中可根据实际情况灵活选用。

一般来说，在翻译中能直译的就尽量直译，在商务文体翻译中直译多用于翻译专业词汇、简单句或带有修辞的语句。如果直译行不通，译者可以采取意译法，舍弃形式而注重意义的传达。译者也可以将属于某种词性的词语转译为属于另外一种词性的词语，即采取转译技巧，如动词转译为名词、名词转译为动词或形容词、形容词转译为名词或动词等。在处理复杂长句的翻译时，译者可以采用顺译法、逆译法及综合法等。此外，在商务广告的翻译中，译者还可大胆采用创译法，充分发挥想象力，将原文的意境翻译出来。

（1）直接或间接

直接翻译策略就是当源语与目的语在语言风格和词汇意义等方面基本一致或相似时，通常采取直接翻译的策略，常用于专业词汇翻译、简单句翻译。

间接翻译策略就是忽视源语和目的语在语言形式上的差异，抓住原文的本质意义来组织译文。可见，意译重内容而轻形式，当原文的文化因素在目的语中找不到对等语时，译者通常不惜舍弃原文的形式而用规范的译文将原文的信息表达出来。

（2）顺序或逆序

因为商务文体中的有些句子是按其内在逻辑关系来安排的，所以可以按照原文的叙述顺序来翻译。

顺译法适用于以下几种情况。

第一，反映或介绍客观情况。

第二，反映客观规律。

第三，强调在一定情况下某主体的责任、义务和应采取的措施。

由于英汉语言在表述顺序上存在一些差异，因此可以逆着原文的行文顺序来翻译商务文体中的长句，将其拆分成若干短句，然后按照汉语习惯表达法重新编排。

（3）适度补充

适度补充策略就是以两种语言的差异为基础，在译文中有针对性地添加一些说明性的语言，使思想内容更加通畅。这主要包括两种情况：为了将原文的意义准确地传递出来，应根据需要加上一些字眼来做补充；为了使读者更加清楚译文的语法逻辑，常常适当增加部分表示逻辑关系的词语。

三、文体视角下的新闻英语翻译

（一）新闻文体的语言特点

1. 词汇特点

（1）使用简短词

一些形象生动、简明扼要的简短词在新闻中经常被使用，它们可有效增强新闻的可读性与趣味性。例如，在表述“破坏”时，新闻文体并不用 damage，而是用 hit，hurt，wreck，ruin 等。

（2）使用新闻词

很多普通词汇在新闻文体中都有着广泛的使用，但是这些普通词汇的含义在新闻文体中发生了变化，被赋予了与新闻密切相关的特殊含义，最终形成了新闻词汇。这些词汇往往词义宽泛，而且简明生动，非常有利于新闻的表达。例如：

head 率领，带领

pact 协议，条约

clash 冲突，争议

sway 影响，支配

（3）多用新造词

新闻最能体现社会的发展，常报道一些最新情况和新鲜事物，因此常使用一些新造词，同时淘汰一些不适应社会需要的旧词。例如：

news blackout 新闻封锁

citynik 都市迷

holiday blues 假期忧郁症

2. 句法特点

（1）使用被动句

新闻的首要目的是向大众传播信息，为了突出重点，让读者更快地了解信息和事件，新闻文体常广泛使用被动句。例如：

At least 53 persons, most of them children, were killed Saturday in a bus accident in the central part of France.

伤亡人数和对象是上述报道想要强调的内容，所以上述报道采用了被动形式，突出了信息中的重点。通过被动句表示的效果是陈述句远不能相比的。

（2）使用套话与行话

新闻文体中有着固定的套语和行话，如在表示新闻来源时，就可以采用与之相对应的套语或行话。例如：

It has been announced that... 据称……

According to reliable sources... 据可靠人士称……

上述套话不仅使用便捷，而且能有效提高新闻工作效率，因此备受新闻工作者的青睐。

（二）新闻文体的翻译实践

1. 把握翻译要求

（1）准确性

新闻语言表述客观、严谨，很少掺杂个人情感，所以在进行新闻翻译时应确保译文的准确性。如果新闻语言不够准确，不仅会让读者理解错误，还会引发常识性错误，所以在对新闻文体进行翻译时，要根据上下文来翻译词语，因为有些语义是由语境决定的。

（2）清晰性

新闻的主要作用是向受众传递信息，要想便于受众准确理解和获取信息，新闻翻译就必须做到清晰。如果译文意思模糊，偏离原文信息，也就无法达到传播的效果和目的。

要做到译文清晰，译者就要充分了解中西方语言和文化差异，并按照译入语的思维方式和表达习惯进行翻译，以便于读者清晰理解和掌握新闻信息。中国有着很多独特的文化现象和语言表达，外国受众对其往往都感到比较陌生，此时在翻译时就要进行简短的说明和解释，以便外国受众清晰理解。例如，对于“打白条”这一特色词语，外国读者是很难通过其字面意思理解其本质内涵的，此时在翻译时就可以借用英语中的 issue an IOU 这一现成表达，这样就便于外国读者理解了。

2. 掌握翻译技巧

（1）运用对称结构

新闻标题常会由两个句子组成，形式对称，内容对照。在翻译此类新闻标题时，译者要注意寻求意义对等，同时保证形式对称。例如：

Food drops “great TV”, but almost useless

空投食物无异作秀，杯水车薪于事无补

在上述新闻标题中，前后两句是对称的，这样的翻译可以从形式到内容上更好地传达出原文的意蕴。

（2）补全背景

新闻标题不能无限制地写，其长度要控制在一定的范围内，也就不能将与新闻时间相关的全部信息包含在内，常常会省略一些信息。针对这一情况，译者要把握标题的重心，同时考虑读者的心理，将读者不熟悉的重要信息加以补充说明，同时可以删除一些不必要的内容。例如：

I worry that we won’t live to see our daughter

日朝人质何时休，老母盼儿泪满流

如果直接进行翻译，上述标题可译为“我担心活不到见到女儿的那一天”，这样翻译虽无过错，却没能给读者传播任何有用信息。上述译文对当时的语境条件进行了增补，简明扼要地交代了事件的背景，这样不仅便于读者了解，也能激发读者的情感。

（3）巧译修辞手法

修辞格在新闻文体中的使用十分普遍。对此，在翻译新闻标题时，尽量保留原文的修辞手法，如果无法还原原文的修辞手法，也可用其他修辞手法代替，从而达到与原文相似的语言效果。例如：

All Work, Low Pay Makes Nurses Go Away

工作繁重薪水低，护士忙着把职离

上述标题仿拟了英语谚语“All work and no play/bakes Jack a dull boy.”但汉语中很难找到与之语义相同、修辞方式相似的表达，此时只能舍弃原文的修辞形式对其进行调整翻译。上述译文虽然没有保留原文的修辞手法，但尾韵修辞的使用不仅读起来朗朗上口，而且便于读者理解，具有异曲同工之妙。

四、实用文体视角下的科技英语翻译

（一）科技英语的语言特点

1. 词汇分析

科技总是与高深的专业知识、新鲜事物联系在一起，因此科技英语文本中的词汇往往具有专业、新鲜的特点，还经常利用旧有词汇创造新词或引申新义，具体体现如下。

（1）使用专业术语

专业术语的使用在科技文体中表现得更加明显。根据专业程度不同，科技专业术语可分为以下两类。

专业技术词。这类词语语义单一，专门用于某一特定领域中，在一般的英语词典中不一定能查到，只有最新的或较全的科技词典才有所收录。例如：

biochip 生物芯片

cyberspace 电脑空间

neutron 中子

ophthalmology 眼科学

superconductivity 超导性

然而，随着科技发展的迅速，很多新的科技专业术语无法被及时编入词典，要求相关人员及时更新知识，了解新事物，掌握新表达。

次技术词。和专业技术词一样，次技术词的语义较为单一，不同的是，它们可适用于多个领域中，在日常生活中也偶有使用。例如：

computer-aided 计算机辅助的

density 密度

equilibrium 平衡

symmetry 对称

synchronous 同步

velocity 速度

（2）赋予普通词汇科技意义

科技英语并不是完全由专业术语组成的，其中还包括很多普通词汇。这些普通词汇在进入科技文本后衍生出了科技含义。例如，crane（鹤）具有脖子长、个子高的特征，于是科技人员借用 crane 来说明某样事物也具有类似的模样或功能。这类的表达如下。

overhead crane 行车

loading/charging crane 装料吊车

column/pillar crane 塔式起重机

cable crane 缆式起重机

具有这类用法的词语还有许多。例如：

carrier（运送者）：

医学：带菌体

机床：刀架

军事：航空母舰

计算机：媒体

航空：运输机

无线电：运载火箭

航天：载波

半导体：载流子

集成电路：载体

element（因素；要素）：

机械：零件；构件；部件

无线电：元件；器件

通信：电码

计算机：单元；基元

数学：元；素；诸元

化学：元素；成分

气象：自然力；风雨

process（过程）：

工程：工艺

法律：诉讼程序

生物学：突起

power（力量）：

电子学：电力

机械：动力

物理：功率

体育：爆发力

（3）使用复合词

科技本身复杂变化，科技文本应尽可能地简洁明了，这样才能便于他人阅读理解。为实现这一点，科技英语文本中多使用复合词。具体来说，科技文本中的复合词种类如下。

拼缀词。例如：

dermatosis = dermat+osis 皮肤·病

antiparticle = anti+particle 反·粒子

antibody = anti+body 抗·体

micromanipulation = micro+manipulat+ion 微·操纵技术

microfiche = micro+fiche 微缩·胶片

macrofluidics = macro+fluid+ics 巨·射流·学

hyperplane = hyper+plane 超·平面

合成词。例如：

sunspot = sun+spot 太阳黑子

picturephone = picture+phone 可视电话

hardware=hard+ware 硬件

firewall = fire+wall 防火墙

fireresistant = fire+resistant 耐火的

drugfast = drug+fast 耐药的

混成词。例如：

netcast = net+broadcast 网络播放

knowbot = knowledge+robot 智能机器人

webcam = web+camera 网络摄像机

transistor = transfer+resistor 晶体管

telecom = telephone+conference 电话会议

comsat = communication+satellite 通信卫星

（4）使用缩略词

科技词汇复杂、艰涩，增加了文本理解的时间。为缓解这一状况，科技英语文本中会使用一些常见的或前面提到过的专有名词的缩略词，以提高文本阅读效率。概括来说，科技英语中缩略词的构成方式主要有以下几种。

缩略法（clipping）。例如：

expo：exposition 展览

radar：radio detecting and ranging 雷达

首字母缩略法（initials）。例如：

CD：compact disk 激光唱片）

CT：Computerized Tomography 计算机横断层摄影术

BSE：Bovine Spongiform Encephalopathy 牛海绵状脑病

DJ：disk jockey 电台节目主持人

拼缀法（blending）。例如：

fro-yo：frozen yogurt 冰冻酸奶

knowbot：knowledge robot 智能机器人

首字母拼音法（acronyms）。例如：

AIDS：Acquired Immunity Deficiency Syndrome 艾滋病

TOEFL：Test of English as a Foreign Language 托福

（5）使用外来词

科技需要国际交流，因此其语言表达中有很多是外来词。例如：

诱导，感应：

induction（英语）

induction（法语）

induction（德语）

磁铁的：

magnetic（英语）

magnetique（法语）

magnetisc（德语）

（6）使用新词

随着现代科技的不断发展，大量的新词不断涌现，而且专业性越强的科技词汇，引入比例也就越高。例如：

e-book 电子书

phish 网络钓鱼

cyberspace 网络空间

dot-com 网络公司

wiki 维客

地震矩规模 moment magnitude scale

集束炸弹 cluster bombs

2. 句法分析

科技文本研究的是客观存在且十分复杂的事物、现象，因此其句子多具有客观、严密、语气平稳的特点，具体体现如下。

（1）多用陈述句

科技文本中涉及宇宙、自然的演变，这些都是客观现象，不以人的意志为转移，也没有任何感情因素。为突出这种客观性，科技文本中经常使用陈述句。例如：

Basically, the theory proposed among other things, that the maximum speed possible in the universe is that of light, that mass appears to increase with speed, that...

基本上，这个理论，除了别的以外还提出：宇宙间能达到的最大速度是光速；质量随速度而增加……

（2）多用被动句

被动句在科技英语文本中也有大量的使用。这是因为科技文本所研究的客观事物、现象、过程对施为者的强调程度不及普通英语，再加上其语篇本身严谨、客观，这些都为被动句的使用提供了条件。例如：

The coolant is circulated through the annular spaces between the fuel elements and the moderator, absorbing heat as it passes, and the heat so absorbed is conveyed out of the core to the heat exchanger. Very large quantities of heat are generated by fission, and in order that these may be rapidly dissipated, a large volume of coolant is required. It is therefore frequently pressurized, especially where a gaseous coolant is used, to increase its density. A number of different coolant is used, to increase its density. A number of different coolants have been employed, including water, carbon dioxide and liquid metals.

冷却剂在释热元件和缓和剂之间做环形循环，循环时吸收热量，并把吸收过来的热量从反应器中心向热交换器传递。裂变产生大量的热量。为使这些热量快速消散，需要大量的冷却剂。因此，要不停地加压（尤其使用气体冷却剂时），以便增加其密度。现已使用的冷却剂有若干种，其中包括水、二氧化碳和液态金属等。

（3）多用无人称句

尽管科技文本是人为写出来的，但其内容关乎客观规律，而无关人类意愿和情感。因此，科技文体中的无人称句使用得较为频繁。例如：

It seems that these two branches of science are mutually dependent and interacting.

看来这两个科学分支是相互依存、相互作用的。

（4）多用复杂长句

科技文体所讨论的内容通常复杂、艰涩，涉及的现象、规律也往往有诸多影响因素。为使论及内容准确、严密，科技英语经常使用复杂的长句，这不仅关乎科技语篇的文体风格，更关乎科技研究的专业精神。例如：

This point that I am anxious to make is that the search for models of this kind, the study of their behavior and of the relationship of this behavior to the real situations which they seek to represent, and the consequential modification of them so as to lead to reliable prediction and then to decision-taking, would not be possible were it not for the assistance afforded to the investigator by the digital computer and by the work of the technologists who have successfully transformed the scientific ideas on which it is founded into stable, reliable and economic pieces of electrical equipment.

上述句子共由101个单词组成，其中This point是主语，is that构成系表谓语，从the search for models直到句子结束是表语从句。这个表语从句中又包含两个定语从句和一个条件状语从句。

（5）多用一般现在时

科技文体研究的现象、规律等都没有时间属性，只要条件成立，这些现象、规律就会发生。因此，科技英语中多使用一般现在时。例如：

Tin has resistance to corrosion by air or water.

锡具有防空气和水的耐腐蚀性。

（6）虚拟语气

科技研究常常以假设为出发点，而如果这种假设带有较大的不确定性时，就应使用虚拟语气。例如：

If there were no oxygen in air, fuels would not be able to burn.

空气中如果没有氧气，燃料就不可能燃烧。

Were there no voltage in a conductor, the flow of electrons would not take place.

如果导体内没有电压，电子就不能在里面流动。

（二）科技文体的翻译实践

科技英语翻译方法众多，最常用的是形译法、音译法、转化法和重组法。但这四种方法也最常出问题。对此，教师应在技巧讲解中重点举例分析，让学生明白每种方法适用的情况。

1. 形译法

科技英语中经常出现表示材料、零件外形特征的词语。这类词语在翻译时可采用形译法来处理，即用汉字或某些形象的词语来翻译。例如：

cross bit 十字钻头

finger board 指（形）梁

twist drill 麻花钻

zigzag wave 锯齿波

I-column 工字柱

T-square 丁字尺

Y-joint 叉形接头

2. 音译法

科技英语中经常涉及最前沿的专业词汇，这些词汇在汉语中鲜有对应表达，此时就应采用音译法将其译出，以保留其全部信息和内涵。例如：

sonar 声纳（设备名称）

clone 克隆（高科技产品名称）

hacker 黑客（计算机词汇）

gene 基因（生物学术语）

shock 休克（医学术语）

aspirin 阿司匹林（药品名称）

需要注意的是，音译法不能随便乱用，而且对于那些已有约定俗成译名的词汇，应该依从惯例，不能随意更改，否则将导致理解障碍。

3. 转化法

如前所述，科技文体中多用被动语态。与之不同的是，汉语中多使用主动语态，因此在翻译科技英语被动句时，应根据实际情况将被动语态做适当转化。转化的方向主要有以下几个。

（1）译为被动句。例如：

The metric system is now used by almost all the countries in the world.

公制现在被全世界几乎所有的国家所采用。

本例保留了原文中的被动语态，并根据汉语表达习惯调整了语序，使译文显得更加自然、准确。

另外，除“被”字句外，英语被动句还可以译为汉语的“把”“为……所”“遭……”“受……”“用……”“靠……”“由……来……”“得到……”句等，翻译时可灵活转化。

（2）译为主动句。例如：

To explore the moon's surface, rockets were launched again and again.

为了探测月球表面，人们一次又一次地发射火箭。

译文增加了原文字面没有的主语“人们”，从而将原句的被动语态译为汉语的主动语态。

（3）译为无主句，以突显科技文体客观、专业的特点。例如：

Such great lifting force is generated with a great saving in electric power per passenger.

这样就能产生大得多的提升力，从而大大节约每名旅客所消耗的电力。

无主句是汉语表达的一个特点，本例将原文翻译成汉语无主句，一方面保持了原文的客观性，另一方面也符合汉语表达习惯，译得十分恰当。

4. 重组法

我们知道，科技英语中多用长句，有时需要打乱原文顺序，对其进行分层解析，然后按照汉语表达习惯加以重组，这样既能忠实于原文内容，又能使译文表达流畅，符合汉语表达习惯。例如：

In reality, the lines of division between sciences are becoming blurred, and science is again approaching the "unity" that it had two centuries ago—although the accumulated knowledge is enormously greater now, and no one person can hope to comprehend more than a fraction of it.

本例原文可以拆分为五层含义：①科学之间的界限变得模糊；②科学重又接近“大同”局面；③这种“大同”局面在两个世纪前就曾存在过；④现在科学积累的知识比两个世纪前多多了；⑤没有人能指望在科学的领域里“隔行不隔山”。翻译时，学生可以根据这五个部分的逻辑关系进行重组，得出准确的译文：两个世纪前，科学处于一种“大同”的状态中。如今，虽然总体上科学所包含的知识比以前丰富得多，而且任何人在各科学领域里都不可能做到“隔行不隔山”，但事实上，科学之间的界限竟也逐步模糊化，科学似乎重又趋向两个世纪前的“大同”。

第九章 语用视角下翻译理论阐释及其实践

随着语用学与翻译研究的不断深入，很多学者也从语用学角度对翻译理论进行研究，并将语用学理论用于翻译的具体实践之中，这对于翻译研究起着非常重要的作用。因此，本章从语用视角入手，对语用学与翻译之间的关系与应用展开论述。

第一节 语用学及语用翻译观

一、语用学

（一）语用学的定义

关于语用学的定义，不同的学者从不同的角度对其做了阐述，主要表现在以下几个方面。

1. 发话人的角度

从发话意义的角度进行研究，对语用学的定义主要集中在以下几种。

（1）语用学研究语言结构中被语法化或被编码的语言和语境之间的关系（Levinson，1983）。

（2）语用学研究发话人的意义，是一个相对距离的符号（Yule，1996）。

（3）语用学是研究发话人和听话人之间交互的意义（Thomas，1995）。

（4）语用学是发话人通过寻找合适的言语而完成交流的过程（Kempson，1975）。

以上这几种说法其实都是从一个角度进行定义的，即发话人的意义。众所周知，语用学研究的是发话人所传递的意义和听话人应该理解的意义，这就是所谓的话语生成和话语理解，而话语生成是其首要过程，因此话语生成起着至关重要的作用。从发话人的角度来分析，语用学研究应该包含两个层面。

（1）研究发话人如何运用特定的语言来表达发话人的真实意图，如建议、请求、道歉等。

（2）研究发话人在交流过程如何正确处理语言、语境以及语用因素之间的关系，即语用策略、语用移情、语用态度等。

2. 听话人的角度

听话人的理解，即话语理解，发生在话语生成之后，话语理解是语用学的重要环节，但是从话语理解角度如何定义语用学，主要有以下几种常见的论调。

（1）语用学是一种以研究人类行为为目的的学科（Green，1996）。

（2）语用学是研究如何使听话人达到理解的最大化的一门学问（Yule，1996）。

（3）作为语言的分支学科，语用学研究的是听话人如何运用语境获取推理意义（Fasold，1993）。

从话语理解的角度来说，发话人传递的只是话语的表面意义，听话人需要对话语进行理解和推理。对于这一研究，可以从以下几个层面进行理解。

（1）研究如何通过发话人的话语特征为话语理解获取更多线索。

（2）研究听话人如何通过语境来理解发话人的意图。

（3）研究为何听话人对发话人产生误解及产生的影响。

3. 语境与意义之间的关系

话语是在一定的语境下进行的，语境在交流中起着非常重要的作用，发话人和听话人都需要将语言放在特定的语境中，才能使交流更加顺畅。因此，从语境角度来说，国外学者是这样定义语用学的，表述如下。

（1）语用学是一门研究语境意义的学科（Yule，1996）。

（2）语用学可以被定义为研究话语在特定形势下的意义（Leech，1983）。

（3）语用学研究的是受社会环境决定的人类语言的使用条件（Mey，1993）。

综合以上几个观点，语用学研究的是话语在不同的语境下如何产生意义，对于发话人来说，发话人应该首先考虑到语境环境，运用语境环境来营造合适的话语内容；对于听话人来说，听话人要能够运用语境环境来全面理解发话人的意思，只有这样，传达出来的交际信息才是最准确的。

4. 语用综观论

语用综观论是一种广义的语用观，对这一观点的描述主要有以下几位学者。

（1）语用学是一门与语言学、认知心理学、文化人类学、哲学、社会学、修辞学等相互交叉的学科（Green，1996）。

（2）语用学虽然是语言的一个新兴领域，但是并不是和其他学科划清界限的，从功能性角度来说，语用学和认知、社会、文化功能的复杂性息息相关（Verschueren，1995）。

从上面两位学者的定义可以看出，语用学和语言的其他学科之间是相互关联的，具体如何去定义语用学，就需要从不同的视角来进行定义。例如，从认知角度来说，语用学是分析话语理解的系统认知；从社会语用学来说，语用学是研究不同情境下的意义等。

（二）语用学的发展

1. 两大学派的观点

列文森（Levinson，1983）根据不同的语用观将语用学研究分成了两大学派：英美学派和欧洲大陆学派。两个学派在语用学的研究层面上存在很大的差异，具体如表 9-1 所示。

表 9-1　英美学派和欧洲大陆学派的语用研究差异

区别	英美学派	欧洲大陆学派
别称	微观语用学	宏观语用学
定义	与音系学、语音学、句法学、语义学等一样的语言学分支学科，是一种分相论	凡是与语言理解和使用相关的都是语用学的研究范围，是一种综观论
研究内容	研究内容更接近传统的语言学，与句子结构和语法有关的一些具体论题，如会话含意、言语行为、意义等	研究更加广泛化，除了语言结构成分分析之外，还包含社会语言学、心理语言学、人类文化学、话语分析等

续表

语用学著作	许国璋的《语言学系列丛书》、何兆熊的《新编语用学概要》、何自然的《新编语用学概论》等	格林（Green）的《语用学》、维索尔伦（Verschueren）《语用综观》以及《语用学：关于语言顺应的理论》等
研究特点	操作性和可理解性	复杂性

两大学派对语用学的发展起到了至关重要的作用，并且影响延续至今。例如，黄琰的《语用学》一书支持了英美学派的观点，着重讨论了会话结构、会话含意、言语行为等语言结构；比利时 IPrA（The International Pragmatics Association）主办的《语用学》季刊沿袭了欧洲大陆学派的做法，对语用—认知、语用—语言、语用—心理、语用—交际等做了详细的探讨。

2. 描写语用学

描写语用学并不是语用学的分支学科，而是语用学的一种研究方法，它以使用中的日常语言为对象，以语境条件或者语境因素为基础进行语言的描写、分析和解释，具有经验性和动态性特征。描写语用学强调的是语言的使用环境，因此还需要对语言的句子和结构的语境进行描述。

描写语用学是从 20 世纪 70 年代开始形成的，其中产生的原因主要是因为乔姆斯基的语言观点。乔姆斯基（Chomsky，1972）的语言观着重在语法范畴，认为语言内部存在着一种构造逻辑，是主观抽象的东西。这一观点被很多学者质疑，产生了如下几种反驳意见。

（1）韩礼德（Halliday，1974）认为，乔姆斯基并没有把语境纳入语言研究的范畴，将语言与语言使用者、语言的应用和交际功能分离。

（2）莱考夫（Lakoff，1974）认为，乔姆斯基主观的划分语言研究的界限，却忽视了语言环境、社会交际、语言说理、模糊语、指示语、讽刺语等方面。

（3）海姆斯（Hymes）则从社会语言学的角度对乔姆斯基进行了批判，认为乔姆斯基只研究人类的思维特征，却忽视了整个社会语言的普遍特征。

除了以上三位学者，还有很多学者也纷纷和乔姆斯基对立起来，争论的焦点当然是描写语用学的层面，因此描写语用学得到了迅速发展，并成为语言研究的重要领域之一。

3. 形式语用学

与描写语用学相比，形式语用学研究的并不是很多。所谓形式语用学，又称作“纯语用学”，是通过融合形式语义学、计算语言学、逻辑学等学科的成果，对指称意义、内涵意义、语境意义、前提、命题态度等进行统一的形式化处理。

形式语用学最早出现在 20 世纪 50 年代，著名学者巴尔—希勒尔（Bar-Hillel，1954）区分了纯语用学和描写语用学。后来，西方语言学家蒙塔古按照形式语义学的方式来研究纯语用学，并对逻辑哲学、指示语理论、语境形式化理论等加以了肯定。英国学者盖慈达（Gazdar，1979）也曾经利用形式语义学的办法进行语用问题分析。可以看出，虽然形式语用学一直存在并不断发展，但是都是在形式语义学的基础上研究的，因此形式语用学还存在一系列的问题，如研究范围、研究目标、研究程序等问题。如果要想形式语用学的研究走得更远，就需要首先解决语境的形式化处理问题。

4. 发展缘由

语用学是一门实用学科，主要是研究语言的实际语用能力和理解能力。要弄清语用学发展的真正原因，需要从以下几个语用学的特征着手。

（1）语用学可以解释一些语境中的问题。

有的现象可以用音位学解释，有的现象可以用句法学解释，有的现象可以用语义学解释，但是有的现象只能用语用学去解释才能更容易理解。例如，A 和 B 交谈完了之后，A 要离开，看到外面已经下雨了，便对 B 说：

哦！下雨了！

其实从这句话的字面上来说，A 只是在陈述下雨的现象，但是如果 B 听到之后并没有考虑到 A 想要说的目的，只是会说："恩，下雨了。"那么 A 说这句话就毫无意义。但是，B 如果从语用的角度进行分析，就会考虑 A 说这句话的目的可能是需要一把伞或者要求 B 把他留下。可见，语用学可以处理一些语境中的话语问题。

（2）语用学比语义学解释得更充分、简便

对于很多日常语言现象，语义学并不能完全解释，这就需要从语用学的角度进行分析。例如：

他们出去了。

从语义学的角度分析这句话，只能涉及"人已经出去了"这个概念，但是并不能涉及出去的时间、对象以及说话人是谁等问题，也不能获得说话人的真实意图，这就要求用语用学来进行充分解释，这句话可以理解为："你可以待会再找他们 / 你可以坐下来等他们一下。"这就是同一话语在不同的语境中的不同用法，很明显语义学是无法进行解说的。

（3）语用学能够解释句子中的无关联现象

对一个句子而言，句子意义和说话人使用这个句子表达的实际交际意义之间往往是存在差异的，语用学可以解释这种差异性。从以下这个例子中简单分析一下。

A：这儿的果汁不见了？

B：刚才我渴了。

看似 A 和 B 是两句不相关的话，A 的意思只是想陈述果汁没有在这个地方这个现象，而 B 却给出了一个不相关的答案。但是，如果从语用学角度来说的话，B 想说的是："我渴了，所以我喝了。"这样看起来句子就完整了，因此语用学能够更合理地解释类似的无关联现象，这就是简单的语用推理。

（4）语用学具有灵活性、多变性、丰富性。

语用学可以根据不同的语境做出不同的反应，这是因为不同的语境环境会让话语以及话语结构发生变化。例如：

A：果汁没有了！

B1：刚才我渴了。

B2：小朋友刚在这里玩着。

B3：不是刚给你一杯么！

针对同一个问题，语言使用的环境不同，所要表达的意义也就不同。B1 的意思刚才已经解释过了，表明我渴了，所以我就把果汁喝了；B2 的意思是说小朋友刚才在这里玩着，可能他们把果汁喝了；B3 的意思是责怪的意思，表明刚给了你一杯你还要？可见，语用学离不开真实的语境，并具有灵活性、多变性和丰富性。

二、语用翻译研究

（一）语用与翻译研究的融合

对于语用与翻译研究的融合研究，有必要追根溯源，探究语言学与翻译学的研究。因此，下面首先分析语言学与翻译研究的融合，进而探究语用与翻译研究的产生。

1. 语言学与翻译研究的融合

就中外翻译理论的发展轨迹来看，中西方许多翻译学家对翻译理论进行过深度研究和探讨，并划分了多种流派，这些学者中有几位的翻译理论流派划分较为突出。

美国著名理论家尤金·A. 奈达（Eugene A. Nida）将翻译理论划分为四大派别，分别是语文学派、语言学派、交际学派以及社会符号学派，并且四大学派各有侧重。①

美国翻译理论家根茨勒（Gentzler, E.）则将翻译思想视作标准，从翻译功能与目的出发，对翻译理论进行划分。在根茨勒看来，翻译理论包含很多流派，如结构主义研究流派、翻译科学流派、早期翻译研究流派等，并且指出各个流派有各自的观点。②

我国著名翻译理论研究学者谭载喜也对西方的翻译理论展开探究，认为西方翻译理论可以划分为五大派别，即伦敦学派、布拉格学派、文艺学派、解构主义学派、交际学派。

通过上述分析可知，虽然当代翻译研究的理论流派众多，但是其也呈现如下几点特色。

（1）各个流派都有各自的侧重点，并且彼此能够互作补充。

（2）各个流派的理论研究视角不同，但是其并未对翻译研究的多学科性研究成果造成影响。

（3）翻译理论家从多个角度出发，清晰地阐释了翻译理论研究的发展轨迹，并呈现了各个研究范式的演进、转化、替代等过程。

（4）各个流派的研究视角也在逐渐扩展与转移。

（5）各个流派的研究手段与思路也在逐渐更新与发展。

在这些研究中，有些学者侧重于从语言学角度研究翻译理论，这对于翻译理论研究而言大有裨益。虽然这一观点不免受到一些学者的批评，但是也并没有影响其发展。

语言学派对 19 世纪洪堡特、施莱尔赫等人关于语言学翻译观的观点进行了批判性继承。到了 20 世纪，结构主义语言学诞生恰好将翻译理论与语义、语法结合起来，这意味着人们开始从语言使用的角度来阐述翻译问题。具体而言，就是从词汇结构、语法结构层次来实现语义对等，因此翻译研究开始延伸到词汇、语法层面。

但是，这一研究也存在着一些缺陷，因为这些研究主要侧重于翻译单位的研究，即词、词素、句子等的研究，而未扩大到语篇层面。在弗斯、韩礼德等语言学家的眼中，他们更加看重语言学理论能否在翻译学研究中进行检验，并指出翻译现象对于语言学而言是一个大的挑战。在威尔斯、奈达等翻译学家的眼中，他们更加关注语言学理论是否能够推进翻译研究的发展。时代在变迁，之后的一些语言学家开始对译者的跨文化能力进行探讨，他们将研究视角转向文化与翻译的融合，并将社会语言学纳入翻译理论研究中。

就目前来说，语言学与翻译学的融合已经成熟。这主要有如下两点原因。

（1）由于现代语言学的领域在逐渐拓展，其不仅对语言符号进行了研究，还对语言的实际运用进行了多层次探讨。

（2）在语言学与翻译学的融合过程中，一些学者提出了批评建议，这些建议对于二者的融合也具有重大意义。

2. 语用与翻译研究的产生

在语言学与翻译研究的不断发展中，一些学者开始将语用学理论融入翻译研究之中。

翻译研究家莫娜贝克（Baker, M.）指出：“从语言学视角研究翻译并不是完美无缺的，其也

① 转引自曾文雄. 语用学翻译研究 [M]. 武汉：武汉大学出版社，2007：30.

② 同上.

具有一些局限性，但是这些局限性会随着时代发展而逐渐变化。受跨文化的影响，如果非要涉及清晰的理论的话，那么语言学途径必然是首选的，也是最具有成效的途径。”[①] 简单分析这段话，就是告诉人们如果要想开展翻译研究，首先就需要弄清楚语言学，这是最具有说服力的，也是大部分翻译研究必须的。

正是由于语言学的参与，翻译研究才更具有灵活性。但同时，语用与翻译的融合能够使得各个因素加以平衡，最终推动翻译研究的动态发展，也使得语用解释更具体、更深化。另外，语用与翻译的融合也使得翻译研究能够回归翻译的本质，实现翻译交往的过程，体现语言的本质与价值等。

总之，语用与翻译的融合不仅能够对翻译理论进行深度阐释，还能够为翻译学的重新建构提供新的依据。

（二）中西语用学翻译观

通过中西方翻译理论家的努力，语用与翻译的融合已经初见成效，并逐渐形成了语用学翻译观，这为语用翻译研究勾勒出了一个广阔的空间。下面就对中西语用学翻译观展开分析。

1. 西方语用翻译研究

对于语用翻译研究，国外学者可谓众说纷纭、见仁见智。下面就对几位学者的观点展开分析。

（1）哈蒂姆和梅桑的研究

著名学者哈蒂姆和梅桑（Hatim & Mason）最早从语用学视角来研究翻译，这在他们的《话语与翻译》（*The Translation As Communicator*）一书中可以体现出来。

两位学者从语境视角出发研究翻译问题，尤其对语用翻译中的言语行为问题、合作原则问题等十分关注。

另外，两位学者还认为译者应该对语境加以重视，并从具体的语境出发，对源语语言展开推理，把握住源语与译语、译文与读者的关联，并将译者与译文读者的文化语境考虑进去，最终准确地呈现作者的意图。

（2）贝尔的研究

英国著名语言学家贝尔（Bell）从认知视角出发研究不同语言的翻译问题。贝尔认为，“翻译往往要经历六大环节：一是视觉词汇识别系统与书写系统，二是句法处理器，三是语义处理器，四是语用处理器，五是思维处理器，六是计划器。”

另外，贝尔还将翻译的这些环节划分为两大阶段：一是分析，二是综合，并且分析阶段与综合阶段都包含三个层面的操作域，即句法、语用、语义。

翻译过程是从源语转向目的语的过程，并且这一过程往往需要经过语用分析器的过滤与语用综合器的综合。其中语用分析器主要包含以下两个功能。

其一，运用语义分析器，对信息的主位成分加以分离。

其二，将分离的信息从语域角度加以考量，包含信息的范畴、基调等内容。

语用综合器主要包含以下三个功能。

其一，对原作意图进行审视。

其二，对原作主位成分进行分析。

其三，对原作风格进行处理。

① 曾文雄．语用学翻译研究 [M]. 武汉：武汉大学出版社，2007：32-33.

当然,无论翻译处于语用分析阶段,还是语用综合阶段,译者都需要对语义表征、语境等进行分析,提取其中的命题内容、语用信息,对原作的语域、主位成分展开恰当的选择,并准确把握原作的文体、目的等内容。

(3)格特的研究

著名学者格特(Gutt)是从关联理论视角出发研究翻译的。在格特看来,关联是对翻译产生限制的基本原则,其将翻译观定义为以下四项内容。

其一,翻译是一种交际双方展开语言交际的行为。

其二,翻译是与大脑机制构成关联性而产生的一种推理行为。

其三,翻译是一种实现最佳关联、寻找关联链的认知行为。

其四,翻译是一种对源语的"明示—推理"行为进行阐释的过程。

实际上,翻译过程被看作两个"明示—推理"的过程,译者的工作就在于将语境与读者的差异性关联起来,进而对二者进行分析与审视,从而将原作的意图挖掘出来,并且保证作者的意图与读者的想法的一致性。

另外,格特还提出了两个概念:直接翻译与间接翻译。直接翻译的目的在于使原作与译文实现语言特征的相似;间接翻译的目的在于使原作与译作实现认知效果的相似。因此,在格特看来,关联理论是从认知视角出发对翻译进行解释,而不是对翻译提出具体方法或具体规定。

2. 中国语用翻译研究

我国将语用学研究置于翻译研究之中是从 1987 年开始的,当时的香港大学举办了一场与翻译研究相关的研讨会,其中将语用与翻译问题视作重点问题对待,并在此基础上探究了英汉翻译中的语用对比问题。自此,我国很多专家学者开始对语用与翻译问题展开研究。

(1)赵元任的研究

中国著名的语言学家赵元任先生发表了《译文忠实性面面观》一文,其中指出了译者要想确定语义,首先应该考虑话语产生的具体的语境。他还指出,功能与语用是对等的,并且语用对等要高于语义对等。例如:

wet paint

上例中,很多译者将其翻译为"湿漆",显然这样的直译翻译是错的,因为汉语中不存在这样的意义,其含义应该是"油漆未干",这才符合语用与功能的对等。

(2)曾宪才的研究

学者曾宪才(1993)也对语用翻译观进行阐释,并认为应该将语义、语用与翻译相结合。在曾宪才看来,翻译最凸显的任务在于对原作意义的再现。所谓翻译原作的意义,涉及翻译的语用意义与翻译的语义意义两个层面。翻译的语用意义是翻译原作的意义的重难点,其包含很多内容,如表征意义、表达意义、联想意义、社交意义、时代意义、祈使意义、风格意义等。对于如此多的意义,译者应该采用多种翻译技巧,如变通法、字面法等。

(3)何自然的研究

著名教授何自然先生根据奈达的"动态对等翻译"理论,将语用翻译视作一种等效翻译理论。何自然的语用等效翻译理论涉及如下两大层面。

其一,语用语言等效翻译。这一理论主要用于词汇、语法、语义等语言学层面的翻译,其翻译重点在于保留原作内容,翻译时不拘泥于形式,译者尽可能用与原作接近的、对等的语言来表达。

其二,社交语用等效翻译。这一理论是将等效翻译置于社交场合,尤其是跨语言、跨文化的场合中。

另外，何自然教授还认为，翻译活动中包含一种三元关系，即原作作者、译文作者、译文读者。因此，译者应该对语境与原作的最佳关联性予以注意，并采用各种语用策略来处理英汉语言差异问题，最终实现英汉两种语言在语用层面上的等效对等。

对于语用翻译对等理论，何自然教授给予了这样一个例子。

宝钗独自行来，顺路进了怡红院……不想步入院中，鸦雀无闻。

（曹雪芹《红楼梦》）

译 1：...The courtyard was silent as she entered it. Not a bird's cheep was to be heard.

（霍克斯 译）

译 2：...To her surprise, his courtyard was utterly quiet.

（杨宪益夫妇 译）

对比上述两个译文，译 1 中暗示着：院子中有鸟儿，只是听不到声音；而译 2 中并未提及鸟儿，但是与原作思想相近，即暗示着：周围一片寂静。因此，何自然教授认为译 2 就实现了与原作的语用等效翻译。

（4）钱冠连的研究

另一位著名语言学教授钱冠连先生于 1997 年也提出了语用翻译观，他认为翻译者应处理混成符号束、语境和智力干涉的参与和干涉之下的语义隐含。在对这些问题进行处理时，译者需要考虑三个问题。

其一，必须在译文中保留原作者写作的意图，尤其是隐含的意图。

其二，对这些隐含的意图进行处理时，需要将混成符号束、语境和智力干涉等考虑进去，并在保证忠实原作的基础上进行译文的再创作。

其三，要对"文化亏损"问题给予重视，实现更加完美的等值翻译。

第二节　语用翻译的策略

一、保留文化外壳

所谓保留文化外壳，即在语用翻译过程中将原文中的某些词汇、短语、句子直接放置于译文中不进行翻译或者称为"零翻译"。该译法可以有效保留原文中的文化用语，有利于原文文化的传播。大致而言，"零翻译"在翻译过程中主要有两种表现方式：移译和音译。下面对这两个翻译策略展开分析。

（一）移译策略

所谓移译（transference），是指把源语的表达方式部分或全部地移入到目的语中。也就是说，译语中保留了源语的书写形式，即文化外壳。在人们的日常生活中这种翻译随处可见，如 VCD，DVD，e-mail，Internet，just do it，MP3，Windows 98，IT，VIP，OK，Nike，WTO，OPEC 等。一般来说，这些词语属于社会语言学层面中的文化词，都具有强烈的时代气息。从语用翻译的角度出发，这种保留源语书写形式的翻译，虽然体现了一定的时代特点，保留了文化信息，但是从本质上说只是词语借用在翻译上的表现。

由于这种翻译形式保留了词语的文化外壳，摈弃了源语的完整语词表达形式或话语形式，从而实现了"翻译"的交际效用，体现了一定的语用策略。随着国际社会、文化交流的日益频繁，不同民族将会享有越来越多的共同认知环境，国际通用的名称和符号也会越来越多，移译凭借其简洁易行的优点将会得到越来越广泛的应用。

（二）音译策略

在翻译中为了保留文化外壳，可以采用音译策略，即按照源语的发音找出译语中读音相同或相近的替代词。例如：

Coca-Cola 可口可乐

Disco Bar 迪吧

Disney 迪士尼

Johnson 强生

L'Oreal 欧莱雅

Colgate 高露洁

Sony 索尼

Benz 奔驰

Ford 福特

Cadillac 凯迪拉克

推拿 tuina

五行 wuxing

阴、阳 yin，yang

风水 Fengshui

麻将 Mahjong

功夫 Kongfu

上述词语都有其自身特定的文化背景，在某种情形下这些词语的使用频率很高，从而成为文化性流行词。

二、保持文化内涵

中西方拥有完全不同的文化背景，由此形成了不同的生活方式、风俗习惯、宗教信仰、价值观念等。然而，每种语言都是对现实客观世界的反映，这使得不同语言之间存在着或多或少的相似性。基于这种相似性，译者在语用翻译过程中可以通过一定的策略来保持源语的文化内涵。下面首先来了解文化内涵的常见分类，在此基础上探讨保持文化内涵的翻译策略。

（一）文化内涵的常见分类

对文化内涵进行分类主要是针对词汇方面来说的。词汇的文化内涵是指词语中蕴含着某一民族或社会团体所固有的或特定的传统和思想特征。英语词汇具有丰富的文化内涵，反映了英美社会的生活。下面就对英语词汇文化内涵的若干分类进行分析。

（1）社会。人类社会的发展改变着词汇的文化内涵，英语中就有很多词汇的文化内涵与社会发展相关。例如，hippies（嬉皮士）是老一代音乐家给年轻一代音乐家的一个绰号。到了20世纪60年代，人们将这个词用于形容反主流文化的一批年轻人。在西方，hippies 是指对社会具有某种不满情绪的有些年轻人，他们的生活方式与众不同，常常头蓄长发、身穿怪装并带有一些社会恶习。再如：

beefcake 男性健美照

cheesecake 女性健美照

Halfway house 康复医院

Pink Lady 粉红女士（鸡尾酒名）

blue boy 经过变性手术由男性转变为女性的人

American Dream 美国梦（指美国标榜的立国精神，人人自由和机会均等）

（2）典故。英语中有很多具有文化内涵的词汇来自典故。例如：

the touch of Midas 点金术（源自希腊神话）

Pandora's box 灾祸之根源（源自希腊神话）

Herculean task 艰巨的任务（源自希腊神话）

hang by a thread 千钧一发（源自希腊神话）

a dog in the manger 占着茅坑不拉屎（源自伊索寓言）

as poor as the church mouse 穷的像教堂里的老鼠一样（源自《圣经》）

（3）动物。在人与动物的长期共处中，动物词汇对人类语言产生了巨大的影响，英语中就有很多词汇的文化内涵与动物有关。下面通过一些典型动物进行说明。

dragon（龙）。dragon 在西方代表凶恶、凶残、妖魔，是邪恶的象征。有时候还用来形容悍妇，如"His wife is a dragon."（他的妻子是个悍妇。）

dog（狗）。欧美人之所以养狗并不单单是为了看家护院和打猎，而主要是为了作伴。在西方人眼中，dog 是最忠诚的伙伴，更是人类最好的朋友，英语中与 dog 相关的词汇都具有褒义色彩，如 lucky dog（幸运儿），work like a dog（拼命工作），a sea dog（老手），every dog has his day（人人皆有得意时）。

cat（猫）。在英语中，cat 是一个非常活跃的词，与它相关的词语有很多。不过"猫"在英语中多以负面词汇的形象出现。例如，美国人认为走路时如果前面跑过一只猫，这是不吉祥的征兆；在英语中形容妇人恶毒时也常用猫。一些与猫有关的词语也多表示贬义。例如，a cat in the pan（叛徒），have not a cat in hell's chance（毫无机会），cat burglar（翻墙越窗的贼），let the cat out of the bag（泄露秘密，露了马脚）等。

owl（猫头鹰）。在英语中，owl 是一种机智、聪明的鸟，具有"聪明""严肃"的文化内涵，是智慧的象征。例如，owlish 与 owlishly 都可以用来形容严肃、机智、聪明，而 as wise as an owl 表示"像猫头鹰一样聪明"。

bat（蝙蝠）。在英语国家中，bat 常被看作邪恶的象征。这大概是因为它外观古怪丑陋，居住在阴暗的角落。吸人血的 vampire bat（吸血蝙蝠）更令人恐惧，所以有关 bat 的比喻说法也都是令人不快的，如 as blind as a bat（有眼无珠），as crazy as a bat（疯得像蝙蝠），the bat and the weasels（蝙蝠与黄鼠狼）等。

（4）植物。植物的生长与特定的气候条件密切相关，因此某些植物很可能只在某一地区生长，在其他地方则难觅其踪。某些植物同样具有一定的文化联想意义。例如，英语中的 apple 就具有积极的意义，the apple of one's eyes 具有"掌上明珠"的含义，the Big Apple 是纽约的别称。此外，英语中还有"An apple a day keeps the doctor away."（一日一苹果，医生远离我）的说法。下面再来看几个典型的具有文化内涵的植物词语。

plum blossom（梅）。在英语中，plum 既指梅树或李树，又指梅花或者李子。在基督教文化中，梅树表示忠诚；在英国俚语、美国俚语中，plum 则表示奖品、奖赏。

bamboo（竹）。英语中的 bamboo 一词是从其他语言中借用过来的，几乎没有什么特殊的联想意义。竹主要生长在亚洲热带地区，英国人对竹子并不十分熟悉，因而并不能引起丰富的联想。

lotus（莲）。在英语中，lotus 是指那种“过着懒散舒服生活的人”，而 a lotus life 则是指“懒散、悠闲和无忧无虑的生活”，lotus land 则是指“安乐之乡”。

（5）颜色。英语中有一类词汇的内涵与颜色相关，下面通过一些典型的颜色词汇进行说明。

white（白色）。英语中 white 的引申义常常表示“吉利、清白、善意、正直”等。例如：

a white day 良辰吉日

a white soul 纯洁的心灵

white hope 寄予厚望

a white lie 善意的谎言

另外，white 在英语中还可以用于形容心理情感的变化，如 white feather（胆怯），white-hot（狂热的），white-faced（面容苍白），white heat（白热化）。

black（黑色）。在西方文化中，black 是基本禁忌色。它象征“死亡”“凶兆”“灾难”如 Black Mass（黑弥撒）；也象征“耻辱”“不光彩”，如 a black eye（耻辱的标志）；也象征“邪恶”“犯罪”，如 Black Man（黑人，小人），black guard（恶棍，流氓）；还象征“沮丧”“愤怒”，如 black dog（沮丧）。

red（红色）。在英语文化中，red 多数情况下预示着“流血”“残暴”“不吉利”，有时还用来表示“敌对”“危险”。例如：

red hands 沾满鲜血的手

red light district 红灯区

red flag 危险信号

in the red 负债

red 也用来表示庆祝活动，预示着“幸福与高兴”，如 red letter days（纪念日或喜庆的日子），paint the town red（大肆狂欢）。

green（绿色）。在英语中，green 有多种不同的意思，可以表示“新鲜的、年轻的、嫉妒的、佳境的”等。例如，green meat（青菜），green hand（生手，没有经验的人）。另外，由于美元的背面是绿色的，因而人们称“美钞”为 green back，并由此延伸 green power（金钱的力量）。

blue（蓝色）。在英语中，blue 象征“地位的高贵”“法规的尊严”以及“人们对某种事物的热衷”。例如：

blue blood 贵族的血统

blue ribbon 最高的荣誉

blue laws 蓝法（禁止在星期日从事商业交易的美国法律）

blue 在英语中还象征“色情”，如 blue video（黄色录像），blue films/movies（黄色电影），blue jokes（黄色笑话）等。blue 在英语中还有“突然”“迅速”的意思，如 blue streak（一闪而过的东西），out of the blue（出其不意）等。

（6）数字。数字与人们生活密切相关，因此数字词语更可以体现出文化方面的内涵。下面通过典型的例子进行说明。

three（三）。在英语中，数字 three 可以引申出不同的含义，如 three sheets in the wind 用以形容人的酒后醉态，意思是“醉得东倒西歪”；three-ring circus 用来形容“乱糟糟的场面”，而 three handkerchief 则指“催人泪下的伤感剧”。

seven（七）。数字 seven 由于同单词 heaven（天堂）从拼写到读音都很接近，因此在英语文化中 seven 通常具有积极的联想意义，往往预示着快乐与幸福。

nine（九）。英语中的 nine 有自己独特的民族文化内涵。nine 可以用来表示极数，表达完美、长久的意义，如 nine day’s wonder 表示“昙花一现”或者“轰动一时的人或物”；nine 还可以用作虚词，表示“数量之多”，如 a cat has nine lives 表示“生命力强”；nine 及其倍数在西方还广泛用于文娱、体育活动中，如跳子棋的棋板上各方均为九个孔，高尔夫球球场有 18 个洞。

thirteen（十三）。在西方，数字 thirteen 被认为是不吉利的数字，会给人带来不幸。所以在西方国家，人们通常避免使用 thirteen 这个数字。例如，在英美国家中，每月的 13 日都不适宜举行庆典等喜庆活动；宴会上不能 13 个人同坐一桌，也不能有 13 道菜；高楼的第 13 层，用 12A 表示；剧院、火车、飞机等没有第 13 排。

（7）人体。来自人体的很多词汇都具有丰富的文化内涵。

和手有关的英语词汇。例如：

live from hand to mouth 勉强糊口

an iron hand in a velvet glove 外柔内刚

wait on someone hand and foot 侍奉得无微不至

bite the hand that feeds one 恩将仇报

weaken someone’s hand 拆台

give someone a free hand 给某人自由处理权

和脚有关的英语词汇。例如：

have one foot in the grave 一只脚在坟地里

get off on the right foot 开门红

put one’s best foot forward 想尽量给人留下好印象

get off on the wrong foot 出师不利

put one’s foot in one’s mouth 讲话不得体，说错话

和鼻子有关的英语词汇。例如：

follow your nose 一直走

pay through the nose 付出的钱实在太多而感到心痛

to be led by the nose 被人牵着鼻子走

（8）体育。英美国家特别是美国体育运动十分发达，有着良好的体育传统，大多数人具有运动健身习惯。因此，人们对体育话题十分感兴趣，从而导致许多体育运动的词汇产生了丰富的文化内涵。例如：

be down and out（击倒出局）喻指经过努力而彻底失败或贫困潦倒，陷于完全无望的处境。该短语源于拳击比赛中常用的术语，原意是指被对手击倒在地而遭淘汰。

carry the bah（作为持球队员）喻指在某项行动或艰巨任务中承担最重要、最困难的职责。该短语从橄榄球术语借用而来，原意是指在射门时充当持球队员。

drop back and punt（凌空踢落地反弹球）喻指放弃目前的策略而尝试采用其他办法。该短语也源于橄榄球术语，原意是指抛球后待球落地反弹起来之后朝对方球门凌空抽射的技术动作。

hat trick（帽子戏法）喻指巧妙而利落地同时做成多件事。该短语出自魔术，原意是指魔术师用帽子变的戏法。后来这一魔术用语不仅用于英国板球运动，指一个板球投手连续三次击中柱门，还用于足球、曲棍球领域，指一个足球或曲棍球队员在同一场比赛中独进三球。

have two strikes against someone（三击中已有两击不中）喻指处于极其不利的境地。该短语从棒球比赛规则借用而来，原意是指球手三击不中就必须出局退场，因此球手两击不中就很危险了。

hit/strike below the belt（击打腰带以下部位）喻指采取不正当手段攻击或对付对方以获胜。该短语来自拳击术语，原意是指违规击打对手身上不应击打的部位。

（9）其他。除了以上几种词汇文化内涵的分类之外，英语词汇文化内涵还有其他同样具有文化内涵的词语。例如：

poker face 脸上毫无表隋、不露声色（来自扑克牌游戏）

to sweeten the pot 为了使一个提议更有吸引力而在原有条件的基础上增加一些对对方有利的条件（来自扑克牌游戏）

right on the beam 某人做某事做得很对（来自航空用语）

bomb 不成功、不受欢迎、卖座率很低（来自电影、音乐）

to burn one's bridges 采取行动不留退路、没有改弦的可能（来自战争）

D-day 计划行动开始日（来自二战）

lemon 质量很差、不起作用的东西（来自食品）

doggy bag 人们把在饭馆里吃剩下来的饭菜装在里面带回家的袋子（来自食品）

in hot water 某人或某些人遇到非常麻烦的问题（来自食品）

go bananas 一些不愉快的事把人弄得十分烦躁（来自食品）

（二）保持文化内涵的翻译策略

在翻译过程中，为了帮助译入语读者顺利理解译文，进行有效交际和实现语用翻译的目的，可将原文中的文化内涵予以保留。大致而言，译者可采取直译或异化策略进行翻译。下面就来具体分析。

1. 直译策略

两种语言之间存在着相似或相同的表达方式，对此译者在翻译的过程中可以采用直译的方法，对原文和译文中相似的表达进行保留。所谓直译，就是在不违背目的语语言规范的前提下，保留原文的修辞特点、文化特点，从而使译文更好地传达原文的表达效果。需明确的是，直译是建立在对源语、原文作者、目的语和译文读者的认知环境有充分了解的基础上的一种翻译方法。翻译人员要对翻译的三元关系，即对原文作者、译者、目的语读者之间的关系有充分了解，否则就可能造成交际的失败。有的文化词即使认知环境不同，但仍然可以理解，在这种情况下直译能够完好无损地保留源语的语体形象和文化韵味，即语词的文化内涵。例如：

pie in the sky

天上的馅饼。

上述例子中 pie in the sky 的说法源自美国作曲家乔・希尔在 1911 年所作的《传教士与奴隶》这首著名歌曲中。显然汉语的普通读者对这一特殊的社会文化认知语境是无从知晓的，但这一表达方式与汉语中的“天上不会掉馅饼”的说法很接近，因此汉语读者很容易理解 pie in the sky 的说法是用以形容不可能实现的事情，可以将其理解为“渺茫的希望”“不能实现的空想”“空头支票”“虚幻的美景”。

2. 异化策略

所谓异化策略，是以源语文化为归宿的一种翻译理论，在英语中可称作 alienation 或 foreignization。异化理论的主要代表是美籍意大利学者韦努蒂（Lawrence Venuti），他是结构主义思想的主要倡导者。他在作品《翻译的策略》（*Strategy of Translation*）中将异化翻译定义为“偏离本土主流价值观，保留原文语言和文化差异”。可见，异化策略要求译者向作者靠拢，译文的表达方式相应于作者使用的源语表达方式来传达原文的内容。简言之，即保持原文的文化内涵。

对于赞成异化理论的译者而言,翻译的目的是推崇文化交流,让目的语读者理解和接受源语文化,所以译者不需要为使目的语读者看懂译文而改变原文的文化意象。相反,译者应将源语文化"植入"到目的语文化中,以使译文读者直接理解并接受源语文化。《红楼梦》的翻译中杨宪益就采用了异化策略,保留了源语的文化因素。例如:

真是天有不测风云,人有旦夕祸福。

Truly, storms gather without warning in nature, and bad luck befalls men overnight.

译文中,杨宪益在英译"风云"和"祸福"时,对文化意象采用了异化的处理方法,即将富含中国文化意象的词汇 storm 和 luck 转换到了英语中。因为 storm 和 luck 在汉语中就是"风云"和"祸福"的意思,然而这两个词汇在英语中却失去了对等的含义。这样的处理保留了源语的文化特色,便于读者更好地感受到源语文化信息。

异化策略一般出现在存在文化差异的语境中,其特点就是鲁迅提出的"保留异国情调,就是所谓洋气"。在翻译中,译者传递给读者的源语文化信息越多,其译文越忠实于原文(彭仁忠,2008)。异化策略多用于下列语境。

(1)用于不同的历史文化背景中

译者在传译具有丰富历史文化色彩的信息时,要尽量保留原文的相关背景知识和民族特色。例如:

"It is true that the enemy won the battle, but theirs is but a Pyrrhie victory", said the General.

将军说:"敌人确实赢得了战斗,但他们的胜利只是皮洛士的胜利,得不偿失。"

译文中采用了异化策略,保存了原文的民族特色和文化背景知识,有效传递了原文信息,有利于文化交流。

(2)用于不同的宗教文化中

由于不同民族都有着各自的宗教信仰,宗教在各民族长时间的历史沉淀下保留了许多固定的关于宗教的词汇、句式,因此翻译时要尽可能反映出来,采用异化策略是较好的选择。例如:

谋事在人,成事在天。

Man proposes, Heaven disposes.

可见,异化策略更能传达文化差异,更忠实于原文。

(3)用于不同的心理与思维方式中

中西方人的心理与思维方式因社会的影响、文化的熏陶导致其存在一定的差异。对于这类翻译,译者应优先选择异化策略。例如:

胆小如鼠 as timid as a mouse

脚踩两只船 straddle two boats

译文中,采用异化策略进行翻译保留了源语文化形象,有效地传达原文的信息,有利于西方读者加深对中国文化的了解和理解,促进跨文化间的交流与沟通。请看以下的例子。

blue print 蓝图

honeymoon 蜜月

hot dog 热狗

soap opera 肥皂剧

ivory tower 象牙塔

half the sky 半边天

golden age 黄金时代

a corner of an iceberg 冰山一角

a stick-and-carrot policy 大棒加胡萝卜政策

扣头 kow tow

纸老虎 paper tiger

保全面子 keep face

综上可发现，异化策略具有以下优点。

（1）可以提高源语表达在译入语中的固定性和统一性，有利于保持译语表达与源语表达在不同语境中的一致对应。

（2）可以实现译语表达的简洁性、独立性，保持源语的比喻形象。

（3）有助于提高表达的语境适应性，提高译文的衔接程度，也有利于不同语言之间的词语趋同。

三、弥补文化差异

在语用翻译过程中，为了帮助人们有效沟通，达到语用翻译的目的，译者需要在翻译过程中采取一定的翻译策略弥补文化差异，如对译策略、归化策略等，下面对此展开探讨。

（一）对译策略

对译策略的运用可以弥补目的语读者在理解译文时所欠缺的文化差异，从而帮助其快速把握译文所传递的信息，实现运用语言的目的。下面通过习语和典故的对译来了解语用翻译过程中文化差异的弥补。

中西方由于文化背景不同而形成了各自的独特习语说法，虽然英汉习语表达中的意象是不同的，但是其语用含义是相通的，针对这种情况就可以采取对译策略。例如：

to have the ball at one's feet

胸有成竹

上述例句中的英语原指一个足球运动员已经控制了球，随时可以射门得分，现用以传达“稳操胜券”“大有成功的机会”的含义，这与汉语中的成语“胸有成竹”的含义相当吻合，因此可以将其译为“胸有成竹”。

对于中西语言中一些在意义、形象或风格上都比较相似或近似的典故，就可以采取对译策略。例如，Walls have ears，就可以借助汉语谚语将它译成“隔墙有耳”，这样既能忠实于原义、原有形象及风格，又符合汉语的谚语结构和习惯。这样的例子还有很多，如下所述。

Among the blind the one-eyed man is king.

山中无老虎，猴子称霸王。

Great minds think alike.

英雄所见略同。

Like father, like son.

有其父必有其子。

Where there is a will, there is a way.

有志者事竟成。

（二）归化策略

所谓归化，是指源语的语言形式、文化传统和习惯的处理以目的语为归宿。换言之，用符合目的语文化传统和语言习惯的“最贴近自然对等”概念进行翻译，以实现功能对等或动态对等。尤金·奈达（Eugene A. Nida）是归化理论的代表。尤金·奈达指出，“翻译作品应是动态对等的，不仅表达形式而且文化都应符合目的语规范”。他认为最佳的译文无论在表达方式、遣词造句还是在行文风格方面都应完全纳入译文读者的文化范畴，符合译文读者的阅读习惯和阅读心理。

从语言文化共核来看，人类语言有90%是相通的，这就为归化翻译奠定了基础。归化作为一种思想倾向，表现在对原文的自由处理上，要求译文通顺，以符合目的语读者兴趣。因此，翻译时仅仅追求词汇上的对等是不够的，翻译的最终目的是通过将深层结构转换成表层结构或通过翻译“文章内涵”来获得“文化”对等。例如，在翻译英语小说《永远的尹雪艳》时，译者使用了归化的策略来翻译其中的文化内容。Lyceum的原义是指希腊人们观赏歌舞、戏剧、交流学术经验的场所。在进行英译汉的过程中，为了顺应中国读者的阅读习惯将其译为“兰心剧院”。在中国文化中“兰”源于“梅、兰、菊、竹”，是一个极富中国文化底蕴的词汇，这种译法使译文的内涵更加深刻；另外，四字格属于典型的汉语特征，因此“兰心剧院”的翻译做到了以汉语为归宿。可见，归化策略要求译者向译语读者靠拢，译文的表达方式采取译语读者习惯的译语表达方式来传达原文的内容。

在翻译过程中，由于语言文化的差异经常导致译者碰到种种障碍，有些障碍甚至是难以逾越的。如果选择策略错误势必导致译文的晦涩难懂，影响读者接受效果，因此译者需要采用归化策略进行翻译。前面已经提到，归化策略是以译语文化为归宿的，它要求顺应译语读者的文化习惯，强调读者的接受效果，力求译文能被译语读者接受并确保通顺易懂。归化策略的一般做法是抓住原文语用意义，从目的语中选取与原文语用意义相同的表达来翻译。也就是说，归化策略是将原文独具特征的东西采取“入乡随俗”的方法融化到目的语中的转换方法。归化是语言形式上或者语言形式所负载的文化内涵倾向于目的语的翻译策略，即反对引入新的表达法，使语言本土化。例如：

The cold, colorless men get on in this society, capturing one plum after another.

那些冷冰冰的、缺乏个性的人在社会上青云直上，摘取一个又一个的桃子。

原文中的plum指的是“李子”，在西方文化中，“李子”代表着“福气”“运气”，然而在汉语文化中，“李子”却没有这一寓意。为了便于读者接受，译者将其换成汉语中同样具有表示“福气”“运气”的“桃子”，这样的译文会令汉语读者体会到原文所要表达的真实含义。从上述例子中可发现，归化策略从目的语出发，更为读者考虑，其长处就是能使译文表达更为通顺、地道，能给读者带来一种亲切感。

归化策略具有一定的优点，即它不留翻译痕迹。由于英汉语言在社会环境、风俗习惯等方面存在一定的差异，导致文化也有很大的不同。对于同一种事物在不同的文化中有着不同的形象意义，因此翻译时需要将这些形象转换为译语读者所熟悉的形象进行翻译。尽管归化中的形象各异，却有着相似或对应的喻意，这样的译文也能保持所描述事物固有的鲜明性，达到语义对等的效果。例如：

as poor as a church mouse 译为“穷得如叫花子”而不是“穷得像教堂里的耗子”

to seek a hare in hen's nest 译成“缘木求鱼”，而不是“到鸡窝里寻兔”。

再如，汉语中用来比喻情侣的“鸳鸯”不能译为Mandarin Duck，因为这样的译文不能令英语读者联想到情侣间的相亲相爱，而将其译为英语中已有的词汇lovebird，则会令目的语读者很容易理解。又如：

领如蝤蛴，齿如瓠犀。

Her swan-like neck is long and slim. Her teeth like pearls do gleam.

原文出自《诗经》中的《卫风·硕人》,是对美人的描写,“蝤蛴”指的是一种名为长白虫的虫子,这种虫子生长在木中,比喻脖颈白而长。“瓠犀”是葫芦籽,一般用来形容牙齿的清白整齐。译文中,译者则没有利用原文的文化形象,直接用 swan, pearls 等英语读者习惯的形象作喻,清晰、明了地传达了原文的真实含义。

综上所述,在使用归纳策略进行翻译时需充分考虑目标读者、原文的性质、文化色彩等方面的因素。

第三节 语用翻译理论的具体实践

一、语用综观论与翻译

宏观语用学是语用学研究过程中一个重要流派,其研究包含很多与语言运用、语言理解相关的内容。宏观语用学除了研究语言使用语境等内容外,还扩展了非常前卫的视野。从宏观角度来说,语用学翻译研究已经向对比、词汇、语篇、修辞、文学、认知、社会等多个层面拓展。下面就从上述层次入手,从宏观层面探讨语用翻译问题。

(一)对比语用学与翻译

1. 对比语用学简述

语言之间的比较有着渊源的历史,自从语言研究诞生以来,语言之间的比较就已经存在了。通过对两种语言进行对比研究,才能揭示出不同语言在功能、形式、结果等层面的差异性。

随着对比语言学与语用学研究的深入,对比语用学诞生,其研究始于 20 世纪七八十年代,其研究方法为对比语言学注入了新的活力。语言学中的对比分析往往指的是在语法层面上,两种语言进行的比较,但在使用层面上,两种语言同样可以进行比较。这种比较就可以称为“对比语用学”。

著名学者陈治安、文旭(1999)指出,语用对比的内容包含如下几点。

(1)英汉对比语用学的基础理论。

(2)在英汉两种语言中,语用原则运用的对比情况。

(3)在英汉两种语言中,社交用语的对比情况。

(4)在英汉两种语言中,语用环境与语用前提的对比情况。

(5)言语行为的跨文化对比研究。

(6)语用移情的对比差异及在各个领域的具体运用。

(7)英汉思维、文化、翻译中语用策略的运用。

对比语用学侧重于研究语言交际因素在多大程度上具备普遍性与特殊性,并分析如何通过语言运用来呈现语言的意义,还研究如果语言交际因素具有特殊性,那么语言的使用规则在多大程度上可以从第一语言转化成第二语言。事实上,对比语用学丰富和拓展了跨文化语用学,可以说是跨文化语用学的延伸,其比传统语言学的对比分析更为系统全面。

2. 对比语用学的翻译

英汉对比语用学性质上属于边缘学科,其主要源于对比语言学、语用学、跨文化交际学,三者交汇形成对比语用学。分析家将对比分析向多个层面拓展,他们将早期的对语音、语法的对比研究拓展到对行为分析、中介语分析、失误分析等领域。

作为跨语言研究、跨文化研究的手段,对比分析得到广泛运用。关于对比语用学的研究,推动了语用学、语言学、跨文化交际学的发展,还不断提升了中国人跨文化交往能力,提升国人的外语水平与翻译能力。

在具体的实践中,对比语用学对翻译有着重要的影响。具体来说,翻译理论、翻译方法等是基于原作与译作的对比建构起来的。为了实现自己的任务,翻译理论必须明确原作与译作对同一意义表达的异同,并基于此找出应对二者差异的方法。

作为跨文化交际的活动,翻译涉及两种语言的差异性,这不仅体现在语言层面,还体现在文化层面。从语言结构上说,译者需要探究英汉两种语言的结构、描写手段,对两种结构进行对比,如词汇、句子、语篇等,才能全方位、多角度地了解两种语言。例如,我们可以对语篇进行分门别类,如科技类、商务类、哲学类、文学类等,除此之外还应该进行同类语篇的对比,即题材、风格与语用等领域。由于中西方文化的差异性,导致中西方翻译主体翻译观的差异,从而影响对翻译语言的选择。例如:

"My dear Mr. Bennet," said his lady to him one day, "have you heard that Netherfield park is let at last ? "

(Jane Austin: *Pride and Prejudice*)

王一科译:有一天,班纳特夫人对她的丈夫说:"我的好老爷,尼日斐花园终于租出去了。你听说过没有?"

孙致礼译:"亲爱的班纳特先生,"一天,班纳特太太对丈夫说,"你有没有听说,尼日斐庄园终于租出去了。"

无论在英语还是汉语中,称呼语都是非常重要的部分,其是交际双方距离、权势的一种反映,代表着地位和身份。受心理、语境的影响,称呼的选择也不一样。在日常交际中,称呼不仅可以表明双方的地位与身份,还会因此表达出威胁、警告、命令、建议、讽刺等言外之意。在话语中,这种称呼表达出的言外意义就是语用的表现。在王一科的译文中, My dear Mr. Bennet 译成了"我的好老爷",这与中国文化很适应,但是很容易产生文化误导,容易让人误解为 18 世纪的英国妇女对丈夫的称呼与中国妇女是一样的。实际上,在奥斯汀时的英国,男尊女卑也是存在的,但是称呼上并没有达到"老爷"的情况。因此,按照原作直接翻译为"亲爱的班纳特先生"会比较好,即孙致礼的翻译更符合表达习惯。

(二)词汇语用学与翻译

1. 词汇语用学简述

词汇语用学,顾名思义就是将词汇意义作为研究对象,基于词汇层面并融入语境知识、语用机制,对词汇意义展开动态探讨,分析词汇意义在运用过程中的变化规律及运作机制。

在国外的语言学研究中,词汇语用学是非常重要的领域,其主要侧重于研究语言运用中的不确定词汇意义的处理问题。其研究的范围也非常广泛,如词汇休克、词义调整、形容词的语用属性、一词多义现象、词缀的语用特征、语用与词汇内部意义之间存在的关系等。

著名学者陈新仁、冉永平等人认为,在一些固定的语境中,本身明确的词汇意义却由于发话人表达意图的改变而不断进行改变,因此在话语理解时需要进行词汇信息的语用处理与调整,最终确定语用信息。

人们在探究词汇意义时,发现词汇不仅有本身意义的存在,还会涉及多种语用条件因素,它们给予词汇更深层次的意义，这就是所谓的语用意义。这些意义与本身意义存在明显的区别，并且只有置于一定的语境中，人们才能理解这些深层的语用意义。

同时，词汇语用学强调词汇的动态性与语境依赖性，将动静因素相结合，从社交语用、语用语言等角度对交际中的词汇加以运用与理解，这正是体现了词汇的多维现象。运用词汇语用理论来研究词汇的语用过程，才能更好地揭示出词汇意义的本质特征。

冉永平（2005）认为，在交际中，很多词汇及词汇结构传递的信息往往不是其字面意义，也与其原型意义有别。在语言运用中，人们往往会创造与合成新词，或者直接借用其他语言中的词汇。在这一情况下，要想理解话语，首先就必须借用具体的语境，从而获取该词汇的意义。例如，英语中 operation 本身含义为“劳作”，但是在工业机械中，其意义为“运转”，在医学中，其意义为“手术”，在军队活动中，其意义为“战役”。从这一例子可知，词汇语用学的最终目的在于解释话语理解中如何对词汇与词汇结构的语义信息与其在具体语境间的信息差展开语用意义上的融合。如果脱离了语境，词汇的指向就会出现不确定性，容易产生模糊、歧义等现象，这就要求听话人必须了解具体语境环境下词汇的具体意义。

另外，对语用信息的加工有两个过程：一是语用充实，二是语用收缩。语言的变异就是基于一定的语境来理解语用充实与收缩的。词义的延伸与词义的收缩都可以看成不同的语用认知推理过程，是人们基于一定语境对具体词义进行的扩充与收缩加工，从而明确词汇的含义。这对于词汇的翻译提供了重要依据。

2. 词汇语用学的翻译

根据词汇语用学，在翻译过程中，译者需要对词汇运用的不确定性加以处理，如前面所说的词汇休克、词义调整、形容词的语用属性等问题，从而对源语的词汇语用意义进行合理的转译。例如：

看到别人赚了那么多钱，他犯了严重的红眼病。

When he knew others had made large amounts of money, he went extremely green-eyed.

源语中的“红眼病”看起来是一种病，但是与一般意义上的病又有所不同，其蕴含着“妒忌”的韵味。如果将其直接翻译为 red-eyed disease，显然是不妥当的，西方人也不理解。因此，要想明确地表达源语，将源语文化信息传达出去，就只能进行转译。

语言是纷繁复杂的，但是无论多么复杂，其内容都会涉及词与词、句与句、篇与篇的关联与搭配。但是，如果一些语言单位是游离于一定的语境之外，那么其意义就很难确定。换句话说，读者要想了解语言单位的意义，靠死板的词典是解决不了问题的，必须通过语境去体会与推测。

（三）修辞语用学与翻译

1. 修辞语用学简述

随着语言学的深入研究，修辞学也转向跨学科研究，而基于修辞学与语用学两大学科，修辞语用学诞生。就学科渊源上来讲，修辞学与语用学的结合源自古希腊时期，学者亚里士多德就提出了修辞语用模式。

在亚里士多德看来，每个句子都有存在的意义，但是并不是所有的句子都是陈述型的，只有能够对真假加以判定的句子才属于陈述型句子。例如，“恳求”就属于一种句子，但是这种句子并不能判定真假。因此，对这类问题进行思考就属于修辞语用学的范畴。

在修辞领域，有两种修辞翻译观是人们重视和研究的，具体分析如下。

第一种认为修辞学是对文字进行修饰与润色的手段,目的在于划分与使用修辞格。这类观点得到了西方学者的重视,并在中世纪以来占据重要的地位。但是,其也导致了明显的不良后果,即使得传统修辞学走向没落。

第二种认为修辞学是对语言手段展开艺术性选择的一种手段,其侧重于研究词汇与文体、句子与文体等之间的关系等问题。这一观点在20世纪六七十年代在我国受到了重视和发展,我国著名的学者王希杰、吕叔湘等都推崇这一观点,并在其研究中效果显著。

将修辞学与语用学相结合恰好是第二种观点的体现。另外,这二者的结合还与哲学有着密切的关系,随着二者不断的交融,修辞学与语用学逐渐形成了一些相通之处。

(1)修辞学与语用学都将言语交际视作重要的研究内容,即研究方向、研究客体是一致的。具体来说,二者都研究语言在言语交际中的运用情况,并分析为了实现交际,两门学科应该采取的具体策略。

(2)修辞学与语用学在探讨研究对象时,都会将语境囊括进去,即将语境融入二者的研究对象中,以此分析言语交际中出现的具体问题。

当然,除了相通之处,修辞学与语用学也有各自的特点。

(1)修辞学主要研究语言的综合运用情况。

(2)语用学强调语言的具体使用情况,并且对语言使用进行分析和探究时必定会涉及修辞。

总而言之,修辞学与语用学这两门学科有着相辅相成的关系,二者相互促进、相互借鉴,从而获取更大的研究成果。

2. 修辞语用学的翻译

作为一门学科,修辞语用学有着独特的审美观与文化观,这就要求在翻译时应该注重这两大层面。

(1)审美观

修辞语用学具有独特的审美观,在特定的语境下,修辞语用学的审美观体现为对语言的感染力与表现力的凸显。当然,这需要借助一定的手段,还需要借助语调、词汇、句式等语言单位对语言进行推敲,从而使语言产生最佳的表现效果。

根据划分标准的不同,修辞格可以划分为两类。

第一类为描绘手段的修辞格,其是借助转义手段,对表情色彩加以补充与描写。一般借代、双关、比喻都属于描绘手段的修辞格。

第二类为表现手段的修辞格,其是将修辞色彩融入固定的语法形式中。一般排比、回环等都属于表现手段的修辞格。

总体而言,修辞语用学就是运用各种修辞艺术手法来实现语篇相应的语用价值。在很大程度上,修辞艺术手法在修辞功能、艺术形式上体现得更为明显。换句话说,要想达到理想的表达效果,不仅需要修辞格的恰当运用,还需要词汇、句子等的恰当选择,只有这样才能展现语言的结构美与意境美。

语言要求内在美,而这一审美理念要求人们在语言活动中应该选择恰当的修饰性词语来彰显语言的表现力,并且这些词语要求具有韵律美与节奏美,这样才能彰显出语言的优雅与美感。

一般来说,修辞语用学的翻译主要体现为如下两点,即形式美与内涵美。

修辞语用学翻译的形式美主要在声音层面体现得较为明显,即让听者/读者感受到听觉美或视觉美。例如:

None but the brave.

None but the brave deserves the fair.

显然，从形式上两句话中都包含“None but the brave.”是一种反复修辞的运用，通过这一运用，使得句子更具有渲染力与烘托效果，也使得句子更为和谐，给人以亲切之感。

修辞语用学翻译的内涵美占有较大比重，其追求听者 / 读者美的联想。例如：

Thanks for that：

There the grown serpent lies；the worn that’s fled.

这本身属于一个内心独白，当得知对手被害之后的一种喜悦，又得知被害儿子逃脱的一种担忧，这是一种复杂的情感，也让人体会到句子的内涵美。

（2）文化观

从很大程度上来说，文化决定着人们的思维定式和认知模式及与之相关的物质形式，如语言与修辞手段。无论是何种交际活动，修辞都属于文化的组成成分，这些文化的成分都是经过历史的变迁而逐渐产生和发展起来的。

同时，修辞不能脱离社会与文化而单独存在，否则修辞也就不能称为修辞了。这反映了修辞与文化之间的密切关系。语言是文化的一种主要载体，是人们开展思维的物质形式，因而语言包含体裁、修辞在内的这些表达形式，反映着两个民族群体在历史、风俗等层面的差异，从而导致修辞表达与行文的差异。

除此之外，文化与修辞的关系还体现在文化的不同导致修辞的差异，即处在不同时期的同一种文化，其修辞也会根据时期而发生改变，因此时期不同，鉴赏标准也必然存在差异。

随着历史的不断发展，不同的民族为了保证交际的顺利开展，逐渐形成了具有特色的言语系统，尤其体现在语音、词汇、语篇等层面。同时，一些具有特色的修辞手法也相应诞生，这些手法与本民族的审美心理、行为习惯等相符，并且修辞语言符号体现的也是文化信息与语用价值，这些都成为修辞语用学研究的内容。同时，通过对这些层面的研究，也更好地透视出修辞语用的意义与功能。例如：

Steven，be careful. Your boss is a piece of chopping block.

上例中，实体性隐喻修辞的运用使句子增添了别样色彩，其本体是由表达事物的名词充当，而作为隐喻联想思维基础的相似性特征包含于本体之中。本体为 your boss，而喻体为 a piece of chopping block，乍一看二者并无关联，但是如果仔细一想就可以得知，你的老板是一个“狡诈的或者八面玲珑”的人，这样的人如同切菜板一样，具有两面光滑的特点。也正是根据这一相似性，才能这样关联起来，因此在翻译时需要考虑这个句子本身所具备的修辞语用特征。

（四）认知语用学与翻译

1. 认知语用学简述

从诞生之日起，认知语用学就被视作认知科学的一项重要组成部分。要想了解认知语用学，这里首先来分析认知语言学。

认知语言学这一术语首先出现在 1971 年，其被认作对大脑中语言机制加以研究的学科。目前所提出的认知语言学指的是20世纪七八十年代的认知语言学，是一个新兴的语言学流派。

认知语用学是在认知语言学的基础上诞生的，出现于 20 世纪 80 年代中期，是一个新兴的边缘学科。1986 年，以“语言使用的认知”为主题的研讨会在以色列召开，并吸引了很多学者的参与，并且提出了从认知语用的角度对语言的使用问题加以研究。自此，认知语用学进入大众的视野。

那么，如何定义认知语用学呢？目前，对于认知语用学的定义还不统一，但是人们也不能否认其存在。例如，言语行为、指示语等语用现象的交际意义超越了语言的编码信息，这就是通过认知心理而产生的意义，这样的信息处理过程其实本身也属于认知过程。因此，有学者将认知语用学定义为：一门超符号学，即研究符号与交际意图在历时过程中逐渐固定化的关系。对于这样的定义，自然有其道理，但是这样的概括在其他学者看来又过于简单，并且对于认知语用学的本质也未触及。之后，格赖斯、斯珀伯、威尔逊等人也指出，语用学存在认知基础，并且对超句子信息的处理与研究意义重大。

在方法论、研究目的等层面，认知语用学也具有心理语言学的特点，尤其对于交际双方如何进行语言生成与理解给予了特别关注。认知科学是对感知、注意力、语言等认知现象的交叉研究，强调对信息的组织、处理与传递等的研究。认知语言学建立在体验哲学观的基础上，因此其包含的认知语用学也具有一定的哲学基础，即认知的无意识性、心智的体验性与思维的隐喻性。

另外，认知语用学近些年的研究成果也表明，语言运用是由交际双方的相互假设与推理、特定语境的了解程度、关于语言运用的认知语境假设等决定的。不管是语言现象，还是非言语现象等的运用，都是非常重要的认知现象。例如，关联论就是一种交际与话语理解的认知理论，其将理解视作需要推导的心理学问题，并受到单一认知原则的制约。在西方语用学者眼中，关联论是认知语用学的基本理论框架，并且为认知语用学的进步带来了生机。

2. 认知语用学的翻译

传统翻译理论的核心在于语言形式的转换，而从语言意义的视角来研究翻译问题就是认知语用学翻译研究的关注点，从而避免传统翻译理论的一些弊端。换句话说，将语言与认知的关系融入翻译理论研究中，不仅可以提升翻译的科学性，还能够加深对翻译本质的了解与认知。因此，对文本、作者、读者三者关系进行分析显得不全面，也不完整，只有了解与之相关的认知与体验要素，才能使文本、作者、读者的交际过程加以贯穿，也才能建构合理的解释模式。简单来说，在进行翻译时，译者不仅要考虑内容各要素，还需要考虑译者的主体性地位，这样才能让译文更加通顺与忠实。

认知语用学翻译将翻译视作一种认知活动，即认为译者应该将关联理论运用到源语意义的理解之中，然后对源语的语用意义进行转述，揭示与传递出语言运用的本质与价值，让读者了解源语的现实世界与认知世界。

可见，认知语用学翻译深入剖析了交际双方的认知过程与心理活动，也分析了语言运用的意义与价值，探索了翻译的本质问题，因此对于翻译理论的构建意义巨大。

在翻译过程中，译者需要基于认知语境，不断补充与语用推导。如果将翻译看作一个过程，并对其进行研究，那么了解翻译的认知机制、转换机制就显得十分重要。具体而言，在理解与产出译文的过程中，译者头脑中的语言知识与文化知识会逐渐被激活，并通过关联—顺应，运用一些认知策略，就会选择恰当的语言来组织与表达，从而展现译文的字面意义与语用意义的串联性。因此，翻译不仅是作者与译者的互动，还是译者与读者的互动，这就是明示—推理的过程。在这一过程中，作者与译者的交际效度会受到作者、译者、读者三者关系的制约和影响。

在具体的翻译过程中，译者不仅会考虑词与词、句子与句子等基本语言单位的转换，还会考虑认知心理单位与认知模式之间的转换。认知模式与认知心理密切相关，其是语言单位进行转换的心理依据，而认知模式形成的基础就是心理经验，由于不同民族认知心理经验不同，因此不同语言的认知模式也会存在明显差异，导致翻译方式与结果也必然会受到影响。

从认知语用学的角度来分析，人的认知、概念、推理、理解等都源自对客观世界的经验。就这一角度来说，作为一种基本认知活动，翻译也必然具有体验性，并且为了追求最佳的认知而不断付出努力。如果从处理的先后顺序对理解时的假设进行审视，那么就应该将消除歧义、隐含、语境假设等包含在内。当达到期待的关联程度时，这种理解往往会终止。而为了更好地理解，译者需要掌握词汇知识、百科知识等基本的认知语境知识，运用这些知识，译者才能进行推导与理解。当译者进行表达时，为了将原作者的意图传达出来，还需要对读者的认知语境加以预测，这样才能更好地对语码进行选择。

总之，在进行认知语用学翻译时，译者需要将个人能力和爱好与读者的接受能力结合起来，选择恰当的翻译方法，占据最大的主动权。但需要指出的是，译者也需要考虑原作认知语境，这也是非常关键的要素。

认知语用学翻译观对翻译现象的解释力非常强大，并且取得了明显的效果，具体表现为如下几点。

第一，翻译的创造性。认知语用学翻译观本身属于一种认知活动，因此具有主观能动性与创造性。

第二，翻译的体验性。认知语用学翻译本身是基于体验哲学建立起来的，其除了作者的要素与创作灵感来自体验外，读者与译者的理解也来自体验。

第三，翻译的整体和谐性。翻译往往以语篇作为基本层面来传递整体意义，其中兼顾了文本、作者、读者各个要素，这样才能保证和谐。

第四，翻译的文化性。译者要想实现原作与译作文化的最佳关联，就必须了解和弄清楚原作的文化语境，因此文化因素也影响着翻译的质量，而且是非常关键的层面。

根据认知语用学的观点，一些经常出现的语用情况或者具体场合的语言运用，往往可以在大脑中通过结构化的处理而形成人的知识结构，即通过语用人的经验，具体语境可以被容纳为语用知识。如果场合不明朗，语用人可以借助认知语境与语用知识来进行推理。例如：

He wasn’t fit to lick my shoe.

（*Great Gatsby*）

他连舔我的鞋都不配。

（巫宁坤 译）

在上例中，作者抓住了源语的意象图式，达到译者与之类似，这样实现双语的互通。也就是说，译语作者建立了与源语作者相似的认知基础，基于这一基础，读者才能建构相似的认知意象与结构。上例中的 lick my shoe，译者将其直译为“舔鞋子”，这便于译入语读者的理解，并很自然地将其转化为“屈尊、受辱”等含义，从而使源语文化概念全面地植入自身的文化认知中。

二、语用学分项论与翻译

语用即语言的运用，人们在社会交往中总是根据不同的交际目的而使用不同的语言策略，以维持良好的人际关系，顺利实现交际目的。然而，来自不同文化背景的人无论是思维观念还是风俗习惯都有着巨大差异，并对人们的语言运用产生着根深蒂固的影响。因此，翻译活动不是一项简单的文字转换活动，它还必须考虑语用因素，要将原文译成符合目的语表达习惯的语言才算得上真正好的译文。下面就对语用学分项论与翻译展开深入研究，涉及语境、指示语、会话含意、礼貌原则等分项理论的翻译。

(一)语境、指示语与翻译

语境、指示语是语用学研究体系中的重要术语,它们对翻译的顺利进行具有重要影响。下面就来了解语境、指示语与翻译的相关内容。

1. 语境与翻译

语境是语用学研究中的重要概念,其主要包括狭义语境和广义语境。所谓狭义语境,指的是话语使用的上下文;广义语境指的是和语言使用相关的一切因素,包括语言语境和语言外语境。语用学在研究过程中对语言的使用环境十分重视,可以说语用学考察的是在特定语境下不同话语的使用含义。语境在语用学研究中的地位十分重要。

语境在很大程度上影响着译者对原文的理解。译者在进行翻译实践的过程中,了解作为符号的语言与具体语境之间的关系对于信息的正确传递影响深远。如果译者忽视了语境的作用,则很难忠实于原文的风格进行翻译,也无法准确传递出原文信息。英汉两种语言带有差异性,因此想要取得完全相同的表达效果是不可能的。翻译时,译者需要在运用自身的语言知识的基础上重视语境对文章表达的影响,从而在最大程度上还原文章信息。由于交际双方在语言使用的过程中不断激活的语境因素和一些客观存在的事物动态会随着交际过程的变化而变化,并且交际语境和语言语境的变化对交际的影响十分重要。因此,在进行语境翻译的过程中,译者需要对中西方的语言使用文化和交际背景进行研究,从而提高翻译质量。例如:

犬子将于下月结婚。

My little dog is getting married next month.

这个例子是汉语文化语者写给外国友人的喜帖。译文中将“犬子”译成 My little dog 显然出现了一定的语用失误。译者的译文曲解了原文的语用含义。在进行翻译的过程中,译者需要了解交际双方的交际语境。在这个例子中,其交际语境主要包括以下几个因素。

物理世界因素:中英两个国度。

社交世界因素:汉语用犬子、小儿和小女分别谦称自己的儿子和女儿,而英语中没有类似表达。

心理世界因素:作为父母,写信人把儿子即将结婚的喜悦之情隐藏于低调之中。

根据以上分析和原文含义可输出如下译文:

My son is getting married next month.

除交际语境外,翻译时还要考虑语言语境(即上下文语境)。语言语境主要包括:语篇衔接(contextual cohesion)、互文性(intertextuality)和线性序列(sequencing)等,并和语言结构顺序有着密切的联系。

2. 指示语与翻译

在英汉语中都存在大量指示语。在具体使用过程中,指示语根据其用途可以分为不同的类别。

指示语(deixis)是语用学中的重要概念,其在言语活动中发挥着重要的影响作用。它能够说明语言和语境之间的密切关系,并随着语境的变化而发生一定的改变。因此,若想准确地翻译指示语,需要结合语境、说话者、受话者等因素进行推断,同时在翻译过程中还要注意交际文化与背景,力图从最大程度上进行语用等效翻译。例如:

县官又苦苦的劝老残到衙门去,老残说:“我打扰黄兄是不妨的,请放心吧。”

(刘鹗《老残游记》)

译文 1：The hsien magistrate then again pressed Lao Ts'an most urgently to come to the yam en. Lao Ts'an said, "If I impose myself on brother Huang, it won't matter. Please don't worry."

（Shadick 译）

译文 2：The magistrate insisted that Mr. Decadent should go to the yam en. But the latter said, I don't mind troubling Mr. Huang, so don't worry about me."

（杨宪益、戴乃迭 译）

在汉语中，"兄"是一个亲属称谓语，但是在原文中由亲属称谓转变为了社交指示语，因此其语义也发生了变化。由于英汉语言的差异，英语中的 brother 很少用于社交场合，因此对此指示语的翻译需要引起译者的注意。译文 1 将"黄兄"翻译为 brother Huang，虽然表示出了手足之情，却没有表现出恭敬的含意，显得有些牵强，甚至会使读者将"虚拟关系"误解为"真实情况"。译文 2 将其译为 Mr. Huang，虽然没有称兄道弟，却传达了说话者的恭敬之意，也符合西方人的称谓习惯，显得更加恰当。

综上可知，指示语的翻译十分灵活，需要译者根据具体语境和文化背景进行恰当翻译，同时在翻译过程中还需要注意原文的语用含义，在保证译文准确、完整的基础上力图最大限度地再现原文内涵，取得更大的表现效果。指示语的语用等效翻译对语用意义的阐述具有重要的影响作用。

（二）会话含意、礼貌原则与翻译

语言表达是为了实现交际者的交际目的，因此带有一定的会话含意。会话是人类日常交际的重要途径，通过会话人类能够进行信息的传递与获取。根据不同的语言环境，会话可能会出现不同的深层含意。

另外，礼貌作为一种语用现象已成为语用学界的一种共识。礼貌多被理解为说话人为了实现某一目的而采取的措施，如为了建立、维护或提升交际双方的和谐人际关系，而采用礼貌策略或使用间接性言语行为等。下面就来探讨会话含意、礼貌原则与翻译的主要内容。

1. 会话含意与翻译

1967 年在哈佛大学威廉·詹姆斯的讲座中美国哲学家格赖斯（Grice）首次提出了会话含意的概念。同时，他还指出了日常交际中人们应该遵循的原则，也就是合作原则。在实际交际过程中，说话人想要真正表达的含意有时会和字面意义不同，因此学者将隐含在字面意义后的说话人的真正交际意义称为"会话含意"。例如：

A：Can you tell me the time?

B：Well, the milkman has come.

在上面的对话中，A 询问 B 现在的时刻，但是 B 可能不知道确切的时间，因此采用了迂回的回答手段，通过告诉 the milkman has come 能够大致回答出现的时间。B 回答的实际意义与字面意义相关，但是又能够通过字面含意对 A 的问题进行回答。这种情况在实际的交际过程中十分常见，在理论研究上就是会话含意理论。

会话含意理论是语言学家格赖斯最早提出的，主张言语交际应该遵守合作原则的四条准则：量准则、质准则、方式准则及关联准则。下面就来讨论这四项准则对翻译实践的指导。

（1）数量准则与翻译

合作原则中的数量准则要求说话人的话语既要足够详尽，又不能显得冗赘、啰嗦。翻译时，译文同样需要遵循这条准则，必须把原文里的信息全部传达出来，并且在传递信息的过程中，既不能擅自增加原文中没有的信息，也不能自作主张减少原文中包含的信息，而必须与原文信息量相等。例如：

古离别

唐・孟郊

欲去牵郎衣，郎今到何处？

不恨归来迟，莫向临邛去！

译文 1：

You wish to go and yet your robe I hold,
Where are you going tell me dear today?
Your late returning does not anger me
But that another steals your heart away.

译文 2：

I hold your robe lest you should go,
Where are going dear today?
Your late brings me less woe.
Than your heart being stolen away.

本例原文大意是女主人公表达自己希望外出的丈夫不要移情别恋、弃家不归。译文 1 的最后一句却让人感觉好像已经有了第三者，这显然增加了原文传递的信息量。译文 2 将原文的字面和内涵都更准确地再现了出来，因而质量更佳。

（2）质量准则与翻译

合作原则中的质量准则要求说话人不能说自己认为不真实或不对的话。翻译时，译者必须准确传达原文信息，这就要求译文给读者的信息要和原文给读者的信息一致。译者不能擅自更改原文中的任何内容，如果原文中有错误、含糊其辞、不通顺的地方，译文也应该将此信息忠实地传达给读者。按照合作原则，译语要体现与源语一样的信息、风格。例如：

那柳湘莲原系世家子弟，素性爽侠，不拘细事，酷好耍枪舞剑，赌博吃酒，以致眠花卧柳，吹笛弹筝，所无不为。

（曹雪芹《红楼梦》）

Liu Xianglian was a young man of excellent family. He was of a dashing impulsive nature, impatient of niceties. His chief pleasures were exercising with spear of saber, drinking and gambling but he was not averse to gentler pastimes: he frequented the budding groves and could play on both the flute and zither.

本例原文中的“眠花卧柳”是狎妓的委婉说法，译者将其翻译为 frequented the budding groves 实在无法让英语读者体会各种含义，这显然是违反了“交际”中的质量准则。

（3）方式准则与翻译

由于会话含意对语言形式依赖较大，因此翻译时也应尽量做到与原文的语言形式对等。曾宪才（1993）曾指出，译者在处理有会话含意的语句时，一般只要根据原文译出其语义意义，采取含意对含意的对应模式即可，而无须译出语用意义，语用意义可让读者自己去体会。如果不顾原文语境将语用意义也译出，反而会弄巧成拙。例如：

呵呀，你们踏着人家的菜地哪，那是才撒下种的！两个牵着带子在量的人，都穿着短装的，并没有理睬她，只是在菜地走上走下的。先生们，你们是有耳朵的哪！石青嫂子气得大叫起来，咋个这样不听招呼？你们那样踏了，还长得出来啥子！

Don't tread on the seeds I've just sown! But the men with the measuring lines went on tramping up and down, paying no attention to her at all. Are you deaf? She sang out furiously.

Why don't you do as you reasked? Do you think seeds will grow after you've trampled them like that?

在这个翻译中，译者充分考虑了会话含义对语言形式的依赖作用，在译文中尽量按照原文形式进行对应翻译。在译文中，"Are you deaf?"一句虽然已基本上译出了原文的语用含意，却显得太直白、刺耳，不太符合原文中说话人的身份，也并不十分贴切说话人的心情，反而降低了原文的语用修辞效果。

（4）关联准则与翻译

关联准则对于说话者也有一定的要求，其要求说话人的语言要贴切、简洁、有条理，并尽量避免使用晦涩、有歧义的词语。翻译时，译文表达必须清晰、无误。翻译是两种语言之间的转换活动，但是译者需要在了解两种语言差异性的基础上，考虑译文读者对语言的理解程度。因此，翻译时译文必须符合译语规律，这样才能顺利地被读者理解和接受。因此，译文内容要做到严谨、连贯。例如：

别学他们猴在马上。

（《红楼梦》）

Don't ride a horse like those men.

Don't copy those apes on horseback.

上例选自《红楼梦》中的出殡场景。原文中王熙凤告诫贾宝玉不要"猴"在马上。"猴"字的运用十分真切地体现出了王熙凤的性格特点：亲切、泼辣。译文1并没有将这个字翻译出来，因而丢失了很多信息。译文2则将这个字生动地再现给了译文读者，效果颇佳。

从整体上看，一名合格的译者需要在了解源语和译语不同的语用原则的基础上，阐述不同语用意义的差异性，调补文化或语用空缺，从而使译文能够符合语用原则和语用习惯。

2. 礼貌原则与翻译

礼貌是一种语用现象，在交际中通常被用来维护交际双方的面子。利奇对此提出了礼貌的六项原则。

得体准则，用于指令和承诺，要求减少表达有损于他人的观点。

慷慨准则，用于指令和承诺，要求使自身受惠最小、受损最大。

赞誉准则，用于指表情和表述，要求尽量减少表达对他人的贬损。

谦逊准则，用于表情和表达，要求尽量减少对自己的赞扬，增大对自己的贬损。

一致准则，用于表述，要求减少自己与他人在观点上的不一致。

同情准则，用于表述，要求尽量减少自己对他人的厌恶，增加对他人的同情。

通过上面六项准则可以看出，礼貌具有不对称性，对一方礼貌就意味着对另一方不太礼貌。礼貌又具有相对性，不同的人、社会使表示礼貌、判断礼貌的标准也不同。

翻译是跨文化交际的桥梁。译者的一个重要任务就是让目的语读者体会到原文文化背景，从而更加深刻地理解原文。这就要求译者必须熟悉源语和目的语在礼貌问题上的差别。例如，英汉语言在应对赞美语时存在极大的差别。在英语文化中，面对赞美，人们总是首先表示感谢，以示对发话者观点之赞同，遵循一致原则，表示礼貌。在汉文化中，面对赞美，人们总是否定对方的赞美，或自贬一番以示谦虚。对待这种情况，我们可以采用归化或异化的翻译策略。

（1）礼貌因素的归化翻译

"归化"的目的在于使译文读者能够像原文读者欣赏原文一样去欣赏译文。这就要求译文必须和原文有着高度的功能对等，并且还要尽量贴近译文读者所熟悉礼貌准则，使译文读起来没有翻译的感觉。"归化"通常用来处理那些不属于源语文化核心而又妨碍译语读者理解的礼貌因素。例如：

You seem almost like a coquette, upon my life you do—They blow hot and cold, just as you do.

你几乎就像一个卖弄风情的女人，说真的，你就像——他们也正像你一样，朝三暮四。

本例中的 blow hot and cold 源自《伊索寓言》，用于说明一个人对爱人不忠实。如果采用异化策略将其译为“吹热吹冷”，目的语读者自然难以理解其含义。但如果采用归化策略，用汉语中的“朝三暮四”来表达，那么原文的整句话的意思也就容易理解了。

（2）礼貌因素的异化翻译

“异化”的目的在于保存鲜明的民族文化特色，保证篇章结构和语气的完整与连贯。“异化”通常用来处理那些构成源语文化核心，一旦缺失会导致重要的源语文化信息丧失的礼貌因素，但要求不能影响上下文和语气连贯。有时为了便于外国读者理解，还会添加解释性语言。例如：

他不回答，对柜里说，“温两碗酒，要一碟茴香豆”，便排出九文大钱。

Ignoring this, he would lay nine coppers on the bar and order two bowls of heated wine with a dish of aniseed-peas.

本例译文将原文的直接引语转换成了间接引语，避开了请求言语行为的礼貌问题，译文读者无法知晓原文请求言语行为的方式和礼貌程度。

第十章　心理学视角下翻译理论阐释及其实践

翻译属于一种心理活动，译者的性格、志向、翻译动机等都会在译作中呈现出来。翻译心理学又可以称为“心理翻译学”，其是从认知心理学、文化心理学等多个学科发展而来，是基于应用层面进行的研究，其将文艺与科学的方法对翻译过程、翻译现象等进行分析和研究，从而将翻译活动的本质揭示出来，目的是获取翻译学意义上的理论总结。翻译心理学可以从宏观视角来理解，也可以从微观视角来理解。就宏观视角来说，翻译心理学主要依据文化心理学、社会心理学对翻译原理与翻译现象进行广义的研究。就微观视角来说，翻译心理学主要依据认知心理学、普通心理学对翻译过程与翻译行为展开狭义的研究。另外，翻译心理学除了与人文学科有着密切的关系，还与自然科学等密切相关，因此是从本源的思维到语言应用的庞大体系，是从文艺审美到情感需要的深入研究。因此，从心理学视角对翻译学加以研究，能够更系统、全面地解析翻译现象与活动，并能够借助多个领域的研究成果进行多学科的交叉研究。本章就对心理学视角下的翻译理论与实践进行介绍与分析。

第一节　翻译心理学

一、翻译心理学的研究对象

（一）翻译的文化心理

翻译心理学与文化心理学有着密切的关系。具体来说，翻译心理学是基于文化心理学的理论建构起来的。从本质上来讲，文化与心理是相互依赖的关系，文化是人们用心理建构的图景，在心理建构的过程中，心理也会被建构。简单来说，依赖于自己的心理，人类才能去改造世界，同时人类改造世界的实践活动又赋予世界一个崭新的图景，使人们往往会从自身的文化规范出发，对自己的行为加以规范。作为本土文化的承载者，译者对原文的解读往往是从自身的文化语境出发的，他们对原文的理解往往不可避免地会将自身的文化因素注入进去，这样就容易导致原文文化信息的丢失。因此，文化心理学就对其展开研究，尤其是人的文化行为与心理。其中所谓文化行为与心理，即基于一定的语境对一定的文化刺激做出的规约反应，也可以说是一种解释或行为模式。

如前所述，由于译者对原文的解释是从自身的文化语境出发的，因此对于同一原文，不同的译者所赋予的意义完全有可能不同。这就要求翻译心理学要侧重研究或解释翻译中的文化丢失现象，并分析具体的原因及在何种情况下发生。

从文化心理学的视角来看，翻译心理学主要对翻译过程中的文化因素如何影响译者展开研究。具体来说，就是对误译问题的分析。误译与翻译的忠实性原则是相悖的，虽然在翻译中不可避免。也就是说，即便是再具有高超能力的译者，也不可避免地会出现误译情况。对于这种误译情况，翻译心理学认为可以划分为有意误译与无意误译。前者是为了迎合本族文化，对原文的文学形象、语言表达方式等进行大幅度的改变，具体可以从广义与狭义两方面来理解，广义上的有意误译就是对原文进行改写与删减，如欠额翻译、超额翻译等；狭义上的有意误译即运用其他词语而不是现成的对应词语进行的翻译。后者主要是指译者的疏忽或者对文化因素不了解而造成的错误翻译，这并不是翻译心理学研究的内容。

（二）翻译的认知心理

1. 翻译心理学与认知神经科学

翻译心理学与认知神经科学密切相关。认知神经科学诞生于 20 世纪 90 年代，是一门边缘性的学科，其是认知科学与神经科学相结合的一门学科。认知神经科学目的在于将人类认知活动的大脑机制揭示出来，即阐明人类大脑是如何对各个层次的分子、细胞等进行调用的以及全脑是如何实现自己的认知活动的。

通过与认知心理学的实验设计相结合，认知神经科学对大脑结构与功能展开了深入的研究。神经成像技术就是其中一个典型的技术，即通过生理属性研究，对大脑活动区域进行测定。换句话说，当大脑的一个区域活动逐渐增加，那么这一区域的含氧量、大脑供血也会相应增加。这项技术被广泛用于对人的语言与记忆系统的研究。

20 世纪 90 年代，认知神经科学开始对译者与双语者展开研究，主要侧重于译者与双语者的双语表征、切换机制、翻译神经机制等，因此认知神经科学对翻译认知心理学的发展产生了重要影响。

2. 翻译心理学与心理语言学

心理语言学是心理学与语言学的交叉学科，其以言语产生与理解、语言习得作为主要的研究对象。如果言语理解是为了对语言解码，那么言语产生就是对语言进行编码。翻译是一种在语言媒介基础上产生的心理活动，翻译理解就等同于言语理解，翻译表达就等同于言语产生。因此，心理语言学的研究为翻译心理学甚至是翻译认知心理学的诞生与发展奠定了基础。

但是，心理语言学并不与翻译心理学 / 翻译认知心理学等同，因为心理语言学中的“言语”指代的是第一语言，就是我们所谓的母语，因此心理语言学中的言语理解与产生、言语习得都是针对第一语言（母语）来说的。相比之下，翻译是两种语言的转换，并且两种语言分属于不同的语言系统，因此翻译中的理解与产生就是根据不同的媒介而建立起来的。

具体而言，翻译具有方向性，包含两种：一种是正向翻译，一种是逆向翻译。二者的言语编码的编码机制是完全不同的。翻译心理学更加关注译者如何将源语的外部言语转化成源语的内部言语，再将源语的内部言语转化成译语的外部言语。另外，翻译心理学还是心理语言学的拓展，其是译者展开的跨语言的心理活动。

总之，从认知心理学与心理语言学角度来说，翻译心理学对语言与思维的关系、译者双语思维加工模式、心理词汇组织与提取模型等进行重点研究。有的学者还指出，在翻译过程中，译者一般会采用两种加工模式：一种是横向加工，一种是纵向加工。从译者的双语心理词汇提取模式来说，译者大脑中一般也会存在两种提取模式：一种是静态提取模式，一种是动态提取模式。前者指的是译者从静态词库中对与源语词汇等同价值的译语词汇进行提取。后者指的是译者考虑语境的因素，从译语心理词库中对适合源语文化或译语文化语境的词汇进行提取。

（三）翻译的审美心理

审美心理学主要对审美经验进行研究，这也是研究的核心。所谓审美经验，是指当人们欣赏艺术品、自然等美的东西时，产生的一种愉快的心理体验。简单来说，审美心理学就是对人类审美过程中产生的心理活动规律进行研究的一门科学。一般来说，其中的审美主要是美感的产生以及对美感的体验，而心理活动指的是审美主体自身的感知、情感与想象。

美感包含审美感知、审美情感、审美想象。就广义角度而言，审美心理学与心理美学是等同的关系；就狭义角度而言，审美心理学与文艺心理学是等同的。因此，审美心理学还需要对人类从事的各项艺术以及在开展艺术活动时产生的各种心理特征等展开研究与说明。同时，审美的心理过程就是审美主体的逐渐外射与移动的过程，因此在进行审美时，人们会将自身的情感转移到审美客体上，然后再对审美客体进行欣赏。

翻译不仅仅是一种认知心理活动，还是一种审美心理互动，因此翻译与审美心理学密切相关。如前所述，译者的审美过程有感知、情感与想象这些要素，那么翻译中的审美主要是在审美创造活动中，译者能够敏锐、直接地捕捉客观对象，对客观形象进行特殊的认知的能力。

但需要指明的一点是，在翻译过程中，审美感知非常重要，但除了审美感知，译者的移情也是不可或缺的，即译者将自身的情感移入作品中，注入原文没有的东西。当然，这种移入的过程也是为了更好地彰显原文，是为了与原文的情感相契合。

二、翻译心理学的未来发展

翻译心理学通过应用心理学部分科学原理，对无法定量、确定的语言交流行为进行解释，揭示出人类与语言相关的、无形的智慧活动，以构建一个相对科学的翻译学分制，促进我国翻译学的进步与发展。

英国著名的哲学家约翰·洛克（John Locke）在他的《人类理解论》一书中，对人类的心理活动展开研究，之后学者戴维·休姆（David Hume）在《人类理解研究》一书中，对人类的观念与思想进行研究，再后来美国心理学家威廉·詹姆斯（William James）在《心理学原理》一书中阐释与研究心理学的功能主义层面，这些都为心理学相关研究奠定了基础，也创新了视角，是心理学相关领域研究不可获取的源泉。

文化心理学家、人类学家也在不断做出尝试与努力，从狭义与广义两大层面对自身的“意义”进行解读。随着科技的发展与进步，人类对思维活动的探索逐渐成为翻译研究的根基，而随着应用心理学新理论的融入，翻译研究者们又不断开拓视角，使得翻译心理学的研究呈现更多新的研究成果。

（一）翻译心理学未来的研究思路

通过社会心理学、文化心理学等学科的辅助，翻译心理学对翻译现象与翻译活动展开了宏观观照，总结出在某一时期产生的文化心理及具体特征以及这些文化心理对翻译造成的影响，并通过认知心理学、普通心理学的辅助，翻译心理学对翻译过程、翻译行为展开微观观照，从而探求译者在具体的翻译实践中所呈现的心理特征。

但是不得不说，虽然具体的翻译过程与翻译行为是个性化的，但是也会受到群体的影响和制约，不可脱离社会而存在。翻译原理与现象虽然是广义层面的研究，但是其中也掺杂一些个体行为，即也会蕴含个体的特质，因此要想对翻译各种现象展开整体的讨论，就必须从宏观与微观多个层面展开探讨。

翻译心理学的研究思路是将应用心理学作为依托，并提出了一些翻译学的新的看法，目的是将翻译心理学视作一门交叉学科，从其他学科中汲取精华，对翻译心理学展开更深层次、更细微的探究，以挖掘出翻译本质与规律。

（二）翻译心理学未来的研究任务

1. 研究翻译思维

关于翻译与思维的关系，这里主要分析如下。

（1）思维的普遍性

语言符号具有任意性与约定俗成性，语言的这些特性使得不同的人群在交流思想时产生障碍，但是人们面对的客观世界是统一的，人脑共同的物质构造使得思维具有了全人类的特征，因此虽然人们所处的时空不同，但人们对客观世界本质的认识是相同的。这就是思维的普遍性，也是语言能够转化的重要条件。

在人类众多的思维中，翻译思维也是其重要的组成部分，通过人类普遍思维机制的辅助，翻译研究有了客观的基础，并且是作为深层基础呈现的，对翻译思维的研究有助于人们探究翻译语言层面转换的问题。因此，虽然翻译思维的研究由于神经学、心理学等学科的局限，导致起步要比其他翻译研究晚，但是非常可行。

（2）思维是翻译过程的本质

在翻译研究的所有范畴中，对翻译本质过程的研究是众多学者都关注的层面。众所周知，翻译不仅仅是一个作品，而是一个复杂的过程。苏联翻译理论家巴尔胡达罗夫在《语言与翻译》一书中指出，将翻译理解为两种语言的转换包含如下两层含义。

其一，呈现译作，即经过一定的思维过程的结果。

其二，一种行为，并且能够产生译作这一结果。

那么，到底翻译是一个怎样的过程呢？就表面上说，翻译源于语言，以另一种语言结束，这样看似就是转换。但是，从深层角度来说，这些转换在译者大脑的指挥下产生的。就个体而言，译者的思维方式、知识结构等会对翻译结果产生直接的影响，对于同一部作品的翻译，不同的译者，所呈现的作品的风格也会不同。就整体而言，无论是对何种作品展开翻译，译者的思维是语言得以转换的保障，并且由于大脑具备共同物质基础，因此这些思维往往具备共性。这就表明，翻译的过程实际上属于思维的过程，并且是与其他任何语言思维活动相区别的一种思维过程。可以说，无论是从跨文化交际学来说，还是从语言学上来说，思维过程可以看成翻译过程的本质与核心。

（3）翻译思维在研究中的重要地位

在众多学者建构的翻译学理论框架中，翻译思维都占据重要地位，即作为翻译活动的本质与基础呈现在人们的视野中。例如，刘宓庆（1999）将翻译思维置于翻译基础理论中；董史良（1988）认为，作为人脑的思维活动，翻译离不开思维，如果离开了思维，那么就称不上翻译了。因此，就思维科学的角度而言看，翻译研究的一个重要途径就是思维，这也是最基础的层次。

译者思维机制在翻译中起着本质性作用。人的大脑如何进行两种语言的转化看似非常浅显，是合乎常识的，实际上是一个非常复杂深奥的东西，也是翻译学研究中不可或缺的东西。

（4）语言符号对翻译思维研究的作用

事实上，人类的思维过程是语言与思维间的转换，即人脑中语言符号的编译机制发生的作用。在人类的多元符号系统中，语言符号是最复杂、最常见的。在对翻译思维研究中，这些语言符号起着如下两点作用。

其一，对于翻译思维而言，语言符号是其重要的工具与材料。人类之所以能够进行思维，主要是因为语言符号的存在，正在进行的思维就是语言符号的操作活动。人们从思维前提得出结论，实际上就是一种符号的转换与再生。当然，翻译思维也是如此，当语言符号通过听神经、视神经等传送到大脑后，大脑的某个部位会对这些语言符号进行加工与处理，将这些符号转换成大脑思维可用的材料。借助这种符号手段，人们才能进行编码与解码。

但是，翻译思维要比其他思维更为复杂与特别，因为在从源语创作到译语表达中，要经过两次符号转换，即首先将源语符号传入大脑进行编码，再经过思维加工之后转换成译语符号表达输出。如果源语文本也是翻译过来的，那么这个原始文本的语言符号转换过程就不止两次了。

其二，语言符号也是翻译思维的具体化与外在表现，二者是统一的。作为语际转换的过程，翻译首先需要考虑的就是语言问题，并且语言符号的角色非常活跃。语言是思维的外在表现，英汉语言符号转换就是翻译思维的外在表现。

（5）翻译思维研究的成果

当今，思维科学是一门新兴科学，在我国仅有三四十年的历史，如果要从美国认知科学的兴起来算，也仅有六十年的历史。同时，语言与思维的关系并没有固定的结论，这决定了翻译思维科学的研究也比较晚。因此，翻译思维的研究还是一个比较大的难题。

总之，目前我国对翻译思维的研究主要呈现如下几个成果。

其一，在翻译学理论框架中融入翻译思维，并确立翻译思维在翻译学研究中的重要地位。

其二，认识到翻译思维研究需要与其他学科相结合，属于一门跨学科研究。

其三，确立翻译是信息转换的过程，而大脑在信息处理过程中的重要部分。

其四，总结翻译思维中包含三个方法，即感知思维、形象思维、抽象思维。

（6）翻译思维研究的进步空间

对翻译思维的研究还有很大的进步空间，还需要进一步的思考。

其一，在翻译思维层面，需要更加细致地对翻译思维内在机制进行挖掘，并提出一套模式与方法，同时运用双语符号转换，对翻译思维机制的作用进行合理的验证。

其二，在语言符号转换层面，试图将符号学与翻译转换两大理论结合起来，从句法、语义、语用三个角度出发，对字、词等展开探讨，并基于符号学提出语言符号转换的四大模式。

2. 读者集体心理与翻译活动的关系

进入 20 世纪 80 年代，翻译研究向多学科的方向发展，通过人类学、心理学等学科理论的辅助，从而开拓了翻译研究的新思路。同时，新兴的文化学派、功能学派等日益重视读者在翻译中的地位与作用。

虽然国内外学者对翻译学与心理学结合的研究已经着重关注，也将读者的意义纳入研究之中，但对于翻译活动与译者读者心理的作用问题，至今还没有形成一个典型的体系。

（1）探讨读者集体意识和翻译的关系的意义

翻译活动不仅是语言交流的媒介，还是不同文化建构的媒介。换句话说，翻译对读者大众文化心理的建构意义非凡。同时，作为文化的一种体现，读者的心理也在一定上对翻译活动起着促进作用。从不同国家历史的发展中可以看出，重要的文化发展都与翻译有着密切的关系。就宏观角度而言，探讨翻译与读者的心理之间的关系也意义巨大，具体可以从如下几点理解。

其一，文化心理学、文艺心理学理论指导下的翻译活动对翻译研究领域予以扩充，并提供了新的研究方法。

其二，从宏观角度对翻译活动与过程进行梳理，可以避免微观角度上翻译研究的片面性。

其三，对翻译活动与读者心理关系的研究意义巨大，可以根据二者的关系对源语文本进行有效选择，从而翻译出与大众读者心理需要相符的译作，当大众获得了自己心仪的作品，会不断提升整个民族的心理水平。

（2）文化和心理的联系

文化心理学是应用心理学的一个重要分支，其认为文化与心理有着十分密切的关系。文化心理学是基于文化学、心理学等相关学科建立起来的，具有跨学科的性质。文化心理学也对符号与心理的关系进行研究，探讨文化符号在心理发展中所产生的作用与意义。文化心理学研究的主要问题在于心理如何对文化产生影响以及文化如何对心理加以塑造。

著名学者荣格提出了集体无意识理论，这一理论可以用于翻译文学作品中产生的集体意识的分析与探讨。所谓集体无意识，指对个人经历收集与整理，其方式与该群体中每一位成员的方式呈现一致的特点。在荣格看来，集体无意识是由原型构成的，其不直接在意识中加以体现，而是为某种心理内容划定具体的范畴。换句话说，集体无意识是不构成体系的，是杂乱的状态，间接在意识中得以体现。从荣格的理论中可以看出，集体无意识属于人类心理的一个重要组成部分，其不同于人体无意识下对个体经验的依赖，因此不属于一个人的心理财富。

个体无意识主要是由那些曾经被意识到的，但是经过一段时间而被遗忘之后，从意识中消失的内容构成。集体无意识的内容并不在意识中呈现，因此并不为某个个体单独拥有。简单来说，个体无意识之所以存在，是因为遗传的存在。因此，个体无意识的内容与"情结"有着密切的关系，而集体无意识的内容主要与"原型"有关系。集体无意识的现实表现形式就是集体意识，是对某一种或者某一类行为的认同与接受，并且这种结构是无条件的或者自然而然的接受。

3. 翻译实证类型研究

对于翻译心理学来说，实证类型研究也是非常重要的一个研究层面。由于翻译文本的目的、功能等往往是不同的，翻译实证往往有各种形态与类别，并且每一种类别都会受到应用功能心理学的影响与制约而产生一些共性特征。从应用心理学出发分析与判断这些共性特征，有助于准确地展开翻译。

在翻译实证类型研究中，误译现象是非常常见的，对于翻译中的误译现象，可以从普通心理学、文化心理学等视角进行研究，从而获取能够让人相信的结果。由于译者与读者处于不同文化背景或不同时代，因此他们不可能以完全相同的心态对不同文化背景与时代的文学作品进行传递与接受。如果对译作进行改动，就会认为是误译，然后将这些错误归结到译者对原文的理解不当或者自身修养不足。

当然，很多误译情况的确有这些方面的原因，但是并不是所有错误都是这些原因造成的，有可能是译者出于某些原因而采用了一些并不适合该译作的翻译策略，导致无意识犯下错误。虽然人们认为翻译应该保证忠实、准确，但是误译情况仍旧很多。这是因为很多语言文字文化有着悠久的历史，并且随着历史的发展也在不断发生改变，因此与原文不是同一个时代或者不是同一种文化的读者，很难对另外一种文化中每一个字词得以准确把握。除了那些不负责任的译者出现的误译情况外，很多译者无意识的误译情况是值得研究的，也是极具研究意义的。因为这些无意识的误译情况生动地展现了不同文化背景或不同时代的摩擦，反映的是文化交流过程中的误读情况。

从译入语文化心理的角度对误译现象进行分析与考察，从而探究误译现象出现的根源，并且更好地解析中西方文化差异及差异对翻译的影响。在人类生活中，人们面对同一自然因素，中西方的人可能会有相同或相似的感受，也可能会有差异的感受，这都是由于文化心理因素导致的。因此，文化心理因素也会引起误译情况。

总而言之，翻译心理学这门学科具有跨学科的性质。国内外学者对其的研究还未成体系，还需要进一步的研究与探讨。学者们需要加强翻译学与心理学之间的合作，展开大范围的实证研究，从而推进翻译心理学研究的进步与发展。

第二节　译者翻译心理研究

一、中国译者的翻译心理研究

（一）翻译理论研究的语言学与文艺心理学途径

翻译理论研究中两个最大研究途径是语言学途径和文学途径，这两种途径分别形成了语言学派的翻译理论和文艺学派的翻译理论。

1. 语言学途径

语言学派对翻译展开研究主要是从语言学理论出发的，但是其会给人造成误导，即认为只要学好了语言学，那么就必然可以翻译出好的作品。语言学派的翻译理论将艺术事实还原成语言事实，注重源语与译语在语言层面上的等值，忽视了译者的心理活动。

另外，语言学派将翻译视作一门科学，这门科学集中对语言差异、语言形式转换进行分析，目的是最大限度地实现翻译对等，但是其并未考虑翻译动机、文化差异等问题。在语言学派看来，机器翻译能够代替人工翻译，但是事实并不是这样的，因此语言学派的翻译理论研究实际上走入了一个死胡同。

2. 文艺心理学途径

在翻译理论研究中，语言学派与文艺学派的研究占据了较长的历史，并且难分高下。很多翻译理论家就翻译是科学的还是艺术的这一问题展开了长期的争论。随着科技的迅猛发展，自然科学与社会科学两大学科交叉，内部的各个学科也出现交叉的情况，而心理学与翻译就是其中的一个表现。20 世纪以来，心理学的研究成果突飞猛进，并与其他学科交叉进行研究，翻译理论家也将研究视角转向心理学领域。

在对译者个体心理的研究中，文艺心理学派首当其冲。1908 年，著名的心理学家弗洛伊德（Sigmund Freud）发表了《创作家与白日梦》一书，自此文艺心理学得到众多学者的接受与认可。在该文中，弗洛伊德阐释了创作者在创作作品时的灵感来源。弗洛伊德的理论对于作家的创作动机的分析非常有利，也可以用于对译者的分析，因为译者的工作几乎与创作者是接近的。

文艺心理学派的翻译理论主要对译者的心理进行研究，但大多仅限于对译者经验的论述上，因此还是有着某些局限性的。

（二）国内有关译者心理研究的观点

关于译者的地位问题，翻译文艺派内部各位学者也持有不同的观点。

杨武能（1998）通过自身的翻译实践，对译者的翻译心理活动进行了分析，并指出文学翻译活动是一种艺术再创作活动，其不仅是语言信息、语言形式的转换，还意味着一种限制，并且限制与创造本身就是矛盾的。在这种矛盾中，译者需要不断的自我张扬与否定，从而才能达到彼此的协调，避免出现“一仆二主”的情况。在杨武能看来，译者应该置于作者与原文、译作与读者中间，并且只有认识自己在创作中所形成的心理规律，才能获得创造的乐趣，才能创作出自由的作品。杨武能将翻译过程划分为两个阶段：一是理解，二是表达，这两大阶段会贯穿译者的判断与选择，因此文学翻译就是译者判断与选择的艺术。同时，他还阐释了译者所存在的社会心理，认为译者应该提升自身的文学修养，要努力克服社会对译者产生的各种偏见，努力树立自身的形象，这样才能真正地实现平衡。

颜林海（2015）主张从学科建设上对译者的心理活动加以系统的科学研究，即建立翻译心理学。

二、西方译者的翻译心理研究

（一）翻译认知过程研究的理论基础

认知心理学的核心在于信息加工，其主要是对注意、感知觉等展开研究。认知心理学将大脑与计算机加工系统作比，并指出大脑就相当于计算机的 CPU。

贝尔认为，“翻译过程论”主要是运用认知心理学、认知语言学等对知觉、记忆等展开研究和探讨。他否定了杜布瓦（Dubois）的“完全等值”思想，认为不存在完全等值的情况，这是一种幻想，因为语言中包含不同的符号，并且符号的不同规则组成不同的形式，这些形式的意义也各不相同。贝尔对翻译过程的研究是基于信息论的，他认为翻译是一种交际，即强调了翻译与交际的关系。对于这一观点，他运用斯坦纳（Steiner）的话来验证，即意义往往或纵或横地在某一个层面上发生转移，或纵或横指的是意义具有多重性，但任何交际都只能对部分意义进行传达，有些意义会在传达的过程中被舍弃或者损失掉。当然，到底是取舍纵还是取舍横，这要看译者自身的选择。因此，在翻译活动中，译者的心理活动及大脑活动起着关键的作用。

（二）翻译认知过程研究的主要内容

1. 翻译策略

洛舍认为，要想反映翻译策略的本质，描述式的研究方法是必不可少的，通过对译者认知心理活动的观察与分析，他将翻译策略定义为：译者为了解决翻译中出现的问题而采用的一系列步骤，既然是步骤，那么必然存在起点与终点。在这一过程中，译者的心理活动可以视作翻译策略的要素。这些要素构成翻译的分析模型。一般来说，当译者遇到翻译问题时，不一定立即找到解决方法，往往需要从大脑记忆中进行搜索，对大脑中的相关信息进行激活，从而找到临时的方法，并进行优化，以达到最佳。

洛舍认为，翻译策略可以由以下 22 个要素组成，如图 10-1 所示。

在乔姆斯基理论的影响下，洛舍还将翻译策略的要素组合成三类结构模式，即基本结构、扩展结构与复杂结构。其中扩展结构是在基本结构的基础上增加一个及其以上的策略；复杂结构是由几个基本结构构成的，或者由几个扩展结构组成。

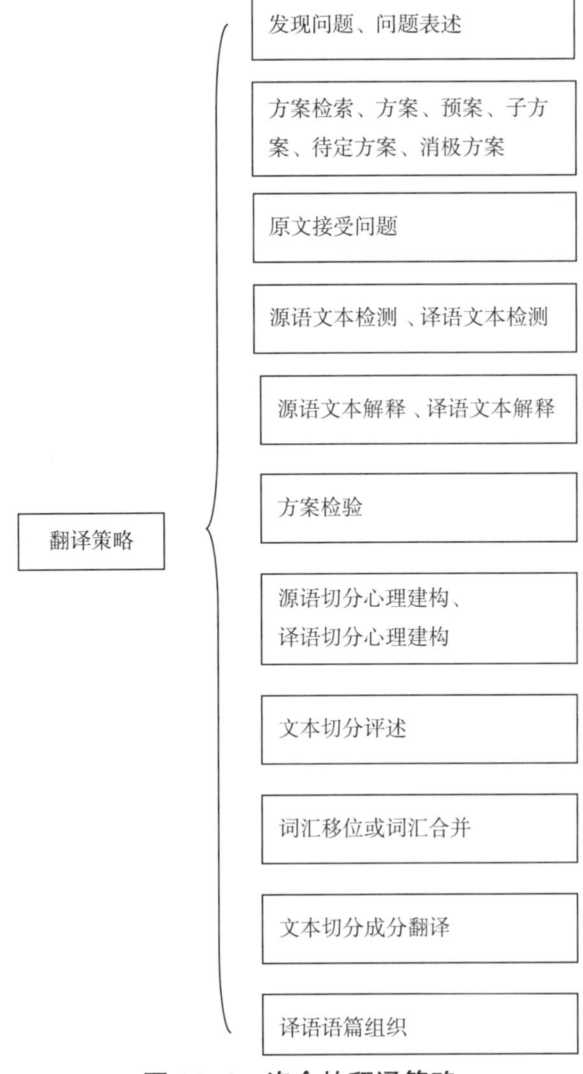

图 10-1　洛舍的翻译策略

（资料来源：颜林海，2015）

2. 翻译单位

长期以来，对于翻译单位的探讨都是基于语言学理论来论述的，如将翻译单位定义为源语向译语转码过程中所涉及的语言层面。

苏联语言学派翻译理论家巴克胡达洛夫（Barkhudarov）这样定义翻译单位：在目的语中存在与源语对等的最小的单位。但同时指出，翻译中的音素、词、句子等都可能是翻译单位，单位过小，往往导致直译，单位过大，往往导致意译。与语言学派的研究路径不同，翻译认知研究者侧重从记忆加工取向层面对翻译单位展开研究和探讨。

有的学者指出，翻译单位即注意力单位，指译者的无标记处理活动因为受到注意力的转移影响而中断的那部分语段。其中的无标记处理即译者能够在试验中流利地说出大脑所思考的内容。有标记处理与之相反，指译者从发现问题到解决问题中大脑中所形成的思维活动。

当然，翻译单位可能是大的，也可能是小的，但是无论大小，都因人而异。

第三节 翻译心理学的运行模式

一、翻译认知心理学的运行模式

翻译认知心理学的运行模式非常复杂，是一个加工系统，其不仅具有单语加工模式的特征，还具有双语加工模式的特征。下面主要从两大层面进行分析。

（一）翻译信息加工系统

如前所述，翻译认知心理学将信息加工过程比作计算机信息加工作用，因此翻译信息加工模式可以用图 10-2 的翻译认知加工模型来描述。

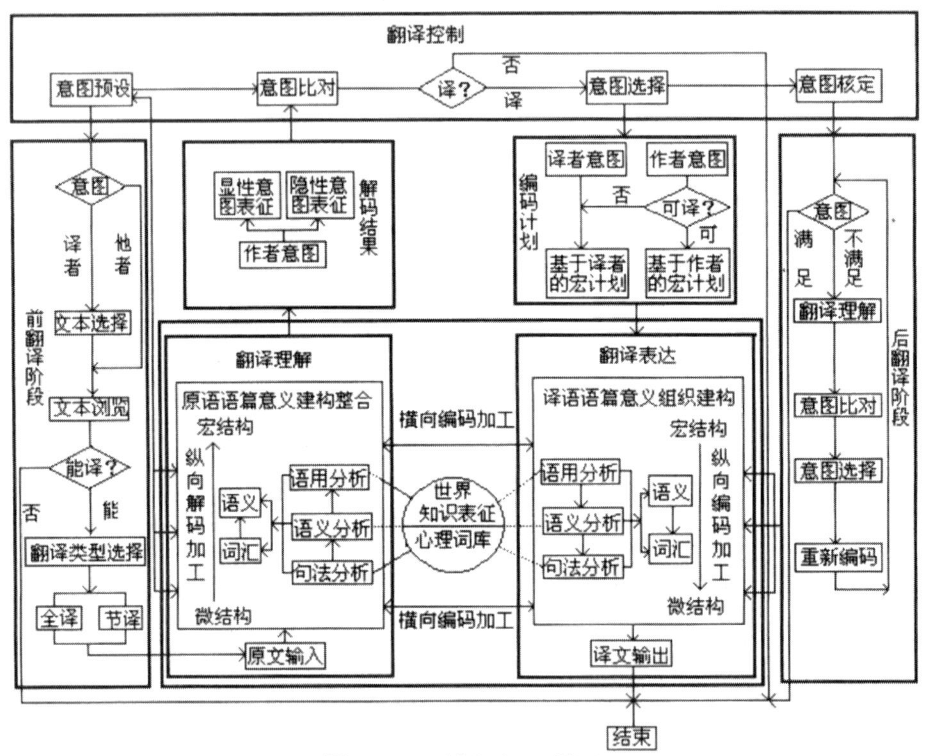

图 10-2 认知加工模式

（资料来源：颜林海，2015）

对图 5-2 进行分析，可以将翻译过程划分为三个阶段：前翻译阶段、语码转换阶段、后翻译阶段。这三大阶段都是根据信息加工模式来对信息进行加工，但是各自所承担的任务是不同的。

（二）翻译图式加工模式

翻译理解与表达都与译者的固有知识有关，而固有知识往往以图式的形式在人的大脑中存在，如同网络一般，相互包含与缠绕。因此，翻译过程就是大脑图式进行加工的过程。

1. 翻译理解中的图式加工

基于图式理论，译者的理解是作者、作品、译者相互发生作用的结果，译者如果想与文本展开互动，需要在内容图式、语言图式等层面与文本共通。语言图式是译者的基础部分，是其他图式的外在表现。译者如果想与作者进行互动，语言图式是必不可少的。具体来说，如果没有语言图式的存在，译者即便有丰富的内容图式等其他图式，也很难完成与作者的互动与沟通。这主要有两大原因。其一，译者与作者之间不仅没有共同的语言图式，还没有内容图式等。其二，译者与作者有内容图式，但是没有共享语言图式。

无论是上述哪一个原因，都不能使译者与作者建立互动与沟通，也就无法进行自上而下或者自下而上的加工。

完美的理解应是译者和作者 / 文本在三种图式上的完全重叠。由于在理解过程中，译者与作者是一种互动过程，因此完全重叠只是一种理想。

实际上，从某种程度而言，译者的任何理解都与作者 / 文本存在或多或少的出入，因此在翻译时，译文也是存在内容的伸缩性的。

2. 翻译表达的中图式加工

在翻译表达中，译者需要根据自己对原文的理解获取信息，并通过译入语进行表达。翻译中的表达与写作并不相同，其不仅需要译者对原文的表达意图进行考量，还需要译者了解译语的表达形式与读者的接受程度。写作只需要将自己的想法表达出来即可。具体而言，译者需要解决如下问题。

其一，译者是否具备能够对某一命题进行表达的词汇量。

其二，译者是否具备充足的句法知识。

其三，译者是否能够谋篇布局。

其四，译者是否能够获取与主题相关的信息。

这些信息都是以图式的形式在译者的记忆中存在的，如同网络一样，但是网络中的图式可能是大的，也可能是小的，包罗万象且相互关联。

具体来说，在翻译表达中，如果输入信息与译者大脑中的记忆是一致的，那么译者就会很自然地表达出来，如果是不一致的，译者需要从大脑中抽取与之相关的记忆，然后进行重组，构成新的图式，得出最佳的结果。

二、翻译审美心理学的运行模式

翻译审美心理学的运行模式主要可以从三个阶段来分析。

（一）原文意图分析

无论是说话，还是写作，人们都是在某些意图的驱使下产生的言语行为，因此通过分析这些言语行为，就可以获得发话人或写作者的意图。就写作的角度来说，写作者的意图不同，对字、词的选择与篇章设置也会不同。就赏析的角度来说，通过字、词、篇章等可以分析出发话人或写作者的意图。

在整个翻译过程中，意图有着非常重要的地位，因为意图对行为起着决定性作用。一般来说，意图划分为两种。

（1）预设性翻译意图，即在进行翻译时，受他人约定或自身爱好影响而产生的意图。

（2）操作性翻译意图，即译者根据前面一种意图而设定的意图。

一般来说，在翻译时，译者应该将作者的意图作为自己的意图，但实际上译者往往是作者意图与自身意图的结合。因此，意图的解读与再现显得尤为重要。

在翻译过程中，译者不仅要做到“设身处地”，还要做到“字斟句酌”。“设身处地”有如下三重含义。

（1）将自己想象成作者来探讨为何这样写。

（2）将自己想象成作品中的人物来体验他们所经历的事情。

（3）将自己想象成译语读者，他们分析是否能够了解写作的意图。

（二）理解与翻译阶段

翻译过程是一个理解和表达相互交织的过程。

（1）理解即顺着条理与脉络来分析。

（2）表达即将头脑中的画面进行符号化转化。

（3）相互交织即理解和表达在源语和译语中的交替出现。

（三）后翻译阶段

后翻译阶段指从审美意图出发，对翻译表达能够再现原文审美信息进行核定。无论是在翻译过程中还是翻译完成后，译者都需要调用自身的意图对作品进行核定。如果译语表达不准确或者与自身设定的意图计划相违背，那么他们就需要再次进行润饰与加工，直到满足自身的意图计划，也只有这样才能算作翻译的完成。

第四节　翻译心理学理论的具体实践

一、翻译认知理解

简单来说，对知识的获得与使用就是认知。其中，获得表现为存储，使用则表现为提取。从本质上说，翻译就是一种认知活动，必然要涉及语言知识的获得与使用，更离不开译者对语言知识的理解。本章就从词汇、句子、语篇等层面来探讨翻译过程中的语言知识理解。

（一）翻译认知之词汇理解

在翻译过程中，译者需要从长时记忆中对知识进行存储与提取，否则翻译活动就无法继续。

译者的认知层面特征具有十分广泛的范畴，即包括表征层次、表征和加工之间的差异，又涉及完成不同任务所需的认知表征和加工方式。此外，认知表征和加工方式在不同阶段中改变形式也是其重要内容。以认知特征为假设，心理词汇提取模型主要包括词汇连接模型和概念媒介模型、修正型层次模型与再修正层次模型、概念特征模型以及事件记忆模型等。

1. 词汇连接模型和概念媒介模型

波特（Potter et al.，1984）等提出了两个双语表征模型，即词汇连接模型和概念媒介模型。在词汇连接模型（图 10-3）中，与概念有直接联系的只有 L1，L2 若想与概念层建立联系，必须通过 L1 词汇库。

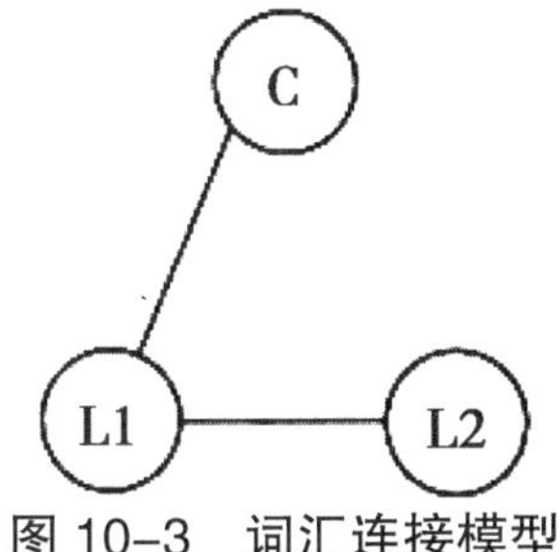

图 10-3 词汇连接模型

（资料来源：颜林海，2015）

在概念媒介模型（图 10-4）中，假定 L1 和 L2 共享一个概念系统，二者提取概念可以直接、独立地进行。换言之，L1 和 L2 字词之间具有相同的概念表征。

上述两种假设可以通过实验来分析，即翻译任务和图片命名。具体来说，在翻译任务实验中，实验者向被试者呈现一个词汇后，被试者立即用另一种语言说出该词。在图片命名实验中，实验者向被试者呈现一图片，被试者用 L2 说出该图片的名称。从实验结果来看，无论双语者对语言的掌握是否流利，二者在两个实验中的耗时均无明显差异。由于这两项实验只进行了 L1 → L2 的翻译任务，但未能进行 L2 → L1 的实验，克罗尔和斯特华特（Kroll & Stewart，1994）通过修正型层次模型与再修正层次模型进行了修正。

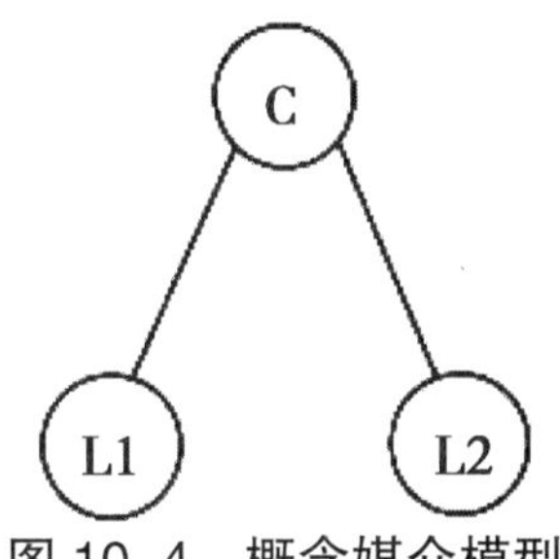

图 10-4 概念媒介模型

（资料来源：颜林海，2015）

2. 修正型层次模型与再修正层次模型

克罗尔和司特华特提出了修正型层次模型。在他们看来，双语记忆存在着两个独立而又相互连接的心理词库，即图 10-5 与图 10-6 中 L1 和 L2。这一模型的假设条件是，当方向不同时，词库连接的强度也不同。相应地，两种语言中的词与概念连接强度也不相同。需要特别说明的是，强势连接在图中用实线箭头来表示，弱势连接则用虚线箭头来表示。不难发现，L1 → L2 词库连接是一种弱势连接，而 L2 → L1 词库连接是一种强势连接即自动连接而成。

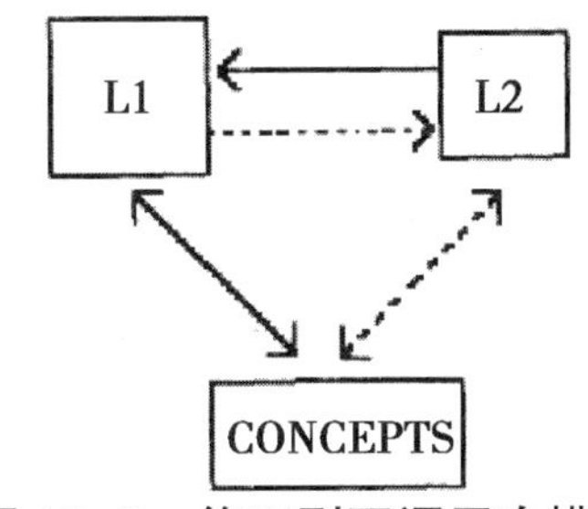

图 10-5 修正型双语层次模型

（资料来源：颜林海，2015）

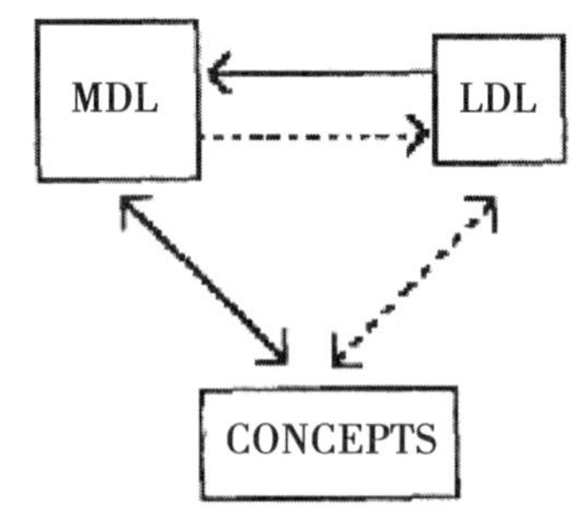

图 10-6　再修正双语层次模型

（资料来源：颜林海，2015）

根据实验结果的显示，L1 到 L2 的翻译主要依靠概念媒介模型，而从 L2 到 L1 的翻译主要依赖 L1 与 L2 之间的词汇连接。这再次验证了波特等人所认为的单纯的命名任务不需要经过概念层。

3. 概念特征模型

德·格鲁特（de Groot，1992）提出了概念特征模型，这是一种双语记忆表征模型。在格鲁特看来，一系列语义特征构成了一个概念，所以一对翻译字如果具有完全相同的语义特征，则这对翻译字就完全等值。

德·格鲁特认为，正向翻译（L1 → L2）（forward translation）常常受到很多因素的影响，如刺激词的词长（length）、同源性（形音相似度）（cognate status）、词频（word frequency）、熟悉度（familiarity）、定义准确性（definition accuracy）、语境可用性（context availability）以及具象性（imageability）等。强调对翻译等值词之间的特征分布的描述是概念特征模型的鲜明优点，其劣势也是不可避免的，即抽象性词汇常易受到文化影响而比具象词具有更大的翻译差异。

4. 事件记忆模型

为了改进概念特征模型的弱点，Jiang 和 Forster（2001）提出了事件记忆模型。根据该模型，记录词汇信息的词汇记忆模块和事件记忆模块是两个分离的记忆模块。L1* 和 L2* 分别表示 L1 和 L2 词汇的事件记录。如果 L2 词在词汇记忆模块中只有事件记录信息而没有词汇记录信息，则 L2 的事件记录即 L2* 就只能激活事件记忆模块中对等翻译词 L1*。因此，L2 的词汇系统与 L1 词汇的语义系统建立连接，而无法和 L2 的语义系统建立连接。正是由于这个原因，L2 学习者对 L2 词汇语义系统的理解完全有可能与 L2 的母语者的理解不同。

综上所述，每种词汇提取模型都是按心理词汇的激活路径进行的。由于激活路径必然与两种语言相关，因此也必然与译者的心理要素、推理能力、双语语言意识具有密切联系。可见，译者以一定的心理词汇提取路径为词汇信息进行提取的过程就是翻译中的词汇理解过程。

（二）翻译认知之句子理解

句子具有语法性与意义性，缺少任何一项都会使句子难以理解。正如张必隐所说，“句法给人们提供了一种编码，使他们能够利用词的序列去传递思想。当读者读到一个句子的时候，他的句法分析就有可能去恢复作者所试图告诉读者的各种观念以及这些观念之间的联系”。因此，句子理解必然包括句法分析和语义分析。

1. 句法分析

句法规则是指存在于词与词、短语与短语之间的规则。句法策略则是用来对句法进行分析的。要想理解大脑对句子表层结构的解析过程，应首先了解现代句法学对句子的分析方法。例如：

The girl left.

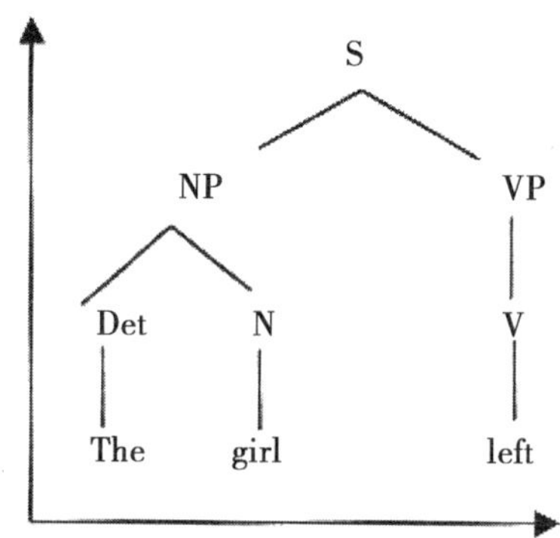

从纵向来看，句子是以等级层次组合的；从横向来看，句子则是线性排列的。同时，这说明人类的思维是非线性的。现代句法学常运用下列规则来写出句子。

S → NP+VP

NP → DET Adj N

NP → NP Conj NP

PP → P NP

PP → PP Conj PP

VP → V NP PP

VP → VP Conj VP

不难发现，现代句法学无论在句层还是短语层都存在一个中轴（head）。例如，句子以限定动词的曲折变化形式或助动词为中轴；形容词短语以形容词为中轴，动词短语以动词为中轴，名词短语以名词为中轴。

在翻译过程中，译者该采取什么策略对句子结构进行分析呢？概括来说，主要包括以下策略。需要特别说明的是，以下这些策略可以交叉使用。

（1）词缀策略

词根与词缀在英语中具有十分广泛的意义。其中，词缀可细分为前缀与后缀以及屈折词缀与派生词缀。因此，词缀既可用来寻找句子的中轴，又可用来对词类进行判断，从而将句子分为 VP 与 NP。词缀策略的意义在于捋清层次、区分主从与紧缩主干。例如：

Wolves dogged sheep.

由于 dogged 中含有 -ed，被试者很容易就判断出其是动词的标志，并很快找到了句子的中轴。

Wolves dog sheep.

这个句子使被试者花费了更多时间，大部分被试者都对 dog 表示疑惑。

（2）助动词策略

根据现代句法学的观点，助动词与限定动词的屈折词缀一样，都可以看作句子的中轴。所以，助动词也可帮助读者找到句子或小句的中轴。例如：

The train will arrive.

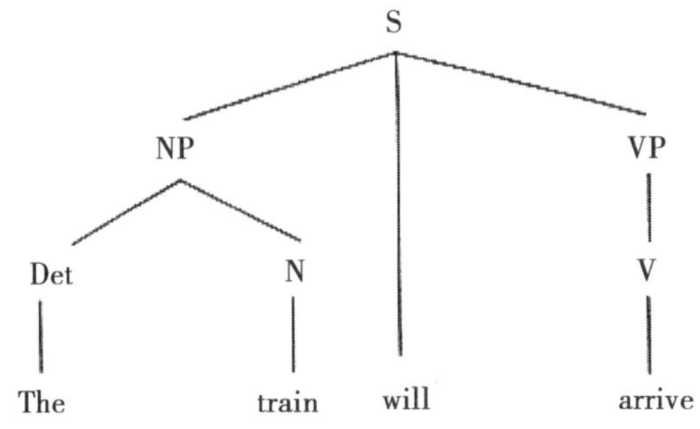

（3）词类策略

简单来说，词的语法分类就是词类。汉语中的词主要可分为虚词与实词等两个大的类别。其中，语气词、助词、连词、介词等属于虚词，叹词、代词、副词、量词、数词、形容词、动词与名词等属于实词。英语中的词也可分为虚词与实词。其中，连接词、冠词、介词等属于虚词，叹词、代词、数词、副词、形容词、动词与名词等属于实词。

读者在进行母语阅读时，并不一定能够对文章中的词进行词类分析。然而，"只要他们能够熟练地阅读，它们就具有关于词类的暗含的知识以及关于词类与它们在句中的句法作用的关系的知识"（张必隐，2002）。译者在翻译时常以自己已有知识为前提来进行词类分析。例如：

Wolves dog sheep.

在大多数人的理解中，wolves，dog 与 sheep 均为名词，因此将三个名词连成句子是与英语句法相违背的。因此，其中必然有一个词为动词，这样才能使句子成立。根据主谓一致原则以及对人称、数、时态等因素的综合考虑，可以判断 dog 为动词。

需要特别说明的是，运用词类策略时应对词义、分布与屈折变化进行综合考虑，否则极易做出错误判断。正因为如此，戴炜栋提出词的分布是更加可靠的划分词的标准，而仅仅靠词义和词的屈折变化来断定词类并不是绝对可靠的。

2. 句子的语义

除语法性之外，句子还应具有意义性。所谓意义性，是指句子所含命题的语义。分析句子的语义结构也是理解句子的重要内容。

（1）语义命题分析

桂诗春曾说，"句子是作为命题单位存储在记忆里的"。因此，句子语义分析就是对句子的语义命题进行分析。命题分析常常采用命题函数来标记。

（2）语义策略

一词多义的现象在英语中较为常见。为了准确确定词义，就必须借助对语境的分析。所谓语境，就是指出现于词、短语，甚至较长话语、语篇前后的内容。语境对于理解词或短语的特定意义，进而消除句子的歧义十分有利。例如：

He went to the bank.

本句既可理解为"他去河堤了"，又可理解为"他去银行了"，这是因为缺乏特定的语境。如果有具体语境，则理解就很容易了。

He went to the bank for water.

他去河堤取水去了。

He went to the bank for money.

他去银行取钱去了。

除语境策略之外，常用的语义策略还包括实词策略、成分分析、信息分布策略等。

（三）翻译认知之语篇理解

凡是理解都旨在获取语篇的交际意图或语篇意义。因此，翻译理解重在分析话段、句子是怎样实现交际意图的，这就要求对语篇进行认知分析。

1. 语篇认知要素

语篇心理学家们（Graesser et al.，1997）认为，把复杂的模型建立在普通认知理论上是十分必要的。正如凡·戴依克（Van Dijk，2000）所说："认知分析是指对那些可以用认知概念如各种心理表征来阐释语篇属性的分析。"

一般来说，语篇理解通常涉及以下语篇认知要素。

（1）知识网络结构。知识以节点的网络形式表征出来。知识网络中节点呈扩散激活状态。一旦网络中一个节点被激活，激活便被扩散到邻近节点，再从邻近节点扩散到邻近节点的邻近节点，依此类推。如果读者没有存储与语篇内容相关的知识，就会导致理解困难。

（2）记忆存储。语篇理解是一个记忆加工的过程。语篇理解的重要信息在工作记忆中呈循环状态。

（3）语篇焦点。意识和注意焦点集中在语篇表征中一个或两个节点上。

（4）共鸣。当存储在语篇焦点、工作记忆中的内容与文本表达的内容或长时记忆内容高度匹配时，便会形成共鸣。

（5）节点的激活、抑制和消除。理解句子时，语篇结构和长时记忆中节点被激活、加强、抑制和消除。一般来说，熟识程度高的词汇比熟识程度低的词汇加工速度快。

（6）主题。主题是指语言使用者赋予或从语篇中推导出来的整体意义，不同的读者对主题具有不同的理解。

（7）连贯。语篇连贯不仅仅是指语篇全局连贯，也指语篇的局部连贯。连贯是指序列命题之间的意义关系。连续通常包括两种。一种是所指连贯或外延连贯，即语篇涉及事件的心理模型。另一种是内涵连贯，即基于意义、命题及其关系的连贯。

（8）隐含意义。隐含意义指从语篇中的词、短语、小句或句子实际表达的意义推导出来的命题。可见，隐含意义离不开推理。

（9）词汇的言外之意。言外之意是读者根据自己的文化、知识赋予一定词汇的评价和看法，有利于激活读者或译者的审美观点与社会知识。

（10）读者目的。读者持有不同目的时，其会对语篇的理解和记忆带来不同影响。

2. 翻译语篇理解加工步骤

翻译的语篇理解过程通常包括以下几个步骤。

（1）源语语篇在线阅读。源语语篇在线阅读实际上就是语篇内容通过视觉或听觉器官在注意的关注下，把语篇内容提取到工作记忆中进行加工。

（2）意义分配。意义分配的过程是一个动态阐释的过程。具体来说，当把语篇内容提取到工作记忆进行加工时，译者给语篇单位配置暂时的意义。此时，译者主要依据语境、语篇结构、话题、句法、词汇等自己的先知识。

（3）意义单位整合。单个的词汇意义可以向命题整合，单个的命题可以向命题序列整合，命题序列可以向命题网络层次整合等。当短时记忆缓冲器装满时，意义单位整合加工基本停止。

（4）事件记忆建构。把整合成更大的信息块以语篇表征的形式存储在事件记忆中。

（5）情景模型建构。从本质上来看，理解就是模型建构。理解过程通常随着译者采用的交际情景模型（即语境模型）的改变而改变。

（6）模型更新。一旦形成或更新语篇的心理模型，译者就可能生成这些模型，并建构更加概括的、更加抽象的知识结构。

需要特别说明的是，上述心理活动常常是同时进行的。

二、翻译审美表达

（一）掌握翻译审美表达策略

翻译策略指译者用译语的形式来表达源语内容时，为解决某一问题所采用的一系列步骤和一切手段。一般而言，译者在遇到翻译难题时不可能马上就找到最佳解决方案，往往要通过记忆搜索，激活大脑信息网络，寻找临时方案，再加以优化而最终找到最佳方案。

翻译表达实际上是通过一系列翻译策略来实现的。有学者详尽地描述了译者信息加工过程中策略的运用，比较真实地记录了译者的心理活动，也同时说明了译者信息加工延时的原因，但未能揭示译者到底怎样进行译语文本重新措辞的具体方案。

翻译审美表达策略是译者在表达原文审美内容时所采取的审美表达手段。翻译表达时的审美策略与认知表达策略一样都可以用八个字来概括，它们是“宜”“异”“易”“移”“益”“遗”“刈”“依”。

其中，“宜”和“异”既可以指包括其他六种策略的宏观性策略，也可以指与其他六种策略并行的微观性策略。所谓微观性策略，是指译者用译语表达原文内容时所采用的具体手段；所谓宏观性策略，是指译者利用其他六种策略使得译语达到的特定效果。

1. 宜

宜，会意字，从门之下一之上，甲骨文字形，其意为“宜得其所也”（《仓颉篇》）或“宜其室家”（《诗・周南・桃夭》）。可见，“宜”的本义指合适、适宜。作为一种翻译策略，“宜”在意义上有广义和狭义之分。

广义的“宜”是指译者以译文读者为旨归并采取一切手段而达到的效果；这里的一切手段也就是使用其他六种策略的熟练程度。熟练程度越高，宜化现象就越高。最高程度的宜化是译语看不出任何翻译的痕迹，仿佛是译者如从己出。

狭义的“宜”是专指译者在保持原文意义的基础上对原文独特的言、象、意做出的适宜译语读者习惯的表达手段和效果的调整，即对原文中的字词句式（言）、意象形象（象）、文化信息做出适宜于译语读者的调整。

“宜”，为翻译策略，强调译文的可接受性、可读性、流畅性。所以，译者，宜也。

2. 异

异，会意字，“具”，甲骨文字形，象有手、脚、头的人形。本义为奇特、奇异、奇怪。异者，有别于寻常也。作为一种翻译策略，“异”也有广义和狭义之分。

广义的“异”是指译者以原文作者为旨归而采取一切手段而达到的效果。这里的一切手段也就是指后面六种策略使用熟练程度，熟练程度越低，异化现象就越高。

狭义的“异”是专指译者保持原文独特的言、象、意而采取的表达手段。具体体现在，译者在采用下面六种措施时程度上有别于“宜”的处理方式。简言之，“异”指保持原文独特（异）的言、象、意。

“异”作为翻译策略，强调译文保持原文的独特性、唯一性。所以，译者，异也。

3. 易

易，象形字，象蜥易之形，因蜥蜴色易变，引申为换、交换、替代、改变。作为翻译策略，“易”即易说法，就是变换一种说法，包括易词法、易句法和易象法。其中易象法与宜化法同义。易词法又分为易类而译、易辞而译和易格而译。易类而译指词类变易式翻译。易辞而译是指变换措辞式翻译。易格而译是指变换辞格式翻译。易句法指变换句型，如肯定否定变易，陈述疑问变易等。所以，译者，易也。

4. 移

移，形声字，从禾，多声；本义为移秧，泛指移植。《说文解字》曰：“移，禾相倚移也。”《六书故》：“移秧也。凡种稻先苗之后移之。”《韵会》：“今迁徙之透借作移。”移，即移动，转移、变动。

作翻译策略讲，“移”指移置，既可以指成分位置移动也可以指成分性质转移。由于语言之间的差异性，翻译时，必然要对源语句子中的某些语言单位进行移位。所以，译者，移也。

5. 益

益，会意字，从水；字形象器皿中有水漫出。《说文解字》曰：“益，饶也”，引申为水涨。《吕氏春秋·察今》曰：“人或益之，人或损之，胡可得而法？”可见，“益”有“增加”的含义。“益”或增益，作为元翻译策略，是指对源语进行适当的增加。至于增益什么，须根据译者意图和译语的约束机制而定，因此增益之前必须对源语和译语进行对比分析，了解二者之间的差异。

增益法的基本原则是增词不增义。增益法可以分为语法性增益、审美性增益和效果性增益。所谓语法性增益，是指译者翻译时根据译语的语言约束机制来增益语法词汇，使译语读起来更加符合译语的语法习惯。审美性增益是指译者根据原文的审美意图而采用的译语审美艺术手段。效果性增益是指译者为了让译语读者更好地理解原文的内容而在译语中进行的附加性信息增益。语法性增益包括结构性增益和词类增益。审美性增益主要有同词增益和同义增益。同词增益指原文的某一个字词翻译时在译语中的重复性增益。同义增益指原文的某一个字词在译语中用不同的同义词来翻译，又称“同词异译”。效果性增益包括增益释义词、音译加注、脚注夹注，增益对象包括背景知识、专名（包括人名和地名）、术语、典故等。

增益并不意味着译者可以随意增益原文并不具有的内容。在翻译过程中，译者应当避免增量翻译（又称“超额翻译”，即 over-translation）。所谓增量翻译，是指译文承载的信息量大于原文的信息量。在翻译实践中译者经常有意识地采用增量翻译策略。

6. 遗

遗，形声字，丛也，从走贵声。《说文解字》曰：“遗，亡也。”《列子·说符》对“遗”注释为“弃也”。《左传·成公十六年》对“遗”注释为“失也”。可见，遗的本义是遗失。作为翻译策略，“遗”是指对源语进行删除、遗弃、舍弃。遗弃什么，怎样遗弃，受译者意图、译者的翻译标准和译语约束机制的制约。有时，“遗”会导致欠额翻译。所谓欠额翻译，指译文承载的信息量小于原文的信息量。所以，译者，遗也。

7. 刈

刈，形声字，从刀，乂（yi）声。本作“乂”。本义为割草、修枝剪叶。《广翻译审美心理学雅》曰：“刈，断也。杀也。”作为翻译策略，“刈”是指对原文进行刈分，因为语言不同，其组词造句和篇章结构也往往不同,翻译不可避免地要根据译语的组词造句和篇章结构的规则对源语进行刈分。刈分对象可以是词、句或段。具体地说,词可以刈分成句,句可以刈分成句组,段落还可以重新刈分。刈分以信息单元即命题为单位、为标准。所以,译者,刈也。

8. 依

依,形声字,从人,衣声,甲骨文字形,像人在衣中,本义指靠着。《说文》曰:"依,倚也",引申为依靠连接。

作翻译策略,"依"指对语言单位之间的"依附"关系进行分析组合,既可以指合词而译,也可指合句而译,还可以指句子重新组合。所以,译者,依也。

从以上论述,可以给翻译策略"译"定义为"译者,宜、异、易、移、益、遗、刈、依也"。

(二)利用翻译策略体现审美意图

翻译策略是在翻译标准的控制下用来实现翻译意图时所采用的一切手段和技能。但是,译者的翻译手段和技能并非天生就有,而是取决于他对两种语言的掌控能力。我们知道,没有差异,也就没有翻译。译者不仅要精通源语和译语,同时还要有意识或无意识地弄清二者的异质性,并在二者之间寻找最佳转换手段和技能。这个最佳转换手段和技能就是翻译表达策略。一般而言,对两种语言的把握能力越强,其翻译手段和技巧就越娴熟。下面以杨自伍先生所译培根的一篇散文为例,分析翻译审美表达策略如何体现译者的审美意图。

Narcissus or Self-Love

Sir Francis Bacon

那喀索斯——论自恋

(杨自伍 译)

(1)Narcissus(a)is said to(b)have been a young man of wonderful beauty, but(c)intolerably(d)proud,(e)fastidious, and(f)disdainful.

那喀索斯,(a)人称(b)风度翩翩美少年,唯(d)心性高傲,(e)锱铢必较,(f)蔑视一切,(c)令人不堪。

审美策略分析:

①易说法:(a)易句法,即变换一种句式来翻译。易句法强调根据源语的审美意图和译语的审美习惯对源语句型(式)加以变通处理,而非语法上的句型对应式翻译。比如,英语被动句的汉译常常采取易句而译,即英语被动易为汉语主动,因为汉语多习惯于用主动句,如果易为主动句后找不到动作发出者,则可以增益泛指主语"人(们)""大家"。(la)为被动句,译文采用汉语主动句,并增益泛指人称代词"人"。(b)易词法,即将源语字词的词性变为译语中的另一种词性。英语派生词还原为词根词来翻译。如(f)disdainful 由 disdain 派生而来,而此词根又有动词含义,故译为动词词组"蔑视一切"。

②增益法:英语形容词的汉译时,为了上下文的节奏,往往增益形容词所修饰的隐含名词,如(ld)中 proud 翻译时增益"心性",这不仅仅是为了文言句法要求,更主要是为了使其与后面的四字译文保持相同的节奏。

③宜化法:用译语已有的意象性字词来翻译源语所表达的意义。比如,fastidious 译为"锱铢必较",其中"锱铢"为汉语中的意象性字词,不仅表达了原文所表达的意义,而且形象生动。

④移位法:原文(1c)intolerably 由 intolerable 派生而来,而且属于互文修辞,即同时修饰后面三个形容词,故译者将 intolerably 还原为形容词 intolerable 来翻译,并将其后置。

(2)(a)Pleased with himself and(b)despising all others,(c)he led a(d)solitary life(e) in the woods and hunting grounds;(f)with a few companions to whom he was all in all;(g) followed also wherever (h)he went by a nymph (i)called Echo.

(a)自我陶醉,(b)目无余子,(e)常年出没于林泉猎场,(c)优游岁月,(d)与世人不相往来;(f)有俦侣二三,(f)如鱼得水;(h)行踪所至,(g)仙女跬步不离,(i)芳名厄科。

审美策略分析:

①遗省法:此句翻译时根据汉语积句成篇的原则,承上遗省主语(主语代词 he)。此句(2c、2f、2h)中的三个主语代词 he 均遗而不译。遵循了汉语代词的使用原则“若要明白,不如名词重复;若要简洁,不如索性不用”。简言之,英语中的代词只要没有特殊意图,汉译时只要不产生歧义能够遗省则统统遗省,这样译文就能不拖泥带水,达到简洁的效果。

②易词法:此句(2e)中介词 in 译为汉语动词短语“出没于”,属于介动互易法。

③移位法:包括位置移位和成分性质移位,此句除了(2e)和(2h)属于位置移位外,(2d)属于成分性质移位,即定语形容词 solitary 首先通过易词法译为动词从而移位于谓语位置,即“与世人不相往来”。

④增益法:增益(2f)“如鱼得水”,增益原因估计是原文(f)小句内容过短,汉语句意不足,难以收句。

(3)(a)Living thus,(b)he came by chance one day to a clear fountain, and (c)being in the heart of noon (d) lay down by it;(e) when beholding in the water his own image,(f)he fell into such a study and then (g)into such (h)a rapturous admiration of himself, that he (i)could not be drawn away from (i)gazing at the (k)shadowy picture,but (l)remained (m) rooted to the soot (n)till sense left him; and at last (o)he was changed into the flower (p) that bears his name; and (q)a flower which appears in the early spring;(r)and is sacred to the infernal deities, —(s)Pluto, Proserpine, and the Furies.

(a)朝夕如此,一日(b)偶至清泉一泓,(c)时值晌午,天气炎热,(d)遂卧躺泉边;(e)俯观水中倒影,(f)始而不觉凝神观照,(g)继而自我恋慕,(h)如痴如狂,(j)谛视自家面貌(k)若隐若现,(i)良久不去;(l)出神入定,(m)有如树木扎根,(n)直至感觉消失;(o)终于变作水仙,(p)名曰那喀索斯;(q)水仙早春开花;(r)遂为冥府诸神之祭品——(s)普路托、普罗塞耳皮娜、复仇三女神。

审美策略分析:

①移位法:英语“定语(形容词)+ 名词”结构译为汉语“名词 + 谓语(形容词)”结构。比如,(3b)中 a clear fountain 译为“清泉一泓”,虽然与“一泓清泉”结构不同,但意义相同,且前者更符合文言句式。

②增益法:将(3d)lay down by it 译为“卧躺泉边”,将英语代词 it 还原为名词,此种现象我们称为代词还原增益法。同时,增益概括词,如(3s)汉译时增益了概括词“三女神”。

③遗省法:代词遗省:he (b, f), himself (h), him (n), his (p)均遗而不译。连词遗省:when(e),such...that(f,h),but(k)遗而不译。虽然有遗省,但做到了刘勰所说的“字去而意留”。

④易词法:(3h)admiration of himself 名词短语易为动词短语“自我恋慕”。

⑤移位法:(3h)中英语(a rapturous admiration...)“形容词(定语)+ 名词(中心语)”结构译为汉语“谓语 + 补语”结构。

⑥异化法:人名翻译采取名从主人的原则翻译,如(3s)中的人名。

(4)(a)In this fable (b)are represented the disposition, and the fortunes too,(c)of those persons who from (d)consciousness (e)either of beauty (f)or some other gift with which (g) unaided by any industry of their own (h)has graced them,(i)fall in love (j)as it were with themselves.

(d)尔辈自觉(h)造化赋予(e)美貌,(f)或别具天赋,(g)故不假自身勤奋,(j)煞有介事(i)自恋自爱,(c)此辈中人性情命运,(a)寓言之中(b)暴露无遗。

审美策略分析:

①刈分法:此句中的定语从句(4c ~ 4j)"those persons who...fall...themselves" 刈分为独立子句。

②移位法:译文根据文言的审美习惯对原句中的各个命题小句进行了大幅度的移位。

③宜化法:those persons 以及下面句(6)中的 they 译为汉语"尔辈",虽然这种转换不宜提倡,但从转换的效果看,此句译文更能体现原文作者句中所体现出来的辛辣讽刺的语气。

(5)(a)For with this state of mind (b)there is commonly joined an indisposition (c)to appear much in public or (d)engaged in business; (e)because business would expose them to many neglects and scorns, (f)by which their minds would be dejected and troubled.

(a)如此心境者,(b)每每无意(c)出现于大庭广众,(d)或以营生为务;(e)因营生未免多受冷落鄙夷,(f)怀抱如此心境则沮丧烦恼。

审美策略分析:

①易词法:(5b)中名词 indisposition 易为动词"无意"。

②移位法:(5c)不定式定语移位于汉语宾语位置。

③刈分法:此句定语从句(5f)by which...troubled 刈分为独立子句来翻译。

④依并法:将(5f)defected and trouble 依并为四字短语"沮丧烦恼",读起来简洁流畅。

(6)Therefore they commonly (a)live a (b)solitary, (c)private, and (d)shadowed life; with a (e)small circle of (f)chosen companions, (g)all devoted admirers, who (h)assent (i)like an echo to everything (j)they say, and (k)entertain them (l)with mouth-homage; till being (m)by such habits (n)gradually (o)depraved and (p)puffed up, and (q)besotted at last with self-admiration, (r)they fall into such a sloth and listlessness that they (s)grow utterly stupid, and (t)lose all vigor and alacrity.

故尔辈(a)一生(b)独来独往,(c)与世睽离,(d)黯然无光;(f)交游挑剔,(e)门户狭隘,(g)彼此五体投地,(j)一呼(h)众和,(i)同声相应,(l)口角春风,(k)应酬同好;(m)习性相染,(n)久而久之,(o)品性沦丧,(p)趾高气扬,(q)最终沉迷于自我崇拜,(r)坠入懒散萎靡之境地,(s)从而变得绝顶愚蠢,(t)活力锐气丧失殆尽。

审美策略分析:

①易词法:(6a)live a...life 动词短语易为名词短语"一生"。

②增益法:增益概括词"之境地"。

③移位法:将定语(b、c、d)移位于谓语。原句中的"动宾"结构(6t)lose all vigor and alacrity 译为汉语"主谓"结构"活力锐气丧失殆尽"。

④遗省法:commonly, and 遗而不译。

⑤宜化法:将原句中形容词或动词(6a ~ 6p)译为适合于文言句法的四字格式。译者追求文丽的译风意图极为明显。

(7)And (a)it was a beautiful thought (b)to choose the flower of spring as an emblem of characters like this: characters which (c)in the opening of their career (d)nourish and (e)are talked of, but (f)disappoint (g)in maturity the promise (h)of (i)their youth.

(b)以春天水仙为同类性格之标志,(a)堪称妙想,(c)事业开创之际(d)一帆风顺,(e)为人称道,(i)风华正茂时(h)豪情满怀,(g)盛年时则俱为(f)泡影。

审美策略分析：

①移位法：译文对原句中的命题（b）和（f）分别进行了前移和后移。

②刈分法：将 disappoint in maturity the promise of their youth 刈分成四个命题小句翻译，并处理成对比结构翻译。译文结构紧凑，节奏明快。

（8）The fact too that this flower is（a）sacred to the infernal deities（b）contains an allusion to the same thing.

（a）水仙成为冥府诸神之祭品，（b）寓意亦在于斯。

审美策略分析：

遗省法：遗省语法字词 fact，that。

（9）For men（a）of this disposition（b）turn out utterly useless and（c）good for nothing whatever；（d）and anything that yields no fruit，（e）but like the way of a ship（f）in the sea（g）passes and（h）leaves no trace，（i）was by the ancients held sacred to the shades and infernal gods.

（a）如此性情者，（b）终于毫无用处，（c）一无所能；（d）凡事无所结果，（e）犹如沧海（f）行舟，（g）飘然而过，（h）不留痕迹，（i）古人遂奉为阴魂与地狱神明。

审美策略分析：

①移位法：译文之中，能够保持原文各个命题的顺序尽量保持，此句译文各个命题与原文各命题顺序一致。

②易句法：（9i）被动句易为主动句。

③遗省法：遗省句首逻辑字词 for 和（9e）中 but，遗省语法字词，如冠词，以及关系词，如（9d）中的 that。

培根散文的语言特点是优美古朴、简洁凝练。自然译文也要基本达到优美古朴、简洁凝练。正因如此，杨自伍采取了文言风格体来翻译，译文显得典雅文丽，颇受今日学者、学子的青睐。具体体现在三个方面：用词上，雅俗共存；句式上，四字句为主，主动句为上；篇章上，意合原则为本，逻辑词或其他虚词多遗而不译。

由此可见，译者若想体现原文或译者的审美意图，非但要精通两种语言，熟谙写作之道，而且需掌握八种翻译审美策略且要达到娴熟自如的境地。唯此方可实现翻译的审美意图。

（三）达到雅与俗突显的审美目的

雅与俗是中国古典美学史中彼此对立的一对美学范畴。作为美学范畴，雅是指作家个人的审美习尚、审美趣味。刘勰说："夫情动而言形，理发而文见，盖沿隐而至显，因内而符外者也。然才有庸俊，气有刚柔，学有浅深，习有雅郑。并性情所烁，陶染所凝，是以笔区云谲，文苑波诡有矣。"换句话说，情有所动则发于言，发表义理则成文章，这是一个由隐藏到显露、由内到外的过程。人的才能有庸俊之分、气质有刚柔之别、学识有深浅的区分、习性有雅郑的不同，但所有这些都是个人的性情所致。作家性情不同，他产出的作品自然也就各不相同。其中，"雅郑"本指周天子辖区内的标准音乐和郑国靡靡之音的音乐，"雅"为标准，正确；"郑"为淫靡，低俗，不正确。用曹顺庆先生（2009）的话来说，"雅"与"俗"，意指审美意趣与审美境界上的高雅别致、典雅庄重、超凡脱俗与通俗浅显、质朴粗犷、自然本色等。简言之，在刘勰看来，诗文的雅与俗就是个人的审美趣味的标志。

其实，雅与俗并不仅仅体现在个人的审美趣味上，也体现在不同民族审美趣味上。不同的民族，其审美趣味既有相同之处，也有差异之处。一个民族具有的审美趣味，另一个民族并不一定能接受。一个民族看来是雅正的作品对另一个民族来说可能就是低俗的东西。因此，在翻译过程中，译者必须对原作的审美趣味加以鉴别。

在审美解读时，译者要鉴别出原文内容是否符合译语读者审美的习惯和主流意识形态，符合则为“雅正”，反之则为“低俗”；在审美表达时，译者要根据译语读者的审美习惯和主流意识形态对原文内容作出变通性处理。在审美表达时，译者不仅要鉴别出源语和译语在表达原文内容时的差异，而且还要根据对原文内容的“正”与不“正”的取舍来确定译语的形式。

无论原文内容是雅正还是低俗，译者都会根据自己的翻译意图、译语读者的审美习惯和译语文化中的主流意识形态在译语形式上做出变通处理：或遗而不译，或易辞而译。

1. 遗而不译

不同国家、不同民族、不同时代，甚至不同个人都有自己的审美习惯。因此，在对原文进行审美解读时，译者应以原作者的审美习惯去解读原作的内容，只有这样才能了解原文的情思，即“入情”。然而，译者毕竟有自己的审美观，因此在对原文进行审美表达时，译者会根据自己的翻译意图、译语读者的审美习惯在译语形式和翻译策略上进行遗而不译。

译者在面对这种审美冲突时，不得不采取这种遗而不译的策略，但内心多少有一分愧疚。可见，内容不正，译者往往会采取遗而不译的翻译策略。

2. 易辞而译

内容不正时，译者除了可以采取遗而不译的翻译策略，也可以采取易辞而译，包括易句而译、易象而译，甚至易体而译。

第十一章 教学视角下翻译理论阐释及其实践

在教学中，翻译教学是重要的语言技能教学之一，而翻译理论研究也必然离不开教学层面的研究。因此，本章对翻译教学的相关知识展开分析，并在此基础上用具体的实践来分析。

第一节 翻译教学的内涵

一、国内外学者的观点

对于翻译教学的界定，这里主要从让·德利尔与穆雷两位学者进行分析。

（一）让·德利尔的观点

加拿大学者让·德利尔（Jean Delisle，1988）曾对翻译教学与教学翻译进行了明确的区分。让·德利尔认为，翻译教学的主要目标是培养学生的翻译能力，通过给学生传授相关的翻译理念、知识与翻译技能，从而培养学生具备从事职业翻译的能力。教学翻译又称“学校翻译”，这是一种教学方法，通过这种方法，学生可以学习某种语言，也可深入地了解这门语言，从而能够灵活地运用这种语言。这也是教学翻译的目标。具体而言，教学翻译是为辅助外语教学而使用的一种手段，旨在帮助学生了解并熟知英汉语言在语法、词汇方面的对应关系，不断地提高学生的语言水平与运用能力，在实际的教学过程中，以词语为单位开展翻译练习。

（二）穆雷的观点

国内著名教授穆雷直观地对翻译教学与教学翻译之间的区别进行了具体的说明，如表 11-1 所示。

表 11-1 翻译教学与教学翻译

区别	翻译教学	教学翻译
学科定位	独立学科	附属于外语教学，属于应用语言学
教学目的	掌握翻译职业的理念、技能	巩固外语知识和应用技能
教学重点	翻译技巧和解决问题的能力；双语转换和职业翻译能力	外语的语言结构及外语语言应用能力

（资料来源：严明，2009）

在以后的十几年中，穆雷关于翻译教学与教学翻译的区分在我国学术界得到了充分的认同，从而引发了大量学者就翻译教学与教学翻译的相关问题进行深入广泛的探讨。但是，这种区分也存在一定的缺陷，对翻译教学与教学翻译的学科之分在无形中给教学翻译造成了一定的贬低影响，这样反过来则会不断地限制翻译教学的发展。

二、翻译教学的重新界定

近几年，随着翻译教学与教学翻译研究的不断发展，有关学者对翻译教学进行了重新的界定。罗选民（2002）认为，翻译教学包含两部分：大学翻译教学和专业翻译教学，这样的界定扩大了翻译教学的范围，将原来的教学翻译也纳入翻译教学的范畴。但是，这一界定也存在一定的弊端，这种分法具有一定的模糊性，不能够清晰地说明翻译教学与教学翻译之间的关系，很难与翻译教学的多元化发展趋势相适应。

目前，为了衡量学生的翻译能力，学生需要考取相关的翻译证书，并且为了顺利地在外企进行工作，学生需要具备相关的翻译能力。为了适应这一形势的需求，有些学校对此增设了一些应用提高阶段的选修课。这里以黑龙江大学应用外语学院为例，该院校是我国最早进行翻译教学改革的院校，在院校中面向全校三、四年级学生开设多个模块的选修、辅修和专修课。从此，该院也开始对其非英语专业学生适时地进行翻译基本技能的训练。尽管与英语专业的学生在教学目的、教学内容和教学方式方面存在一定的不同，但是如果我们将翻译看作一种分析语言的方法或者一种训练技能或促进交流的工具时，对翻译就应持有兼收并蓄的态度，让非英语专业与英语专业的学生同等地受到接受翻译教育的权利，实现共同受益。从该院校的这一行为中，可发现这是对原有翻译教学的重新分类。由此，我们需要重新地对翻译教学进行界定。翻译教学可分为以下四种。

（1）公共英语翻译教学，其中包括作为一门独立课程的翻译选修课教学和作为教学手段的教学翻译。

（2）英语专业翻译教学。

（3）翻译专业翻译教学。

（4）社会培训翻译教学。

其中，针对公共英语翻译教学中的选修课教学，受众群体数量最为广泛，这也是需要我们重点探讨的对象。从实用性的角度分析，除了在外企工作的学生需要掌握基本翻译技巧之外，其他的一些专业领域，如经济、工程、科学等从业人员也需要具备较强的翻译能力，能够将西方最新的科研成果翻译成汉语，从而有效地推动我国科学技术的进步与发展。另外，随着全球经济一体化的迅速发展，国际商业行为、跨文化交际活动越来越多，对专业的高素质英语人才的要求也越来越高。这就需要翻译教学注重培养不同专业的学生具备全方位的翻译能力，从而促进跨文化交际的进行。

第二节　翻译教学的理念与意义

一、翻译教学的理念

翻译教学是英语教学的重要组成部分，培养更高品质的翻译人才的主要途径。其主要目的是让学生习得必备的翻译知识，掌握翻译这项基本技能。其基本理念主要包含以下五点。

（一）以翻译理论为先导

翻译理论主要用于对翻译教学的指导，所以翻译教学应以理论为先导。从当前使用的翻译理论来看，翻译理论众多且内容繁杂。由于很多翻译理论都来源于文学或宗教，因此如果将不同学派的理论观点全部融入翻译理论中,则会使学者感到空洞乏味、无从下手,这样的理论也会缺乏一定的科学性和实用性。据有关数据统计,大部分的翻译理论只适用于有限的文学翻译,文学翻译在每年翻译工作中所占比重大约为4%,而在理论层面对每年翻译工作中所占比重超过90%的实用翻译则很少谈到。可见,翻译的理论与实践处于严重的失衡状态,由此也可看出翻译理论与实际并不相符。

相比较而言,翻译功能目的论是比较具有实用性的。翻译功能目的论认为,译本的预期目的与功能决定翻译过程,而不是作者赋予的原本的功能。实用文体翻译一般都有一定的现实目的,更有甚者有一定的功利目的。这种目的受到多方面因素的影响和制约,包括翻译委托人、译本接受者及其文化背景的制约。目的和功能是实用文体翻译的依据,这同时是功能目的论的理论核心,从这个角度看,理论和实践能够很好地结合。

事实上,在学校开设翻译课,主要目的就是让学生在具体的实践中更好地运用翻译理论知识,通过不断地实践,也可发现学生选择翻译课的主要目的是在考试中取得优异的成绩,或者是为毕业后找到更好的工作做好充足的准备。可见,用翻译功能目的论这一理论作为学生翻译课程的先导,必将会充分地调动学生学习翻译的自主性、积极性和创造性。

(二)以语言对比为基础

语言对比是翻译教学的基础,这一点在英语学习过程中就深有体会。在学习英语的初级阶段,我们知道一旦脱离了说英语的环境,常常会本能地说汉语。但是,当我们积累了足够的英语词汇量时,则会不自觉地随口说出英语,在这一过程中,会对英汉语进行对比分析,如遇到一些单词或短语不会翻译时,则会使用汉语的思维方式进行翻译。语言对比重点包括以下两个方面的内容。

1. 同中有异

这里以分析英汉语言中的介词为例对同中有异进行分析。英汉语言中都包含介词,有时介词在英汉语言中具有相同的用法。但是,汉语中的大部分介词都是由动词变化而成,导致有些介词目前仍无法判定是介词还是动词。英语中的介词与动词却没有类似的含义。英汉语言的介词在这一方面的差异导致在对英语的介词进行翻译时,往往需要借助汉语的动词进行相应的翻译。例如:

to go by train 坐火车去

本例将英语中的介词 by 译为汉语中的动词“坐”。

a girl in red 穿红衣服的女孩

该例将英语中的介词 in 译为汉语中的动词“穿”。

2. 各有不同

各有不同之处的对比层面有很多,如从词序层面、连接方式层面、信息中心安排层面分析其不同。通过同中有异以及各有不同的对比,可逐步地克服母语对翻译的干扰作用,从而有利于译者理解和表达原文的目的。

(三)以翻译技巧为主干

翻译技巧是翻译教学的主干,因为掌握前面两个层面仅仅是帮助译者从科学的角度了解翻译的原则及实质,真正展开翻译则是需要借助翻译技巧的。翻译教学的主要内容是教授先人的宝贵翻译经验,这些经验包含两个方面的内容:理解和表达,这主要反映在翻译的方法与技巧上。

由于英汉词语搭配方式不同，所以翻译时就要增减文字或调整搭配。例如：

In the evening, after the banquets, the concerts and the table tennis exhibitions, hc would work on the drafting of the final communique.

晚上在参加宴会、出席音乐会、观看乒乓球表演之后，他还得起草最后公报。

上述例文中，将原文中的 the banquets, the concerts, the table tennis exhibitions 译为“参加宴会”“出席音乐会”“观看乒乓球表演”，汉语译文中增加了相应的动词，这是增词法翻译技巧的典型运用。

（四）以综合分析为手段

在翻译过程中，我们会发现一个句子往往可以有好几种翻译方法。然而，在运用多种方法翻译出来的译文中，只有一两个是最佳的，这就需要我们以综合分析为翻译手段。

综合分析的翻译手段即要求译者从总体及其系统要素关系两个方面，做到连点成线、集线成面、集面成体，通过静态或动态地对各个层面进行观察并分析，从而透过现象看其本质，发现事物的本来面目。例如：

一架从上海起飞的小飞机载着我们，飞越群山，把我们送到了新疆的首府乌鲁木齐。

译文 1：A small plane took off from Shanghai with us, flew over the mountains and sent us to Urumqi, the capital of Xinjiang.

译文 2：A small plane from Shanghai carried us over the mountains and sent us to Urumqi, the capital of Xinjiang.

通过对比上述的译文可发现，译文 1 在表达方面没有错误，但是会给人表述不流畅之感，通过对原文与译文 1 的综合分析进行了一定的修改，得到了译文 2，改译后的译文 2 比译文 1 更为通顺、流畅，更具有连贯性。因此，在翻译中使用综合分析的手段是非常有必要的。

（五）以课堂教学为载体

在课堂教学中，教师能够通过讲解教材，对翻译的知识、技能以及方法进行相应的引导。因此，翻译教学以课堂教学为载体。在翻译教学过程中，教师应贯彻以实践为主、以学生为主的原则，翻译的课堂教学主要包括教师讲解、范文赏析、译文对比、学生练习和练习讲评五个环节。

1. 教师讲解

教师的讲解主要是在英汉语言对比的基础上进行译例分析，对其中的翻译技巧进行相关的提示，从而让学生从对翻译的感性认识上升到理性认识。

2. 范文赏析

教师通过选取一些经典的译文作为范文让学生进行赏析，不仅可以让学生赏析其中优美的语言，还能让学生对其中的翻译技巧进行适当的模仿。

3. 译文对比

教师通过对同一原文选择两种以上的不同译文进行对比，让学生分析并体会到其中的优劣，并且让学生揣摩不同的翻译风格，吸取优美的译文佳作。

4. 学生练习

学生练习是课堂翻译教学的重要环节，几乎贯穿于翻译教学的整个过程，包括课前复习、课内提问以及课后作业等环节。

5. 练习讲评

练习讲评主要是对两种语言的特点进行对比分析，着手于翻译中的具体问题，不会纠结于翻译中的细枝末节。

二、翻译教学的意义

翻译教学的目的为社会培养高素质的翻译人才，为了实现这一教学目的，我们需要转变传统的翻译教学理念，以培养高水平的翻译人才为目标，不仅掌握丰富的翻译理论知识和相关的翻译技巧，还能够独立地解决翻译中的各种文体与困难。为此，我们总结出了新时期翻译教学的意义，其主要包括以下几个方面的内容。

（一）有利于增加学生的文化背景知识

在翻译教学中，教师除了进行单纯的翻译教学之外，还需要注重学生文化视野的扩大，教师既要介绍外国文化，又要将外国文化与中国文化进行对比，在对比中让学生明白中西方文化的差异所在。这是因为翻译涉及两种语言之间的转换，译者若想译出高质量的佳作，需要对目的语的文化背景知识进行充分、系统的了解。在这一过程中，通过不断地翻译训练与实践，学生的文化背景知识得到很大程度的提高。可见，翻译教学有利于增加学生的文化背景知识。

此外，教师还可以让学生阅读英语文学作品、报纸杂志，观看原版电影、录像、戏剧等去了解英语国家的文化，接受英语文化环境的浸润，在潜移默化中感受到英汉文化差异，以此来达到丰富学生的社会文化知识，从而推动翻译教学目标的实现。

（二）有利于提高学生的英汉语言修养

在翻译教学中，需要确保译文能够准备、完整地再现原文的意义，还要注意与原文在风格以及修辞手法等方面保持一致。这就需要注意培养学生的英汉语言修养。

在不同的文体中，需要注意保持不同的语言特色，如翻译科普类的文章时，译文要确保简洁、精炼，避免生硬、晦涩，让读者一目了然。学生在学习翻译的过程中，在翻译中经过不断的翻译训练与实践，能够不断地提高自身的英汉语言修养。

（三）有利于满足社会对翻译人才的需求

在不同的时代，社会对英语人才的要求会有所不同，因此不同时代的英语教学要求也会有所不同。近年来，随着经济全球化的快速发展，跨文化间的交流日趋频繁，我国与世界各国之间的关系也日益密切，英语的作用尤其是翻译在跨文化交际中的作用越来越突出。翻译的流利、准确与否直接关系到国际间的交流与合作的顺利进行，因此21世纪的社会对高素质的翻译人才的需求变得更为迫切。

可见，在英语教学中开展翻译教学是适应当今社会发展的需求，有利于满足社会对翻译人才的需求。

（四）有利于培养学生的跨文化交际能力

每一种语言都有着特定的交际模式。学生在对语言进行翻译时，不仅要掌握语言的基本知识，还要熟悉英汉语言的文化差异，遵循英语的交际模式。学生如果不了解英语语言的交际模式，即使具有丰富的英语语言基本知识，也很难进行地道的翻译，这样导致的结果则是不利于跨文化交际的顺利进行。

在翻译教学中，教师不仅需要给学生讲解相关的翻译理论知识，还需要就英汉交际模式存在的差异给予说明，从而不断地培养和提高学生的跨文化交际能力。

（五）有利于巩固和加强学生的综合语言能力

英语教学包括听、说、读、写、译五项技能。作为其中技能之一的翻译，由于翻译教学涉及两种语言间的转换，在这一过程中，学生会不自觉地运用到之前学到的知识进行笔译或口译。在笔译中，通过从原文的语音、语法、表层含义以及深层含义进行分析，有利于巩固学生的语言、语法、词汇、语义等方面的知识学习。在口译中，通过与对方进行交际，在分析原文信息的前提下将译文表述出来，这就锻炼了学生的听力能力、口语能力和翻译能力。总体来说，翻译教学有利于巩固和加强学生的综合语言能力。

第三节　翻译教学的原则与模式

一、翻译教学的原则

翻译教学活动不是随意的、毫无秩序可言的，为了实现良好的翻译教学效果，在翻译教学中需要遵循一定的翻译教学原则，具体的翻译教学原则如下。

（一）普遍原则

1972 年，翻译理论家霍姆斯（James S. Holmes）在《翻译学的名与实》（*The Name and Nature of Translation Studies*）一书中将翻译学论述为一门经验科学。翻译行为是一种语言行为，而语言行为必然具有经验性的特点，这就决定了翻译教学的普遍性原则。人的经验当中通过感觉所把握事物通常被称为“纯经验”，这种“纯经验”往往是局部的、表面的、粗糙的、复杂的，不能对普遍的翻译现象做出说明或解释，也不能对普遍的翻译行为进行指导和指引。但是，我们不能忽视“纯经验”中可能具有的原创成分、典型性、开拓性以及潜在的发展素质。对于其中的任何一点我们都不能忽视，只有以一种科学的态度对待经验，才不会止于“表”而不能及“里”，才不会失去“伪”中之“真”。

但是，“普遍原则”的建立并不意味着经验的终结。在“普遍原则”的指引下，翻译行为可能会促进新的经验的生成，那些新的经验又需要再次优化和提升，经过提炼成新的理论化的过程。该过程的结果主要是为了校验新的初始原则，使“熟”生出“巧”来，从而实现经验到认识的提升。新的普遍原则又会指导人们进行新的翻译行动，并从中发展出更高一级的普遍原则。“普遍原则”既是翻译教学的基本原则，同时还是我们应该遵守的翻译教学的基本指导思想。

（二）精讲多练原则

精讲多练原则包含精讲和多练两个层面。翻译教学是一项技能教学，但是如果只是按照传统的翻译教学法——先灌输后练习，那就很难取得理想的效果。因此，翻译技能的传授应该将知识与练习紧密结合，并且在实际练习的基础上对知识点进行总结和归纳。在练习前，教师可以简要介绍一些相关的技巧，然后再让学生做练习。同时，教师对学生的练习进行批改之后，一定要进行讲评，但是讲评并不是点评，是在系统分析原文的基础上，对知识点进行整理，从而上升为理论。

（三）注重实践原则

翻译技能的提高必须依靠实践。实践性是翻译教学的一个显著特征。教师应该从学校的实际情况出发，在条件允许的情况下给学生创造更多的实践的机会。例如，教师可以安排学生到翻译公司参与实际的翻译实践，体验一下翻译的过程。这可以带来以下两方面的好处。

（1）可以调动学生的积极性。

（2）可以为学生以后走入社会增添动力，并做一定的知识储备，让他们毕业后可以迅速地融入社会之中。

（四）注重文化原则

外语学习本身是一种跨文化交际活动，翻译学习也是如此，它要求学生应该了解不同文化背景国家的政治体制、思维习惯、风土人情等。因此，在英语翻译教学过程中，教师应该时刻谨记这一原则，并努力将学生置于文化语境中，重点培养学生的文化信息转换能力。

（五）循序渐进原则

做任何事情都不是一蹴而就的，翻译本身就是一个复杂的语言转换过程。同样，翻译教学更是如此。因此，翻译教学应当本着由浅入深、循序渐进的规律，教学过程应从词汇到句子、再到篇章有序进行，选择语篇练习翻译时也应该是遵循先易后难的顺序。这主要体现在以下三个方面。

（1）对于篇章的内容的选择，应该开始于学生最熟悉的层面。

（2）对于题材的选择，应该着手于学生最了解的层面。

（3）对于原文语言本身而言，应该着重与由浅入深，不能急于求成。

例如，对于外语专业高年级的学生来说，尽管他们已经完成了基础的语言知识的学习，按道理而言，他们应该具备很强的语言表达能力，但是在学习翻译的初期，如果教师就对学生讲解难度较高的翻译知识和技巧，则会导致学生在源语理解和译语表达方面产生明显的问题，学生往往会显得捉襟见肘，这样也不利于激发学生学习外语的兴趣与调动其积极性。

可见，在翻译教学中只有遵循循序渐进的原则才能逐步调动学生的学习兴趣与自主性，从而逐步增强学生学习英语的自信心，并促进学生综合能力的提高。

（六）以学生为中心原则

翻译的学习不仅仅是知识的学习，还需要掌握相关的社会实践经验与翻译技能。教师在这一活动中只是作为一个指导者存在，发挥着一定的指导与协调作用。另外，当今社会对高素质的翻译人才的需求越来越高，这就要求在翻译教学中，教师要遵循以学生为中心原则，充分地考虑学生的创造性、自主能动性，从而有效地协调翻译教学、学生与社会需求三者之间的关系，争取为社会培养优秀、高素质的翻译人才。

具体来说，以学生为中心原则需要教师做到以下几个方面。

1. 转变教师角色

翻译教学应该是以学生为中心，而不是以教师为中心，教师需要转变这一观念、换句话而言，在翻译教学中，教师要尽力做到传授给学生技能而不是仅仅传授给学生知识，教师并不是学生获取翻译知识的唯一渠道，教师的作用是在教学的过程中帮助学生的学习并且针对学生遇到的具体问题对其进行相应的引导和指导。教师要时刻意识到自身的角色，即教师是一个协调者与指导者，而不是知识的唯一传授者，更不是知识的权威。

2. 培养学生的团结协作精神

当今社会是一个复杂的社会，各种信息交流日益增多，这就决定了当今的翻译活动也逐渐地呈现复杂性，这就使得翻译活动不可能单独地由一个人来完成，则需要多方面的人才相互合作共同完成。因此，为了适应社会对翻译人才的这一要求，教师在翻译教学中要注重培养学生的团结协作精神。

例如，在进行翻译教学时，教师可以选用一些篇幅较长的文章作为翻译练习材料，并将其分成几个小的部分，要求每一组学生中的每人只完成其中一部分，但是最终的译文需要在风格、专有名词、术语等方面从整体上是一致的。在小组完成翻译练习的过程中，每个组员为了译文在整体上的协调一致，需要在翻译的过程中与其他成员积极地讨论或协商，通过小组成员之间的互帮互助、团结协作，最终培养并提高了学生的团结协作的精神以及共同解决问题的协商能力。

3. 培养学生的创造性和发散思维

与其他实践活动相同的是，翻译活动同样具有创造性。因此，在翻译统一的文本资料尤其是文学文体的翻译时，教师不能限制他们的思维，要求学生的译文与参考译文完全一样，而是需要鼓励并引导学生开创自己的翻译风格，不断地引导并发散学生的思维，培养学生的创造性。

（七）教书与育人相结合的原则

翻译教学不仅仅是技能的传授，还涉及丰富的人文和科技知识的传授与学习。但是，学生一般不会满足于教师无聊的道德和审美说教。因此，如果在翻译过程能将教书与育人相结合，翻译教学则会受到事半功倍的效果。

为了实现这一教学效果，教师应该充分地了解学生的兴趣、偏爱和需求，除了给学生提供丰富的翻译知识，还需要满足学生精神上的需求。只有在充分考虑学生的乐趣的前提下，才能激发学生对翻译学习的兴趣。这就要求在翻译教学中需要有选择、有针对性地选取翻译例句与练习。例如，在选取文学作品时，可以选择一些富有哲理、陶冶情操的作品作为练习材料；在选取令人厌恶的科技类文章时，可以选取一些文字稍微优美的范文作为练习材料。另外，还要注意练习材料的时代性和趣味性要符合年轻人追求卓越、创新的审美心理，因此在编写教材时，要保证教材中练习材料的趣味性、知识性、创新性。

（八）翻译速度与质量相结合原则

翻译教学过程中需要遵循翻译速度与质量相结合的原则。培养学生的翻译能力是翻译教学的目标。翻译能力的培养不仅需要学生掌握相关的翻译技巧（这是确保译文质量的关键），还需要学生提高翻译速度。这主要是因为在现实的翻译实践活动中，急催稿件的事情经常发生，如果学生的翻译速度无法满足稿件的需求，则会影响翻译任务的完成，可见提高学生的翻译速度是翻译教学中必不可少的任务之一。

具体而言，在翻译教学中，教师可以在课堂教学中要求学生限时完成翻译练习。例如，针对英译汉的翻译练习，对英文单词要求的数量可首先从每小时 250 个英文单词开始，之后逐步增加至每小时 300 ~ 350 个英文单词，随着时间的增长，英文单词数量也随之增长。

教师除了在课堂上要求学生进行限时练习之外，还可要求学生在完成课后练习时也尽可能地在规定时间内完成。通过这样的方式，长此以往，日积月累，让学生逐步学会合理地安排时间，学生在翻译时会增强注重翻译速度的意识，争取做到利用有限的时间创造出最佳的译文，进而提高翻译的效率和速度。

（九）培养翻译能力与翻译批评能力相结合的原则

教师在培养学生翻译能力的同时，还需要注意培养学生的翻译批评能力。批评能力是指对他人的翻译作品进行客观性的评价，即作品的优缺点。同时，他们还可以对这些优点加以学习，缺点加以更正。这样做可以避免在以后的翻译中犯类似的错误。

二、翻译教学的模式

在翻译教学中，可以采用多种翻译教学模式，下面我们主要对其中几种翻译教学模式进行分析和讨论。

（一）过程式翻译教学模式

不管教师采取什么样的教学步骤，翻译活动这一本身都是一个能动的过程。例如，贝尔（Bell，1991）认为，翻译过程可分为两个阶段：分析和合成，在每个阶段中都存在句法、语义和语用三个不同的领域。在这三个领域中译者对原文的分析与对译文的合成过程实际上就是进行传译语际信息的过程。

以翻译过程为导向的过程式翻译教学模式的出发点是对翻译能力的分析以及翻译能力在翻译过程中的作用，进而不断地认识和理解在翻译过程中译者的行为表现、思维活动、创造力以及在翻译中所遇到的问题及其解决策略等。可见，这一模式有利于培养学生的翻译能力，同样在翻译教学中起着非常重要的作用。

1. 过程式翻译教学模式的特点

过程式翻译教学的特点是侧重描写与解释翻译过程，对翻译结果没有过多地进行强调。具体来说，主要体现在以下几个方面。

（1）侧重探讨在翻译过程中重复出现频率较高的相关问题。

（2）对错误出现的原因进行探究。

（3）在给学生布置翻译练习任务之前，对学生的翻译技巧与原则等进行相关的指导。

（4）在翻译的过程中不仅对译文的词句意义的理解进行关注，还要逐步地了解并认识翻译过程。

（5）通过对译文产生的过程做出一定的解释，便于译文读者信服与接受译文。

（6）形象生动地对翻译策略进行相关的描述，让学生在翻译过程中能够恰当、合适地使用翻译策略。

（7）避免将固定的翻译标准强加给学生。

（8）在译文中灵活地采用多种表达方式对译文的语言形式与意义进行分析与理解，鼓励学生充分地发挥其积极性和创造性。

2. 过程式翻译教学模式的流程

过程式翻译教学模式主要涉及以下具体的教学活动（连淑能，2007）。

（1）给学生布置翻译练习任务时，需要学生在教师的指导下充分地做好翻译前的准备工作。教师要对翻译情景（translation situation）进行预设，翻译情景所包含的主要因素包括作者的意图、翻译的目的、该篇章的写作背景、交稿时间及对该篇章翻译的具体要求。此外，教师还需要拓宽学生的学习渠道，如借助词典、互联网、百科全书等渠道多方面地对题材以及术语等内容进行分析。

（2）在对学生安排翻译练习任务时，还需要教师对学生进行相应的引导和启迪，主要是通过对学生进行适时的引导，让学生对翻译中可能遇到的问题（如翻译策略、原则、过程等）做好心理准备。

（3）在翻译练习的过程中，教师可以鼓励学生以“翻译作坊”（translation workshop）的形式对翻译练习进行共同的讨论，协作完成翻译任务。在递交译文时，学生要标明在翻译过程中所遇到的疑问或难题。

（4）灵活讲评学生的翻译作业。讲评既可以由教师讲评，也可以让学生之间互相评议。

教师讲评时应当在翻译过程中注重指导、分析、启发，可以以互动式的形式进行讲评与讨论，最大限度地调动学生参与讨论与讲评的积极性。需要注意的是，讲评时不仅要明确地指出译文中出现的错误和解决学生的相关疑问，也要及时地对学生进行鼓励，肯定其中翻译质量较高的作品，从而更好地培养学生独立思考与创新的能力。

（二）实用性翻译教学模式

实用性翻译教学模式是一种新型的翻译教学模式，由案例型教学法指导。案例型教学法是一种以案例作为媒介达到学习知识的目的的方法，具体地说是指在课堂教学过程中，让学生在教师的指导下根据实际的案例对其进行分析、讨论并做出相关的评价，最终找出相应的解决策略的一种教学方法。由于新时期的翻译课程主要特点是外贸、商务等专业知识与英汉语言技能的紧密结合，从各专业技能的培养目标与翻译教学内容的应用性来看，在翻译教学中，通过对案例教学法进行创新性的运用和实践，从而形成实用性翻译教学模式。

张小波（2006）认为，实用性翻译教学模式包括以下四个主要环节。

1. 文本准备

文本准备也就是案例准备，是由教师经过一系列的活动（如搜集、编写、设计）来准备的与教学内容相适应的翻译文本材料。由于文本准备是教师的一项主观活动，因此不可避免地会带有一定的主观性。在进行案例编写时，需要教师根据翻译教学的内容以及进度，采纳一定的翻译实践的经验进行汇编。在设置译例时，主要围绕国际商务、国内外经济贸易、科技文献等文字材料按照先易后难、由浅入深的逻辑顺序进行选编并汇编。

2. 分析与讨论

在分析与讨论之前，教师首先应将案例逐一地分发给学生，要求学生在阅读案例的过程中尤其注意在遣词造句和谋篇布局方面英汉语的不同，便于找到相关的理论依据，从而更好地来分析此案例。

在学生分析与讨论的过程中，教师应引导并组织学生进行分组讨论，营造一种充满自由与融洽的学习氛围，在这一过程中让教师起到引导者的作用，让学生成为讨论的主角。

在分析与讨论之后，每一组学生形成了初步的统一认识和观点，学生能够独立自主地分析、讨论译例涉及的与之对应的翻译问题，并能对此做出一定的解释。在这一环节，教师让每个小组选出一名代表对该组的翻译译例进行分析并进行陈述。如果有的小组对翻译案例的分析与其他学生的理解有明显偏差或者分析判断有一定错误时，需要教师进行及时的引导并给予相关的指导，让学生自觉地意识到问题的所在，从而能够让学生积极、主动地进行修改，避免出现类似的错误。

综上所述，这一环节以分组讨论的形式展开，并逐步深化翻译教学。这一教学模式不仅有利于提高学生的语言运用能力，还有利于提高学生独立自主地进行分析、表达和解决问题的能力。

3. 译例总结

译例总结是由教师来完成的，是对译例的讨论结果进行总结。译例总结一般包括以下几个方面的内容。

（1）对本次案例的讨论过程中的重点、难点以及翻译理论知识的运用进行总结。

（2）对学生在讨论的过程中出现的一些原则性错误进行纠正并给予相关的指导。

（3）对学生在小组讨论中的表现进行评价，另外还可将学生在讨论中的表现作为平时成绩，从而更好地激励学生在今后的讨论中表现得更为优异。

4. 确定译文

确定译文是实用性翻译教学模式的最后一个环节。经过小组的分析与讨论以及教师的译例总结之后，教师要求学生在课后完成最终的译文，在完成的过程中需要充分地考虑并结合翻译技巧以及翻译原则。

通过上述分析可知，实用性翻译教学模式在案例教学法的指导下有针对性地选择教学材料，充分地体现了理论与实践的结合，有助于提高学生的分析、判断、解决问题的能力，最终有助于提高学生的综合能力。

（三）人本主义翻译教学模式

人本主义翻译教学模式是以人本主义学习理论为基础的一种翻译教学模式。美国著名的心理学家罗杰斯（C. R. Rogers，1982）认为："学习者是学习的主体，学习是个人的自我实现。在人的整个心理发展过程中，人本主义将人的情感、思想置于前沿地位，突出强调人的内心世界的重要性。"

人本主义翻译教学模式下的学生扮演着"参与者"的角色，不再只是"被动接受者"，而教师则扮演着"引导者"的角色，不再只是翻译知识的传播者。翻译课程是根据学生的兴趣与能力为其量身定做的充满乐趣的学科，不再只是令学生头疼的一门学科。具体来说，人本主义翻译教学模式包括以下几个方面的内容。

1. 教师的辅助作用

在翻译教学过程中，教师具有一定的辅助作用，应起到教学“支架”的作用。具体而言，在翻译教学过程中，教师通过精心地设计适合学生的学习程度并符合其学习兴趣的翻译内容，并且在教师的指导下，学生能够自主地选择学习内容和学习进度以及相应的学习策略，这一模式中的学习内容具有一定的针对性，有利于学生自由、主动地发挥其认知能力。可见，在这一教学过程中，教师起到了一定的辅助作用，即充分地组织并指导学生的自主学习。

2. 肯定性的教学评价

人本主义教学模式倡导肯定性的教学评价，认为教学评价应一改传统的“分数第一”的评价观念。在课堂上，教师应尽力地给予学生肯定性的评价语，肯定性评价语起着导向、促进、激励的作用，这不仅是激发学生情感的最好方法，还有利于提高学生学习的自主性和积极性。尤其是当出现多个翻译答案，教师也不再是翻译的唯一标准时，评价的出发点则是对学生的关注，包括对学生的学习方法和学习过程以及在学习过程中所形成的情感进行关注。在教学评价中，应该将学生作为评价的主体，除了对所学知识进行评价之外，还需要对学生自身所处的情感状态进行主观的描述，并对其做出适当的解释和说明。

3. 和谐的教学环境

在翻译教学活动中，教师与学生之间是一个合作与交流的互动过程，在很多方面存在着情感交流。

传统的翻译教学模式下的翻译教学是一种“灌输式”教学，具有速度快、权威性强、反馈信息少的特点。传统的翻译教学过程是教师将知识单方面地传授给学生的过程，这样的翻译教学不利于师生间的交流与沟通，容易导致师生间的关系变得越来越冷淡和疏远。传统的翻译教学模式下的师生关系是不平等的，也忽视了建立和谐的师生关系。

人本主义的翻译教学模式要求师生在教学过程中保持地位平等，逐步地建立一种平等、和谐的关系，同时在这一教学模式下不断地凸显并张扬学生的个性，进而不断地增强学生的创造力。

（四）流程图式翻译教学模式

通过借鉴功能翻译理论派的相关翻译理论，即研究翻译需要采用从整体到局部的宏观分析方法，在翻译实践中，需要将宏观层面（翻译目的、功能）与微观层面（词、句、语篇）的研究相结合。这样的翻译教学模式恰似一个工业生产流程图式，因此将其命名为流程图式的翻译教学模式。这一新颖的翻译教学模式有利于激发学生学习翻译的兴趣，增强教学内容的趣味性，从而促进翻译教学目标的实现。

流程图式翻译教学模式（如图 11-1）包括目的分析、功能分析、语域分析、文化分析、策略分析、语言分析以及初译—校对—润色—提交终稿七个环节。下面对其进行具体的分析。

1. 目的分析

学生被分配到源语文本资料时，在对其进行阅读的过程中，首先需要对源语文本的目的进行适当的分析。

具体而言，译文需要对源语环境中的交际目的进行分析，尽可能地令译文能够将源语文本的真实目的准确地传达出来，不仅使译文与源语文本在篇内保持一致，还要在篇际中保持一致。

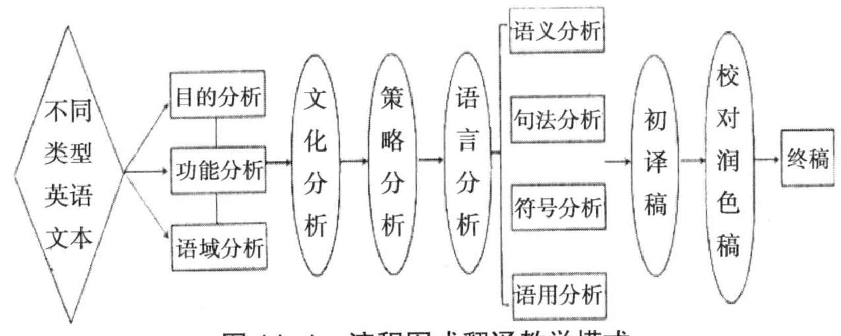

图 11-1　流程图式翻译教学模式

2. 功能分析

英国著名的语言家、翻译家纽马克（Newmark）将语言的功能分为：信息功能、寒暄功能、表情功能、感染功能、美学功能和元语言功能六大功能。纽马克曾指出，属于同一类型的文本，其中会具有多种语言功能。总有一种语言功能在其中起着主导作用。

这一语言功能研究同样适用于翻译教学。在翻译教学的过程中，教师需要训练学生对文本的功能分析进行适当的训练，让学生在训练的过程中逐步地能够对文本的多重功能进行分析，并能从中分析出其主导功能。这样的翻译教学有利于让学生在翻译的过程中，确保译文与原文具有同等的交际功能，即译文与原文在功能方面保持一致。

3. 语域分析

翻译本身就是一项跨文化交际活动，当然离不开源语与目标语语境的研究，而语域的研究与语境的研究还有着密切的关系。语域理论是语境理论中最具效力的理论框架。语域是指根据语言特定的语境或交际场合，为达到特定的交际目的而产生的一种功能变体，语域是话语意旨、话语翻范围、话语模式等多种参数的综合体现。

语域会随语境的不同而产生不同的语言变体。因此，在翻译教学中教师需要注重语域分析。确保译文针对原文的不同语境采用不同的语言变体，在语域方面保持一致。

4. 文化分析

巴斯奈特（Bassnett）认为，“翻译不是一种单纯的语言行为，翻译离不开文化的滋养，其深深地植根于文化之中。”因此，翻译是语言与其所处的文化间的交流。尤其是随着跨文化交流的日益增多，为了进行有效的跨文化沟通，人们越来越关注不同国家、不同民族之间的文化差异，争取能够通过有效的翻译推动跨文化交际的进行。

这一理论同样适用于翻译教学。在翻译教学中，教师应注重培养学生的跨文化交际意识，从而让学生能够准确地进行文化分析。文化分析包括语言文化信息和非语言文化信息。在对这两种类型的文化信息进行分析时需要对其源语文化含义和目标语文化含义进行分析，只有这样才能让学生在分析文本时，能够结合与之相关的文化背景成功地转换并传递源语的文化信息。也只有通过全面的文化分析，才能进行正确的策略分析。

5. 策略分析

在翻译教学中，策略分析则意味着翻译工作的实际展开。文本目的、功能的不同都会使用不同的翻译策略。因此，在翻译的过程中，根据不同的文本目的、文本功能，教师需要指导学生选择不同的翻译策略，如直译、意译、增译、删译、改译等。

6. 语言分析

策略分析之后，进入语言分析阶段。在这一阶段中，教师需要指导学生从语义分析、句法分析、符号分析和语用分析四个方面对源语文本的语言进行分析，力求从多个层面深入了解源语的语言，最大程度地、完整地传递源语文本中的信息。

7. 初译—校对—润色—提交终稿

上述环节完成之后，在实际的翻译过程中，教师需要指导学生通过团队合作完成译文，这主要包括以下几个环节。

首先进行首次翻译也就是初译，要求初译稿能够基本准确地传递原文的信息，保持行文的流畅。

初译之后，各个团队需要从语言的各个层面（目的、功能、语域、文化、策略）等方面对初译稿进行校对，从整体上检查译文是否准确地再现了原文的文化以及是否与原文实现了功能上的对等。

校对之后，在确保语言表达通畅的前提下，适当地提升以下语言的表现力，进行合理的润色，将译文的表达提升到一个新的高度。

润色之后，经教师的相关指导，可以提交终稿。

对于流程图式翻译教学模式的应用，在翻译教学的初级阶段，教师需要学生严格地勾画翻译的流程图，并按照流程图按时完成并提交译文的终稿，经过这样的训练，不断地培养和提高学生的实际操作能力。当学生熟知这一翻译流程并且其翻译水平也达到一定的高度时，勾画流程图的这一书面过程可以省略。可见，流程图式翻译教学模式在教学中的应用并不是一蹴而就的，需要在实际的翻译教学实践中逐步地开展并最终促进翻译教学目标的实现。

（五）竞合探究翻译教学模式

竞合探究翻译教学模式起源于美国著名教育家布鲁纳的“认知发现说”，该模式是在合作学习理论的基础上，引导学生自己发现问题，从而培养学生的竞争意识、进取精神以及合作能力，使学生不断适应当前翻译市场的要求。

该翻译模式主要是通过学生之间的合作与竞争等一系列活动来完成对翻译任务的研究和探讨。其中合作的形式多种多样，如人机合作、师生合作、生生合作、异质学习者合作、同质学习者合作等。在研究和探讨的过程中，学习者可以采用的形式也是多样的，如组间讨论、小组档案等。

另外，在该翻译模式中，教师主要扮演任务分配的角色。在布置任务之前，教师应该对学习者的特点以及教学的内容有一个整体的把握，进而针对学生的特色与内容设计任务，形成任务包。任务包应该保证目的明确、主题清晰，以培养学生的探索能力为宗旨。学生可以在多媒体软件的帮助下，以小组合作等形式来完成任务。教师从旁对学生的任务完成情况进行监控与指导，最后对学生的成果进行评估和反馈，具体的操作步骤如下。

（1）根据选题内容对学生进行分组。

（2）为每个小组设计不同的学习任务。

（3）对小组实施调查。

（4）让小组内成员提出自己的观点并加以论证。

（5）向其他同学分享自己的成果。

（6）其他同学对该组的成果进行评价。

（7）教师做最后总结。

总之，如果教师善于在多媒体条件下运用该模式组织翻译教学，既能够激发学生学习的兴趣和积极性，又能够提高学生的翻译实践技能。

（六）翻转课堂翻译教学模式

在当前的翻译教学中，学生在课堂上已经获知了书本上的知识，在实际的运用中却无从下手。这主要是因为当前培养的学生严重缺乏发现、分析并解决问题的能力，致使学生大多依靠教师，并未形成自主探究学习的能力和意识，最终导致学生综合素质低下的问题。基于这些现象，并集合多年的翻译教学实践，一些学者提出了尝试在英汉翻译教学中进行全新教学模式的应用和研究，这就是所谓的翻转课堂翻译教学模式。

1. 翻转课堂翻译教学模式的内容

在翻译教学中，翻转课堂模式主要是将着重点置于学生主体的发展过程中，采用课堂深度互动及学生课前自主学习的方式，目的在于挖掘学生的创新潜力，提高学生的创新意识。

现代的教育思想主要是为了发展学生的个性，培养学生的创新意识，学校教育的目标也是努力让学生将书本知识转化为个体知识，让学生运用这些知识逐步去适应社会、创造价值。这样就要求我们现在的教学模式不应该是教师主导课堂，而应该是学生主导课堂。

翻转课堂翻译教学模式是运用计算机、网络等现代技术，将课堂教学与家庭作业的方式和内容进行翻转，将课堂知识、书本知识转化成音频、视频或者 PPT 等。上课之前，学生自行观看，自主学习，并对自学的知识进行提炼和反馈；上课中，教师组织学生进行互动，通过与教师和其他同学进行合作，来解决学习中遇到的各种问题；在课后，学生需要根据课堂内容进行反思，通过反思，学生可以对之前的内容进行内化，从而提高自己发现及解决问题的能力。可见，反思是翻转课堂翻译教学的升华阶段。

2. 翻转课堂翻译教学模式的意义

翻转课堂翻译教学模式具有以下四个层面的意义。

（1）可以调动学生的自主性，提高学生的积极性

翻转课堂翻译教学模式可以调动学生的积极性和兴趣，让学生主动参与到翻译学习中，也会让他们不会感觉到枯燥乏味。在该模式下，学生可以主动去发现问题并找到解决的办法，真正做到学以致用。同时，该模式也可以实现自我导向—自我鼓励—自我监控的自主学习，让学生不再是被动地接受，而是主动地探索，从而培养学生终身学习的能力和习惯。

（2）可以提高学生的英语综合素质

翻转课堂翻译教学模式不仅提高学生的翻译水平，还能够提高学生的综合素质。这主要体现在以下三个层面。

之前已经提到，该模式要求课前进行自主学习，通过让学生自主选择、自我评价，是在锻炼学生的自主学习能力和习惯的一个重要的平台。

该模式在课堂之中进行交流与探究，则是锻炼了学生的协作能力以及发现问题、解决问题的能力。

该模式需要学生花费大量的时间去理解翻译材料和作者意图，一定程度上也锻炼了学生的分析能力，从而实现真正意义上的学以致用。

（3）可以满足不同学生的学习需求

翻转课堂翻译教学模式可以满足不同学生的学习需求。由于学生来自不同的地区，接受

的教育程度也不一样，因此其学习能力与基础也各不相同。在传统的翻译课堂教学中，教师教授的主要是面向所有学生的，并没有对学生进行区分及选择性教学，致使学习差距越来越大。但是，翻转课堂翻译教学模式可以自由控制时间，音频、视频等可以随时中断，这样有助于学生的思考以及记笔记；同时，课堂交流有助于学生与教师或者其他同学进行一对一的探讨，从而激发他们学习的热情，让学生喜欢学、乐于学。

（4）可以培养学生的创新意识

翻转课堂翻译教学模式还可以发挥学生的主观能动作用，提高他们的创新意识与能力，使他们真正地成为应用型人才，在不断变化的国际社会中独当一面，尽快地为社会创造价值。

3. 翻转课堂翻译教学模式的具体步骤

之前已经提到，翻转课堂翻译教学模式分为课前、课中以及课后三个部分，但是具体的步骤主要包含以下四个层面。

（1）选择“课前”和“课堂”学习内容

如前所述，翻转课堂翻译教学模式主要包含两个过程：即课前的自主学习阶段以及课堂的交流探究阶段。教师的工作就是能够将两个过程融合在一起，实现学生最终的知识建构。这主要包含两个层面的内容。

教师要对每一堂课的授课内容在两个过程中的设置进行认真分析和判定。在这一步骤中。教师要从翻译教学的要求出发，对每一堂课的内容进行分析和研究，将书本上与课外的补充知识进行梳理，从而实现知识点的具体化。同时，还要从当前学生的基础知识和思维能力出发，确定本节课的重点和难点。

教师通过对学生固有经验及基本知识水平和能力的了解，合理安排课堂内容，如哪些知识属于课前学生可以自主进行学习的，哪些内容应该是学生在课堂上需要交流探究的。

（2）准备课前学习素材

在课堂进行之前，教师应该对本节课的教学内容进行分析，从知识点的特点及其难易程度出发，运用合适的教学方式来准备课前学习素材。

（3）以合作学习的形式呈现课堂交流探究过程

在该模式中，其交流探究的过程往往是以合作学习的形式呈现出来的。合作学习的形式可以为翻转课堂翻译教学提供一个良好的交流的空间，也能从某种程度上突出学生的主体地位，培养学生主动参与互动的意识，激发学生的学习兴趣和积极性，实现学生获取知识的愿景。在小组划分上，教师可以选择让学生自由接组，或者根据具体班级人数教师进行划分，一般是4～6人不等。

（4）将课后知识进行内化和升华

这是翻转课堂翻译教学模式的最后一个阶段，即对课堂知识进行内化和升华。一般情况下，教师可以听取学生的意见和建议，采用多种方法，如借助网络平台分享心得体会、经验教训等。学生自己选择的方式一般是他们比较热衷的方式，这有助于学生自身能力的提升和扩展。

4. 翻转课堂翻译教学模式的实施办法

分析了翻转课堂翻译教学模式的内容、意义及步骤，下面就来探讨一下该模式的具体实施办法，其主要包含调查法、实践研究法、案例分析法、文献分析法等，突出了理论与实践相结合。

（1）调查法

所谓调查法，顾名思义就是对学生进行调查，一般为问卷调查或访谈。通过所做的问卷调查或者访谈的记录，教师可以确定学生对该模式的适应与接受情况以及通过一段时间的教学实践,学生的问题解决意识与自主学习能力是否得到了增强。

（2）实践研究法、案例分析法

通过一段时间的教学实践过程,教师可以自己找到翻译教学中运用该模式的途径和策略;并通过案例分析,完善该教学模式,并在其他范畴内加以推广。

（3）文献分析法

通过查阅相关知识结构化的资料,充分借鉴和吸收系统的经验和方法,为实现翻转课堂翻译教学模式找到足够的理论支撑与实践的基础。

（七）多维信息输入翻译教学模式

多维信息输入翻译教学模式指的是在翻译技巧或翻译实践课的教授过程中,教师利用数据库、多媒体、网络等现代教育技术,以教学内容为基础,进行直观并形象、生动的讲授的过程。

1. 多维信息输入翻译教学模式的特点

多维信息输入翻译教学模式具有以下几个特点。

（1）翻译教学材料多维化

随着信息技术与现代教学工具的发展,多媒体技术也在逐步地运用到翻译教学中。这一变化趋势逐步拓宽了学生获取翻译知识材料的渠道和途径,学生不再仅仅从翻译教材中获取知识,还可从多媒体课件中获取形象、生动、丰富的视频资料。与此同时,翻译材料的内容也不再局限于文学翻译,开始逐步涉及外贸、军事、科技、金融、媒介等领域的实用性翻译实例。

可见,多维信息输入翻译教学模式中的翻译教学材料呈现多维化的特点。

（2）教师能力多维化

多维信息输入翻译教学模式对教师的素质提出了更高的要求,在翻译教学中要求教师建立多维的“资源库”,也就是要求教师能力的多维化。教师能力的多维化主要包括以下几个方面的内容:要求教师熟知翻译教材的内容以及与之相应的有效的教学方法;要求教师善于使网络与多媒体进行教学,通过图片、音频、视频相结合的统一方式进行形象的翻译教学;教师在给学生提供多维信息输入的过程中要及时地点评并检查学生的译文,并给出相关的建议。

（3）评价系统多维化

多维信息的评价系统具有多维化的特点,除了包含一般性的评价:形成性评价和终结性评价之外,还包括教师与学生之间的师生评价和学生之间的生生互动式评价等。

2. 多维信息输入翻译教学模式的应用

具体来说,多维信息输入翻译教学模式的教学活动涉及以下几个方面。

（1）从以教师为中心转向以学生为中心

英语翻译教学的一个重要原则就是以学生为中心展开教学。在多维信息输入翻译教学模式下,教师可以充分利用现代化的信息技术对自主学习的支持、引导作用,进行精心的信息化教学设计,这些教学设计是确保学生能有效地利用这些便利条件进行自主学习的关键。

此外,教师还要充分发挥其指导作用,让学生在教师的指导和建议下自主地选择学习内容,从而使学习内容的选择服务于学习目标的实现。

（2）实现多维互动

互动不仅包括教师与学生之间的互动、学生与学生之间的互动,还包括人机之间的互动。

在传统的翻译课堂上,师生之间、学生之间的互动概率很少,互动通常是在课堂练习完成之后进行的。学生完成课堂练习之后,教师对其进行讲评,在这一讲评过程中,学生之间很难进行一定的互动交流，因此教师也无法了解学生在表达翻译过程中所遇到的困难。

然而，以网络为基础的翻译教学使多维间的互动成为可能。教师可以利用多媒体对学生的整个翻译过程及翻译情况进行监控，随时发现学生在翻译的过程中所遇到的各个困难，教师可以及时地给予适当的指导，最为重要的一点是教师可以随时进入交流平台，对学生的交流活动有针对、有目的地进行引导。

（3）创设情景教学

语境对于语言的理解和表达具有显著的影响和制约作用。因此，在翻译教学的过程中，能否准确地把握原文语句所存在的语境则是确保成功翻译的关键。

同样，多维信息输入教学模式也十分重视情景教学。在翻译教学过程中，教师可以利用现代技术对翻译教学中的具体情景或场景进行再现或创设，这种具体、直观、形象的情景演绎有助于学生进行对比、思索，克服了死板的传统教学方式的缺陷，逐步强化了学生的感性认识，从而有效地调动学生的自主性以及积极性，并有效地激发了学生的学习兴趣，最终实现良好的翻译教学效果。另外，对于一些情景幽默之类的对话，如果将这则幽默对话以情景片段的方式呈现在学生面前，让学生切身从人物的声调、表情、动作等方面体会其中的幽默，这样翻译出的译文则会将原文的幽默充分地翻译并表达出来。但是，如果脱离了一定的语境，则会给译者和目的语读者的理解带来一定的障碍，也无法体会出其中的幽默（陈洁，2005）。

第四节　翻译教学理论的具体实践

教学任务：收集、展示城市问题标识语，从中找到一些存在的错误，并且从文化差异和思维差异的角度进行分析，最后给出统一、规范的标识语翻译。

教学目的：找到出现标识语翻译错误的原因，让学生掌握正确翻译标识语的方法。

教学形式：小组活动、师生互动

教学流程：

（1）教师要提前一周通知学生以小组活动的方式，在生活环境周围拍摄有问题的英文标识语。部分如图所示。

（2）课上前几分钟，教师安排学生展示拍回来的问题标识语，然后让学生找出问题所在。

（3）根据发现的问题，将学生分为若干小组，并组织学生对问题标识语的分类进行讨论。然后要求每个小组派出代表汇报小组讨论情况。

（4）学生报告完毕后，教师可将翻译出现的问题进行总结，从中西方文化差异、思维方式和民族心理因素等方面引导学生，将错误按照原因归类如下。

①译写错误，主要是语法、惯用法、拼写等语言错误。例如：

禁止驶入—NO DRIVE

小心地滑—SLIPPY

吸烟室—MOKING ROOM

体育会展中心—THE P. E. DEMONSTRATION CENTER, PHYSICAL CULTURE EXHIBIT CENTER, The Exhibition Center about P. E.

绣湖广场—XIU HU FORUM

市政府—GOVERNMENT CITY, CIVIC GOVERNMENT

的士停靠点—PARKING POT

吸 烟 室
MOKING ROOM

凭地下泊位证进入
PLEASE DEMONSTRATE YOUR UNDER GROUND PARKING PERMIT TO ENTER
中国义乌国际商贸城分公司

旅游购物
VISIT & SHOPPING
专用车位
PROPRIETARY HARBAR

②由于中西方思维方式差异引起的中式英语，主要是因为汉语式思维引起的按字面翻译、字对字翻译、过度翻译、误用强制性语气、语气粗俗等，如将公厕译为 public toilet 或者 WC，属于中文式思维，从英文角度来看粗俗不雅观，类似中文的“茅厕”，应为 restroom。类似错误还有：

休息室—Restroom

前台—Business Reception Desk

即停即下—STEP BEFORE STOP DOWN

即上即走—LEAVE AFTER STEP IN

凭地下泊位证进入—PLEASE SHOW YOUR UNDERGROUND PARKING PERMIT TO ENTER

游客止步—Tourist Stops/Tourist Stopping/The Visitor halts/Visitors not Admitted

爱护花草 / 小草青青，足下留情—Take care of the flowers and grass/Don’t tread on the green grass

小心落水—Carefully Falls in the Water/Take Care to Falling Water/Please mind falling water

③中西方文化差异引起的翻译错误。此类错误中常见的有关于动物的单词的表达，如“龙”在汉语文化中是吉祥如意、尊贵的象征，而英语中 dragon 意喻凶残的恶魔。例如：

亚洲四小龙—The Four Asian Dragons

巨龙宾馆—Huge Dragon Hotel

此外，因文化差异引起的翻译错误还有：

藕粉—Lotus Root Starch（starch 一词有“淀粉”之意，西方人忌讳发胖而不愿意购买）

老弱病残孕专座—reserved for the old，weak，sick，handicapped，pregnant（忽视文化禁忌，违反西方文化中的委婉原则）

（5）以小组为单位，组织学生对中西方文化差异和思维差异进行分析讨论，并以此为基础找出翻译错误出现的原因。

（6）学生阐述完毕后，教师可引导学生使用之前介绍的翻译方法（直译、意译、增减词、分合译等），从中西方语言文化对比分析角度出发，提出问题标识语的修改意见，并达成以下共识。

①译写错误的标识语译文可修改如下：

禁止驶入—No Entry

小心地滑—Slippery 或 Caution

吸烟室—Smoking Room

体育会展中心—Sports & Exhibition Center

绣湖广场—Xiuhu Square

市政府—Municipal Government

的士停靠点—Taxi Stand

②由于东西方思维方式差异引起的中式英语的标识语译文可修改如下：

休息室—Lounge, Lobby（在公共场合）, Common Room（在大学里）

前台—Reception

即停即下 / 即上即走—TAXI ZONE/SHORT TIME PARKING ONLY，

凭地下泊位证进入—Entry with Parking Permit Only

游客止步—Staff only

爱护花草 / 小草青青，足下留情—Keep off the Grass

小心落水—Danger：Deep Water!

③中西方文化差异引起的翻译错误可修改如下：

亚洲四小龙—The Four Asian Tigers（Tiger 在西方文化中有蓬勃、充满活力之意）

巨龙宾馆—Julong Hotel

藕粉—Lotus Root Powder

老弱病残孕专座—Courtesy Seats/Priority Seating

（7）最后，为了切实提高街头标识语的翻译水平，教师可组织学生就如何向有关部门提出改进建议和解决措施这一问题进行小组讨论，一方面使学生意识到标识语翻译的重要性，另一方面也对城市文明建设起到了促进作用。

实践总结：首先，上述教学实践围绕“课堂讲授现场化、能力培养项目化、翻译资源本土化”的课程目标，让学生走向市场，在实践中获得翻译学习的动力；注重培养学生的合作探究精神；注重课堂教学和地方经济发展的翻译人才培养的结合；提出了标识语翻译规范化的建议，对国内众多城市的国际化建设具有现实意义。其次，本教学实践以跨文化交际理论为其教学理念和指导原则，采用了以跨文化教学为导向的翻译教学策略，在教学实践中充分考虑到了翻译的受众与源语言群体在文化背景、思维习惯、文化风俗等方面的差异，顺应了英语语言文化和思维习惯，使公示语的译文达到了跨文化交流的目的，有效地完成了跨文化翻译教学的任务和计划。

参考文献

[1][英] 雷蒙德弗・思 . 人文类型 [M]. 费孝通译 . 北京：华夏出版社，2002.
[2] 白靖宇 . 文化与翻译 [M]. 北京：中国社会科学出版社，2010.
[3] 曹明海 . 文学解读学导论 [M]. 北京：人民文学出版社，1997.
[4] 陈新 . 英汉文体翻译教程 [M]. 北京：北京大学出版社，1999.
[5] 崔长青 . 迎刃而解——英语写作技巧 [M]. 北京：中国书籍出版社，2010.
[6] 范祖民 . 实用英语修辞 [M]. 北京：科学出版社，2010.
[7] 傅敬民 . 实用商务英语翻译教程 [M]. 上海：华东理工大学出版社，2011.
[8] 傅克斌，罗时华 . 实用文体写作 [M]. 北京：科学出版社，2010.
[9] 高尔基 . 俄国文学史・序言 [M]. 上海：上海文艺出版社，1959.
[10] 高尔基 . 和青年作家谈话 [A]. 论文学 [C]. 北京：人民文学出版社，1978.
[11] 高华丽 . 翻译教学研究：理论与实践 [M]. 杭州：浙江大学出版社，2008.
[12] 高华丽 . 中外翻译简史 [M]. 杭州：浙江大学出版社，2009.
[13] 郭贵龙，张宏博 . 广告英语文体与翻译 [M]. 上海：华东师范大学出版社，2008.
[14] 郭霞，尚秀叶 . 大学英语写作与修辞 [M]. 北京：冶金工业出版社，2008.
[15] 郭著章 . 翻译名家研究 [M]. 武汉：湖北教育出版社，1999.
[16] 何江波 . 英汉翻译理论与实践教程 [M]. 长沙：湖南大学出版社，2010.
[17] 何善芬 . 英汉语言对比研究 [M]. 上海：上海外语教育出版社，2002.
[18] 何雪娟 . 商务英语翻译教程 [M]. 北京：外语教学与研究出版社，2007.
[19] 何远秀 . 英汉常用修辞格对比研究 [M]. 成都：西南交通大学出版社，2011.
[20] 侯维瑞 . 英语语体 [M]. 上海：上海外语教育出版社，1988.
[21] 户思社 . 翻译学教程 [M]. 北京：北京师范大学出版社，2011.
[22] 黄成洲，刘丽芸 . 英汉翻译技巧 [M]. 西安：西北工业大学出版社，2008.
[23] 黄勇 . 英汉语言文化比较 [M]. 西安：西北工业大学出版社，2007.
[24] 蒋童，钟厚涛 . 英语修辞与翻译 [M]. 北京：首都师范大学出版社，2008.
[25] 金惠康 . 跨文化交际翻译续编 [M]. 北京：中国对外翻译出版公司，2003.
[26] 剧锦霞，倪娜，于晓红 . 大学英语教学法新论 [M]. 北京：中国书籍出版社，2013.
[27] 克利福德・格尔茨 . 文化的解释 [M]. 韩莉译 . 上海：上海译林出版社，1999.
[28] 兰萍 . 英汉文化互译教程 [M]. 北京：中国人民大学出版社，2010
[29] 李佳 . 英语文体学理论与实践 [M]. 厦门：厦门大学出版社，2011.
[30] 李建军 . 新编英汉翻译 [M]. 上海：东华大学出版社，2004.
[31] 李克兴 . 广告翻译理论与实践 [M]. 北京：北京大学出版社，2010.
[32] 李智 . 当代翻译美学原理 [M]. 北京：知识产权出版社，2013.
[33] 连淑能 . 英汉对比研究（增订本）[M]. 北京：高等教育出版社，2010.
[34] 廖七一 . 当代西方翻译理论探索 [M]. 南京：译林出版社，2004.

[35] 廖英，莫再树．国际商务英语语言与翻译研究 [M]. 北京：机械工业出版社，2004.

[36] 刘承华．文化与人格——对中西方文化差异的一次比较 [M]. 合肥：中国科学技术大学出版社，2002.

[37] 刘海涛．文学写作教程 [M]. 北京：高等教育出版社，2005.

[38] 刘军平．西方翻译理论通史 [M]. 武汉：武汉大学出版社，2009.

[39] 刘宓庆．翻译美学导论（2 版）[M]. 北京：中国对外翻译出版有限公司，2012.

[40] 刘宓庆．文化翻译论纲 [M]. 武汉：湖北教育出版社，1999.

[41] 刘宓庆．文体与翻译 [M]. 北京：中国对外翻译出版公司，2006.

[42] 刘宓庆．文体与翻译 [M]. 北京：中译出版社，2012.

[43] 卢思源．新编实用翻译教程英汉互译 [M]. 南京：东南大学出版社，2008.

[44] 罗新璋．翻译论集 [C]. 北京：商务印书馆，1984.

[45] 吕俊．文学翻译的符号学特征 [M]. 长沙：湖南科学技术出版社，1994.

[46] 冒国安．实用英汉对比教程 [M]. 重庆：重庆大学出版社，2004.

[47] 戚云方．广告与广告英语 [M]. 杭州：浙江大学出版社，2003.

[48] 秦荻辉．科技英语写作 [M]. 北京：外语教学与研究出版社，2007.

[49] 秦秀白．英语语体和文体要略 [M]. 上海：上海外语教育出版社，2001.

[50] 瞿秋白．瞿秋白文集：第 3 卷 [M]. 北京：人民文学出版社，1954.

[51] 孙艺风．视角・阐释・文化——文学翻译与翻译理论 [M]. 北京：清华大学出版社，2004.

[52] 孙英春．跨文化传播学导论 [M]. 北京：北京大学出版社，2008.

[53] 谭霈生．论戏剧性 [M]. 北京：北京大学出版社，1981.

[54] 谭载喜．西方翻译简史 [M]. 北京：商务印书馆，1991.

[55] 田传茂．大学科技英语 [M]. 武汉：湖北科技技术出版社，2007.

[56] 童庆炳．文学原理教程 [M]. 北京：高等教育出版社，2001.

[57][俄] 屠格涅夫．回忆录 [M]. 北京：人民文学出版社，1962.

[58] 王秉钦 .20 世纪中国翻译思想史 [M]. 天津：南开大学出版社，2004.

[59] 王策三．教学论稿 [M]. 北京：人民教育出版社，1985.

[60] 王大来．文学翻译中的文化缺省补偿策略研究 [M]. 北京：光明日报出版社，2016.

[61] 王恩科，李昕，奉霞．文化视角与翻译实践 [M]. 北京：国防工业出版社，2007.

[62] 王力．王力文集（第一卷）[M]. 济南：山东教育出版社，1984.

[63] 王卫平，潘丽蓉．英语科技文献的语言特点与翻译 [M]. 上海：上海交通大学出版社，2009.

[64] 王祥云．中西方传统文化比较 [M]. 郑州：河南人民出版社，2006.

[65] 王燕希．广告英语 [M]. 北京：对外经济贸易大学出版社，2004.

[66] 王佐良，丁往道．英语文体学引论 [M]. 北京：外语教学与研究出版社，1987.

[67] 韦勒克・沃伦．文学理论 [M]. 北京：生活・读书・新知三联书店，1984.

[68] 魏海波．实用英语翻译 [M]. 武汉：武汉理工大学出版社，2009.

[69] 武锐．翻译理论探索 [M]. 南京：东南大学出版社，2010.

[70] 徐宏力．模糊文艺学概要 [M]. 沈阳：春风文艺出版社，1994.

[71] 闫文培．全球化语境下的中西文化及语言对比 [M]. 北京：科学出版社，2007.

[72] 严明．大学英语翻译教学理论与实践 [M]. 长春：吉林出版集团有限责任公司，2009.

[73] 严明．跨文化交际理论研究 [M]. 哈尔滨：黑龙江大学出版社，2009.

[74] 杨丰宁 . 英汉语言比较与翻译 [M]. 天津：天津大学出版社，2006.

[75] 袁筱一，邹东来 . 文学翻译基本问题 [M]. 上海：上海人民出版社，2011.

[76] 张保红 . 文学翻译 [M]. 北京：外语教学与研究出版社，2010.

[77] 张健 . 新闻翻译教程 [M]. 上海：上海外语教育出版社，2008.

[78] 张全 . 全球化语境下的跨文化翻译研究 [M]. 昆明：云南大学出版社，2010.

[79] 张维友 . 英汉语词汇对比研究 [M]. 上海：上海外语教育出版社，2010.

[80] 赵萱，郑仰成 . 科技英语翻译 [M]. 北京：外语教学与研究出版社，2006.

[81] 郑遨，郭久麟 . 文学写作 [M]. 天津：天津大学出版社，2009.

[82] 钟书能 . 英汉翻译技巧 [M]. 北京：对外经济贸易大学出版社，2010.

[83] 周芳珠 . 文学翻译论 [M]. 北京：中国对外翻译出版有限公司，2014.

[84] 郭富强 . 意合形合的汉英对比研究 [D]. 上海：华东师范大学，2006.

[85] 何远强 . 文学翻译本质论——兼评"和谐理论"的文学翻译本质观 [D]. 上海：华东师范大学，2006.

[86] 马慧 . 英汉语篇衔接手段对比及其翻译 [D]. 兰州：兰州大学，2017.

[87] 闫敏敏 . 文学翻译中译者的审美过程 [D]. 上海：华东师范大学，2005.

[88] 杨贺 . 意图性原则与俄汉文学翻译策略 [D]. 哈尔滨：哈尔滨工业大学，2012.

[89] 尹筠杉 . 浅谈文学翻译的"再创造"艺术——以英译汉经典诗歌翻译为例 [D]. 黄石：湖北师范学院，2014.

[90] 常瑞娟，张晓玲 . 中国翻译伦理研究十五年述评 [J]. 大同大学学报，2019（1）.

[91] 陈剑晖 . 文体的内涵、层次与现代转型 [J]. 福建论坛·人文社会科学版，2010（10）.

[92] 陈雪 . 浅析英汉翻译中的词汇和句法对比 [J]. 长春教育学院学报，2013（11）.

[93] 程爱华 . 关于文学翻译本质内涵的思考 [J]. 山东师范大学学报，2005（1）.

[94] 丁红艳，陆志国 . 也谈文学翻译的原则 [J]. 延安教育学院学报，2004（1）.

[95] 范五三，谢兴政 . 从中西比照的视角看作为价值观的"友善"思想 [J]. 太原理工大学学报，2018（4）.

[96] 侯贺英，陈曦 . 文化体验理论对文化教学的启发 [J]. 时代经贸，2012（2）.

[97] 姜秋霞，权晓辉 . 文学翻译过程与格式塔意象图式 [J]. 中国翻译，2000（1）.

[98] 刘岩，张一凡 . 英语文学中的语言艺术研究 [J]. 才智，2016（8）.

[99] 刘颖 . 英汉句子结构对比分析 [J]. 英语广场，2015（5）.

[100] 卢亮 . 实用文体翻译原则分析 [J]. 考试与评价（大学英语教研版），2015（4）.

[101] 吕俊 . 文学翻译的符号学特征 [J]. 英汉语比较与翻译，1994（1）.

[102] 马昕 . 英汉句子结构对比分析 [J]. 学科探究，2017（3）.

[103] 秦文杰 . 漫谈英汉词汇对比的异同 [J]. 文化与探索，2017（4）.

[104] 邵璐 . 西方翻译文体学研究（2006—2011）[J]. 中国翻译，2012（5）.

[105] 王厚平 . 探究许渊冲文学翻译的美学特征 [J]. 海外英语，2014（18）.

[106] 吴康宁 . 教育的社会功能诸论评述 [J]. 华中师范大学学报，1996（3）.

[107] 吴玉敏 . 西方人文主义与中国新人文主义建构 [J]. 中央社会主义学院学报，2015（6）.

[108] 徐春艳 . 中西道德价值观差异及根源分析 [J]. 湖南工程学院学报，2013（2）.

[109] 杨蕙 . 英汉词汇对比在翻译中的应用 [J]. 贵州民族学院学报，2009（1）.

[110] 杨松岩 . 论英语文学语言的艺术特色 [J]. 松辽学刊，2000（1）.

[111] 张军燕 . 浅析英汉词汇翻译技巧 [J]. 科技信息，2008（14）.

[112] 郑海凌 . 文学翻译界说考辨 [J]. 四川外语学院学报，1999（3）.

[113] 朱彤彤 . 英译汉翻译中的词汇对比 [J]. 文化与探索，2017（2）.

[114]Chan, Tak-hung Leo. *Readers, Reading and Reception of Translated Fiction in Chinese: Novel Encounters*[M]. Manchester & Kinderhook（NY）: St. Jerome Publishing, 2010.

[115]Davis, Linell. *Doing Culture—Cross-Cultural Communication in Action*[M].Beijing: Foreign Language Teaching and Research Press, 2004.

[116]Enkvist et al. *Linguistics and Style*[M]. Oxford: Oxford University Press, 1964.

[117]Griffith, Kelly. *Writing Essays about Literature: A Guide and Style Sheet*[M]. Beijing: Beijing University Press, 2006.

[118]Halliday, M. A. K. & Hasan, R. *Cohesion in English*[M]. London: Longman, 1976.

[119]Popovic, Anton. *Dictionary for the Analysis of Literary Translation*[Z].Edmonton: Department of Comparative Literature, The University of Alberta, 1976.